Σ

Rom im zweiten Jahrhundert – Schlagzeilen über das Neueste vom Tag:

**Ärztin von Fluchtafel bedroht**
**Prominenter Redner der Magie angeklagt**
**Wunderheiler am Schwarzen Meer**
**Rennfahrer in der Murcia-Kurve zu Tode gestürzt**
**Neueste Frechheiten des Lukianos von Samosata**
**Galenos – neuer Stern am Ärztehimmel?**

Wer hört nicht lieber den letzten Tratsch über die bevorstehende kaiserliche Hochzeit, über Skandale aus der Welt der Prominenten, spricht nicht lieber über die Sportresultate, die Rennwetten, den Hofklatsch als über den Krieg an der Partherfront, über Hochwasserkatastrophen, Seuchen und Krankheiten.
Für die Ärztin Charis aber endet das unbeschwerte Leben abrupt. Der Fund einer im Garten vergrabenen Fluchtafel verändert ihr ganzes Leben. Jemand will ihr schaden. Sie flieht aus Rom, bereist Karthago und die Tripolis, Pergamon und Ephesos und gelangt bis ans Schwarze Meer. Doch der Fluch verfolgt sie.

*Susanne Cho*, 1952 in Zürich geboren, besuchte das altsprachliche Gymnasium, studierte Kunstgeschichte und Psychologie und promovierte an der Universität Zürich. Fachausbildung in Psychotherapie. Sie arbeitet heute als Psychotherapeutin in Zürich.
Ihre intensive Beschäftigung mit Archäologie und antiker Geschichte führte sie auf zahlreiche Reisen in die Gebiete der ehemals römischen Provinzen, unter anderem nach Nordafrika, Syrien und Jordanien, und häufig nach Rom.

susanne cho

# arena der ärzte

roman

Σ skepsis verlag

Reihe: skepsis & leidenschaft / Band 5

Erste Auflage 2011

Druck und Bindung: Hubert & Co, Göttingen
Printed in Germany
ISBN 978-3-9521140-6-3

www.skepsisverlag.ch

spectatum veniunt, veniunt spectentur ut ipsae

sie kommen, um zu sehen
sie kommen, um selbst gesehen zu werden

Ovid
ars amatoria 1,99

# Inhalt

# 1 Rot

Rot, wohin ich blicke. Ein Meer von wogendem Rot. Myriaden von Zuschauern tragen rote Tuniken, schwenken rote Tücher. Auch ich trage ein mohnfarbenes Kleid und dazu passende Bänder in den Haaren. Das kleine Mädchen aus der vorderen Reihe dreht sich nach mir um, hält lächelnd ihre in Rot gekleidete Elfenbeinpuppe vor mein Gesicht. Das Mädchen bewegt die Lippen. Die Worte verstehe ich nicht, zu ohrenbetäubend der Lärm. *Ludi Romani*, der *Circus Maximus* zum Bersten gefüllt. Zweihundertfünfzigtausend Menschen, vereint durch ihre Leidenschaft für Wagenrennen. Zweihundertfünfzigtausend Menschen, verfehdet durch die Zugehörigkeit zu einer bestimmten Farbe.

Wir belegen Plätze im ersten Rang mit Sicht auf Wendemarken und Zielgerade. Nur die Götter sehen besser. Ohne Beziehung zum Rennstall der Roten wären wir nie zu diesen Sitzen gekommen. Ein absolutes Privileg. Die Septembersonne steht hoch im Mittag, frisst sich erbarmungslos durch die Sonnensegel, peitscht zusätzlich Glut in die Adern der Zuschauer. Mein Blick fixiert die *Delphine*. Nur zwei ragen noch in die Höhe, die übrigen fünf sind abgesenkt. Glücklich versenkt. Zwei Runden noch. Ich höre das Trommeln der Hufe auf der Sandbahn, das Knallen der Peitschen, die Rufe der Wagenlenker, wage kaum hinzusehen. Lieber richte ich den Blick auf den imposanten Obelisken, verweile mit den Augen auf den Altären und Statuen der *Spina*, lenke die Aufmerksamkeit auf die Wasserspiele. Staubwolken werfen sich in sonnendurchflutetes Licht und verwandeln grelles Hell in Dämmerschein. Auf der gegenüberliegenden Seite katapultieren sich Männer mit Todesverachtung mitten auf die Rennbahn. *Sparsoren*, rot gekleidet, die unseren. Geübt werfen sie kühlendes Wasser auf sechzehn Pferdehufe und die rauchende Wagenachse des vorbeidonnernden Gefährts. Der Lärm schwillt an. Das Publikum tobt. Noch steht ein marmornes Ei, gleißt ein Delphin im Sonnenlicht.

Eine Runde nur. Halte durch! Grün liegt knapp vorn, doch der Druck des roten Verfolgers nimmt zu. Die angespannte Nervosität der Zuschauer schlägt um in gereizte Aggression, entlädt sich in kämpferischen Zurufen, zornigen Verfluchungen, wütenden Schreien. Acht Pferde galoppieren auf gleicher Höhe und mit ihnen der rasende Furor der Menge. In horrendem Tempo nähern sich beide Gespanne der Wendemarke. Zu schnell, zu riskant. Peitschen knallen. Rot liegt in Führung und schneidet Grün den Weg ab. Der rote Wagenlenker nimmt die Kurve eng, sehr eng. Pass auf dein Leitpferd auf! Da! Der Wagen streift mit dem Rad die *Metae*. Ein splitterndes Geräusch, ein Aufschrei, zehntausend Schreie des Entsetzens auf der Tribüne der Roten. Dann Schreie aus dem Block der Grünen, Schreie des Triumphes, Schreie der Erleichterung. Ein leises Schluchzen. Wohl von dem Mädchen mit der blutroten Puppe.

Keine Bilder, nur Lärm, dann Totenstille. Ich kann nicht sehen, reiße die Augen auf, will sehen, will mich überzeugen, dass nicht sein kann, wovon ich längst weiß, dass es ist.

Endlich gelingt es mir, die verklebten Lider zu öffnen. Ich erwache, schweißgebadet. Hauttränen vermischen sich mit Augentränen.

Nikanor ist tot.

Wie oft wird er noch sterben müssen, bis ich es endlich begreife.

# 2 Schwarz

Der Traum verfolgte mich Nacht für Nacht, über Wochen, ja Monate. Ich ersann Ränke, ihm zu entkommen, mied den Schlaf, versuchte es mit Wein. Erst als ich ihn als Gefährten lichtloser Stunden akzeptierte, ihn wie einen getreuen Hund betrachtete, der sich allnächtlich neben dem Bett seines Herrn ausstreckt, verlor ich meine Angst. Der Traum wurde seltener, die Bilder schwächer, der Lärm in meinem Kopf verhaltener.

Allmählich fand ich zurück in meine Gewohnheiten, in meine Tagesroutine als Ärztin. Handgriffe, tausendfach geübt, fielen mir am leichtesten. Anders verhielt es sich mit Worten. Die ersten Wochen nach Nikanors tödlichem Unfall hatte ich als Gefangene verbracht, eingesperrt im Kerker der Sprachlosigkeit. Dann aber drangen durch Ritzen des Verlieses einzelne Wortfetzen, und bald schon folgten ganze Sätze. Ein Glück, dass ich in meinem Ärztehaus nicht allein war. Ohne den doppelten Einsatz meiner zuverlässigen Mitarbeiter wäre in der ersten Zeit wohl einiges schief gelaufen.

Kleitos und Myrrhine halfen mir in mehr als einer Hinsicht. An jenem blutigen Septembertag hatten sie mich irgendwie aus dem Circus Maximus fortgeschafft, nach Hause geschleppt, hatten mich behütet, gehegt und gepflegt. Ich habe keinerlei Erinnerung daran; auch der Begräbnisfeierlichkeiten, die von der *Factio russata* ausgerichtet wurden, entsinne ich mich nur dunkel. Der Direktor hatte eine Rede gehalten, in der er Nikanors außerordentliches Talent würdigte und ihn, den jungen *Milliarius*, in den Olymp der Wagenlenker aufsteigen ließ. Worte, strotzend vor Leere.

Die Kollegen, ehemalige Assistenten, die damals aber längst erfahrene Ärzte waren, hatten zunächst meine Pflichten übernommen. Myrrhine kümmerte sich neben ihrem Pensum auch um meine Patientinnen, assistiert von unseren beiden schon recht brauchbaren Schülerinnen Kynthia und Dana. Kleitos vertrat mich in der Öffentlichkeit, indem er kurzerhand einsprang und an meiner Stelle eine Debatte über die Auswirkungen des Coitus auf die Gesundheit der Frau bestritt.

Die praktische Arbeit griff ich bald wieder auf. Ich erledigte meine Arbeit im *Iatreion*, machte Hausbesuche und eilte zu Geburten. Aktivität war das beste Mittel, mich von quälenden Bildern abzulenken. Wettkampfmäßigen Auftritten blieb ich jedoch fern. Ich hatte weder den nötigen Mut noch die Kraft, diese Arena der besonderen Art zu betreten.

Umso mehr freute ich mich auf Audu, der in wenigen Wochen in Rom eintreffen wollte. Seine Unbekümmertheit war genau das richtige Heilmittel. Schon damals, als ich im Haus seines Vaters Amyntor lebte, hatte er mich bei allen erdenklichen Verrücktheiten unterstützt. So hatte ich ihn jeweils als Bewacher angestellt, wenn ich Experimente mit gefährlichen Drogen machte. Bis er eines Tages Onkel Amyntor holen musste, weil ich wegen einer zu hohen Dosis Opium im *Theriak* das Bewusstsein verloren hatte. Das gab Ärger!

Noch einmal las ich den Brief, den meine Sklavin Sinope am Vormittag vom Hafen mitgebracht hatte. Audu demnächst in Rom, auf der Durchreise nach Karthago. Soweit nichts Ungewöhnliches. Was mich aber erheiterte, war seine Aufforderung, ihn zu begleiten. Typisch Audu! Als ob man so schnell alles stehen und liegen lassen könnte. Er war wohl besorgt um mich. Kein Wunder, hatte er mich doch bei unserem letzten Treffen, kurz nach Nikanors Tod, in einem erbärmlichen Zustand erlebt.

Audu stand mir näher als meine eigenen Brüder. Wir sind in etwa gleich alt und haben entscheidende Jahre unserer Jugend gemeinsam verbracht. Meine Brüder aber sind beide jünger als ich. Leonidas war erst fünf und Antiochos vier, als ich unser Haus in *Samosata* verließ, um bei Onkel Amyntor das Handwerk der Medizin zu erlernen. Eine aufregende Zeit! Samosata darf sich dank *Hadrian* »Metropole« nennen, hat sich auch offensichtlich zu einer ansehnlichen syrischen Stadt gemausert. Alexandria aber stellt mit seiner unerhörten Eleganz des Lebensstils jede Konkurrentin in den Schatten, sogar Antiochia, die Heimatstadt meines Vaters Damasos. Imposant die Erhabenheit der prächtigen Bauwerke, unübertroffen der Reichtum an Schulen und Bibliotheken, einzigartig das Angebot an medizinischen Lehrveranstaltungen. All das wollte ich entdecken, erobern, mir aneignen. Meine grandiosen Pläne wären kläglich gescheitert, hätten nicht Amyntor und Ismene sich meiner angenommen. Sie wurden mir zu zweiten Eltern, und gleichzeitig kam ich zu einem abenteuerlustigen Kumpan, Audu.

Audu! Ich freute mich auf seinen Besuch, und als ich realisierte, dass ich mich wieder freuen konnte, begrüßte ich die Freude wie einen lang entbehrten Freund.

Und wer weiß, dachte ich, womöglich werde ich Audu tatsächlich nach Karthago begleiten. Eine Africareise. Warum eigentlich nicht?

# 3 Mandragora

Ein herrlicher Tag. Duftschwaden von Lavendel drangen vom Kräutergarten durch das offene Fenster und machten deutlich, dass der Sommer Einzug gehalten hatte, ohne auf Audu zu warten. Seine Ankunft verzögerte sich aus Gründen, die mir nicht bekannt waren. Nichts Ungewöhnliches, Planung war noch nie seine Stärke. Ich saß mit Kynthia und Dana in der *Apotheke* und lehrte sie die Zubereitung verschiedener schmerzstillender Mittel. Kynthia machte sich an einem Stapel *Weidenrinde* zu schaffen, die sie flink in eine Schale raspelte. Wie froh war sie, dass es endlich um den praktischen Teil der Sache ging, die eigentliche Herstellung der Medikamente. Die verschiedenen Substanzen kannte sie zwar nach ihrem Aussehen und Geruch, konnte sich aber die tausend Namen nur schwer merken. Sie ist langsamer und bedächtiger als Dana, auch einige Jahre älter, doch unschlagbar, wenn Ausdauer und praktische Geschicklichkeit gefordert sind. Dana mühte sich damit ab, den eingedickten schwärzlichen Saft des Schlafmohns zu Kügelchen zu formen, die anschließend zum Trocknen ausgelegt werden sollten. Mit dem Ärmel ihrer Tunika strich sie sich eine Strähne ihres blonden Haares aus dem Gesicht. Eine richtige keltische Schönheit, dachte ich, als sie sich vorbeugte und ihr Haar im Sonnenlicht aufleuchtete wie pures Gold. Dana hob seufzend die rechte Hand und zeigte ihre verklebten Finger.

»Zum Glück muss ich die Mohnkapseln nicht auch noch selbst melken, der Ertrag wäre erbärmlich. Alles bleibt an mir kleben.«

Kynthias Gesicht überzog sich mit einem Netz von Lachfältchen.

»Das ist der Tribut dafür, dass du so anziehend bist …«

Ein gellender Schrei zerriss die Luft, gefolgt vom Klirren des zerspringenden Opiumkruges, der aus meinen Händen geglitten war.

»Das ist Sinope«, rief ich, und rannte in den Hof. Ich fand

sie im Kräutergarten. Hacke und Schaufel lagen am Boden. Erstarrt fixierte sie einen Gegenstand, der neben dem frisch ausgehobenen Pflanzloch auf der Erde lag. Ich bückte mich und griff nach dem merkwürdigen Fund.

»Nicht berühren«, schrie sie, sodass ich vor Schreck das Ding wieder fallen ließ. Inzwischen waren Kynthia und Dana herbeigeeilt und kümmerten sich um Sinope, die nun laut klagend ihr Haar raufte.

Bevor ich meinen Arm erneut ausstrecken konnte, hob eine Männerhand das furchterregende Objekt aus dem Erdloch.

»Kleitos«, stieß ich aus, »was ist das?«

»Eine *Fluchtafel*«, sagte er und rieb die Erde von dem Stück Blei. Er löste einige Nägel, die durch das Bleipaket getrieben waren, faltete das Metall auseinander und versuchte, die Inschrift zu entziffern. Vergeblich. Griechische Buchstaben, soweit klar, aber ohne jeden Sinn. Wir zogen uns in die Küche zurück, wo ich eine Schüssel mit Wasser füllte. Nach gründlicher Reinigung erkannten wir, dass die Schrift rückwärts zu lesen war.

»Ich binde Charis, die Ärztin«, stand auf der Vorderseite der Bleilamellen. Mir war schwindlig, ich musste mich setzen. Myrrhine, die sich zu uns gesellt hatte, holte mir einen Becher Wasser.

Fremd und hohl klang Kleitos' Stimme, die langsam und stockend den Text auf der Innenseite vorlas:

*Ich binde Charis, die Ärztin*
*Götter der Unterwelt, Dreiköpfige Hekate, Persephone*
*Ich beschwöre euch*
*Hermes trismegistos, Bote zwischen den Welten*
*Ich rufe dich an*
*Bindet die Hände der Ärztin Charis*
*Auf dass sie kein Kind mehr zur Welt bringen kann*
*Die Frucht jeder Gebärenden soll verdorren*
*Wenn die Ärztin Charis der Geburt vorsteht*
*Bindet Verstand und Gedächtnis der Ärztin Charis*
*Auf dass sie keinem Kranken mehr Rat weiß*
*Bindet die Zunge der Ärztin Charis*
*Auf dass sie niemandem mehr schaden kann*

*Diesen Fluch entbinde und löse ich erst*
*Wenn die Ärztin Charis Rom verlassen haben wird.*

Schadenzauber! Eigentlich hielt ich nichts von solchen Praktiken. Nun aber, da ich den Beweis in Händen hielt, dass es jemanden gab, der mir schaden wollte, der mich mit Magie bedrohte, war ich doch weit mehr beeindruckt, als ich mir je hätte vorstellen können.

»Du hast Feinde«, sagte Kleitos beherrscht.

»Hast du einen Verdacht, wer es sein könnte?« Myrrhine klang beunruhigt.

Ich schüttelte den Kopf.

»Eine eifersüchtige Frau«, mutmaßte Myrrhine.

»Worauf sollte sie schon eifersüchtig sein?«, entfuhr es mir. »Wenn Nikanor noch lebte, dann vielleicht, aber jetzt …«

»Wir wissen ja nicht, wie lange das Ding schon im Garten liegt. Vielleicht wurde es vor Nikanors Unfall …«

Myrrhine schwieg abrupt.

»Du willst doch nicht etwa sagen, dass Nikanors Unfall mit der Fluchtafel in Verbindung steht?«

»Natürlich nicht«, beschwichtigte Kleitos, »Myrrhine gab nur zu bedenken, dass das Blei vielleicht schon vor Nikanors Tod vergraben wurde.«

»Und dass damit durchaus eine eifersüchtige Frau in Frage käme.«

»Hat er deinetwegen eine frühere Geliebte verlassen?«, fragte Kleitos vorsichtig.

»Eine?«, platzte Dana heraus, die sich unbemerkt in die Küche geschlichen hatte. »Bei einem berühmten Rennfahrer wie Nikanor muss man von einem ganzen Schwarm enttäuschter Geliebter ausgehen. Ein Schwarm von Bienen, die um ihren Nektar geprellt wurden.«

Sie erntete einen tadelnden Blick von Kleitos, der zum einen ihrer taktlosen Bemerkung galt, zum anderen ihrer unbändigen Wissbegier, die sie nicht nur beim Lernen, sondern mit Vorliebe auch bei Klatschgeschichten an den Tag legte.

»Sinope geht es besser«, sagte sie rechtfertigend. »Wir haben ihr zur Beruhigung einen Weintrunk gekocht. Kynthia kümmert sich um sie.«

»Dann schau jetzt nach meiner Patientin, die sicher schon auf mich wartet«, gebot Kleitos ohne Rücksicht auf Danas Neugier, »und richte ihr aus, dass ich mich verspäte. Du kannst auch schon die Instrumente für die Untersuchung bereitlegen, was es braucht, solltest du inzwischen wissen.«

Mit einem Blick des Bedauerns zog Dana ab, wagte es aber nicht, laut zu murren.

Kleitos schloss die Tür, öffnete sie dann noch einmal abrupt, um sich zu vergewissern, dass Dana nicht zum Horchen auf der Lauer lag.

»Charis, ich fürchte, die Sache ist ernster, als du denkst. Über eine eifersüchtige Frau müssten wir uns nicht groß Gedanken machen. Aber Eifersucht kommt nicht nur in Liebesdingen und nicht nur bei Frauen vor. Was, wenn die Bedrohung ihren Ursprung in Ärztekreisen hat?«

»Ja«, stimmte Myrrhine zu, »du bist immerhin sehr erfolgreich, wirst in vornehme Häuser gerufen. Dass man vor kurzem im kaiserlichen Palast nach dir verlangte, erregt Aufmerksamkeit und Neid.«

Unvermittelt wandte sie sich an Kleitos: »Glaubst du, dass Charis' Leben gefährdet ist?«

»Das glaube ich kaum«, meinte Kleitos. »So weit würden sie nicht gehen. Der Ruf aller steht auf dem Spiel, wenn in der Ärztearena Blut fließt. Doch habe ich bei der letzen medizinischen Vorführung bemerkt, dass nicht alle Kollegen Charis' Abwesenheit bedauern.«

»Man will mich also einschüchtern«, sagte ich und spürte, wie die Wut allmählich die Angst in die Flucht schlug. »Nicht mit mir! Die nächste Gelegenheit, öffentlich aufzutreten, übernehme ich wieder persönlich.«

Myrrhine und Kleitos wechselten Blicke. Öl ins Feuer meiner Wut.

»Unterschätze sie nicht. Sie können auch Schaden anrichten, ohne dir physisch etwas anzutun.«

»Rufmord zum Beispiel«, sagte Myrrhine.

»Zweideutige Bemerkungen, wenn eine deiner Patientinnen stirbt, was ja bei Geburten häufig genug vorkommt.«

»Herabsetzende Zwischenbemerkungen bei öffentlichen Vorträgen, Gerüchte über Misserfolge ...«

»Es reicht!«, rief ich, »man könnte meinen, ihr wolltet mich aus der Stadt ekeln.«

Ich ergriff das verfluchte Bleiding und entfernte mich wutentbrannt aus der Küche.

»Kommt nicht in Frage«, sagte ich laut vor mich hin, »mich schüchtert man so leicht nicht ein.«

Zu meinem großen Verdruss schlief ich in jener Nacht sehr schlecht. Wie ich es auch drehte und wendete, es gab keinen anderen Grund für die Schlaflosigkeit als die Angst, die sich Stunde für Stunde mehr aufblähte und die Wut in sich zusammensacken ließ.

# 4 Clivus Scauri

Es wurde Herbst, bis Audu endlich in Rom eintraf, und Spätherbst, bis wir reisefertig waren.

»Viel hat es nicht gebraucht, dich zu überzeugen«, sagte Audu am Vorabend unserer Abreise. Er leckte sich den Bratensaft von den Fingern, der ihm offenbar so gut schmeckte, dass er keinen Tropfen davon vergeuden wollte. »Ich war auf hartnäckigeren Widerstand gefasst.«

»Mit deiner gewaltigen Verspätung hast du mir jedenfalls genügend Zeit für Vorbereitungen gelassen. Allfällige Bedenken habe ich bald einmal über Bord geworfen, dein Angebot war zu verlockend. Bald vierzig und noch immer keinen Fuß auf Africa gesetzt, wenn das kein Grund ist!«

Audu ließ sich Zeit, musterte ausgiebig die ockerfarbenen Wände meines Speisesaals, auf denen nur andeutungsweise in Rot gehaltene *Aedicula* und vorgestellte Säulen die Dominanz der Farbe brachen. Dann erst begann er bohrend: »Sag nicht, dass Reiselust der Grund für deine Entscheidung ist.«

»Warum nicht?«, versuchte ich mich herauszuwinden. »Das geschichtsträchtige Karthago gehört zu den bedeutendsten Städten des Reiches. Rom kenn ich in- und auswendig, lebe ich doch seit Urzeiten im *Bauch des Imperiums*. Alexandria habe ich ein Viertel meines bisherigen Lebens gewidmet. Und Antiochia war einer meiner Spielplätze in Kindertagen.«

»Nimm den Mund nicht zu voll, Charis. Als du zu uns kamst, warst du gerade mal zehn Jahre alt. Ich bestreite ja nicht, dass du ein aufgewecktes Mädchen warst, ein apartes zudem, mit deinem dunklen Lockenkopf. Du hättest recht bald Furore machen können bei der alexandrinischen Jugend. Stattdessen hast du die meiste Zeit in Vaters Praxis verbracht, in muffigen Kammern, in denen die Kranken lagen, weil nichts dich mehr faszinierte als die Medizin. Von Alexandria hast du nicht viel gesehen, außer, wenn du mit mir unterwegs warst.«

»So selten war das nicht der Fall, dafür wusstest du mit phänomenaler Überzeugungskraft zu sorgen. Außerdem kam ich ein zweites Mal nach Alexandria, um meine medizinische Ausbildung zu vertiefen. Aber da warst du ja schon in Athen.«

»Athen ist auch nicht zu verachten«, sagte Audu und lehnte sich mit einem träumerischen Ausdruck im Gesicht zurück. »Diese Stadt ist zu ihrer alten Größe zurückgekehrt, Hadrian sei Dank!«

Ich wusste, dass er mit Athen ausgezeichnete Erinnerungen verband, nicht nur der Philosophie wegen, die er sozusagen an der Quelle geschöpft hatte. Soweit ich informiert war, hatte er dort eine abenteuerliche Studienzeit verbracht, und hätte er über seine *Attischen Nächte* geschrieben, wäre über Langeweile nicht zu klagen. Audu hatte in jungen Jahren so manche Frau betört, ich wusste davon nur in Andeutungen. Inzwischen bald vierzig, zieht er noch immer Blicke auf sich, wie ich auf dem Weg vom Emporium bis zu meinem Haus am *Clivus Scauri* festgestellt habe. Seinen attischen, ptolemäischen und nabatäischen Vorfahren ist in Audu eine äußerst vorteilhafte Kreation gelungen.

»Sprichst du von Athen oder von den Athenerinnen?«, spottete ich.

»Ach, das ist untrennbar miteinander verbunden. Die Stadt, die Geschichte, die Philosophie, die Künste, die Künstler und ihre Musen ...«

»Und hattest du ab und zu auch Zeit zu studieren?«

»Erst die Lebenserfahrung, dann die Philosophie«, sagte Audu vielsagend, »aber du kannst ja in Karthago meinen alten Studienfreund *Apuleius* befragen, der uns seine Gastfreundschaft angeboten hat. Er ist frisch verheiratet und lebt mit seiner Frau *Pudentilla* in Oea, einem Provinznest, wie er selbst sagt. Wir haben vereinbart, uns in Karthago zu treffen, wo Pudentilla eine Stadtvilla besitzt. Im vornehmen Viertel.«

»Oh, lass mich raten: Seine Angebetete ist blutjung, schön wie Helena und Erbin eines beträchtlichen Vermögens.«

»Mit dem Reichtum liegst du richtig«, sagte Audu und verzog das Gesicht.

»Keine Helena?«

»Das werden wir sehen, ich kenne sie noch nicht«, antwortete er ausweichend.

»Dann stimmt wohl etwas nicht mit dem Alter. Ist sie wenigstens schon Frau, oder hat dein Studienfreund eine Zwölfjährige geheiratet?«

Audu schüttelte den Kopf.

»In Athen hatten wir einen Mitstudenten namens *Pontianus*. Er war ein lustiger Kerl, etwas jünger als Apuleius, kam aus Oea.«

»Ja und?«

»Dessen Mutter hat Apuleius geheiratet. Sie wird gegen zehn Jahre älter sein als er und als Mutter zweier erwachsener Söhne ganz gewiss eine richtige Frau.«

Ich lachte, und Audu ließ sich nach einigem Zögern von meiner Heiterkeit anstecken.

»Immerhin ist sie vermögend«, meinte er maliziös.

Ich erwähnte Nikanor, der auch zehn Jahre jünger war als ich, was Audu sofort zum Schweigen brachte.

»Nur keine Verlegenheit«, sagte ich, »mein Vermögen ist zwar stattlich, gibt aber in Anbetracht von Nikanors *Preisgeldern* nur eine klägliche Beute ab. Außer finanziellen Erwägungen gibt es doch hin und wieder auch echtes Feuer.«

Audu nickte und schwieg. Für einmal hatte ich im Kampf der Worte gesiegt.

Ich lehnte mich zurück, schloss die Augen, sagte mir, dass endlich Zeit sei, mich zu entspannen. Die Reise kam mir gelegen. Den Entschluss hatte ich lange vor Audus Ankunft gefasst. Als dann die Sache mit der Fluchtafel aktuell war, redeten Kleitos und Myrrhine mir wie einem lahmen Gaul zu, Rom für eine Weile zu verlassen. Prompt widerrief ich alle Reisepläne. Keinesfalls wollte ich mich einschüchtern lassen. Dann aber erfuhr ich, dass Audus Gastfreund Apuleius nicht nur als Philosoph und Redner bekannt war. Er stand auch im Geruch eines Magiers, sodass die Sache einen neuen Reiz gewann. Von Apuleius hoffte ich, so manches in Erfahrung zu bringen über magische Praktiken und Menschen, die sie anwenden. Ich beschloss, Audus Angebot anzunehmen, sehr zur Erleichterung meiner Kollegen, die längst bewiesen hatten, dass sie im Iatreion auch ohne mich zurechtkamen. Eine Schiffsreise nach Africa stand mir bevor, Karthago zunächst, dann vielleicht die Städte der *Tripolitania*: *Oea*, *Sabratha*, *Leptis Magna*. Weit entfernt von Rom, kein Erwartungsdruck, kein Konkurrenzkampf. Niemand, der mich kennt, niemand, der mich auf Nikanor ansprechen kann. Oder doch? Ich öffnete die Augen, denn ich spürte, dass Audu mich beobachtete.

Selbstverständlich hatte ich mich nicht aus purer Reiselust dazu entschlossen, Audu in die Provinz *Africa proconsularis* zu begleiten. Die Kenntnisse eines Apuleius lieferten zwar einen guten Grund für die Reise, aber nicht den entscheidenden. Letztendlich war ich froh, der Arena zu entfliehen. Nicht dem Circus Maximus, sondern dem gigantischen Circus, der ganz Rom umfasst, und im Besonderen der kleinen Arena, in der die Ärzte in öffentlichen Disputationen gegeneinander antreten, einer Arena, in der man nur gut gewappnet und in bester Verfassung auftreten sollte, falls überhaupt.

In meinen ersten Jahren in Rom hatte mein Mentor *Soranos* die Aufgabe übernommen, mir Deckung zu geben. Er war mein Schild, auf den ich mich verlassen konnte. Unter seinem Schutz lernte ich, meine eigenen Waffen zu schärfen. Soranos starb hochbetagt, als hätte er mit Sterben gewartet, bis ich fähig war, auf eigenen Füßen zu stehen.

Ich hatte mir in Rom einen Namen gemacht, war anerkannt, wofür ich allerdings Jahrzehnte hart gearbeitet hatte. Vollgepackte Lehrjahre als Gehilfin meines Onkels Amyntor. Studium der alten und neuen medizinischen Schriften sowie Vorlesungen bei diversen renommierten Lehrern der ärztlichen Kunst in Alexandria. Danach die intensive praktische Lehrzeit bei dem großen Soranos, dem ich unendlich viel verdanke. Mehr noch als die Ärzte Alexandrias ist er mir Vorbild – in beruflicher wie auch in menschlicher Hinsicht. Er war es, der mich das Gespräch am Krankenbett lehrte, die Aufmerksamkeit, die es braucht, bevor man eine Diagnose stellt, die Geduld und Zuversicht, auf die jeder Patient angewiesen ist, besonders aber die Gebärende. Seine Aufzeichnungen sind wegweisend für jeden Arzt; für mich sind die Schriften, die er der Gynäkologie widmet, am bedeutendsten, denn ich konzentriere mich auf dieses Arbeitsfeld. Soranos war durch und durch *Epikureer*, ursprünglich Arzt aus der Schule der *Methodiker*. Am meisten aber imponiert mir, dass er ein unerhört unabhängig denkender Mensch war, der sich keiner Lehrmeinung beugte, auch nicht den Dogmen seiner eigenen Schule. Er fürchtete sich nicht in der Ärztearena – aber er hatte ein hohes Alter und Erfahrung wie kein anderer.

Gewiss, auch nach Soranos' Tod war ich all die Jahre nicht allein geblieben. Nach meinem zweiten Aufenthalt in Alexandria heiratete ich Antyllos den Chirurgen. Mit ihm kämpfte ich über viele Jahre Schulter an Schulter. Gerne hätte ich ihn jetzt an meiner Seite gehabt. Wie hätten wir zusammen über die medizinischen Schaukämpfe gespottet, über das Gockelgehabe der renommierten Kollegen, die sich gegenseitig die Federn ausrupfen; wir hätten uns auch von der Fluchtafel nicht einschüchtern lassen. Antyllos hat man einst für Monate vom Olymp der Ärzte gestürzt, als ihm ein Senator bei einer Beinamputation unter den Händen wegstarb. Keinen Augenblick haben wir daran gedacht, Rom zu verlassen.

Aber allein?

Und Nikanor? Er war ein Mann, der das Schicksal herausforderte. Es war nicht seine Aufgabe, mir in meiner Arena zu helfen; er hatte genug zu kämpfen in seiner eigenen. Und ich bedurfte seiner Hilfe nicht. Er gab mir etwas anderes. Nikanor ließ mich jung fühlen, begehrenswert, unverschämt weiblich und verführerisch – in einer Zeit, da ich mit Liebesabenteuern beinahe schon abgeschlossen hatte. Mit siebenunddreißig Jahren, nicht lange nach Antyllos' Tod, hatte ich mich verliebt in den gefährlich jungen Wagenlenker. Mit ihm hatte ich die berauschende Wirkung Amors kennengelernt. *Amantes amentes!* Ich pfiff auf die Vernunft, tauchte ein in den Strudel des Augenblicks, genoss es, Nikanor beim Training mit den Pferden zuzusehen, erfreute mich an seinem beweglichen, sehnigen Körper, seinen langen windgepeitschten Haaren, atmete den wilden, salzigen Geruch seiner Haut, entzündete mich an der

Hitze seines Atems. Und dieser Mann, der das Tempo liebte, das Risiko, das Unerhörte, das Unerreichbare, dieser Mann, der es dem *Diokles* gleichzutun gedachte, starb, zu Tode getrampelt auf der Rennbahn, in seinem siebenundzwanzigsten Jahr.

»Jung stirbt, wen die Götter lieben!«

»Darf ich fragen, was du da vor dich hinmurmelst?«, fragte Audu.

»Ich habe offenbar laut nachgedacht«, sagte ich widerstrebend, »über den Satz, den Capito deklamierte, als er mich in meinem Haus aufsuchte, um mir sein Beileid auszusprechen. Er ist geschmacklos, besonders in Anbetracht der Hintergründe des Unfalls.«

Audu musterte mich fragend. »Welche Hintergründe? Und wer ist Capito?«

»Capito ist ein Mehlsack in Toga, der Direktor der Factio russata. Er weigerte sich, Nikanors Leitpferd freizugeben, wo doch jeder weiß, dass auch der beste Wagenlenker nicht siegen kann ohne sein Spitzenpferd in der äußeren linken Position. In der Kurve hängt alles von dieser Besetzung ab. Nikanor und Compressor waren perfekt aufeinander eingespielt, die ideale Kombination. Und Capito wusste das genau.«

»Aber wie kommt es, dass der Direktor der Roten Nikanors Leitpferd zurückgehalten hat?«

»Sie sind sich nicht einig geworden beim Verhandeln. Capito konnte für den Einsatz dieses Pferdes Phantasiepreise nennen, denn Compressor war der absolute Publikumsliebling. Der Praetor wollte diesen Phantasiepreis nicht bezahlen. Die Ausgaben für die Ludi Romani sind exorbitant, die staatliche Kasse aber limitiert. Alles, was das Budget übersteigt, geht auf Privatkosten des Praetors. Und das ist eine enorme Summe. Beide blieben hart und rechneten damit, der andere werde im letzten Moment nachgeben.«

»Was dann nicht geschehen ist, weil keiner sein Gesicht verlieren wollte.«

Ich nickte.

»Als Nikanor sich beschwerte, meinte Capito nur beiläufig, schlimmstenfalls würden eben die Grünen gewinnen, was wiederum einen gewissen *Lucius* erfreuen dürfte. Der Praetor gehe das größere Risiko ein, weil er mit seinem Geiz ganz Rom gegen sich aufbringe.«

»Nikanor wollte den Sieg dennoch ertrotzen«, sagte Audu, »und das kostete ihn das Leben.«

»Compressor ist übrigens nur wenige Monate danach verendet, als hätte er ohne Nikanor nicht weiterleben wollen. Es hieß, er habe das Essen verweigert und sei elend zugrunde gegangen.«

Ich sah, dass Audu abwog, ob es ratsam sei, das Gespräch zu vertiefen. Während seines ganzen bisherigen Aufenthaltes hatte ich derartige Versuche im Keim erstickt. Unwillkürlich richtete ich mich auf. Nicht heute. Wir hatten eine lange Reise vor uns. Genügend Zeit.

So schwiegen wir eine Weile. Es war ein wohlwollendes, entspanntes Schweigen, und ich spürte Vorfreude auf die Reise. Wir beschlossen, noch einen letzten Becher Wein zu trinken und uns früh schlafen zu legen, denn wir wollten bei Tagesanbruch nach Ostia aufbrechen.

»Ich habe das Gepäck nach unten bringen lassen«, sagte ich. »Es ist ein ansehnlicher Haufen, das halbe Atrium ist verstellt. Sinope wird für den Proviant sorgen. Und wenn unsere Sinope sich um den Proviant kümmert, könnten wir damit eine Schiffsreise bis nach Alexandria überstehen.«

Ich ging in meine Schlafkammer. Jetzt blieb einzig eine kleine Sache zu erledigen. Verborgen unter der Tunika trug ich einen Schlüssel, der wie Schmuck an einem Halsband befestigt war. Ich streifte das Band über den Kopf und betrachtete den Schlüssel, dessen Griff nach der Gestalt eines kleinen Kamels geformt ist. Wie alt mochte dieses Kamel inzwischen sein? Es war mir feierlich zumute, als ich vor die alte, nabatäische Holztruhe trat. Mit beiden Händen strich ich über das Zedernholz, folgte mit den Fingern den geschnitzten Palmenkronen, die in fortlaufenden Bändern die Truhe umgeben. Das Stück ist zweifellos ein Zeugnis prachtvoller Kunstfertigkeit, einzigartig für mich, denn das Hauptmotiv, das in vier Bildern in das Möbel geschnitten ist, erzählt die Geschichte meiner Vorfahren. Die erste Kassette zeigt einen Hain von Weihrauchbäumen bei der Ernte; über die hintere Längswand zieht eine Karawane mit der kostbaren Last. Im dritten Bild fahren beladene Schiffe über das Meer. Das Frontrelief aber – es hatte mir schon als Kind am besten gefallen – lässt Petra, die Stadt meiner Ahnen, in ihrer ganzen Pracht erstehen. Erinnerungen stiegen auf, die ich zurückdrängte. Immerhin hatte ich früh aufzustehen. Ich ergriff den Schlüssel und drehte ihn im Schloss. Dann legte ich beide Hände an die geschnitzten Elefantenköpfe, die als Haltegriffe dienen, und hob den Deckel. Behutsam entnahm ich der Truhe die sorgsam gehüteten Schriftrollen und legte sie, sicher verpackt, zusammen mit dem Bleitäfelchen in meinen Beutel, den ich auf der Reise stets auf mir tragen würde.

Ich war bereit. Die Reise konnte beginnen.

# 5 Teigtaschen und Arenen

So schnell ging es vorerst nicht los. Wir hatten auf eine Abreise ohne Verzug gehofft, stattdessen hingen wir nun in Ostia fest. Die »Demeter« lag zwar im Hafen, auslaufbereit, wie mir schien, doch konnte uns niemand einen verbindlichen Zeitpunkt für die Abfahrt nennen. Am späten Nachmittag gab uns der Schiffskapitän den Rat, ein Gasthaus in Hafennähe zu suchen. Vielleicht wisse man morgen früh Genaueres.

Wir überlegten, ob wir die Nacht bei unseren Verwandten verbringen sollten. Maliku, ein Mitglied der weitverzweigten nabatäischen Sippe, der im familieneigenen Unternehmen mit Weihrauch und Gewürzen handelt, besitzt ein geräumiges Haus in Ostia. Die Versuchung war groß, die Gastfreundschaft der Familie zu beanspruchen. Komfort und Atmosphäre sprachen eindeutig für die private Lösung. Aus Angst, nach all der Warterei am Ende doch noch das Schiff zu verpassen, entschieden wir uns dennoch gegen die Luxusvariante. Das Gasthaus in Hafennähe hieß »zum Anker« und war recht schäbig. Wir teilten uns ein Zimmer und die Vorräte, die Sinope liebevoll gerichtet hatte, denn ein Blick auf Koch und Küche ließ es wenig ratsam erscheinen, in der Gaststube zu ankern.

»Da lob ich mir unsere Sinope«, sagte ich, nachdem ich mehrere Leinenpakete aufgeschnürt und Köstlichkeiten, wie gefüllte Teigtaschen, Schinken, Würste, Früchte und Käse, zutage gefördert hatte.

»Mit Sinope hast du einen guten Griff getan, wo hast du sie her?«

»Sie arbeitete im Rennstall der Roten, in der Küche. Ein raues Klima! Ich sah sie ab und zu, wenn ich mit Nikanor dort war. Der Massenbetrieb mit mehr als zweihundertfünfzig hektischen Mitarbeitern bekam ihr gar nicht gut. Nikanor bemerkte es, und weil er sie mochte, hat er sie kurz entschlossen gekauft und mir zum Geschenk gemacht.«

»Mich wundert, dass sie ihm überlassen wurde.«

»Du kannst dir denken, dass Capito einen maßlos überteuerten Preis verlangt hat. Aber Nikanor störte es nicht. Geld hatte er ja wahrlich genug, bei den Preisgeldern, die er einstrich.«

»Die Teigtaschen sind köstlich. Womit sind sie gefüllt?«

»Mit Wildschwein und Pilzen. Sinope stammt aus der Gegend des *Pontos*, aus *Paphlagonien*, es handelt sich um ein Rezept aus ihrer Heimat.«

»Als ich sie heute früh bei der Verabschiedung genauer betrachtete, fiel mir auf, wie wunderbar sie ihre Kochkünste verkörpert.«

»Mit ihren runden Kurven?«, fragte ich belustigt.

»Mehr aufgrund des befriedigten Gesichtsausdrucks. Obwohl sie tatsächlich Assoziationen an eine duftende, reife Honigmelone erweckt. Dein Kleitos wirkte indessen gar nicht glücklich.«

»Es war aber auch entsetzlich früh«, gähnte ich bei der bloßen Erinnerung an das unzeitige Aufstehen. Es war mir wieder entfallen, aber Audus Beobachtung war zutreffend. Kleitos hatte tatsächlich sorgenvoll in die Welt geblickt. Bei der Verabschiedung wirkte er übernächtigt und angespannt. Ob es ihm doch zuviel wurde mit den beruflichen Verpflichtungen? Oder waren es Sorgen um mich, wegen der Fluchtafel?

»Wie ein verschrumpelter Rettich. Warum war der überhaupt so früh auf? Er beginnt doch sonst erst viel später mit der Arbeit.«

Audus Reaktion überraschte mich. Was war los mit ihm? Vielleicht die Müdigkeit, der lange Tag, der Ärger über die Warterei. Ich schlug vor, schlafen zu gehen. Den Gartenfund verschwieg ich ihm. Ich hatte meine eigenen Pläne und wollte vermeiden, dass Audu die Sache an sich riss.

Als wir am nächsten Morgen am Hafen nach dem Schiff fragten, erhielten wir dieselbe Antwort wie am Vortag, nämlich gar keine. Nicht einmal den Grund für die Verzögerung konnten wir in Erfahrung bringen.

Wir verbrachten einen weiteren Tag mit Warten, schlenderten durch die Hafengegend, setzten uns auf eine sonnenbeschienene Mauer und schauten einem *Urinator* zu, der nach Frachtstücken tauchte, die beim Löschen des Schiffes ins Wasser gefallen waren. Eigentlich liebe ich die Atmosphäre von *Portus* mit seinen Heerscharen von Hafenarbeitern, Händlern und Verwaltern. Es ist, als habe man ein Konzentrat aller Provinzen vor sich. Wartet man aber ungeduldig auf die Abreise, hält sich das Interesse am geschäftigen Treiben in Grenzen. Als abzusehen war, dass die »Demeter« frühestens am nächsten Morgen auslaufen würde, machten wir uns auf zum Stadtzentrum, um die Wartezeit für ein Badevergnügen zu nutzen. Audu wählte die eben erst eröffneten Thermen am Forum, die von sich reden machten wegen ihrer Pracht und der ungewöhnlichen architektonischen Anordnung der Baderäume. Für Frauen standen an jenem Nachmittag die Neptunthermen zur Verfügung. So kam ich neben dem vollen Service des Badens und der Körperpflege in den Genuss, dem Meeresgott und seiner Gemahlin persönlich zu begegnen. Neptun, wie er mit seinen wilden Rossen über das Meer braust. Ein herrliches Mosaik! Einen kurzen Moment lang gab mir der Anblick des Viergespanns einen Stich ins Herz, den ich aber erfolgreich abwehrte, indem ich mich beim Meeresgott über die Verzögerung unserer Schiffsreise beschwerte und mich dann wieder den Freuden und Leiden der Körperpflege zuwandte.

Zwei Stunden später war ich mit Audu auf dem Platz der *Korporationen* verabredet, unmittelbar neben den Neptunthermen. Der riesige, von Säulenhallen gerahmte Platz ist mit Statuen zu Ehren von Persönlichkeiten bepflanzt, die dazu beigetragen haben, Ostia zu Bedeutung und Wohlstand zu verhelfen. Ein Blick auf die Grünfläche genügte, um festzustellen, dass Audu sich anderswo verborgen hielt. Kein Wunder. Es hatte soeben angefangen zu regnen, und im Nu hatten sich alle unter den Schutz der bedachten Säulenhallen geflüchtet, was die Suche nach ihm nicht gerade erleichterte. Mir blieb nichts anderes übrig, als den dicht bevölkerten Säulengang abzuschreiten, der über siebzig Gesellschaften von Reedern, Händlern und Handwerkern beherbergt, die hier an diesem Knotenpunkt mit einer Zweigstelle vertreten sind. Wahrscheinlich hatte sich Audu seinen Standort mit Bedacht ausgewählt, aber da ich die einzelnen Niederlassungen nicht kannte, beschloss ich, systematisch vorzugehen. Vom *Decumanus Maximus* ausgehend schritt ich die rechte Längsseite ab, beginnend mit den Seil- und Werghändlern, den Ledergerbern und den Reedern, die das Holz verschiffen, einer Korporation, die wegen ihrer immensen Bedeutung von allerlei Privilegien profitiert. Sehr zum Ärger meines Cousins Maliku, dem diese Vergünstigungen nicht zuteilwerden. Es folgten der nicht minder bedeutende Getreideimport und anschließend die Handelsvereinigungen diverser afrikanischer Städte. Sinnigerweise stand Audu vor einer Niederlassung, deren Bodenmosaik beim Eingangsbereich mit einer Inschrift und einem Elefanten für Sabratha warb.

»Zum Glück habe ich auf der richtigen Seite angefangen«, murrte ich, »andernfalls hätte ich mir bei der Suche die Füße wundlaufen können.«

»Sei froh, dass ich mich nicht auch auf die Suche gemacht habe, sonst wären wir womöglich ewig im Kreis marschiert.«

»Gibt es Neues über unser Schiff?«

»Ja, schwache Anzeichen, wonach es morgen früh die Anker lichten soll.«

»Dann lass uns feiern, indem wir uns ein teures Lokal leisten und einen guten Wein.«

»Aha, keine Hafenkneipe.«

Wir verließen den Platz in Richtung Decumanus Maximus. Der Platzregen hatte sich verzogen. Vor dem Theater stießen wir auf eine Zuschauermenge, die hier ganz und gar kostenlos einer Aufführung beiwohnte. Was zunächst wie eine Komödie anmutete, entwickelte sich zunehmend zu einer Tragödie. Im Zentrum der Aufmerksamkeit stand ein etwa dreißigjähriger Mann mit langen, schwarzen Haaren und einem leicht entrückten Blick. In pathetischen Worten erzählte er, wie er auf wundersame Weise von seiner Lähmung geheilt worden sei.

»Gott *Glykon*, der neugeborene *Asklepios*, hat mich geheilt, als ich schon jede Hoffnung auf Gesundung aufgegeben hatte. In letzter Verzweiflung suchte ich Rat beim Orakel in *Abonuteichos*. Und nun bin ich geheilt. Seht nur her!«

Zu diesen Worten tanzte er in wilden Schritten und mit wehenden Haaren vor der Menge herum und schrie:

»Heil dem Asklepios, Heil Glykon und Heil seinem Propheten *Alexandros von Abonuteichos!*«

Einige lachten, andere zweifelten angesichts des besessenen Tanzes seine Lähmung an, während Einzelne in Hinsicht auf eigene Gebrechen mehr erfahren wollten über Gott, Orakel und Propheten. Die Diskussion war in vollem Gang, als ein älterer, langbärtiger Mann mit barschen Worten dazwischenfuhr, den Orakelpreiser einen falschen Propheten nannte und ihn der Gotteslästerung bezichtigte.

»Es gibt nur einen Gott, und das ist der Schöpfergott, der Vater unseres Herrn Iesous Christos, der am Kreuz für uns gestorben ist. Er allein ist unser Retter für Leib und Seele.«

Der Alte redete sich in Wut und Eifer, und eine Schar von Anhängern, die ihn begleitete, nickte und rief:

»Wahrlich, so ist es, gepriesen sei unser Herr und Gott! Selig die Armen im Geiste, denn ihrer ist das Himmelreich!«

Aus der Menge löste sich ein gepflegter junger Mann und stellte sich dem alten Langbart entgegen.

»Der Gekreuzigte ist unser aller Retter, sein Vater der wahre Gott, der nichts mit dem Schöpfergott gemein hat. Denn der Schöpfergott ist ein alter Gott, der Gott der Juden. Einst hat er Himmel und Erde erschaffen und auch das Böse. Er hat sich längst zurückgezogen und kümmert sich nicht um uns.«

»Ein Anhänger des *Markion*«, schrie die Gefolgschaft des Alten, »exo!, exo! Ausgestoßen seid ihr, weichet von uns.« Sie kreisten den jungen Herausforderer, der keine Beschützer um sich hatte, bedrohlich ein.

»Lasst ihn zufrieden«, rief ein Zuschauer und näherte sich den Streitenden, um schlichtend einzugreifen. Als der Vermittler aber in Reichweite des Langbarts gelangte, wurde er von einem muskulösen Mitstreiter des Alten niedergestreckt.

»Gebt es ihm«, schrie es aus der Menge.

»Warum ihm? Der Alte ist es, der Streit sucht.«

Die Stimmung erhitzte sich, schlug um in Aggressivität, wie ich es oft in den dichtgedrängten Rängen des Circus Maximus erlebt hatte. Längst hatte sich der vormals Gelähmte unter die Zuschauer gemischt, und auch dem Ausgestoßenen war es gelungen, sich in der Menge zu verkriechen. Nur der Langbart wetterte unermüdlich weiter, drohte mit dem Weltuntergang, der Strafe Gottes durch ein letztes Gericht, das endgültig alle Ungläubigen und Falschgläubigen vernichten werde. Die aufgeladene Stimmung in der Menge versprach nichts Gutes.

Audu packte mich am Arm und bahnte uns einen Weg aus dem Gewühl.

»Fürchtest du dich vor dem Gericht?«, spottete ich.

»Allerdings, wenn auch nicht vor dem hier angekündigten. Wenn es jetzt zum Tumult kommt, endet es womöglich in einem Gerichtsfall wegen Volksaufruhr. Ich habe nicht die geringste Lust, festgehalten zu werden, auch nicht als Zeuge.«

»Recht hast du. Immerhin haben wir für morgen Reisepläne.«

»Na also! Hattest du nicht etwas von Essen gesagt?«

Der Wein und die Aussicht auf die Abreise hellten unsere Stimmung beträchtlich auf. Audu erzählte von seiner Zeit in Athen, von exzessiven Trinkgelagen und gewagten Liebesabenteuern, die schnell einmal gefährlich werden konnten, denn die Frauen Athens bewegen sich lange nicht so frei wie die Frauen Roms. Die Philosophen, so Audu nicht schamlos übertrieb, waren ein Völkchen für sich. Er hatte sich alle angesehen.

»Zunächst verkehrte ich bei Lukios Kalbenos *Tauros* aus Berytos, der eine Schule nach dem Vorbild der Platonischen Akademie führte. Tauros unterrichtete in seinem Privathaus, empfing seine Schüler zu heiteren aber gelehrten Symposien. Bei ihm lernte ich *Herodes Atticus* kennen, bei einem späteren Aufenthalt Aulus *Gellius*. Tauros war ein netter Mensch, doch wurde es mit der Zeit etwas monoton. Zwar diskutierten wir über die Philosophie Platons, verglichen mit Aristoteles, allzu oft erging sich Tauros aber in Ratschlägen über die Charakterbildung. Oder er ereiferte sich über die Epikureer.«

»Worauf du dich beeilt hast, dich mit den Epikureern zu assoziieren, stimmt's?«

»Selbstverständlich habe ich mich mit den Schriften des

*Epikuros* auseinandergesetzt. Doch war und bin ich der Meinung, dass man, wenn schon, sich mit allen Richtungen auseinandersetzen sollte.«

»Du hast dich also keiner Schule angeschlossen?«

»Nein, obschon ich die Epikureer als klare Denker schätze. Aber viele ziehen sich so stark aus dem öffentlichen Leben in ihr Gärtchen zurück, dass es ...«

»... dir auch wieder zu langweilig wurde.«

Audu lachte. »Mit den *Kynikern* war es da schon unterhaltsamer. Auf dem Marktplatz machten wir uns einen Sport daraus, die Leute zu provozieren, auf echt kynische Art.«

»Warum bist du eigentlich nicht bei der Philosophie geblieben?«

»Was soll's! Ich fand es interessant, mich damit zu befassen. Tagelanges Disputieren ist aber auf Dauer keine befriedigende Tätigkeit für mich. Dennoch bereue ich die Zeit in Athen keinesfalls. Die Vertreter der verschiedenen Schulen zu studieren, war aufschlussreich. So unterschiedlich ihre Lehren auch sein mögen, in ihrem Auftreten sind sie sich sonderbar ähnlich. Sie tragen den Philosophenmantel und lange Bärte, lehren die Welt in geschliffenen Reden, materielle Werte zu verachten, liegen sich aber erbittert in den Haaren, sobald es einen Lehrstuhl zu vergeben gibt, als wären Prestige und Geld das einzige Gut.«

Ich seufzte verständnisvoll und dachte an unsere letzte Debatte unter Ärzten, bei der es, wie so oft, kaum mehr um Wissensaustausch oder interessante Fragestellungen ging, sondern lediglich um Ansehen und Rechthaberei.

»Und die Bildhauerei?«

»Was dir schon früh die Arbeit als Ärztin bedeutete, das ist für mich das Gestalten als Bildhauer, mit dem einzigen Unterschied, dass ich etliche Jahre länger brauchte, um meine Passion aufzuspüren.«

Ich lachte. »Mädchen sind eben schneller.«

Aber nicht in jeder Hinsicht, dachte ich, noch während ich den Satz aussprach.

»Fehlt er dir sehr?«, fragte Audu, dem mein Stimmungsumschwung nicht entgangen war. Er beugte sich vor und strich mit seinem Zeigefinger über meine Wange.

Ich wich zurück. »Lass uns aufbrechen. Wir müssen morgen früh auf.«

Wir machten uns auf den Weg zum Gasthaus. Aber Audu ließ nicht locker. Diesmal weigerte er sich, auf einen anderen Kurs einzuschwenken. Er wartete geduldig, bis ich ihm endlich erzählte, was mich im letzten halben Jahr in Rom so bedrückt hatte. Es war nicht nur der Verlust von Nikanor; damit hatte ich gelernt zu leben. Es waren die Fragen, die an mich herangetragen wurden, perfide Fragen, getarnt unter dem Mantel des Mitgefühls, gestellt von neugierigen Menschen, die mich nichts angingen.

»Wundert es dich?«, sagte Audu mild. »Du bist eine bekannte Persönlichkeit von öffentlichem Interesse. Seit Jahren kennt man dich. Charis, die erfolgreiche Ärztin, Nachfolgerin des großen Soranos. Ehrwürdige Gattin des ehrwürdigen Chirurgen Antyllos. Dann Witwe. Und plötzlich blüht sie auf, kleidet sich eleganter, schminkt sich sorgfältiger, trägt mehr Schmuck, lacht häufiger, ist nicht mehr jederzeit zur Verfügung, wenn sie gerufen wird. Wie soll es da kein Getuschel geben. In Rom?«

»Du hast recht. Wahrscheinlich haben sie längst über uns gesprochen. Eine ehrbare Dame mittleren Alters, aus der Korporation der Ärzte, lässt sich plötzlich an der Seite eines Wagenlenkers blicken, der zudem mindestens zehn Jahre jünger ist als sie. Aber ich habe nicht auf das Geschwätz geachtet, es hat mich nicht betroffen. Ich fühlte mich unverletzbar – ganz einfach nur glücklich.«

»Dann kümmere dich weiterhin nicht um das Gerede dummer Menschen.«

Es war das erste Mal, dass ich über diese Dinge sprach, und es erleichterte mich. Neugierige Fragen geschwätziger Leute, aber auch ungeschickte Worte wohlmeinender Tröster hatten mich verunsichert, ja, beschämt. Bestimmte Worte und Fragen hatten sich in mich hineingefressen wie ätzende Säure in eine Marmorplatte. Was hatte ich mir denn von einer solchen Liebesbeziehung erhofft? Das hätte doch auf die Länge ohnehin nicht gut gehen können. Nun wusste ich die Antwort wieder, die ich den eigenen Zweifeln entgegensetzen konnte. Was kümmert mich, was in zehn Jahren ist. Ich lebe jetzt. Und jeder Tag, den ich nicht bis zur Neige ausschöpfe, ist unwiederbringlich verloren.

Rom war weit weg. Und in jenem Augenblick hätte nichts auf der Welt mich durcheinanderbringen können. Kein Geschwätz auf dem Forum. Nicht einmal eine im Kräutergarten vergrabene, bekritzelte Bleitafel.

# 6 Pulvinar

In dieser Nacht träumte ich wieder von Nikanor. Es war im Circus Maximus, doch hatte ich meinen Platz im *Pulvinar*, auf seidenen Kissen, die sich plötzlich zu einer üppigen Liegestatt ausweiteten, die ganze Arena mutierte zum weich gepolsterten Bett, und der Kampf in der Arena war entsprechend anderer Natur. Ich fühlte seine Nähe, spürte seine Glut, atmete den herben Geruch seiner Haut. Kein *Pferderennen* ohne festlichen Aufzug, das Vorspiel, die *Pompa*. Die Nachmittagssonne drang durch die Ritzen der Fensterläden, tanzte auf meinem nackten Bauch, auf meinen Brüsten, meinem Hals. Nikanor haschte nach den Sonnenflecken und ließ sie auf seiner Zunge zergehen. Wir ließen uns Zeit, warm zu werden, genossen den Vorlauf in verhaltenem Trab. Angespannte Erwartung trieb uns voran. Das Tempo steigerte sich, wir ritten nun in gestrecktem Galopp, ließen die Zügel schießen. Bald war ich Wagenlenkerin, dann wiederum peitschte Nikanor uns in höchste Raserei. »Ja«, schrie ich, »gut so, weiter, weiter, weiter!« Gegenseitig trieben wir uns den Schweiß aus den Poren und jagten in die Zielgerade.

Ich erwachte keuchend, nass am ganzen Körper. Mit Schrecken realisierte ich, wo ich war, und dass ich das Zimmer mit Audu teilte. Ob ich im Traum gesprochen hatte? Ich konnte nur hoffen, dass Audu mit gutem Schlaf gesegnet war.

Zum Glück war am nächsten Morgen Eile geboten. Wir hatten ein Schiff zu besteigen, und wunderbarerweise war die Mannschaft bereits im Begriff, an Neptuns Altar die Opferriten zu begehen, die für eine glückliche Fahrt sorgen sollten. Die Hektik war mir willkommen. Wir beschäftigten uns damit, unser Gepäck an Bord zu schaffen und uns häuslich einzurichten. Erst als wir schon auf offener See waren, kam Audus Frage, die ich schon seit dem Morgengrauen gefürchtet hatte.

»Hast du wieder von der Arena geträumt?«

»Wie kommst du darauf?«

»Du warst außer dir, hast geschrien und gekeucht.«

»Muss vermutlich so gewesen sein«, sagte ich vage, »ich kann mich nur dunkel erinnern, dass es wieder um ein Rennen ging. Aber diesmal ist Nikanor heil ins Ziel gekommen.«

Audu betrachtete mich aufmerksam und lächelte.

In der kommenden Nacht schlief ich so schlecht, dass ich nicht Gefahr lief, von Nikanor zu träumen. Ich führte es auf die unvermeidbaren Qualen der Seereise zurück. Wer kann schon schlafen, wenn Schiff und Magen sich in permanentem Schlingern befinden, wenn ein ständiger Krach herrscht wie in Römischen Nächten? Ich blickte zu Audu. Er konnte es offensichtlich. Sein Atem ging langsam und regelmäßig. Wovon er wohl träumte?

Lange blieb ich wach. Ich konzentrierte mich auf den Lärm, lauschte den mannigfachen Geräuschen, die, Botschaften gleich, vom Schiff ausgingen. Geschwätzige Wellen, die sich am Schiffskörper brachen, überbrachten die Antworten des Meeres.

# 7 Schriftrollen

Als ich aufwachte – offenbar war ich vor Sonnenaufgang doch noch eingeschlafen –, hatte Audu seinen Schlafplatz an Deck geräumt und einige Leckereien aus Sinopes unerschöpflichem Vorrat zum Frühstück gerichtet: Brot, Käse, Oliven, Nüsse, Datteln, Honig, gesalzenen Fisch, eingelegte Zwiebeln und Lauchgemüse.

»Fladenbrot? Das ist aber nicht aus Sinopes Ofen. Wie kommst du denn dazu?«

»Akquiriert …, in der Schiffsküche«, kam es vage von Audu.

»Mit Beistand des *Hermes*?«

»Aber nein, wie denkst du denn von mir. Ganz ohne göttliche Hilfe, allein mit meinem Charme.«

Wir lachten. Schon lange hatte ich mich nicht so unbeschwert gefühlt. Der zweite Tag auf See, und schon war Rom mit seinen Albträumen fernab.

Zufrieden und satt lehnte ich mich zurück und schloss die Augen. Unwillkürlich legte ich meine rechte Hand auf den Beutel, den ich stets auf mir trug.

»Ich wüsste nur zu gern, was du so sorgsam in deiner Tasche hütest«, bemerkte Audu amüsiert.

»Hm, ich weiß gar nicht, ob ich es dir anvertrauen soll, bei deiner Affinität zu Hermes.«

Audu gab sich entsetzt. »Sag nicht, dass du Nikanors Preisgelder spazieren fährst.«

»Sei nicht albern. Man führt doch nicht ein Vermögen mit sich, wenn man es bequem hinterlegen kann.«

»Einen Familienschatz?«

»Sozusagen.«

»Schmuck?«

»Viel wertvoller, einmaliger, fantastischer.«

»Ich gebe mich geschlagen«, meinte Audu und zuckte mit den Schultern.

»Es sind Schriftrollen«, sagte ich. »Aufzeichnungen meiner

Großmutter Kamkam und unseres gemeinsamen Urgroßvaters Ruma aus Petra.«

Audu stieß einen verblüfften Pfiff aus. »Wie kommst du zu diesen Kostbarkeiten?«

»Großmutter hat sie mir vererbt. Ich weiß nicht, ob du es damals überhaupt erfahren hast. Wenige Monate nach deiner Abreise nach Athen erhielten wir in Alexandria die Nachricht, dass Kamkam ernsthaft erkrankt sei und nicht mehr lange leben werde. Ich beschloss kurzerhand, meine Studien zu unterbrechen und fuhr nach Petra, um Großmutter zu pflegen und mich um sie zu kümmern.«

»Nennt man das nicht Erbschleicherei?«

Ich versetzte ihm einen Rippenstoß.

»Du verkennst mal wieder die Tatsachen. Ich hing an meiner Großmutter, vielleicht, weil sie es war, die während Mutters langer Krankheit für mich sorgte. Nach Hadrians Inspektionsreise in den Osten erhielt mein Vater einen wichtigen Auftrag beim Ausbau von Samosata. Wir verließen Rom und zogen nach Syrien. Kurz darauf kehrte auch Kamkam in den Osten zurück. Sie war schon über siebzig, als sie ihr geliebtes altes Haus in Petra wieder bezog.«

»Warum hat sie das nicht schon früher getan?«, wunderte sich Audu. »Sie gehörte doch eigentlich nie so richtig nach Rom.«

»Aus Loyalität zum Kaiserhaus. Meine Großeltern haben den größten Teil ihres Lebens in Antiochia verbracht, bis mein Großvater Giton von *Apollodoros* nach Rom gerufen wurde. Es ging um die Ausgestaltung der Traiansmärkte und des neuen Forums.«

»Apollodoros von Damaskus? Der genialste Architekt aller Zeiten! Nun sag bloß, dass dein Großvater mit ihm zusammengearbeitet hat.«

»Noch besser: Giton war ursprünglich einmal sein Meister. Apollodoros lernte in jungen Jahren bei ihm.«

»Davon wusste ich nichts«, flüsterte Audu ehrfürchtig. »Kann ich in den Schriften deiner Großmutter etwas darüber erfahren?«

»Vielleicht«, sagte ich zögernd, »ich habe bisher erst wenig darin gelesen …«

»Unfassbar«, stammelte Audu, noch immer benommen, »Apollodoros von Damaskus …«

»Nun lass mich mal zu Ende erzählen! Apollodoros ließ also Giton, dem er ein Leben lang verbunden blieb, nach Rom kommen, und Kamkam begleitete ihren Mann. Sie gab ihren Glashandel auf, ebenso die Schreibkanzlei, die sie erfolgreich geführt hatte.«

»Und die Kinder?«

»Längst erwachsen. Meine Mutter Namele ist die jüngste der vier Kinder, und sie war damals schon aus dem Haus. Kamkam fiel es schwer, Antiochia zu verlassen, tat es aber, um in Gitons Nähe zu sein. Die beiden hatten sich in jungen Jahren unter abenteuerlichen Umständen in Rom kennengelernt, waren dann aber in den Osten gezogen, nach Antiochia. Die Stadt entsprach ihnen. Die geringe Entfernung zu Nabataea ermöglichte häufige Besuche in Petra, und selbst Reisen zu deinen Großeltern Taimu und Aspasia in Alexandria waren kein Problem. Nicht im Traum hätte Kamkam sich je gedacht, in Rom sesshaft zu werden.

Durch Apollodoros wurden meine Großeltern bei Kaiser *Traian* und dessen Frau *Plotina* eingeführt. Kamkam wurde zur Vertrauten Plotinas und erledigte ab und zu Schreibarbeiten für sie. Nach etwa zehn Jahren starb Giton. Ohne Plotina hätte Kamkam den Schmerz vielleicht nicht überlebt. Aber so hatte sie eine Aufgabe. Sie wurde mehr und mehr in interne Angelegenheiten des Hofes einbezogen. Ein Jahr später starb Traian, und nun war es Kamkam, die Plotina in dieser prekären Situation beistand. Erst nach Plotinas Tod kehrte sie nach Petra zurück.«

»Als Vertraute der Kaiserin hatte Kamkam bestimmt Kenntnis von mancherlei Staatsgeheimnissen«, mutmaßte Audu.

»Zweifellos. Doch schon als junge Frau war sie in eine Staatsaffäre verwickelt. Ich weiß es nur vage aus Kamkams Andeutungen. Genaueres muss man in *Rumas Schriftrollen* nachlesen.«

»Ich wusste nicht, dass wir so interessante Vorfahren haben.«

»Du hättest dich eben mehr mit deinem Großvater Taimu unterhalten sollen. Falls man Kamkam Glauben schenken darf, war er ein Abenteurer, der in der ganzen Welt herumgekommen ist. Das Handelsunternehmen, wie Maliku es heute in Ostia betreibt, wurde von unserem Urgroßvater aufgebaut. Ruma und sein Vater waren zunächst noch Karawanenführer. Zuvor waren unsere Vorfahren ein Clan von Wüstenfüchsen, die den Weihrauchkarawanen ihren Schutz anboten. Sie kannten jedes Wasserloch und waren mit allen Stämmen in Verbindung. Manche nannten sie auch Wüstenbanditen, denn wenn man ihren Schutz nicht in Anspruch nahm, waren die Karawanen gnadenlos dem Überfall der Stämme ausgeliefert, und ein Teil der Beute stand unserer Familie zu.«

»Das nennt man Zusammenarbeit! Hat Kamkam dir all diese Dinge erzählt?«

»Erst kurz vor ihrem Tod, als ich sie in ihrem Haus in Petra pflegte. Sie hinterließ mir die wunderschöne geschnitzte Holztruhe mit den Schriftrollen. Zunächst erhielt ich aber nur den Schlüssel, denn Kamkam gab die Truhe für zwanzig Jahre in Gewahrsam des *Dushara*-Tempels – zu meinem eigenen Schutz, wie sie sagte. Nach einigen Jahren wurde das wertvolle Stück in den nabatäischen Tempel nach Rom transportiert, wo ich es vor nicht allzu langer Zeit, nach Ablauf der zwanzig Jahre, abholen konnte. Du hättest mich sehen sollen beim Öffnen der Truhe. Meine Finger zitterten. Neben den Rollen sind geheimnisvolle Dinge verwahrt, deren Bedeutung ich noch nicht erfasse.«

»Was denn?«

»Ein Krummdolch, ein exquisites Haarnetz aus feinen Goldfäden und ein vollkommen durchsichtiges Seidenkleid, in dem ich es nicht wagen würde, mich blicken zu lassen. Das Merkwürdigste aber ist ein kleines Modell einer Säule mit Elefantenkapitell.«

Audu lächelte. »Das Elefantenkapitell hat etwas mit unserem Urgroßvater Ruma zu tun. Meine Großeltern pflegten darüber zu scherzen, wenn wir uns in Petra in der Empfangshalle aufhielten. Dort gibt es solche Säulen, wie du sie beschrieben hast, allerdings im Großformat.«

Den ganzen Tag verbrachten wir über den Schriftrollen, vergaßen alles um uns herum. Audu suchte nach Aufzeichnungen über Apollodoros, während ich mich in die Berichte meines Urgroßvaters Ruma vertiefte. Nur widerwillig unterbrachen wir die Lektüre, weil das Schwinden des Tageslichts uns dazu zwang. Wir waren beide aufgewühlt.

»Ich hatte keine Ahnung vom Vorleben meiner Großmutter«, sagte ich zutiefst beeindruckt. »Agentin in Diensten der Flavier …«

»Und ich begreife nicht, warum all diese Dinge bei uns totgeschwiegen wurden«.

»Zumindest, wenn wir Kinder dabei waren.«

»Vielleicht haben sich unsere Eltern nicht dafür interessiert. Vater hockte nur immer bei seinen Patienten, las medizinische Schriften oder verfasste selbst welche. Ein richtiger Stubenhocker.«

»Sei nicht ungerecht. Nur weil man Kranke pflegt, ist man durchaus noch kein Langweiler. Deine Großmutter Aspasia war eine passionierte Ärztin und beileibe keine graue Maus. Möglicherweise waren unsere Großeltern Geheimniskrämer, was ihre Agententätigkeit betraf.«

»Oder sie haben nur unter sich gesprochen, um ihre Kinder nicht zur Nachahmung anzuregen.«

Sorgsam ordnete ich die Rollen, um sie wieder in meinem Beutel zu verstauen. Als ich mich vergewissern wollte, dass das Bleitäfelchen noch immer an seinem Platz lag, fand ich es dort nicht mehr vor. Fieberhaft leerte ich den Inhalt des Beutels auf ein Tuch, und siehe da, das Bleistück, das sich in einer Schnur verheddert hatte, glitt als Letztes aus dem Beutel. Ich wickelte es in ein Stück Stoff. Als ich es zurücklegte, fühlte ich mich plötzlich beobachtet. Schnell hob ich den Kopf und fing den Blick eines noch jungen, dunkelhaarigen Reisenden auf, der seinen Kopf sogleich wegdrehte. Die Gesichtszüge des Mannes waren mir nicht fremd. Wo hatte ich ihn nur gesehen? Von großem Wuchs, kräftig gebaut, nicht unattraktiv …

»Kennst du den?«, fragte ich Audu und deutete mit dem

Kopf auf den mir suspekten Mann, der sich inzwischen ein paar Schritte von uns entfernt hatte.

»Nie gesehen«, sagte Audu und musterte mich aufmerksam. »Aber ich lebe ja auch nicht in Rom. Kennst du ihn etwa?«

»Kam mir bekannt vor«, murmelte ich und kämpfte gegen die aufsteigende Angst. Langsam aber sicher fühlte ich mich verfolgt.

Africa proconsularis. Für meine Ohren immer schon ein Name mit magischem Klang. Nun aber enttäuschte mich der erste Eindruck. Die Atmosphäre im Hafen von Karthago unterschied sich kaum von jener in Ostia, Puteoli oder Alexandria und entsprach in keiner Weise meinen Phantasievorstellungen aus Kindertagen. Offenbar alles eine Frage der Perspektive.

Karthago ist von Rom aus in gut zwei Tagen Seereise zu erreichen, sodass das Warten auf die Abreise in Ostia beinahe länger gedauert hatte als die Überfahrt. Roms Bäuche werden zunehmend mit afrikanischem Korn gesättigt. Der Transport ist um einiges billiger und sicherer im Vergleich zum Schiffsverkehr mit Ägypten. Entsprechend gut ausgebaut ist die gesamte karthagische Hafengegend. Riesige Lagerhallen säumen den Handelshafen und bilden ein Zentrum hektischer Aktivität. Ein Ameisenstaat im Großen. Hunderte von Hafenarbeitern legen sich ins Zeug, löschen Schiffe, schleppen Lasten, beladen Karren. Sklaven fahren mit ihren Gespannen vor, bringen ihre Herrschaften und deren Gepäck zum Schiff oder holen Reisende ab.

Auch wir mussten nicht allzu lange warten, bis zwei Sklaven im Dienst des Apuleius am verabredeten Treffpunkt erschienen. Der eine begrüßte uns wortreich, der andere lud das Gepäck auf den Maultierkarren. Der Wortreiche, der sich als Pudentillas *Nomenclator* vorstellte, wollte uns zum Forum geleiten. Sein Herr lasse sich entschuldigen, er sei noch mit Prozessvorbereitungen beschäftigt, werde uns aber gegen die Mittagsstunde bei der Forumsbibliothek treffen.

»Seit wann betätigt sich Apuleius als Gerichtsredner?«, fragte Audu.

»Seit wenigen Tagen. Er hat die Herrin Pudentilla in einem Streitfall gegen die Familie der Granii vor dem Gericht in Sabratha vertreten.«

»Ich wette, mein redegewandter Freund hat daran Gefallen gefunden.«

»Sozusagen«, erwiderte der Nomenclator und legte seinen Kopf schief.

»Geht er nun doch in die Politik? Will er ein richterliches Amt übernehmen wie sein Vater?«

»Nein, er wird in eigener Sache sprechen, als Angeklagter. Apuleius wurde in Sabratha von verschiedener Seite beschuldigt, den Sohn der Herrin ermordet zu haben.«

»Pontianus?«, fragte Audu entsetzt.

»Pontianus erkrankte und starb auf der Heimreise nach Oea. Die Vorwürfe gegen Apuleius sind selbstverständlich haltlos. In der Anklageschrift, die dem Proconsul vorliegt, ist von Mord keine Rede mehr.«

»Wie lautet denn nun die Anklage?«

»Magie! Apuleius wird beschuldigt, die Herrin durch Zauberei zur Heirat gezwungen zu haben, um an ihr Vermögen zu kommen.«

Das Wort »Magie« ließ uns verstummen, wenn auch aus unterschiedlichen Gründen. Der Nomenclator registrierte unsere Fassungslosigkeit, schien aber selbst vollkommen gelassen.

»Keine Angst«, sagte er aufmunternd, »Apuleius wird sich zu verteidigen wissen, zumal es sich um absurde Anschuldigungen handelt.«

Unser Zögern bemerkend versicherte er, sein Herr bestehe trotz aller Arbeit darauf, uns als Gastfreunde persönlich willkommen zu heißen. Auch wolle er unter allen Umständen mit Audu das besagte Projekt besprechen. Wir sollten uns also pünktlich am Treffpunkt einfinden.

Wir zogen es vor, uns auf eigene Faust zum Forum durchzuschlagen. Es brauchte Zeit, die Neuigkeit zu verkraften. Das Ganze schien uns rätselhaft, doch beschlossen wir, die Diskussion aufzuschieben, da sich unsere Fragen im Kreis drehten.

Audu raffte sich als Erster auf und machte sich daran, mir das raffinierte System des künstlich angelegten Doppelhafens zu erklären. Vom legendären *Kothon* hatte ich im Zusammenhang mit den punischen Kriegen schon gehört. Nun aber sah ich die Genialität der Konstruktion mit eigenen Augen: den Rundhafen mit der erhöhten Kommandoinsel im Zentrum, von der aus jedes feindliche Schiff erspäht werden konnte, die Werften und Magazine, unter denen, perfekt getarnt, geschützte Anlegeplätze zweihundertzwanzig Kriegsschiffen Raum zum Überwintern und Gelegenheit zur Wartung boten. Der Mythos Africa bekam neue Lebenskraft.

Audu führte mich durch die Stadt und zeigte mir Sehenswürdigkeiten. Wir bestaunten, allerdings nur von außen, die Prunkbauten der neuen Thermen, die der Kaiser – es war damals *Antoninus Pius* – hatte erbauen lassen. Umso ausgiebiger besichtigten wir das neue, in den Hang gebaute Theater. In die Front des Szenengebäudes aus grünem und rosafarbenem Marmor waren Statuen platziert, die Audus Aufmerksamkeit in Anspruch nahmen. Der Prozess rückte endlich in den Hintergrund. Vor einem ernst blickenden *Apollon*, der sich mit dem linken Arm auf einen Dreifuß mit Greifpfoten stützt, blieben wir stehen.

»Erkennst du ihn?«

»Apollon, das sieht doch jeder.«

Audu schüttelte den Kopf. »Ich meine *Praxiteles*, nach dessen Vorbild dieser Apollon gearbeitet ist – wie auch die Venus.« Er wies auf eine zweite Skulptur, eine Venus mit Amor, umkreiste sie und seufzte.

»Praxiteles ist wohl der *Hippokrates* der Bildhauer«, sagte ich mitfühlend.

Audu lachte. »Ihr habt zwar verschiedene Schulen, aber wenigstens nur einen großen Urvater. Wir aber haben gleich mehrere, an denen wir uns messen müssen, um an ihnen mit tödlicher Sicherheit zu scheitern.«

»Sei froh, dass es mehrere gibt, an denen du dich schulen kannst. Sobald es nur eine Autorität gibt, erstarrt sie zur Richtschnur und verliert damit die ursprüngliche Genialität.«

»Ich möchte Neues schaffen, Charis. Das Kopieren der großen Meister ist sicher lehrreich, doch genügt es mir nicht. Schau dir Apollons Gesicht an. Es ist perfekt, zeigt die Züge des idealen Menschen, oder des Gottes, wenn du so willst. Ich aber möchte den realen Menschen darstellen, so wie er mir auf der Straße begegnet.«

»Löse dich von allen Vorbildern und arbeite nach deinen eigenen Visionen«, hörte ich mich sagen und dachte dabei, dass diese Aufforderung ebenso mir selbst gilt.

»Apuleius hat mich gebeten, ein Standbild von ihm zu erschaffen, eine Ehrenstatue.«

»Eine Ehrenstatue? Das Projekt, das der Nomenclator erwähnt hat?« Ich traute meinen Ohren nicht. Der Kerl war der Magie angeklagt, eines Kapitalverbrechens. Jeder andere hätte sich vor der möglichen Todesstrafe gefürchtet; seine Sorge aber galt dem Ruhm, der Unsterblichkeit, noch bevor das Urteil gefällt war.

»Solltest du diesen Auftrag annehmen, und solltest du deinem Plan folgen, den Menschen möglichst realistisch zu porträtieren, kannst du dir jetzt schon den Kopf darüber zerbrechen, wie du solch unerhörte Eitelkeit in die Gesichtszüge deiner marmornen Figur bannst.«

Audu lachte verhalten. »Ich fürchte, Apuleius schwebt etwas Idealtypisches vor«, er wies auf Apollon, »im Sinne des göttlichen Genies.«

Wir verließen das Theater, durchquerten ein reiches Villenviertel und bogen direkt in den *Cardo Maximus* ein, der zum Forum führt. Das imposante Amphitheater sahen wir nur von weitem, und auch auf die Rennbahn mussten wir verzichten, weil wir unter Audus Führung so viel Zeit auf das Theater verwendet hatten.

»So leicht entkommst du mir nicht«, sagte ich und deutete in Richtung des Circus. Mindestens ein Wagenrennen im neuen Hippodrom von Karthago will ich sehen, er ist immerhin der größte nach dem Circus Maximus.«

Audu warf mir einen überraschten Blick zu. Damit hatte er nicht so schnell gerechnet.

Der Zugang zum Forum war wegen zahlreicher Baustellen erheblich erschwert.

»Das ist ja wie in Rom«, schimpfte ich.

»Es sind die Folgen eines Großbrandes. Ganze Straßenzüge werden neu erbaut. Solide Häuser, modernste Bautechnik. Man sieht, dass Africa eine wohlhabende Provinz ist.«

Besonders augenfällig ist dieser Wohlstand auf dem Forum. Großzügige Portiken säumen das Herzstück der Stadt, das in erhöhter Lage auf einer riesigen künstlichen Terrasse angelegt ist. Nicht nur die Bauten, sondern auch die Bürger dieser Stadt atmen das Selbstvertrauen des Erfolgs. Audu wies auf ein Gebäude, die Forumsbibliothek, wie er sagte, und steuerte darauf zu. Eine Ansammlung elegant gekleideter Menschen, vorwiegend Männer in Togen, scharte sich um einen Mittelpunkt, den ich sogleich als Apuleius identifizierte, noch bevor Audu es mir bestätigte. Wir näherten uns der Gruppe, wurden aber von einem Sklaven abgefangen, der uns diskret zu einem Tragsessel führte. Apuleius ließ uns ein paar Minuten warten, bevor er sich aus dem Kreis löste und sich endlich zu uns gesellte.

Audu ging auf den Freund zu, begrüßte ihn herzlich, um ihn mir dann vorzustellen.

»Das, liebe Charis, ist Apuleius von *Madauros*, der mich während meiner Athener Jahre von meinen Studien fernhielt und einen so zweifelhaften Einfluss auf mich ausübte.«

»Warst du nicht damals auch schon vier Jahre älter als ich?«, erwiderte Apuleius lachend. »Aber was soll's.«

Er drehte sich zu mir, fasste mit dem Zeigefinger an mein Kinn und blickte mir tief in die Augen.

»Und du bist also die schöne Charis. Wenn ich Audu etwas nicht verzeihe, dann den Umstand, dass er dich all die Jahre vor mir verborgen hielt.«

Er ließ endlich mein Kinn los, trat einen Schritt zurück und musterte mich ohne jede Diskretion. Audu machte ein verärgertes Gesicht. Mir verschlug es die Sprache. Wenn ich etwas nicht erwartet hatte, dann das. Der Mann hatte einen Prozess am Hals, weil man ihn bezichtigte, eine wesentlich ältere, aber beachtlich reiche Witwe durch Magie in sein Ehebett gebracht zu haben. Wie konnte er sich erlauben, mir so dreist in die Augen zu schauen, als wollte er mich als Nächstes verspeisen.

Audu zog mich an sich und fragte Apuleius nicht ohne Schärfe, wie es denn mit seinen Prozessvorbereitungen stehe. Ich löste mich aus Audus Griff, nahm meinerseits einen Schritt Distanz und beobachtete die angeblich besten Freunde. Hatten gleich beide den Verstand verloren?

Apuleius war in der Tat sehr gut aussehend und verstand es, durch gekonnte Nachlässigkeit seine körperlichen Vorzüge zur Geltung zu bringen. Nur bei genauem Hinsehen war zu erkennen, dass der leicht unpräzise Fall seiner Toga sorgsam herbeigeführt, die etwas verklebten Strähnen in seinem dunklen Haar beabsichtigt waren. Seine Bewegungen wirkten angenehm harmonisch, der Blick aus seinen schwarzen Augen intensiv – zumindest bei einer Begegnung, wie ich sie gerade erlebt hatte. Benötigte ein solcher Mann Zauberei, um eine ältere, vermögende Witwe für sich einzunehmen? Als Redner und Philosoph, der in Athen studiert hatte, verfügte er zudem über ein Maß an Bildung, wie es ein Normalsterblicher von Oea kaum vorzuweisen hatte.

Apuleius wollte Audus Fragen bezüglich des Prozesses nicht beantworten, zumindest nicht in aller Öffentlichkeit. Er schlug vor, dass wir uns zunächst in unserer Unterkunft einrichten sollten. Das Haus, es gehörte wie gesagt seiner Frau Pudentilla, befand sich im reichen Villenquartier, das wir soeben durchquert hatten. Ungefragt wurde ich in den Tragsessel verfrachtet, während Apuleius und Audu munter plaudernd den Abschluss des Zuges bildeten. Die Stimmung zwischen den beiden hatte sich entspannt; sie unterhielten sich über alte Zeiten.

Der Empfang bei Aemilia Pudentilla fiel nicht nur gastfreundlich, sondern wider Erwarten herzlich aus. Sie überraschte durch ihr natürliches, sympathisches Wesen. Zwar legte sie Wert auf ein gepflegtes Äußeres, war sorgfältig geschminkt und frisiert, doch frei von jeder Anstrengung, ihr Alter zu verbergen. Ihre Schönheit erschloss sich dem Betrachter nicht auf den ersten Blick, wie es so vornehm heißt. Den Mangel an Schönheit machte sie jedoch mit Ausstrahlung, Selbstsicherheit und Intelligenz wett. In wenigen Minuten war klar, dass sie gewohnt war, ein umfangreiches Hauswesen zu dirigieren und sich in jeder Situation Respekt zu verschaffen. Von Audu wusste ich, dass es ihr nach dem Tod des ersten Gatten nicht nur gelungen war, das stattliche Vermögen zu wahren, sondern es gar durch erfolgreiche Exportgeschäfte im Olivenölhandel zu mehren. Wenn sie nun, nach bald vierzehn Jahren Witwenstand, Apuleius geheiratet hatte, dann mit Sicherheit nicht, weil sie hilfsbedürftig war. Da musste es schon andere Gründe dafür geben.

»Apuleius freut sich auf den Auftritt vor Gericht«, sagte sie mit bitterem Lächeln. »Er hat mir ein grandioses Schauspiel versprochen, eine Komödie, würdig der besten Theaterbühne. Die Sache ist für mich sehr unerfreulich, zumal mein eigener Sohn *Pudens* der Ankläger ist.«

»Er spielt nur den Ankläger«, korrigierte Apuleius. »Pudens trägt die *Männertoga* erst seit letztem März. Einfältig und unerfahren wie er ist, lässt er sich von seinem Onkel *Sicinius Aemilianus* missbrauchen.«

»*Fortuna* gewährt mir Erfolg in meinen Geschäften und in der Liebe«, sagte Pudentilla und streifte Apuleius mit einem zärtlichen Blick, »doch in Bezug auf meine Familie ist mir kein Glück beschieden. Meinen ältesten Sohn habe ich an *Charon* verloren, den jüngsten an meinen Schwager.«

»Wir hörten vom unglücklichen Tod des Pontianus …«

»Ich weiß nicht, wessen Schicksal mehr zu beklagen ist«, sagte Pudentilla und unterbrach Audu schroff in seiner Anteilnahme. »Ich säße lieber in Charons Kahn als im selben Boot mit meinem Schwager.«

»Seit Pudentilla ihren ersten Gatten *Sicinius Amicus* verloren hat, wird sie unablässig drangsaliert. Ihr Schwiegervater wollte sie nötigen, einen anderen seiner Söhne zu heiraten. Er drohte gar, Pudentillas Söhnen das väterliche Erbteil zu versagen, sollte sie es wagen, außerhalb der Familie zu heiraten.«

»Das war der Grund, warum ich so lange Witwe blieb«, ergänzte Pudentilla. »Als aber mein Schwiegervater starb, schrieb ich meinem ältesten Sohn einen ausführlichen Brief, in dem ich ihn über meinen Wunsch nach einer Wiederverheiratung in Kenntnis setzte.«

»Ja, ich erinnere mich«, sagte Audu. »Pontianus verließ daraufhin Rom, weil sein Beistand in dieser Sache erforderlich war.«

»Mein Schwager Aemilianus hatte gegen meine Pläne nichts einzuwenden, ging er doch davon aus, sein Bruder *Clarus* würde der Auserwählte sein. Damit wäre das Vermögen in der Familie geblieben. Ich ließ ihn in dem Glauben«, setzte Pudentilla mit einem maliziösen Lächeln hinzu, »auch nachdem Apuleius in mein Leben getreten war.«

Wir erfuhren, dass Apuleius nach einer seiner zahlreichen Reisen erschöpft in Oea gestrandet war, wo ihm eine befreundete Familie Unterkunft gewährte und Pflege zukommen ließ. Pontianus hörte davon, suchte seinen alten Studienfreund auf und überredete ihn, die Weiterreise zu verschieben und die Gastfreundschaft seiner Familie anzunehmen. Mehr als ein Jahr lebte Apuleius in Pudentillas Villa am Meer, half dem jüngsten Sohn bei den Studien und befreundete sich mehr und mehr mit der Witwe.

Pudentilla war zweifellos eine kultivierte Frau. In Oea einen passenden Mann für sie zu finden, war ein hoffnungsloses Unterfangen. Das hatte die Witwe längst erkannt, und als ihr das Schicksal, das in diesem Fall die Gestalt ihres Sohnes angenommen hatte, Apuleius präsentierte, zauderte sie keinen Moment. Sie entschied sich für den brillanten Studienfreund ihres Sohnes. Mit ihm würde es ihr nie wieder langweilig werden. Vorbei die öden Zeiten der Ehe, in denen die Gespräche sich nur um Öl drehten und die Geschäfte, die sich damit machen ließen, Apuleius war eine einzigartige Gelegenheit.

Pontianus war es, der die Hochzeit vorschlug; die beiden zierten sich nur wenig, bestanden lediglich darauf, das Fest für Pudens' Eintritt ins Erwachsenenleben sowie die gleichzeitig stattfindende Hochzeit des Pontianus abzuwarten.

Kaum war Pontianus verheiratet, kam es zu einem merkwürdigen Sinneswandel. Unter dem Einfluss seines Schwiegervaters *Herennius Rufinus* stellte er sich plötzlich gegen die geplante Heirat. Als er damit nicht durchkam, versöhnte er sich kurz darauf mit seiner Mutter und stimmte der Eheschließung zu.

Apuleius und Pudentilla heirateten im darauffolgenden Sommer in aller Stille auf einem Landgut Pudentillas.

Wenig später starb Pontianus auf der Rückreise von Karthago nach Oea. Es kam zu einer Verschwörung von Herennius Rufinus mit Aemilianus. Beide Parteien sahen sich betrogen: die Sicinii Brüder, weil ihnen Pudentillas millionenschweres Vermögen entging, Herennius, weil das Testament des Pontianus zu Ungunsten seiner Tochter ausgefallen war. Sie setzten Gerüchte in Umlauf, wonach Apuleius beim Tod des Pontianus die Hand im Spiel gehabt hätte. Vor wenigen Tagen waren dann in Sabratha, in Gegenwart des Proconsuls, Beschuldigungen gegen Apuleius laut geworden, sodass Anklage erhoben werden musste. Herennius Rufinus kam infolge seines zweifelhaften Rufes als Ankläger nicht in Frage. Auch Pudentillas Schwager scheute die Rolle als Kläger, denn bei Misslingen seines gerichtlichen Vorstoßes drohte ihm ein Prozess wegen übler Nachrede. So hatte man sich darauf geeinigt, den jungen Pudens als Ankläger vorzuschicken. Der Onkel sollte ihm bei der Sache rechtlichen Beistand leisten. Die Anklage lautete nun nicht mehr auf Mord, sondern auf Anwendung von Magie mit dem Zweck, Pudentilla für eine Heirat gefügig zu machen.

»Schadenzauber«, sagte ich verblüfft.

»So ist es«, bestätigte Pudentilla. »Darauf steht ebenfalls die Todesstrafe, doch ist ein solcher Vorwurf weit schwieriger zu entkräften als die abwegige Mordanschuldigung.«

Allerdings, dachte ich, besonders weil Apuleius lange vor seiner Ankunft in Oea der Ruf eines Magiers vorausging. Zwar hielt ich den Anklagepunkt für absurd, dennoch konnte Apuleius in Schwierigkeiten geraten, wenn man ihm magische Praktiken nachweisen konnte; und solche traute ich ihm sehr wohl zu.

»Macht euch keine Sorgen«, sagte Apuleius und klatschte in die Hände. »Obschon ich nur wenige Tage Zeit hatte, bin ich optimal vorbereitet. Die Anklageschrift ist derart primitiv aufgesetzt, dass ich den Prozess nicht nur gewinnen, sondern geradezu auskosten werde. Meine Rede wird brillant sein, ein Paradestück gegen Dummheit und Rückständigkeit. Und ihr werdet meinem Triumph beiwohnen, diesen Wunsch könnt ihr mir nicht abschlagen.«

»Sieht ganz so aus, als kämen wir doch noch zu unserem Prozess, dem wir in Ostia glücklich entgangen sind«, meinte ich zu Audu, als wir allein waren.

»Dieser wird unterhaltsamer sein, das kann ich dir garantieren!«

Aber auch gefährlicher, dachte ich, plötzlich aufgeschreckt.

# 9 Causa

Der Gerichtssaal war brechend voll. Apuleius hatte uns vorgewarnt; entsprechend früh waren wir in der Forumsbasilika eingetroffen und hatten uns Stehplätze in der Nähe des *Tribunals* gesichert. Pudentilla stellte uns freundlicherweise ihren Nomenclator zur Verfügung, der uns die Notabeln von Oea und Sabratha vorstellen sollte. Sie selbst blieb dem Prozess fern. In den Sitzreihen der Anklage saßen auch Herennius und seine übertrieben aufgeputzte Tochter, die sich mit allen Mitteln bemühte, Blickkontakt mit Pudens aufzunehmen. Vergeblich. Der als Ankläger vorgeschobene Jüngling war blind für die Reize seiner Schwägerin. Er war vollkommen absorbiert von seinem Onkel Aemilianus, der in punischer Sprache auf ihn einredete und ihm offensichtlich letzte Anweisungen gab. Der missmutig dreinblickende Alte neben Aemilianus war, wie wir erfuhren, Clarus, der dritte der Sicinii Brüder, der als Heiratskandidat von Pudentilla eine Abfuhr erlitten hatte. Wenn man ihn so betrachtete, fiel es nicht schwer zu verstehen, warum die Witwe Apuleius den Vorzug gegeben hatte. Pudens rutschte unruhig auf seinem Sitz hin und her. Er saß eingeklemmt zwischen seinem Onkel, dem eigentlichen Drahtzieher des Prozesses, und einem Advokaten, der schweigend seine Notizen studierte.

»Das ist der Rechtsanwalt, der für Pudens sprechen wird, ein gewisser *Tannonius*«, erklärte der Nomenclator, »ein humorloser Mensch ohne rednerisches Talent. Der Ärmste ist zu bedauern, dass er gegen einen brillanten Redner wie Apuleius antreten muss.«

Der Lärm ließ plötzlich nach, die Zuschauer reckten die Hälse. Apuleius trat ein, der seinen ersten Auftritt sichtlich genoss. Er grüßte diesen und jenen, lächelte in die Runde, winkte einem Bekannten zu, als wäre er eingeladen, in Sabratha eine Festrede auf einen scheidenden Magistraten zu halten. Der Nomenclator geriet in Not, denn inzwischen hatten so viele Honoratioren die Basilika betreten, dass er es nicht mehr schaffte, uns die dazugehörigen Namen zu nennen, auch wenn er sie zweifellos alle kannte. Wir erfuhren, dass auch aus Karthago bedeutende Persönlichkeiten angereist waren. Das war also der Grund, warum Apuleius so kurz vor Prozessbeginn die Provinzhauptstadt aufgesucht hatte.

Die Unruhe legte sich, als auch in den Reihen der Partei des Beklagten die Plätze eingenommen waren. Unglaublich, wie viele Leute bei diesem Prozess aufmarschierten! Auf beiden Seiten saßen reihenweise Zeugen, die sich bereithielten, in den kommenden Stunden allenfalls dem Gerichtsrat vorgeführt zu werden.

Nach einer längeren Wartezeit kam endlich Bewegung in die Sache; alle Augen richteten sich erwartungsvoll auf das Richterpodium.

»*Claudius Maximus* und die Mitglieder des Gerichtsrats«, sagte der Nomenclator in ehrerbietigem Ton.

Den Proconsul von Africa hätte ich allerdings auch ohne Hilfe erkannt, denn er spielte auf der politisch gesellschaftlichen Bühne Roms eine bedeutende Rolle. Am kaiserlichen Hof hatte man ihn noch zu Hadrians Zeiten für würdig befunden, den zum Regierungsnachfolger designierten *Marcus Aurelius* in jungen Jahren in die Philosophie einzuführen. Maximus war berühmt, erfolgreich, angesehen und vor allem sehr gebildet.

Das konnte man von Pudens und seinen Hintermännern nicht behaupten. Pudens, der nur unzulänglich Latein und Griechisch sprach, wurde so wenig wie möglich an vorderster Front eingesetzt. Die Anklageschrift verlas Tannonius.

»Schlampig aufgebaut!«, flüsterte ich Audu zu, der meinem Verdikt zustimmte.

Dem Advokaten fehlte die Überzeugungskraft, der Anklageschrift die Logik. Verschiedene Beschuldigungen wurden willkürlich aneinandergereiht, unglaubhaft begründet, mangelhaft belegt. Bei mehreren Gelegenheiten ertönten Lacher aus dem Publikum, das Ganze verkam zu einem zweitklassigen Spektakel. Wie konnten die Anwälte des Aemilianus so ungeschickt sein, als einleitendes Argument ihrer Klage Apuleius' Schönheit und seine außergewöhnliche Eloquenz in griechischer wie lateinischer Sprache anzuführen. Als gar von einem Zahnputzmittel die Rede war, das Apuleius für einen gewissen *Calpurnianus*, der ebenfalls unter den Zeugen der Kläger saß, hergestellt habe, kannte die Heiterkeit im Publikum keine Grenzen mehr.

»Wenn das die einzigen Beweise sind, um Apuleius magische Praktiken nachzuweisen, hat dein Freund unnötigerweise so viel Mühe für seine Verteidigungsrede aufgewendet«, sagte ich zu Audu.

»Mach dir keine Sorgen, Apuleius wird es auszuschlachten wissen. Am Ende erweist sich der Prozess als ein Triumph für ihn, sodass ich tatsächlich eine Ehrenstatue erschaffen muss.«

»Einen Spiegel hat der Philosoph, einen Spiegel besitzt er«, hörte ich den Anwalt zetern, der mit dramatischer Stimme eine sittenstrenge Passage einleitete, die aller Anstrengung zum Trotz weder beweiskräftiger noch kurzweiliger geriet.

Ich schaute auf die Wasseruhr, die unbestechlich ihren Dienst versah, beiden Parteien gerechte Redezeit zuzumessen. Der Prozess zog sich in die Länge. Jeder Tropfen, der jetzt durch die *Klepsydra* floss, würde später in der Verteidigungsrede von Apuleius gewinnbringend genutzt werden. Maximus runzelte die Stirn. Er machte sich wohl auf einen langen Gerichtstag gefasst. Ich hob den Kopf und betrachtete die Zuschauer, die sich im oberen Stockwerk über die Galeriebrüstung lehnten, um besser zu sehen, was sich unten auf dem Tribunal tat. Der Anwalt sprach inzwischen von irgendwelchen Fischen, die Apuleius habe besorgen lassen, und unterstellte deren Gebrauch für einen Schadenzauber. An dem Wort blieb ich hängen. Unwillkürlich tastete ich nach dem Bleitäfelchen, das ich wie immer bei mir trug. Als ich meinen Blick wieder hob, sah ich flüchtig aus den Augenwinkeln, wie sich oben an der Brüstung ein Mann durch Winken bemerkbar zu machen suchte.

»Hörst du eigentlich noch zu?«, fragte Audu.

Ich kam nicht dazu, ihm eine Antwort zu geben, denn jetzt realisierte ich, wen ich gesehen hatte.

»*Lukianos*«, sagte ich ziemlich laut und winkte meinerseits ungestüm.

Lukianos nickte eifrig, deutete nach draußen in Richtung Forum und verschwand dann aus meinem Blickfeld.

»Wie um alles in der Welt kommt der Kerl nach Sabratha an diesen Prozess?«, rätselte ich. »Du erinnerst dich doch an Lukianos von Samosata?«

»Ich kenne ihn von Athen. Aber selbst wenn das nicht der Fall wäre, wüsste ich alles über ihn«, sagte Audu lachend, »du erzählst ja oft genug von ihm.«

»Er ist immerhin der Erste, mit dem ich mich befreundet habe, als meine Familie von Rom nach Syrien zog.«

»Ich weiß, ich weiß«, sagte Audu und bahnte uns einen Weg durch die Menschenmenge.

Mit einem Ohr hörte ich flüchtig, dass es noch immer um Fische ging, um Meerhasen und anderes Meeresgetier mit sonderbar obszönen Namen.

»Was tust du hier?« Meine Stimme hörte sich sonderbar dumpf an, denn ich barg noch immer meinen Kopf an Lukianos' Schulter.

»Dasselbe könnte ich dich fragen, oder vielmehr euch«, erwiderte Lukianos und richtete seine Blicke auf Audu, der etwas abseits stand.

»Ich bin geschäftlich unterwegs, und Charis braucht frische Luft, fern von Rom. Zunächst waren wir bei Apuleius zu Gast in Karthago, doch nur für eine Nacht. Als er uns dann zum Prozess einlud, wollten wir uns das Spektakel nicht entgehen lassen.«

»Auch ich wollte zu Apuleius«, sagte Lukianos, »hörte dann aber in Oea von den Ereignissen und bin sofort nach Sabratha gefahren. Ich fand noch nicht einmal Zeit, eine Herberge zu suchen.«

»Keine Sorge«, entgegnete Audu. »Wir haben zwei anständige Zimmer im Gasthaus ›ad portas‹, du kannst bei uns unterkommen.«

»Einverstanden?«, fragte Lukianos und schaute mich forschend an.

Ich nickte strahlend.

War es denn zu fassen! Als Nachbarskinder hatten wir täglich zusammen gespielt, später Samosata unsicher gemacht. Wir waren unzertrennlich, bis ich nach Alexandria in die Familie meines Onkels zog. Anfänglich hatte ich meinen Gefährten schrecklich vermisst; zum Glück war da Audu, der mich von meinem Heimweh ablenkte.

»Ich habe dich lange nicht gesehen«, sagte Lukianos zu Audu, »kommst du von Athen?«

Audu verneinte. »Aufträge im Golf von Neapel haben mich länger zurückgehalten als geplant«, erklärte er mit einem Seitenblick auf mich, »ein Marmorportrait für einen alten Senator und dessen Gattin. Ich packte die Chance, die beiden wirklichkeitsgetreu darzustellen, mit Hautfalten, eingefallenen Wangen, schütterem Haar und leicht gebückt. In meinen Augen sehen sie viel lebhafter, interessanter, beseelter aus als all die immergleichen Idealtypen.«

»Du gehst mit Feuer ans Werk«, sagte Lukianos mit ehrlicher Bewunderung.

Audu lachte. »Wäre es nach meinem Vater gegangen, hätte ich das Handwerk der Medizin erlernt und seine Praxis in Alexandria übernommen. Mein älterer Bruder, der das Interesse dafür gehabt hätte, ist ja früh schon verstorben. Zum Glück kam kurz darauf Charis in unsere Familie, sodass sich der Druck auf mich merklich verringerte.«

»Die Praxis habe ich zwar nicht übernommen, aber immerhin habe ich mich an deiner Stelle der Medizin verschrieben, obwohl ich aus einer Familie von Bildhauern und Architekten stamme. Als Mädchen hat man kaum Erwartungen zu erfüllen, es sei denn, vorteilhaft zu heiraten und Nachkommen hervorzubringen. Zwar besitze ich das *Dreikindrecht*. Doch wurde es mir vom Kaiser verliehen – für besondere Dienste im Palast. Mit eigenen Nachkommen habe ich mich nicht gerade hervorgetan.«

»Auf diesem Gebiet haben wir uns alle drei nicht profiliert«, sagte Lukianos, dem vermutlich mein bitterer Unterton nicht entgangen war. »Wir vernachlässigen unsere Staatspflicht.«

Das Lachen klang genauso wie früher, sonst aber hatte er sich verändert. Seine Gesichtszüge waren markanter, seine Gestalt kräftiger, und doch hatte ich ihn aus großer Distanz in einer dichten Menschenmenge mühelos erkannt. Die Mischung aus Fremdheit und Vertrautheit war verwirrend.

»Hattest du nicht auch einmal die Absicht, Bildhauer zu werden?«, fragte Audu.

»Zumindest hegte sein Vater diese Absicht«, kicherte ich in Erinnerung an die misslungene Lehre, die Lukianos bei seinem Onkel begonnen hatte.

»Ja, ich freute mich tatsächlich, wenn auch nur auf den ersten Tag. Ich träumte davon, aus makellosem Marmor Götter zu erschaffen, und sah mich übel getäuscht, als mein Onkel mich für Hilfsarbeiten und langweiliges Schleifen und Polieren heranzog. Als mir dann zu allem Elend auch noch eine Marmorplatte zerbrach, schlug mich der Grobian. Das war zugleich das Ende meiner Laufbahn als Bildhauer. Fortan wandte ich mich der Geistesbildung zu.«

Lukianos hatte gut daran getan, auch wenn sein Entschluss nicht naheliegend war, denn seine Familie war arm und fürchtete lange Studienzeiten. Trotzdem hatte er unbeirrt Philosophie und Rhetorik studiert und sich zum Advokaten ausgebildet. Später unterrichtete er Rhetorik und zog als gut bezahlter Wanderredner durch Kleinasien, Griechenland, Italien und Gallien. Längst konnte er bequem von seinen Einkünften leben. Ich wusste, dass er sich seit einiger Zeit vor allem mit Schreiben befasste.

Zu gerne hätte ich ihn gefragt, woran er gerade arbeite, doch war den lebhaften Rufen aus der Basilika zu entnehmen, dass der Prozess bei substanzielleren Themen angelangt war. Die Fische schienen abgehandelt.

»Lasst uns hineingehen, damit wir den Anschluss nicht verpassen«, schlug Audu vor.

Inzwischen ging es endlich um die Heirat zwischen Pudentilla und Apuleius. Diese Verbindung, so die Anklage, konnte nur Zauberwerk sein, denn die Witwe habe all die Jahre keinerlei Bestreben nach Wiederverheiratung gezeigt. Der Widersinn einer Ehe ergebe sich schon aus dem Alter Pudentillas, die mit ihren sechzig Jahren keine Kinder mehr gebären könne und lediglich aus Wollust heirate.

»Wenn Pudentilla sechzig ist, dann bin ich eine *Vestalin*«, sagte ich zu meinen beiden Begleitern, die dicht hinter mir standen.

Der Anwalt richtete sich auf und schaute triumphierend in die Runde.

»Wenn du, Claudius Maximus, und ihr, Mitglieder des Gerichtsrats, oder irgendjemand im Saal noch den geringsten Zweifel an Apuleius' Schuld hegt, erbringen wir hiermit«, er schwenkte demonstrativ ein Dokument in der Luft, »den endgültigen Beweis dafür, dass diese Ehe, die still und heimlich auf dem Landgut Pudentillas geschlossen wurde, ein Werk der Magie ist. Diverse Beweise für magische Praktiken haben wir bereits angeführt: Menschen, die im Angesicht des Magiers zu Boden stürzen, das Sezieren von merkwürdigen Fischen, Zaubergerätschaften, die Apuleius in einem Leinentuch verborgen hält, nächtliche Opferfeiern im Haus des Iunius Crassus und schließlich die Skelettpuppe, die der Magier aus Ebenholz anfertigen ließ. Nun aber werden wir einen von Pudentilla eigenhändig geschriebenen Brief an ihren Sohn Pontianus verlesen, in dem sie eingesteht, von Apuleius verzaubert worden zu sein.«

Er winkte einen älteren Gerichtsdiener heran, der dienstbeflissen bereitstand, zeigte ihm die Stelle und nickte ihm auffordernd zu.

Ein ausführliches Räuspern war zu hören, worauf der Gerichtsdiener mit deutlicher Stimme die betreffende Passage vorlas. Das Schreiben war in griechischer Sprache verfasst, und es bereitete dem Gerichtsdiener sichtbar Freude, seine Griechischkenntnisse unter Beweis zu stellen, zumal viele im Gerichtssaal des Griechischen nicht mächtig waren.

*»Apuleius ein Zauberer, und ich bin von ihm verzaubert und liebestoll. Komm also zu mir, solange ich noch bei Verstand bin.«*

Der Gerichtsdiener holte Atem, um im Lesen fortzusetzen, doch Anwalt Tannonius ging hastig auf ihn zu und nahm ihm den Brief wieder ab. Enttäuscht über die Kürze seines Auftritts entfernte sich der Alte, während Tannonius herausfordernd zu Apuleius blickte, der keine Miene verzog.

Ausführlich wurde nun über die niederen Motive des Angeklagten hergezogen. Ein Nichtsnutz sei er, der das väterliche Erbe durchgebracht habe und ohne jeden Besitz in Oea angekommen sei. Seine Liebe gelte nicht Pudentilla, sondern vielmehr der Mitgift der nicht mehr jungen, aber umso vermögenderen Witwe. Auf diese Weise habe er die Söhne Pudentillas geschädigt, sie des Erbes beraubt, das ihnen zustehe. Ein schönes Grundstück mit Landhaus habe er sich bereits überschreiben lassen.

Die ungeschliffene Rede der Klägerpartei näherte sich zögerlich dem Ende. Es fiel schwer, dem Anwalt konzentriert zuzuhören, entsprechend verbreitete sich Unmut im Publikum, was den Unruhepegel stetig ansteigen ließ. Tannonius hatte seine Berufswahl definitiv verfehlt. Es folgte eine Zusammenfassung der Anklagepunkte, die Aufzählung der Beweisstücke sowie die üblichen Formalitäten, mit denen eine Gerichtsrede auszuklingen pflegt. Dann endlich wurde uns eine Pause vergönnt.

Die Unterbrechung war kurz bemessen, denn Claudius Maximus wollte offensichtlich den Fall noch am selben Tag abschließen. Gerichtssitzungen in Sabratha gehörten zwar zu seinen Pflichten, doch kaum zu den wichtigsten. Vermutlich zog es ihn nach Karthago – nicht nur der Pflichten wegen. Wer wollte es ihm verdenken! Da der Verteidigung eineinhalbmal so viel Zeit zusteht wie der Anklage – Zeugenaussagen und Verlesen von Dokumenten nicht eingerechnet –, konnte man sich jetzt schon eine Vorstellung über die Länge dieses Prozesstages machen.

Und Apuleius, das wusste jeder im Saal, liebte es, Reden zu halten, insbesondere vor großem Publikum.

Keinen Moment lang hätte ich ihn für schuldig gehalten. Und ich war davon ausgegangen, dass das Gericht zum selben Urteil käme. Ich ahnte nicht, welcher Abgrund sich vor dem Angeklagten auftat.

Apuleius war angesehen, klug, gebildet; er bedurfte keines Kunstgriffes, um einer Witwe zu gefallen. Weitherum war er bekannt als Philosoph und Rhetor. So hatte er schon bald nach seiner Ankunft in Oea in der Basilika eine Rede gehalten, ein Auftritt, der viel Beachtung fand und ihm die Türen zur guten Gesellschaft öffnete. Er hielt Verbindung mit allen wichtigen Persönlichkeiten, und auch Pudentilla stand in überaus gutem Ruf.

Es war ein pures Vergnügen, diesem begnadeten Redner zuzuhören, und ich wähnte mich eher im Theater denn bei Gericht. Apuleius machte das Versprechen, das er seiner Frau gegeben hatte, mehr als wahr. Er vergab keinen Punkt, verspottete seine Prozessgegner, blamierte sie wiederholt mit griechischen Zitaten, die sie mangels Sprachkompetenz nicht verstanden, ganz im Gegensatz zum Proconsul und den Mitgliedern des Gerichtsrates, die dadurch immer mehr zu einer Gemeinschaft mit dem gebildeten Redner verschmolzen. Er kokettierte, wenn es um sein Äußeres ging, um seine Haare, den Spiegel, sein bescheidenes Vermögen, gab sich ganz als Philosoph, der materiellen Dingen wenig Wert beimisst, um dann umso mehr seine universale Bildung hervorzustreichen, in die er fast sein ganzes vom Vater ererbte Vermögen investiert habe. Seiner Herkunft aus Madauros, einer Kleinstadt, die präzis auf der Grenze zwischen Numidien und Gaetulien liege, brauche er sich nicht zu schämen. Das Anbaugebiet möge wohl bei Wein und Gemüse eine wichtige Rolle spielen, da die Fruchtbarkeit des Bodens, die Intensität der Sonnenbestrahlung, die Regenmenge und die Art der Winde eine unmittelbare Auswirkung auf den

Geschmack der Gewächse hätten. Beim Menschen verhalte es sich allerdings anders. Jede Region bringe ausgezeichnete Persönlichkeiten hervor, aber auch Dummköpfe. Aus den Reihen der Skythen, denen man Stumpfheit nachsage, sei der weise *Anacharsis* hervorgegangen, und umgekehrt seien sogar die gescheiten Athener nicht von einfältigen Trotteln verschont geblieben. Während er dies vorbrachte, fixierte er Aemilianus, der, wie jeder im Saal wusste, in Attika geboren war. Um die Sache auf die Spitze zu treiben, bat er Aemilianus, ihm zu verzeihen, dass er aus Unachtsamkeit nicht ebenfalls einen attischen Geburtsort auserkoren habe. Das Publikum lachte über die witzige Attacke und verdankte sie mit zustimmenden Rufen.

Als Nächstes wandte sich Apuleius dem jungen Pudens zu. Er schonte ihn nur insofern, als er ihn als unerfahrenen, ungebildeten, leicht beeinflussbaren Dummkopf darstellte, um dann mit drastischen Worten die Bosheit und Geldgier der beiden Drahtzieher im Hintergrund auszuleuchten. Scheinbar beiläufig erfuhr das Publikum von Apuleius' gesellschaftlichen und literarischen Erfolgen, von seinen wissenschaftlichen Interessen, von seinen philosophischen Anliegen. Obwohl das Wechselspiel von gebildeten Zitaten, ironischen Einschüben, philosophischen Belehrungen und Wortspielen durchaus geistreich und unterhaltsam blieb, fragte ich mich doch nach dem Sinn dieses langen Gelehrtenvortrags vor Gericht. Als er sich gar mit Sokrates verglich und seinen Willen kundtat, für die Philosophie einzustehen wie jener große Denker, der im Dienste seiner Weltanschauung nicht einmal sein Leben geschont habe, suchte ich den Blick meiner beiden Begleiter.

»Etwas dick aufgetragen, für meinen Geschmack«, meinte Audu und zuckte mit den Schultern, als ob er für die Übertreibungen seines Freundes verantwortlich sei.

Lukianos schüttelte den Kopf:

»Jedes Wort hat seinen Sinn, ihr werdet es sehen.«

Erst nach langem Vorgeplänkel begriff ich, worauf Lukianos hinauswollte, und als ich es begriff, erschrak ich über die Maßen. Dieser Mann im Zentrum aller Aufmerksamkeit, der wie ein nimmer versiegender Springbrunnen Kaskaden geistreicher

Einfälle von sich spie, mühelos einen ganzen Saal bezauberte mit seinem Spiel, dieser Mann redete nicht zur Unterhaltung, nein, er redete um Kopf und Kragen.

Nicht aus Eitelkeit stellte er sein Wissen und Können zur Schau. Jede noch so unbedeutende Aussage hatte im Rahmen seiner Verteidigungsstrategie ihre Funktion. Das wurde mir erst klar, als er auf die konkreten Anschuldigungen magischer Praktiken einging. Wofür hatte er merkwürdige Fische suchen lassen, die keine Speisefische waren? Allein für die Aufklärung dieses Sachverhalts verwendete Apuleius eine beträchtliche Menge des ihm zugemessenen Wassers. Er berief sich dabei auf seine wissenschaftlichen Interessen, die er vorgängig in scheinbar beiläufiger Erwähnung sorgfältig eingeführt hatte. Würde man ihm das abnehmen? Ebenso argumentierte er zur Thematik der Kranken, der Epileptiker, die ihm vorgeführt worden waren, in einem Fall sogar auf Wunsch des behandelnden Arztes. So weit, so gut. Das vorliegende Arztzeugnis sollte Apuleius' Glaubwürdigkeit stützen. Bei den geheimnisvollen Utensilien, die er in Leinentuch eingeschlagen im *Lararium* aufbewahre, flüchtete er sich in die Geheimhaltepflicht eines jeden Mysten gegenüber Uneingeweihten.

»Das war schwach«, flüsterte Audu, »das Ganze nimmt einen gefährlichen Verlauf.«

Aber es kam noch schlimmer, als es um die nächtlichen Feiern im Haus des Iunius Crassus ging. Hier stand Aussage gegen Aussage. Apuleius bemühte sich, die Anschuldigung ad absurdum zu führen, charakterisierte dann den Zeugen Crassus als unglaubwürdigen Säufer, um letztendlich zu behaupten, Crassus habe Aemilianus die Zeugenaussage für dreitausend *Sesterze* verkauft. Beweis: ein konspirativer Rülpser auf dem Forum, ausgeführt von Crassus, adressiert an Aemilianus; ganz Oea wisse Bescheid über das Komplott. Die Argumente waren haltlos, Apuleius blieb den Nachweis schuldig. Er bewegte sich auf sumpfigem Gelände.

Meine Kehle war ausgetrocknet, als wäre ich die Rednerin. Die Luft war stickig, ich hielt es unter all den Menschen kaum mehr aus. Lukianos legte den Arm um meine Schultern, und ich lehnte mich dankbar an.

»Wir sind noch lange nicht durch.«

Erst jetzt erfasste ich, wie gefährlich die Anklage war. In Audus Augen las ich, dass auch er die Sache nicht mehr leicht nahm, sein amüsiertes Lachen war erstorben. Lukianos hatte es die ganze Zeit gewusst – er war ja auch Advokat.

Apuleius sprach inzwischen über das Holzfigürchen, den *Mercuriolus*, wie er die Statuette nannte. Man hatte ihn beschuldigt, er habe sich aus Ebenholz ein Gerippe anfertigen lassen, das er als *Basileus* zu magischen Zwecken anrufe. Damit der Gerichtsrat sich von der Harmlosigkeit des Götterbildes gleich selbst überzeugen möge, hatte Apuleius das umstrittene Objekt – falls es sich denn um das fragliche handelte – aus seiner Unterkunft kommen lassen. Die Statue stellte in der Tat nichts Erschreckendes dar, doch die Erklärung, er habe es dem Schnitzer überlassen, welche Gottheit er abbilden wolle, schien auch mir nicht plausibel, wenn er sie doch zum täglichen Gebrauch mit sich führen wollte.

Ich schaute mich um. Ob auch andere an der Glaubwürdigkeit seiner Worte zweifelten? Claudius Maximus ließ sich nichts anmerken.

Dann aber setzte Apuleius zu einer Verfluchung des Aemilianus an, die mich erschaudern ließ. Nicht weil ich Flüche fürchte. Vielmehr weil die Worte so gesetzt waren, dass ich plötzlich nicht mehr sicher war, ob Apuleius nicht doch genau die Magie betrieb, für die er angeklagt wurde. Er wies auf den anmutigen Merkur, den er zur Begutachtung den Richtern übergeben hatte, und sagte mit eindringlicher Stimme:

»Wer diesen als Gerippe zu bezeichnen wagt, der bekommt entweder nie ein Götterbild zu Gesicht, oder aber er missachtet sie alle. Und wer diesen für ein Gespenst hält, beschwört selbst Gespenster herauf.«

Er machte eine Pause, bis Aemilianus aufblickte. Dann setzte er drohend fort:

»Für diese Lüge, Aemilianus, soll dir diese Gottheit, der Bote zwischen den himmlischen und den chthonischen Mächten, von beiden Seiten bösen Dank senden, und allezeit soll er die Erscheinungen Verstorbener in den Weg und vor deine Augen stellen, was immer es an Schatten gibt, was immer an *Lemuren*, was immer an *Manen*, was immer an bösen Geistern: alle Schwärmer der Nacht, alle Schrecknisse der Friedhöfe, alle Grauen der Gräber«.

Apuleius trieb ein grausames, aber auch gefährliches Spiel. Für einen erschreckenden Augenblick schlüpfte er höchst glaubwürdig in die Rolle des mächtigen Magiers, die man ihm anhängen wollte, und verfluchte seine Ankläger nach allen Regeln der magischen Kunst.

Ich schwitzte. Es wurde unerträglich. Meine Konzentration ging dem Ende zu, was man über den Prozess leider nicht behaupten konnte. Die verbrauchte Luft, das Gedränge um mich herum, die unerträglichen Bemerkungen der ewigen Besserwisser, der knoblauchgeschwängerte Atem meines Nebenmannes, der nachrückte, wann immer ich mich einen Schritt von ihm entfernte; ich konnte es keine Minute länger aushalten. Mit Schieben, Stoßen und Boxen drängte ich mich aus dem Gerichtssaal.

Als ich mich endlich an der frischen Luft befand, atmete ich tief ein. Die Ruhe auf dem Forum tat mir gut, eine Ruhe, die auch für ein Provinzforum atypisch ist, aber heute hatte sich ganz Sabratha in der Basilika versammelt. Sabratha, eine alte, phönizische Siedlung, reich geworden durch den Transsaharahandel, allerdings erst in römischer Zeit. Wie viele Leute wohl hier leben? Zwanzigtausend vielleicht? Widerwillen kroch in mir hoch, Ekel. Nach diesem Schauspiel in der Gerichtshalle war mir jeder einzelne der zwanzigtausend zuwider. Mein Blick fiel auf das Meer, *Mare nostrum*, wie wir es nennen. Das Meer, das uns verbindet, an dessen Küsten zahlreiche Kulturen entstanden sind, die nun alle in dem riesigen Reich aufgehen. Romanisierung der Provinzen, ein gigantisches Projekt! Ohne Legionen wäre das Vorhaben schnell gestorben, die Romanisierung hatte oft genug ein kriegerisches Gepräge. Und doch lebten wir in einer erstaunlichen Zeit des Friedens. Seit zwanzig Jahren stand mit Antoninus Pius ein Kaiser an der Spitze des Reiches, der es meisterhaft verstand, aufflackernde außenpolitische Konflikte mit Verhandlungsgeschick zu lösen. Auch in den Provinzen gab es seit Jahren nur vereinzelt kleinere Unruhen. In den hintersten Ecken der äußersten Provinzen trifft man nun auf Foren mit Tempeln, Basiliken und Bibliotheken, Aquädukte und prächtige Thermen, Theater, Musik, Gladiatorenspiele und Pferderennen. Nun gut, auch Rom hat sich verändert, hat fremde Götter aufgenommen, Tempel errichtet für die große syrische Göttin, für die ägyptische Isis und zahlreiche andere. Wer etwas auf sich hält, reist nach Ägypten und Griechenland. Mindestens einmal im Leben muss ein Römer, um nicht etwas Wesentliches versäumt zu haben, die olympischen Spiele gesehen haben, wobei die Griechen den Frauen noch immer hartnäckig den Zugang verwehren, was Römerinnen sich nur zähneknirschend gefallen lassen. Jeder Gebildete hat Griechisch zu sprechen, um in der Lage zu sein, die antiken und gegenwärtigen Werke, die er sorgsam in seiner Bibliothek hütet, in der Originalsprache zu lesen. Längst ist es für einen vornehmen Römer unabdingbar, in seinem Haus zwei separate Bibliotheken einzurichten: eine für die lateinische Literatur, eine zweite für die griechische Sammlung. Mit leisem Spott bemerken die Griechen, Rom habe die hellenische Welt zwar militärisch erobert, kulturell aber verhalte es sich umgekehrt. Sie haben gewiss nicht unrecht. Wieder blickte ich auf das Meer, das sich im Licht des späten Nachmittags golden kräuselte. Meine Spannung hatte sich gelegt, ich war gerüstet für das Ende des Prozesses.

Entgegen meiner Befürchtung herrschte nun in der Basilika eine ganz andere Stimmung.

In kurzen, klaren Sätzen fasste Apuleius zusammen, wie es zur Heirat mit Pudentilla gekommen war. Ich atmete auf. Er war der Gefahrenzone entronnen, segelte endlich wieder in ungefährlichen Gewässern.

Unverblümt erklärte er, dass Neid und Geldgier seine Prozessgegner zu dieser Anklage trieben. Aemilianus wie auch Herennius hätten mit Pudentillas Geld schon fest gerechnet. Aemilianus durch eine erneute Heirat Pudentillas innerhalb der Familie, Herennius durch eine Eheschließung des jungen Pudens mit seiner Tochter. Aus diesem Motiv sei der Plan entstanden, ihn aus dem Weg zu schaffen.

Schlag auf Schlag entkräftete er die Argumente der Kläger, und diesmal hatte er stichhaltige Beweise. Pudentilla war nicht sechzig, sondern wenig mehr als vierzig Jahre alt, und er konnte es beweisen, denn ihr Vater hatte glücklicherweise die Geburt seiner Tochter amtlich gemeldet, wie es damals in der Provinz zwar noch nicht Pflicht war, aber doch mehr und mehr Brauch wurde.

Pudentilla sei also noch im gebärfähigen Alter, fuhr Apuleius fort, habe das Recht zu heiraten, ja es gebe geradezu medizinische Gründe, die eine Heirat erforderten, denn sie habe infolge der langen Enthaltsamkeit unter unerträglichen Gebärmutterschmerzen gelitten.

Audu schaute mich fragend an, bis ich als Antwort prustend loslachte.

Der Wunsch nach einer Wiederverheiratung sei somit lange schon da gewesen, die Witwe habe lediglich im Interesse ihrer Söhne bis zum Tod des Großvaters zugewartet.

»Man sagt nicht ohne Grund, dass Lügner ein gutes Gedächtnis brauchen«, eröffnete Apuleius seinen nächsten Triumph.

Aemilianus hatte nämlich eigenhändig an Pontianus geschrieben, um ihn von den Heiratsabsichten Pudentillas zu unterrichten. Klugerweise hatte Pudentilla den Brief zurückbehalten, statt ihn zusammen mit ihren eigenen dem Sohn nach Rom zu schicken. Dieses Beweisstück ließ Apuleius nun durch den Gerichtsdiener vorlesen.

»Ist das dein Brief?«, höhnte Apuleius. »Was bist du so blass geworden? Denn rot werden kannst du jedenfalls nicht. Ist das deine Unterschrift?«

Man hörte Gelächter. Apuleius lief zur Höchstform auf. Das Spektakel war ganz nach dem Geschmack der Zuschauer.

Es folgte ein weiteres Schreiben, in dem Pudentilla dem Sohn mit eigenen Worten ihre Heiratsabsicht unterbreitete und begründete. Pontianus sei darauf aus Rom herbeigeeilt, um seiner Mutter bei der Auswahl des geeigneten Kandidaten helfend zur Seite zu stehen.

Vergessen waren die Zweifel, die noch vor wenigen Minuten geherrscht hatten, vorbei das Bangen. Hier bewies ein zu Unrecht Angeklagter Punkt für Punkt, dass die Kläger ihre Beschuldigungen erfunden und erlogen hatten. Jeder Zuhörer konnte nun nachvollziehen, wie Pontianus seinen Studienfreund ins Haus bat, ihm die Heirat mit seiner Mutter antrug, und wie Apuleius trotz anfänglichen Zögerns, Pontianus diese Bitte nicht abschlagen konnte. Die Einwilligung zur Ehe sozusagen als Freundschaftsdienst.

Lukianos und Audu lachten leise. Ich hatte wohl einen missbilligenden Gesichtsausdruck aufgesetzt.

Dann aber erzählte Apuleius – und dies nicht ohne Charme –, wie sie sich ineinander verliebten, bis sie sich gegenseitig so begeistert begehrten, als hätte im Vorfeld keine Vermittlung stattgefunden.

Den Sinneswandel des Pontianus, der sich kurz nach seiner eigenen Heirat plötzlich gegen die von ihm angeregte Verbindung stellte, taxierte Apuleius als kurzen Fehltritt des Freundes, der vorübergehend unter den Einfluss von Frau und Schwiegervater geraten sei. Herennius Rufinus sei es, der Pudentilla in aller Öffentlichkeit als liebestoll verschrien habe. Er sei es, der Apuleius als Zauberer und Giftmischer verleumde. Er stehe letztlich zusammen mit Aemilianus hinter der ganzen Anklage und habe Apuleius gar mit dem Tod gedroht.

Apuleius, nun auf dem Höhepunkt seines Zorns angelangt, bremste seine Empörung und damit auch die des Publikums, doch nur, um einen noch größeren Treffer einzuleiten.

Er kam endlich auf den Brief zu sprechen, auf den sich die Anklage stützte: Pudentillas Brief, in dem sie Apuleius belastete, sie verzaubert zu haben. Mit einem langen Wortgeplänkel führte er das Auditorium in die Irre, indem er anhand von mythologischen Beispielen belegte, wie sehr es der weiblichen Psyche gefalle, den Beginn einer Liebe in der Macht des Mannes zu verorten und nicht im eigenen Willen.

Amüsiertes Gelächter und zustimmende Rufe kamen aus dem vorwiegend männlichen Publikum.

»Pudentilla schreibt, ich sei ein Zauberer, also bin ich ein Zauberer«, proklamierte Apuleius mit beißendem Spott. »Was aber, wenn sie geschrieben hätte, ich sei ein Consul, wäre ich dann ein Consul? Was, wenn sie geschrieben hätte, ich sei Maler oder Arzt, was schließlich, wenn sie geschrieben hätte, ich sei unschuldig? Würdest du etwa irgendwas davon glauben nur aus dem Grund, dass sie es gesagt hätte? Natürlich nicht!«

Die Zuhörer tobten, er hatte sie endlich dort, wo er sie haben wollte: Sie fraßen ihm aus der Hand.

»Gut gesprochen!«, riefen etliche Stimmen.

Wer jetzt erwartete, die Rede neige sich ihrem Ende zu, kannte den Redner schlecht. Die Steigerung hatte eben erst begonnen, und der Höhepunkt war noch lange nicht erreicht.

Apuleius erklärte, in Wirklichkeit handle es sich bei besagtem Brief um einen Verweis der Mutter an den Sohn. Und zum Beweis las er die zitierten Worte Pudentillas in ihrem Kontext vor:

*»Als ich nämlich aus den Gründen, die ich genannt habe, heiraten wollte, hast du selbst mich überredet, diesen anstelle aller anderen zu wählen, weil du den Mann bewundertest und dich bemühtest, ihn durch mich zu unserem Angehörigen zu machen. Nun aber, wo Verleumder in ihrer schlechten Gesinnung dich umstimmen, wird plötzlich Apuleius ein Zauberer, und ich bin von ihm verzaubert und liebestoll. Komm also zu mir, solange ich noch bei Verstand bin.«*

Ich wähnte mich im Circus Maximus, am Ende des Rennens, wenn sich das triumphierende Gespann unter tosendem Applaus dem Publikum präsentiert.

Ab diesem Zeitpunkt drehte Apuleius nur noch Siegerrunden. Es ging jetzt um Pudentillas Geld, den eigentlichen Anlass des Prozesses.

Apuleius legte die Beurkundungstafeln vor, in denen Pudentillas Mitgift mit lediglich dreihunderttausend Sesterzen eingetragen war, einer höchst bescheidenen Summe für eine so vermögende Frau. Er unterließ es nicht zu erwähnen, dass der mittellose Herennius seine Tochter mit einer Mitgift von vierhunderttausend Sesterzen ausgestattet hatte. Zudem war in der Urkunde festgehalten, dass die ganze Mitgift an ihre beiden Söhne zu gehen habe, sollte Pudentilla ohne Nachkommen aus der zweiten Ehe aus dem Leben scheiden. Im anderen Falle würde der Betrag zwischen allen Kindern aufgeteilt.

Als nächsten Punkt fegte Apuleius die Sache mit dem Landgut vom Anklagetisch. Es handle sich um ein winziges Landgütchen, das Pudentillas *Vormund* für sie erworben habe. Der Besitz laute auf Pudentilla, was er auch mit Urkunde und Zeugenaussage des Tutors und eines Steuerbeamten belegen konnte.

Den Todesstoß aber versetzte Apuleius der Anklagepartei mit einem Triumph, den er bis zum Ende aufgespart hatte. In dramatischen Worten schilderte er, wie er unter Aufbietung aller Kräfte die zutiefst gekränkte Mutter habe überreden müssen, ihren Sohn Pudens nicht zu enterben. Er, Apuleius, sei es, der mit Scheidungsdrohungen dafür gesorgt habe, dass Pudentilla trotz ihres Widerwillens Pudens als Haupterben eingesetzt habe. Als Beweis ließ er Pudentillas Testament vorzeigen, das allerdings nicht eröffnet wurde.

Mit dieser Wendung hatte niemand gerechnet, am wenigsten die Anklage. Apuleius bemerkte, dass ebenso auf sein Betreiben die Mutter ihren Söhnen das Erbe des Großvaters ausbezahlt habe, zusammen mit umfangreichen Landschenkungen über jedes Maß hinaus. Kurz, er erschien als großer Wohltäter undankbarer Söhne, insbesondere von Pudens, der im Prozess nicht gerade gut wegkam. Um Pudens zu verärgern, ließ Apuleius denn auch verlauten, er werde künftig seine Frau nicht länger drangsalieren, wenn es um Angelegenheiten mit dem Sohn gehe. Sollte ihr wieder einmal der Sinn danach stehen, den undankbaren Pudens zu enterben, werde er sich nicht mehr darum kümmern.

Ein Raunen ging durch den Saal, einige schmunzelten, während Pudens den Kopf senkte.

Aber Apuleius schonte ihn nicht. Ein letztes Mal hob er an, um seine Rede mit einem virtuosen Höhepunkt zu beenden:

»Im Übrigen zähle nach, ob ich auf das, was du mir vorwirfst, jeweils mit zwei Worten antworten kann. *›Du machst Zähne glänzend‹*: verzeih, Reinheit! *›Du schaust in Spiegel‹*: eine

Philosophenpflicht. ›*Du dichtest Verse*‹: erlaubtes Tun. ›*Du untersuchst Fische*‹: Aristoteles' Lehre. ›*Du weihst ein Holz*‹: Platons Rat. ›*Du ehelichst eine Frau*‹: gesetzliche Anweisung. ›*Sie ist älter als du*‹: geschieht häufiger. ›*Du warst auf Gewinn aus*‹: nimm Mitgifttafel, bedenke Schenkung, lies Testament!«

In einer gekonnt eleganten Wendung wandte er sich ein letztes Mal an Maximus, um endlich seine Rede mit *dixi* zu beschließen. Er erntete tosenden Applaus.

Ich brauche nicht zu erwähnen, dass Apuleius freigesprochen wurde. Eigentlich hatte ich es ursprünglich auch nicht anders erwartet.

# 13 Artischockeneintopf

Im Gasthaus »ad portas« feierten wir gebührend. Wir hatten einen Artischockeneintopf mit Huhn bestellt, die Spezialität des Hauses, und einen exzellenten einheimischen Wein.

»Das war ein Sieg auf der ganzen Linie«, frohlockte Audu zwischen zwei Bissen, »ein Sieg über Dummheit und Provinzmentalität.«

»Und über Geldgier und Familienterror«, ergänzte ich.

»Apuleius kann von Glück sagen, dass seine Gegner es so ungeschickt angestellt haben«, relativierte Lukianos nüchtern, »und dass sie zudem einen denkbar schlechten Ruf in der guten Gesellschaft haben.«

»Die Fakten waren doch eindeutig«, widersprach Audu, »das Testament, die Schenkungen, die Mitgift …«

Doch Lukianos, ganz Advokat, wiegte den Kopf.

»Fakten sind nie eindeutig, sie hängen von den Menschen ab, die sie präsentieren. Stellt euch vor, die Sicinii Brüder wären unbescholtene Bürger aus bester Familie: Hätte nicht jeder eine gewisse Skepsis gegenüber dem jungen Heiratskandidaten gebilligt?«

»Die finanziellen Regelungen, die er getroffen hat, sind aber mehr als korrekt.«

»Apuleius ist offensichtlich ein vorausschauender Mensch, er wird mit Feindseligkeiten gerechnet haben. Was braucht er eine große Mitgift – er lebt auch so gut auf Pudentillas Ländereien. Klug war es, die Söhne auszubezahlen und sie mit Schenkungen zu überhäufen, denn so gibt es nichts mehr zu fordern. Pudentillas Testament wiederum kann jederzeit abgeändert werden, wie Apuleius elegant durchblicken ließ.«

Lukianos' Analyse des Prozesses schien mir einleuchtend:

»Das Motiv der unlauteren Bereicherung hat er erfolgreich abgeschmettert. Damit war dem Vorwurf, er habe Pudentilla mit Magie zur Heirat gezwungen, die Grundlage entzogen. Denn da schien er sich auf unsicherem Boden zu bewegen.«

»Haltet ihr ihn etwa für schuldig?«, fragte Audu bestürzt.

»Eine Zeit lang hatte ich Angst um ihn«, bekannte ich, »als es um die magischen Praktiken ging. Er sprang von einer Argumentation zur anderen, was mich ganz verwirrte.«

»Er verfolgte eine Doppelstrategie, um sich abzusichern«, erläuterte Lukianos. »Auf der einen Seite hat er jede magische Handlung abgestritten, zugleich aber für den Notfall belegt, dass Priester, Philosophen und Weise immer schon Zugang zu Magie gesucht und ihre Kenntnisse angewendet haben.«

»Was ja auch nicht strafbar ist, wenn es nicht zum Schaden anderer Personen praktiziert wird«, warf Audu ein.

»Und das wiederum ist oft eine Sache der Auslegung«, schloss ich. »Die Sicinii haben einen finanziellen Schaden aus Pudentillas Ehe mit Apuleius. Hätten sie nachweisen können, dass die Heirat unter Zwang zustande kam, hätte Apuleius den Prozess verloren.«

»In diesem Fall wäre das Vergehen unter die *Lex Cornelia* gefallen und hätte die Todesstrafe bedeutet. Insofern war der Prozess für Apuleius extrem gefährlich, und er hat gut daran getan, sich sorgfältig vorzubereiten und sich des Wohlwollens möglichst vieler Persönlichkeiten zu vergewissern.«

»Was haltet ihr denn von Schadenzauber?«, fragte ich, wobei es mir nicht mehr um Apuleius ging.

Die beiden lachten.

»Ich sagte ja eben, und wiederhole es noch einmal: Dieser Prozess war ein Triumph der Bildung über Dummheit und Superstition. Ich glaube nicht an die Wirksamkeit solcher Geheimniskrämereien, sowenig ich an Wunder glaube oder an Wahrsagungen.«

»Der Glaube ist der springende Punkt«, sagte Lukianos. Wer daran glaubt, dem kann es durchaus schaden, und die meisten Leute, nicht nur Ungebildete aus dem Volk, glauben an solche Dinge. Religiöse und magische Handlungen lassen sich oft gar nicht unterscheiden. Wenn sie daran glauben, Hermes werde ihnen gute Geschäfte, Aphrodite die Gunst einer schönen Frau gewähren, ist der Schritt zum Glauben an die Wirksamkeit eines magischen Liebestranks minimal. Solche Phänomene sind alltäglich und harmlos. Wenn aber ein Wahrsager verlauten lässt, der Kaiser werde demnächst seinen letzten Atemzug tun, dann sind derlei Prophezeiungen gefährlich, denn sie ermutigen Aufrührer und Verschwörer, die Vorhersage wahr zu machen. Aus diesem Grund ist damals die Lex Cornelia entstanden.«

»Ich halte auch nichts davon«, sagte ich und zog die Fluchtafel aus meinem Beutel.

Lukianos fuhr in die Höhe, und Audu verschluckte sich am Wein.

»Wo hast du das her?«, fragten sie wie aus einem Mund.

»Aus meinem Kräutergarten.«

Die beiden beugten sich über die Bleitafel und machten sich daran, die Zeilen zu entziffern.

»Und das zeigst du mir erst jetzt?«, rief Audu außer sich.

»Hast du nicht soeben beteuert, dass derlei Dinge harmlos sind? Auch ich teile diese Meinung.«

»Ganz so einfach ist es nicht«, meinte nun auch Lukianos und machte ein bedenkliches Gesicht. »Immerhin bedeutet es, dass du Feinde hast, die dir schaden wollen – und das ist nie harmlos.«

»Wer könnte das sein?«

»Keine Ahnung, irgendein Neider, vielleicht eine Frau, falls die Tafel vergraben wurde, bevor Nikanor starb. Oder, wie meine Kollegen aus der Praxis vermuten, ein Missgünstiger aus der Arena der Ärzte.«

»Versprich mir, Apuleius um Rat zu fragen, wenn wir bei ihm in Oea sind.«

Ich willigte ein, damit die beiden Ruhe gaben, und verlangte nach mehr Wein, um die Stimmung aufzuheitern. Das Trinken überließ ich den beiden Herren. Vor allem Audu ließ sich nicht zweimal bitten.

Der Abend wurde endlich doch noch vergnüglich, wie ich es mir zur Feier des Anlasses erhofft hatte. Lukianos dichtete charmante Trinksprüche auf unser Wiedersehen. Ich fühlte mich gelöst, glücklich, hätte mir gewünscht, dass diese Nacht kein Ende nähme. Es kam der Zeitpunkt, an dem ich endlich nicht mehr verleugnen konnte, dass mein Hochgefühl mehr der Begegnung mit Lukianos galt und weniger Apuleius' brillantem Sieg vor Gericht.

Als der Wirt geräuschvoll unser Trinkgeschirr wegräumte und endlich anfing, den Boden zu fegen, ließ sich der Moment des Aufbruchs nicht länger hinausschieben. Wir nahmen Audu, der etwas Unterstützung brauchen konnte, in die Mitte und brachten ihn aufs Zimmer. Lukianos wollte draußen noch ein paar Schritte gehen und sah mich erwartungsvoll an. Einen Moment lang zögerte ich, verabschiedete mich aber dennoch und zog mich auf mein Zimmer zurück.

Unmöglich zu schlafen, ich war zu aufgekratzt. Ein paar Schritte im Garten tun? Noch unmöglicher. Ich kannte mich nicht mehr aus, fühlte mich verwirrt und gequält. Lukianos war mein Vertrauter seit Urzeiten, was war los? Die ganze Unbefangenheit war dahin, er kam mir plötzlich fremd vor. War es der Wein? Hatte ich nur phantasiert, dass er meinen Blick suchte und ihn dann geradezu gefangen hielt? Womöglich hatte ich es mir auch bei Apuleius nur eingebildet. Hatte ich vielleicht Gemütsschwankungen, wie ich sie bei Patientinnen eines gewissen Alters feststellte? Dafür war ich allerdings noch etwas jung.

Es klopfte an meine Tür, erst zögernd, dann bestimmt. Augenblicklich hatte ich keine Schwierigkeiten mehr, meinen Gefühlszustand richtig einzuordnen, und Lukianos ließ ebenfalls keinen Zweifel offen. Die Nacht war uns zu kurz um abzukühlen, wir beschlagnahmten auch die ersten Stunden des Tages, verlängerten die Frist, bis die Sonne im Mittag stand, nur um erneut zu erglühen und in brennender Hitze entflammt endlich zu explodieren.

Irgendwann in den Nachmittagsstunden sahen wir ein, dass es nun definitiv Zeit war, das Zimmer zu verlassen. Beim Aufstehen drehte sich alles in meinem Kopf, und meine Beine wankten, als ich die Treppen hinunterstieg.

Der Gedanke an Audu war mir mehr als unangenehm. Warum eigentlich? Den Zeiten, als wir Rechenschaft abzulegen hatten, waren wir doch längst entwachsen. Hatte nicht Audu in jungen Jahren am lautesten über meine tugendhafte Lebensführung gespottet? Nun, ich hatte dazugelernt. Das sollte ihn eigentlich freuen.

Der Empfang fiel anders aus als erwartet – es gab keinen. Audu hatte dem Gasthaus bereits den Rücken gekehrt und uns ein Wachstäfelchen hinterlassen mit der knappen Nachricht, er erwarte uns in Oea, wo er mit Apuleius Geschäftliches zu besprechen habe. Die Ehrenstatue!

Im ersten Moment war ich erleichtert, überschlug die zusätzlichen Stunden, die uns unverhofft zuflogen, denn der Tag war zu weit fortgeschritten für den Aufbruch nach Oea. Doch bald danach quälte es mich, als hätte ich Verrat begangen, Verrat an einem alten Freund, indem ich ihn fortgewünscht hatte.

Als Lukianos mich in seine Arme ziehen wollte, zögerte ich einen Augenblick. Er lächelte entwaffnend und ließ mich wissen, dass er sich daran mache, den Transport nach Oea für uns zu organisieren.

Kaum war er fort, sehnte ich mich nach ihm und schalt mich einen Kürbiskopf.

Schlaf ist das wirkungsvollste Pharmakon gegen überreizte Zustände. Die Dosis von einer Stunde erwies sich als völlig ausreichend, um mich in einen entschieden besseren Zustand zu versetzen. Den Rest des Tages und einen guten Teil der Nacht verbrachten wir mit Sprechen. Es war, als müssten wir uns neu kennenlernen. Ich erzählte ihm von meinem Leben in Rom, von der beruflichen Situation, gestand, dass mir der Neid der Kollegen seit dem Vorfall mit der Fluchtafel nun doch mehr zusetzte. Lukianos sprach über seine aktuellen Pläne. Sein Interesse galt einem neuen Orakelkult, der sich an der pontischen Küste etabliert hatte und nun immer größere Verbreitung fand. Der Gründer des ganzen Spektakels sei ein gewisser Alexandros. Wollte man jemanden der Zauberei anklagen, so wäre es bei jenem Ausbeuter und Scharlatan sehr viel eher gerechtfertigt als bei Apuleius.

»Und wie heißt der Gott, dem das Orakel geweiht ist?«, fragte ich, denn der Name Alexandros in Verbindung mit Pontos sagte mir etwas.

»Den Gott nennt er Glykon, den …«

»… den neugeborenen Asklepios«, fiel es mir wieder ein, und mit dem Namen tauchte auch das Bild des tanzenden »Lahmen« wieder auf, der vor dem Theater in Ostia die Leute von Gott und Propheten zu begeistern suchte. »In Ostia ist uns ein Schwärmer begegnet, der seine Heilungsgeschichte vor Publikum zum Besten gab.«

»Solche Beutefänger werden in alle Städte geschickt. Sie sollen mit ihren Wundergeschichten die Leute nach Abonuteichos locken. Ein lukratives Geschäft für den Propheten!«

»Orakelstätten waren immer schon Goldgruben, auch die altehrwürdigen von *Delphi, Didyma* und *Klaros*, um nur einige zu nennen.«

»Klar«, lachte Lukianos, »und doch gibt es Unterschiede. Dieser Alexandros ist ein skrupelloser Ausbeuter. Wir leben in einer Zeit, in der die Menschen besonders leichtgläubig sind, anfällig auf Wundertäter und Scharlatane. Ich hätte die größte Lust, mich über die ganze Sache genauer zu informieren, um dann in einer scharfen Schrift den spektakulären Betrug zu entlarven.«

»Dafür musst du dir den Betrieb vor Ort ansehen.«

»Selbstverständlich. Und ich muss wissen, wie weit sich der Kult schon verbreitet hat.«

»Wie wäre es, wenn du mit deinen Nachforschungen in Rom begännest?«

»Ist das eine Einladung?«

»Hm, ich denke schon.« Ein bisschen verlegen machte es mich zwar, derart in die Offensive zu gehen. Das Strahlen auf Lukianos' Gesicht entschädigte mich aber mehr als genug.

Lukianos hatte einen Olivenhändler aufgetrieben, der sich bereit erklärte, uns von Sabratha nach Oea mitzunehmen. Von der Landschaft bekam ich nicht viel mit. Der Händler hatte einige Versuche gemacht, mit uns ins Gespräch zu kommen, dann aber resigniert aufgegeben. Mit einem verschmitzten Blick entließ er uns vor Pudentillas Villa und knurrte etwas wie:

»Wartet nur, bis ein Jahr verstrichen ist. Euch würde ich zu gern danach wieder auf meinem Ochsenwagen sehen.«

»Nicht schlecht gewählt«, sagte Lukianos, nachdem er einen ersten Blick auf das Anwesen geworfen hatte, in dem nun also Apuleius residierte.

»Meinst du die Frau oder die Villa?«, fragte ich, bekam aber keine Antwort, weil der Nomenclator uns entgegenkam. Offenbar wurden wir erwartet.

Er führte uns durch eine Flucht von repräsentativen Räumen, bis wir endlich in einem Empfangssaal auf Gastgeber und Gäste stießen. Von Pudentilla und Apuleius wurden wir herzlich willkommen geheißen, von Audu kühl begrüßt. Es waren weitere Gäste geladen, entfernte Verwandte Pudentillas und Freunde aus Oea, denen wir vorgestellt wurden. Ein Nachmittagsempfang. Man feierte Apuleius' Erfolg vor Gericht. Der Gastgeber wurde aufgefordert, einige Glanzpassagen aus seiner Verteidigungsrede vorzutragen. Ich schaute um mich, fühlte mich unwohl in meinem verstaubten Reisekleid. Pudentilla wies eine Sklavin an, uns zum Gästetrakt zu führen, damit wir uns frisch machen konnten. Ich war ihr dankbar, sie ermöglichte mir eine Verschnaufpause.

Gebadet, mit duftenden Ölen gesalbt, sorgfältig gekleidet, geschminkt und frisiert, fühlte ich mich entschieden besser. Eine Sklavin hatte sich meiner widerspenstigen Haare angenommen, die ich auf der Reise in einem einfachen Knoten im

Nacken zurückgebunden hatte. Mit Brennschere und Kamm war die geübte *Ornatrix* ans Werk gegangen, hatte ein Kunstwerk aus Löckchen und Flechten geschaffen, das durch Bänder und Haarnadeln zusammengehalten wurde. Obwohl eine solche Prozedur einige Zeit in Anspruch nimmt, hatte sie sich gelohnt, zumal das Resultat auch Lukianos zu beeindrucken schien. Ein zweites Mal betraten wir gemeinsam den Empfangsraum, diesmal bestens gelaunt.

Die meisten Gäste hatten sich schon verabschiedet. Apuleius diskutierte mit Pudentillas Cousin Hanno noch immer den Prozess, während die Gastgeberin sich mit Audu und den Damen unterhielt. Ich hoffte, es würde sich eine Gelegenheit ergeben, Apuleius auf die Fluchtafel anzusprechen. Mein Anliegen musste ich aufschieben, denn Pudentilla eröffnete soeben, im Triclinium sei alles für das Abendessen bereit.

Beim Betreten des Speisesaals entfuhr mir ein Laut der Bewunderung: Ein Wagenrennen empfing mich, derart lebendig gestaltet, dass man hätte meinen können, die Pferde würden auf der Stelle aus dem Mosaik ausbrechen. Ich war von dem Anblick so fasziniert, dass ich nur entfernt mitbekam, wie Hanno mit einem Boten sprach, sich dann eilig an Pudentilla wandte und daraufhin den Saal verließ. Seine Frau folgte ihm, die junge Dame, offenbar die Tochter der beiden, setzte ein enttäuschtes Gesicht auf. Nach ein paar intervenierenden Worten Pudentillas verabschiedete sich das Paar hastig und überließ die Tochter Pudentillas Obhut. Wie ich später erfahren habe, war im Hause des Cousins ein Sklave entlaufen, sodass Hanno und seine Frau sofort Präsenz zeigen mussten, bevor weiteres Unheil geschah.

Der Speisesaal, der mit Leichtigkeit Platz für sämtliche Nachmittagsgäste geboten hätte, war für drei Klinen hergerichtet. Apuleius nahm seinen Platz auf der zentralen Liege ein und wies Lukianos und mir den Ehrenplatz an seiner Seite zu. Uns gegenüber platzierte Pudentilla die junge Verwandte und Audu, während sie sich neben Apuleius niederließ. Der Gastgeber fragte nach unseren Vorlieben für den Wein, indes zwei Sklavinnen diskret wegräumten, was für die beiden fehlenden Gäste vorgesehen war. Lukianos plauderte mit Apuleius und bemühte sich, dem Gespräch eine entsprechende Wende zu geben, um das Thema Fluchtafel einzubringen. Ich erfasste die Absicht, konnte mich aber nur schwer konzentrieren. Mit einem Ohr hörte ich der Unterhaltung zwischen Pudentilla und Audu zu; es ging um Skulpturen. Die junge Punierin lauschte aufmerksam und schien sich mächtig für das Thema zu interessieren, was mich irgendwie ärgerte.

»Du hast doch dein ominöses Fundstück bei dir?«, hörte ich Lukianos' Stimme dicht an meinem Ohr, »Apuleius möchte es begutachten.«

Ich schrak zusammen und kramte in meinem Beutel.

»Hier«, sagte ich, als ich es endlich gefunden hatte, »eigentlich wollte ich dich nicht damit belästigen.«

Apuleius prüfte die Bleitafel sorgfältig, drehte und wendete sie in alle Richtungen, hielt sie ans Licht, roch daran. Dann rief er nach einem Sklaven und hieß ihn eine Schüssel mit einer bestimmten Flüssigkeit bringen.

Elissa, so hieß die junge Punierin, und Audu waren inzwischen so eng zusammengerückt, als müssten auf der Liege drei Personen Platz finden, so wie es ursprünglich vorgesehen war. Wären wir vollzählig, dann würde jetzt Elissa mit ihren Eltern auf der gegenüberliegenden Kline liegen, während Audu … Die Vorstellung, zwischen Lukianos und Audu platziert zu sein, trieb mir den Schweiß aus den Poren. Dann doch lieber die gegenwärtige Lösung, auch wenn mir das Ganze recht peinlich war.

Apuleius hatte inzwischen das Blei in die Lösung getaucht und inspizierte es noch einmal gründlich. Die Schrift war nun deutlicher lesbar.

»Du musst dich vorsehen, Charis. Diese Tafel wurde nicht von irgendeiner eifersüchtigen Frau in krakeliger Schrift bekritzelt. Die Inschrift präsentiert sich in gehobenem Griechisch ohne jeden Fehler. Die Buchstaben sind ebenmäßig geritzt und der Text fortlaufend rückwärts geschrieben. Bei manchen Tafeln sind nur die einzelnen Worte rückwärts geschrieben, die Aneinanderreihung der Worte jedoch in der Gegenrichtung, was die Lesbarkeit noch zusätzlich erschwert. Hier gibt es immerhin nur einen einzigen Schreibverlauf.«

Er drehte die Tafel in alle Richtungen und untersuchte die Verletzungen, die dem Material durch die Nägel zugefügt worden waren.

»Alle Regeln wurden sorgsam beachtet, sowohl in Hinsicht auf die Wahl der Götter und der Textformeln als auch auf das Material, die Art der Faltung und die Durchbohrung. Wir müssen davon ausgehen, dass jemand einen Magier beauftragt hat. Keine billige Angelegenheit, man bezahlt ja auch noch für das Schweigen des Magiers. Der Urheber wird also vermögend sein, aus einflussreichen Kreisen vielleicht.«

»Die Frage ist, wie das Bleistück in Charis' Kräutergarten gelangte«, bemerkte Lukianos.

Apuleius wollte wissen, von wem und an welcher Stelle die Fluchtafel entdeckt wurde.

Ich versuchte, mich auf den genauen Hergang zu besinnen, erzählte, wie wir Sinope im Kräutergarten aufgefunden hatten, starr vor Angst.

»Unter welcher Pflanze lag die Bleitafel?«

»Unter einer Mandragora, ich erinnere mich genau, denn ich hatte meine Sklavin angewiesen, die Mandragora zu entfernen, weil sie seit einiger Zeit kränkelte.«

»Aha! Unter einer Giftpflanze also und ausgerechnet einer Mandragora, deren Wurzeln wie kleine Erdmännchen aussehen«, sinnierte Apuleius. »Wie lange kränkelte denn die Pflanze schon?«

»Das weiß ich nicht mehr so genau, ein paar Wochen, vielleicht auch Monate ...«

»Jemand will dich umbringen«, sagte Apuleius ernst. »Denke scharf darüber nach, wer das sein könnte.«

»Wäre es nicht möglich, dass man Charis nur einen Schrecken einjagen will?«, mischte sich nun Pudentilla ins Gespräch.

»Das denke ich nicht, dafür wurde zu viel Aufwand betrieben, ja, sogar ein nicht unerhebliches Risiko in Kauf genommen. Ihr seht ja an meinem Beispiel, wie wenig es braucht, der Magie angeklagt zu werden. Es ist zu vermuten, dass du für eine oder mehrere Personen eine Gefahr darstellst, und dass du deshalb aus dem Weg geschafft werden sollst, sei es durch Tod oder zumindest durch dein Verschwinden aus Rom.«

Ich schüttelte den Kopf. »Ich kann mir nicht vorstellen, wer vor mir Angst haben sollte.«

»Wir müssen sorgsam alle Einzelheiten durchdenken«, sagte Lukianos. »Vielleicht sind dir Geheimnisse bekannt, die jemanden belasten könnten. Hast du etwas Merkwürdiges beobachtet? Ist einem deiner Ärztekollegen ein Kunstfehler unterlaufen, von dem du erfahren hast? Bist du jemandem zur unliebsamen Konkurrenz geworden? Gefährdest du jemandes Position? Oder hast du die Lehrmeinung einer Schule angegriffen?«

Apuleius nickte eifrig.

»Prüft all diese Fragen, und überlegt, was in den Wochen und Monaten zuvor geschah. Die Mandragora wurde vermutlich beschädigt, als man die Bleitafel vergraben hat. Möglicherweise will man dich vergiften.«

»Gib Acht auf deine Sklaven, das Hauspersonal, die Lieferanten«, fügte Pudentilla zu. Man merkte ihr an, dass sie schon einiges erlebt hatte.

Vom Nachtisch, der serviert wurde, einem süßen Honiggebäck, rührte ich keinen Bissen an. Der Appetit war mir vergangen. Lukianos versuchte mich aufzuheitern, ebenso Apuleius und Pudentilla. Nur Audu nahm keine Notiz. Er war offensichtlich zu sehr mit seiner Speisesofagenossin beschäftigt, um sich auch noch um mich zu kümmern.

# 15 Arena

Nichts hielt uns in Oea. Es war ein Kaff, wie Apuleius richtig bemerkt hatte, ein ödes Kaff sogar, nicht zu vergleichen mit Karthago. Auch Apuleius' Gastfreundschaft wollten wir nicht länger in Anspruch nehmen, obwohl er und seine Frau uns drängten zu bleiben. Für die Hinweise und Ratschläge in Sachen Magie war ich ihm dankbar, seine Redefreudigkeit hatte ich aber schnell satt. Also brachen wir schon am dritten Tag nach Leptis Magna auf – allerdings ohne Audu, der einige Zeit in Oea verbringen wollte, angeblich der Statue wegen.

Leptis gefiel mir schon eher. Wir bewunderten Theater und Thermen, besahen uns diverse Ehrenstatuen auf dem Forum, schlenderten durch Einkaufsstraßen. Der angebotene Luxus versetzte mich in Kauflaune. Zunächst erstand ich eine Reihe von Geschenken für meine Kollegen, die in Rom die Stellung hielten. Eine Elfenbeinschatulle für Myrrhine, für Kleitos ein Räuchergefäß in Gestalt eines Frauenkopfes. Die Schülerinnen bedachte ich mit lustig bemalten Straußeneiern. Den Kauf der tripolitanischen Wurstspezialitäten, um die Dana, das Leckermaul, mich gebeten hatte, verschob ich auf einen späteren Zeitpunkt der Reise. Und selbstverständlich konnte ich den phönizisch gefärbten Stoffen nicht widerstehen, ohne einen Ballen zu erwerben. Beim Goldschmied war es dann vollends um mich geschehen. Die Auswahl war atemberaubend, doch nachdem mein Blick auf ein ganz bestimmtes Ohrgeschmeide in Tropfenform gefallen war, kam nichts anderes mehr in Frage. Mattes Gold, einfache, klare Linie, absolute Proportion. Ich zeigte auf das Schmuckstück, das etwas abseits von den übrigen lag; der Händler winkte ab. Ausgerechnet dieses Paar war reserviert für eine Stammkundin aus dem Kreis der lokalen Prominenz. Er präsentierte mir ähnliche Ohrgehänge in Form von Tropfen, Eicheln, Falken und anderen Tieren. Nichts zu machen. Hat man einmal etwas Vollendetes gesehen, fällt jedes andere Stück durch, mag es noch so schön sein. Wir verließen das Geschäft, ohne etwas gekauft zu haben.

»Was nun?«, fragte ich, nachdem wir mühsam alle Pakete wieder aufgenommen hatten.

Lukianos verdrehte die Augen.

»Zum Hafen! Mit all dem Gepäck bleibt uns gar keine Wahl.«

»Einverstanden, ich bin ohnehin hundemüde! Mir ist es noch so recht, die verbleibenden Stunden auf dem Schiff zu verbringen.«

Während Lukianos einen Träger organisierte, der unser Reisegepäck vom Gasthaus zum Hafen bringen sollte, hütete ich die Einkäufe. Die Wartezeit verkürzte sich durch ein außergewöhnliches Spektakel, denn auf dem Nebenschiff war man damit beschäftigt, Elefanten einzuladen. Ich staunte, wie ruhig und geschickt diese kolossalen Tiere die Rampe zum Laderaum des Frachters bestiegen.

Es dauerte einige Zeit, bis Lukianos mit unseren Siebensachen eintraf. Die Träger hätten mit dem Gepäck vor dem falschen Schiff gewartet, stöhnte Lukianos.

In Leptis hatte ich mich wohl gefühlt, unbeschwert. Dennoch war ich erleichtert, die Tripolitania hinter mir zu lassen, und als wir endlich Karthago erreichten, befand ich mich trotz anstrengender Seereise in Hochstimmung. Auf einer Wachstafel hatte ich eine beachtliche Liste von Sehenswürdigkeiten notiert, die ich mir nicht entgehen lassen wollte. Letztendlich verbrachten wir unsere Tage mit ziellosem Spazieren auf Plätzen, Märkten, und Einkaufsstraßen, verirrten uns in kleine Gässchen unbekannter Viertel, vertieften uns in stundenlange Gespräche. Es gab Tage, an denen die Welt auf das Gasthaus zusammenschrumpfte, um nicht zu sagen auf unser Bett; Tage, an denen wir das Zimmer nur verließen, um die Bäder aufzusuchen oder die Latrinen.

»Eines Tages wirst du mir Vorwürfe machen, dass ich dich ans Bett gefesselt habe, anstatt dir Karthago zu zeigen. Wir waren nicht einmal im Theater.«

»Das Theater habe ich auf der Hinfahrt schon ausführlich

besichtigt«, entgegnete ich und dachte flüchtig an Audu.

»Ein Theater lässt sich nicht besichtigen. Du musst es auf dich wirken lassen, es erleben während einer Vorstellung, nur so erspürst du seine Ausstrahlung. Prächtige Kulissen, Orchester, Chöre und *Tänzer*, die die alten Tragödienstoffe wieder zu Leben erwecken.«

»Ich bevorzuge unsere eigenen Aufführungen. Statt passiv zuzuschauen, übernehmen wir die Hauptrollen in eigener Person. Und als Schöpfer des Stücks bestimmen wir den Verlauf der Handlung.«

»Schön wäre es«, seufzte Lukianos. »Meine bisherigen Lebenserfahrungen sprechen dagegen.«

Es gab allerdings etwas auf meiner Liste, das ich weder auf der Wachstafel noch in meinem Kopf gestrichen hatte: ein Wagenrennen im berühmten Hippodrom von Karthago. Lukianos sah dem Ereignis mit gemischten Gefühlen entgegen, fürchtete er doch, das Spektakel könnte mich zu sehr belasten und in dunkle Zeiten zurückwerfen. Gerade das wollte ich aber erproben, und ich bestand auf meinem Wunsch.

Es war noch morgengrau, als wir aufbrachen, doch waren wir längst nicht die einzigen auf der Straße. Wer bei den Rennen einen guten Platz begehrt, muss ihn sich verdienen. Zielstrebig marschierten Heerscharen von passionierten Rennliebhabern westwärts in Richtung Stadtgrenze, wo sich Amphitheater und Hippodrom befinden. Wir waren unserem Ziel schon nahe, da fielen die ersten Sonnenstrahlen auf die steinerne Fassade und tauchten die Arkaden in ein diffuses Licht, was dem Bau einen fast zierlichen Aspekt verlieh. Erst auf dem letzten Wegstück erfasste ich die beachtlichen Dimensionen. Unwillkürlich beschleunigte ich meine Schritte, ich konnte es kaum erwarten, Circusluft zu schnuppern. Beim Eingang wurde gedrückt und geschoben, ganz wie in Rom, und wir mussten blaue Flecken in Kauf nehmen, bis wir zu unseren Sitzen gelangten. Während Lukianos unter Einsatz sämtlicher Kräfte die Plätze verteidigte, begab ich mich zur Ladenstraße unter den Arkaden, beschaffte Sitzkissen, wimmelte Wahrsager ab, kaufte Obst zur Erfrischung in den Pausen, verglich das Angebot der Andenkenstände mit dem unsrigen in Rom. Es war kein wesentlicher Unterschied auszumachen: Öllampen, Becher, Vasen und Schalen, auf denen Circus, Wagenrennen und Pferde abgebildet waren. Nur die Namen der Wagenlenker und Lieblingspferde variierten. Tuniken, Tücher und Haarbänder in den Farben Rot, Weiß, Blau und Grün. Bei den Buchmachern die Kenner der Rennszene, eifrig über die aktuellen Protagonisten diskutierend. Ich informierte mich über das Tagesprogramm, verzichtete aber darauf, Wetten abzuschließen, da die aufgeführten Wagenlenker und Pferde mir größtenteils nicht bekannt waren. Noch während ich das Programm studierte, spürte ich einen Blick auf mir haften, als ob meine linke Körperseite von einem Schatten berührt würde. Die Beschattung schien von einem Punkt in der Menge vor dem Buchmacherstand auszugehen. Nur mühsam widerstand ich der Versuchung hinzuschauen. Stattdessen trat ich den Rückweg an. So natürlich wie möglich, als hätte ich nichts bemerkt. Erst als ich die Gruppe passierte, versuchte ich unauffällig, einen Blick zu erhaschen. Ich erkannte ihn sofort, den kräftig gebauten Mann mit dem entschiedenen Gesichtsausdruck, der mir schon auf dem Schiff aufgefallen war, als ich nach meinem verloren geglaubten Fluchtäfelchen suchte. Seine Präsenz beunruhigte mich diesmal weit mehr. Mich irritierte, dass ich nicht wusste, woher ich ihn kannte.

Als ich atemlos bei Lukianos ankam und ihm von der Begegnung berichtete, legte er beschützend den Arm um mich.

»Wäre es nicht besser, den Circus zu verlassen?«

»Nicht bevor ich die Rennen gesehen habe. Vor aller Leute Augen, wird er es nicht wagen, mir etwas zu tun, und außerdem habe ich mit dir den denkbar besten Schutz.«

Er lachte verunsichert, nicht wissend, ob er sich geschmeichelt oder verspottet fühlen sollte.

»Ich verstehe nicht, wie du als griechische Syrerin derart begeistert sein kannst von diesem ganzen Rennbetrieb.«

»Nun hör mal, ich lebe seit Jahren in Rom.«

»Entschuldige, ich kann es einfach nicht nachvollziehen, es ist doch irgendwie …«

»… primitiv! Das wolltest du doch sagen. Stimmt's?«

Lukianos grinste verlegen. Er hatte bemerkt, dass er sich auf glattem Terrain befand.

»Ich halte es da mit *Plinius*«, versuchte er vermittelnd, »auch er wunderte sich über die entfesselten Leidenschaften, die so ein Fetzen Tuch auslösen kann, sofern er die richtige Farbe aufweist.«

»Plinius war ein Langweiler«, winkte ich ab, »ein Stubenhocker, ganz im Gegensatz zu seinem Onkel.«

Lukianos holte Atem für eine Widerrede, doch ließ ich ihn diesmal nicht zu Wort kommen.

»In all meinen Jugendjahren war ich nicht ein einziges Mal an einem Pferderennen«, holte ich aus und dachte dabei unwillkürlich an Audu, »ich saß nur hinter meinen Büchern. Erst durch Nikanor lernte ich diese Welt kennen. Er nahm mich mit in die Ställe, zeigte mir die Pferde aus Africa und Hispanien, führte mir vor, wie jedes Pferd seinen eigenen Charakter hat, so gut wie ein Mensch. Er holte mich zum Training, erklärte mir den ausgeklügelten Mechanismus der Startboxen und machte mich mit der riesigen Familie der Roten vertraut.«

»Letzten Endes geht es doch nur um Geld.«

»Zweifellos geht es um Geld, wo nicht? Am meisten kassiert der Direktor und mit ihm eine diskrete Schar Wohlhabender, die durch Investition Anteile der Factio erworben haben. Aber auch als Wagenlenker kannst du, wenn du berühmt bist, viel verdienen, in etwa das Jahreseinkommen von hundert Rechtsanwälten.«

»Hat Nikanor so viel Geld gemacht?« Lukianos wirkte schockiert.

»Nun, nicht ganz, aber doch sehr viel. Als Nikanors ehemaliger Herr wird Capito ein beachtliches Vermögen geerbt haben, da Nikanor als Freigelassener kinderlos starb.«

»Der Preis, den Nikanor für Geld und Ruhm bezahlt hat, ist hoch«, sagte Lukianos, diesmal mit sanfter Stimme.

»Es war sein Leben, ein Leben voller Risiko. Er hat es geliebt, er hat es gelebt und war auf seine Weise glücklich. Sein Zuhause war die Rennbahnfamilie. Er kannte jeden einzelnen der nahezu dreihundert Mitarbeiter: Stallmeister, Pferdetrainer, Pfleger und Ärzte, Boten, Talentsucher, Schmiede, Wagenmacher, Sattler, Köche, sogar Sinope, die Küchenhilfe. Die Schneider, die die farbigen Tuniken für die Rennfahrer nähen – wusstest du übrigens, dass jede Factio Spezialisten beschäftigt, die das Zaumzeug der Pferde mit Perlen besticken? Dann die Sparsoren und die Bergungsmänner, die sich bei einem Unfall auf die Rennbahn stürzen und …«

Ich unterbrach abrupt und schlug mit der Faust an meine Stirn.

»Na endlich! Klar, das ist es!«

»Was ist was?«, fragte Lukianos beunruhigt.

»Der Mann, dem ich begegnet bin: Er gehört zum Bergungsteam der Roten.«

»Aber was macht er in Karthago? Er müsste doch in Rom sein, wenn er für Capito arbeitet. Ist er Sklave?«

»Sein Stand ist mir nicht bekannt. Vielleicht ist er frei, hat nach Karthago gewechselt, geheiratet, was weiß ich.«

Schlagartig wich die Anspannung aus meinem Körper, an ihre Stelle trat Erleichterung, die sich bis in die Zehenspitzen ausbreitete.

»Nach den Rennen werde ich ihn aufsuchen und fragen«, teilte ich Lukianos mit. Ob er es hörte, weiß ich nicht, denn inzwischen hatte der Festzug die Rennbahn erreicht. Die Zuschauer erhoben sich und klatschten, froh, dass das lange Warten ein Ende nahm. Die Pompa wurde angeführt vom Magistraten, der die Spiele ausrichtete. Er fuhr in einem Wagen und war als Triumphator gekleidet.

»Das ist Claudius Maximus, der Proconsul«, schrie Lukianos in mein Ohr. Tatsächlich, jetzt erst erkannte ich ihn. Er schaute längst nicht so verdrießlich in die Welt wie anlässlich seiner richterlichen Funktion in Sabratha.

Der Lärm schwoll an. Posaunenklänge mischten sich mit begeisterten Rufen der Zuschauer. Hinter dem Proconsul und seinem Beamtengefolge war die Elite Karthagos zu sehen, junge Männer zu Fuß und zu Pferd. Dahinter die Wagenlenker, die Akrobaten und die Athleten. Musikanten begleiteten die

Hauptakteure, während sich hinter ihnen eine bunte Truppe von Tänzern, Schauspielern und als Satyrn Verkleidete tummelte. Gravitätisch einherschreitend folgten die Priester, während die Götter in Wagen vorgefahren wurden. Es dauerte eine Weile, bis Götterstatuen und Magistraten in den für sie bestimmten Zuschauerlogen platziert waren: der Proconsul, seine Frau und andere hohe Beamten in den Magistratenlogen, die Götter in privilegierter Lage direkt auf Höhe der Ziellinie.

Es konnte endlich losgehen, denn auch die Kampfrichter hatten inzwischen ihre Beobachtungsposten bezogen. Zum Auftakt war ein Rennen zwischen vier *Quadrigen* angesagt. Den ersten *Missus* zu gewinnen, gilt ja als besonders ehrenvoll, da unmittelbar nach der langen Prozession Menschen und Tiere noch ermüdet sind. Spannung kam auf, als um die Startplätze gelost wurde. In den Zuschauerrängen wurde heftig diskutiert und spekuliert. Nach und nach nahmen die Gespanne ihre Plätze in den Startboxen ein. Der Lärm in den Zuschauerreihen ebbte ab und wurde von einer fast unheimlichen Ruhe abgelöst. Da! Unter dem Klang von Posaunenstößen flatterte das ersehnte weiße Tuch durch die Luft, das Zeichen zum Start war gegeben, der Türöffner betätigte den Mechanismus, die Pferde sprengten auf die Rennbahn.

»Herrliche Tiere«, rief ich anerkennend in den wieder anschwellenden Lärm, »Karthago ist bekannt für seine Agenten, die in Hispanien und Africa die besten Zuchtpferde ausfindig machen. Sie haben Capito mehr als einmal aus der Patsche geholfen, wenn es ihm bei aufwendigen Spielen kurzfristig an Pferden mangelte.«

Das erste Rennen näherte sich dem Finale. Die Weißen waren zurückgefallen infolge eines taktischen Fehlers des Wagenlenkers. Die andern drei Gespanne liefen auf gleicher Höhe.

»In der nächsten Kurve wird es sich entscheiden«, erklärte ich Lukianos, und tatsächlich gelang es dem roten Wagenlenker durch geschicktes Manövrieren bei der Wendemarke, den entscheidenden Vorsprung herauszuholen. Unangefochten ging er durchs Ziel unter tosendem Applaus der Partei der Roten. Der Wagenlenker sprang vom Gefährt, zog seinen Helm aus, klopfte sich den Sand aus der Tunika, um dann aus den Händen des Proconsuls die Siegerpalme entgegenzunehmen. Bekränzt waren auch die Pferde, als das Gespann die Ehrenrunde antrat. »Xanthos!«, jubelten seine Anhänger im Siegestaumel.

»Dieser Wagenlenker ist offenbar der Publikumsliebling.«

»Xanthos ist ein absoluter Publikumsliebling, bekannt sogar in Rom«, sagte ich lachend. »Er ist temperamentvoll, intelligent und wunderschön. Schau nur den Schwung seiner muskulösen Schenkel.«

»Das kann ich als Mann weniger gut beurteilen«, erwiderte Lukianos trocken. »Du scheinst ihn offenbar aus nächster Nähe zu kennen.«

»Ja, ich habe ihn bei einem Rennen in Rom kennengelernt und dabei sogar seinen Hintern getätschelt. Xanthos ist eines der besten Leitpferde, die du zurzeit sehen kannst«, grinste ich und erfreute mich an Lukianos' Mienenspiel, das in raschem Wechsel Verdrossenheit, Erstaunen und Empörung zeigte.

Das Programm war abwechslungsreich. Im zweiten Rennen liefen zwölf *Bigen* gegeneinander. Auch wenn Zweigespanne im Publikum weniger beliebt sind, wurde dieser Lauf ausgesprochen spannend, weil am Ende sechs Pferde auf gleicher Höhe über die Ziellinie rasten. Der Wettkampf konnte nicht entschieden werden, die Schiedsrichter ordneten eine Wiederholung an.

Kurz vor der Pause kam es zu einer der Hauptattraktionen, denn für dieses Rennen waren zwölf Quadrigen vorgesehen.

Beim Verlosen der Startplätze trat Nervosität auf in den Sitzreihen. Nicht weit von uns kam es unter den Zuschauern zu einem heftigen Streit mit Ansätzen zu einem Handgemenge. Zum Glück nicht auf den Holztribünen, dachte ich, die einer ausgewachsenen Prügelei weit weniger standhielten als die marmornen Sitzreihen. Vor nicht allzu langer Zeit war im Circus Maximus ein Teil der hölzernen Tragkonstruktionen des obersten Ranges zusammengebrochen. Tausendeinhundertzwölf Menschen begraben unter den Trümmern! Seither hat man im Circus Maximus die Sicherheitsmaßnahmen verstärkt. Aber hier in der Provinz …

»Was ist los?«, fragte Lukianos.

»Bei diesem Rennen können die Startplätze entscheidend sein«, brüllte ich, um im allgemeinen Lärm von Lukianos gehört zu werden. Die Katastrophe im Circus Maximus ließ ich lieber unerwähnt.

»Aber sind denn die Startplätze nicht so angeordnet, dass jedes Gespann die gleiche Strecke zu absolvieren hat, um auf die Startbahn zu gelangen?«

»Schon, aber es geht darum, neben wem man zu laufen hat. In diesem Missus schickt jeder Stall drei Gespanne an den Start. Es liegen also zwölf Kugeln in der Urne. Offenbar war die erste Kugel weiß, denn der weiße Wagenlenker wählte als Erster seine Startbox. Danach folgte eine grüne Kugel, sodass sich der grüne Wagenlenker neben den weißen positioniert hat. Dann aber kam erneut eine grüne Kugel. Der zweite Wagenlenker der Grünen hat sich nun neben seinen Stallkollegen gestellt, was den Grünen einen großen Vorteil verschafft. Als Partner wird der schwächere Grüne versuchen, die anderen Gespanne abzudrängen, sodass der Favorit der Grünen freie Bahn hat. Das nennt man Taktik!«

»Scheint nicht allen zu gefallen«, sagte Lukianos.

Es kam zu einem nervenaufreibenden Wettkampf. Obwohl die Grünen ihren Vorteil der Position voll ausnutzten, errangen sie den Sieg nur knapp, denn neben ihrem Favoriten hatte ein tollkühner roter Fahrer die Führung übernommen, der einen halsbrecherischen Zickzacklauf hinlegte, um dem grünen Gespann das Überholen zu verunmöglichen. Ich schrie mir die Kehle aus dem Hals, und sogar Lukianos geriet für knappe fünfzehn Minuten in Begeisterung. Erst in der siebten Runde, in der allerletzten Kurve, entschied sich der Wettlauf zu Gunsten der Grünen.

»Schade«, rief ich heiser, »ich hätte den Sieg den Roten gegönnt.«

»Na klar«, lachte Lukianos, während ich mich eingehend bei meinem Sitznachbarn, der wie ich ein Anhänger der Roten war, nach dem Namen meines Favoriten erkundigte.

Zum Glück war Pause, sodass wir uns von den Strapazen erholen konnten. Wir machten uns über die Früchte her und genossen die Darbietungen der Kunstreiter, die aufrecht auf den Pferderücken stehend durch die Arena preschten. Aber es kam noch besser. Drei Artisten auf feurig dahinstürmenden Rappen sprangen tollkühn vom Rücken ihres Pferdes auf parallel galoppierende Schimmelrücken. Auf die Rennbahn stellte man Wasserkrüge, die von den Wettkämpfern blitzschnell aufgehoben wurden, alles vom Rücken der Pferde, die in vollem Galopp über den Sand rasten. Dann wieder legten sich die Reiter der Länge nach auf die Pferderücken und zeigten akrobatische Kunststücke. Ihr Können war beeindruckend, es kam mir vor, als wären sie auf Pferderücken geboren, als würden sie dort essen und schlafen, wie man es von den Skythen sagt.

Das Publikum tobte, selbst Lukianos ließ sich mitreißen. Ich musste zugeben, dass ich in Rom nie virtuosere *Desultores* gesehen hatte.

Die Sonne stand schon hoch, als das mit Spannung erwartete Rennen der Achtspänner eröffnet wurde. Auf diesen Missus waren die höchsten Wetteinsätze gesetzt, entsprechend erhitzte sich die Stimmung unter den Zuschauern.

»Das Tempo muss ja mörderisch sein, wenn acht Pferde den Wagen ziehen«, sagte Lukianos schaudernd.

Ich schüttelte den Kopf.

»Das ist nicht der Punkt. Die Geschwindigkeit ist annähernd die gleiche wie mit vier Pferden, doch ist vom Wagenlenker ungleich mehr Können gefordert, wenn er acht Rosse um die Wendemarken bringen soll. Die Tiere müssen bis zum Äußersten trainiert sein. Nur sehr erfahrene Lenker trauen sich sechs oder mehr Pferde zu, entsprechend hoch sind die Preisgelder. Fünfzig- bis sechzigtausend Sesterze für den Sieger.«

Schon beim zweiten Durchgang kam es zu einem Unfall, in den alle vier Gespanne verwickelt waren. Es ging so schnell, dass ich nicht erkennen konnte, wie es geschehen war. Pferdeleiber wälzten sich auf dem Boden, Karren zersplitterten, Wagenlenker brachten sich in Sicherheit. Zwei Gespannen gelang es trotz allem, das Rennen fortzusetzen. Doch mitten im rasenden Lauf, fiel der durch den Zusammenprall ramponierte

Wagen der Roten auseinander. Der Wagenlenker wurde ein kurzes Stück von den Pferden mitgeschleift. Es gelang ihm gerade noch, das Messer aus dem Lederkorsett zu ziehen und die Zügel zu durchschneiden. Die Bergungsmannschaft war sofort zur Stelle, um Mensch und Tiere zu retten und die Trümmer von der Rennbahn zu entfernen. Erstarrt blickte ich auf den Sand, das Blut. Mein Magen drehte sich. Nikanor. Die Bilder waren sofort wieder da.

Ich spürte Lukianos' Arm, wehrte mich aber, als er mich aus dem Hippodrom führen wollte. Konzentriert, als ginge es um einen Patienten, zwang ich mich hinzusehen. Der Wagenlenker hatte Glück gehabt, er stand schon wieder aufrecht am Rand der Rennbahn und machte prüfend ein paar Schritte. Nur leicht verletzt, wie mir schien, Schürfungen und Prellungen. Die Ärzte würden ihm getrockneten Ebermist auf die Wunden auftragen. Je nach Arzt, der hier das Sagen hatte, musste er gar in Essig gekochten Ebermist oral einnehmen. Trotzdem, der Wagenlenker konnte sich glücklich preisen. Die Rettungsleute waren wagemutig auf die Arena gerannt und hatten Schlimmeres verhindert. Vergeblich suchte ich unter den Bergungsmännern der Roten nach meinem vermeintlichen Verfolger. Doch warum sollte er erneut bei den Roten gelandet sein? Nur die Anhänger bleiben ihrer Factio fanatisch treu. Das trifft nicht unbedingt auf das Personal zu, so es sich nicht um Sklaven handelt. Am allerwenigstens gilt es für die Stars der Arena, die ihre Farbe häufig wechseln und sich in ihrer Entscheidung stets danach richten, welche Factio ihnen gerade das lukrativste Angebot macht. Aber dann, als ich schon nicht mehr nach ihm Ausschau hielt, fiel mein Blick auf den Mann, der die Pferde des verunfallten Gespanns zu beruhigen suchte. Mein Verfolger. Er arbeitete also doch wieder für die Roten. Ich machte Lukianos darauf aufmerksam, der sich darüber amüsierte, dass ich dem Mann nun geradezu Sympathien entgegenbrachte, nur weil er die Farben der Roten trug.

Nach einer längeren Pause, die unfreiwillig durch den Unfall entstanden war, wurden die letzten Wettkämpfe ausgetragen. Höhepunkt dieser Etappe war ein Rennen, das im eigentlichen

Sinne von vier Rotfüchsen gewonnen wurde. Der Wagenlenker hatte bei einem heiklen Wendemanöver das Gleichgewicht verloren, jedoch geistesgegenwärtig die Zügel durchschnitten, während er aus dem Wagen kippte. Den Fall fing er geschickt mit einer Rolle auf, sodass er unverletzt vom Rand der Rennbahn zusehen konnte, wie seine Pferde den Wettlauf ohne ihn fortsetzten und gewannen. Das Publikum tobte vor Begeisterung und Maximus ehrte *Speudusa*, die Leitstute, mit einem vergoldeten *Modius* und einer Ehrenportion Gerste.

»Das ist der Vorteil, wenn du erfahrene Pferde ins Rennen schickst«, rief ich in Hochstimmung. »Ein gutes Leitpferd, das den Betrieb kennt, kann ein Rennen auch ohne den Lenker gewinnen. Junge Fünfjährige sind vielleicht feuriger, aber eine solche Disziplin würden sie nie aufbringen.«

»Hippomanie«, sagte Lukianos, als das Rufen und Schreien in den Zuschauerreihen kein Ende nehmen wollte.

Zwar sagte er es lachend, doch schien es mir an der Zeit, seine Geduld nicht weiter zu strapazieren.

Das Wettkampfprogramm war zu Ende, zumindest was die Pferde anbelangte. Was jetzt folgte, war ein *Troiaspiel* und danach der Auftritt der Athleten. Darauf konnte ich gut verzichten.

Es war ein Wettkampf eigener Art, sich durch die Menschenmasse bis zu den Treppen vorzudrängen. Auch die Gänge waren dicht gefüllt, und unter den Arkaden herrschte Hochbetrieb. Zu diesem Zeitpunkt waren sämtliche *Wölfinnen* Karthagos zur Stelle und damit auch die Käufer ihrer Dienste. Es war ganz wie in Rom, und ich musste schmunzeln beim Gedanken, dass wohl jeder Circus im ganzen Reich dasselbe Spektakel bietet.

Das bunte Völkchen gefiel Lukianos ausnehmend gut. Ihm schwebe vor, Dialoge zwischen Hetären zu verfassen, sodass er beruflich gezwungen sei, sich mit diesen Damen genauer zu befassen. Er müsse doch Material sammeln für seine schriftstellerische Arbeit, damit er den Schwung der schönen Schenkel treffend beschreiben könne, meinte er augenzwinkernd.

Gut gelaunt traten wir den Heimweg an. An einer Mauer prangte ein frisches Graffito: »Speudusa – wir lieben dich«. Ganz Karthago sprach über das Geschehen auf der Rennbahn, über die siegreichen Wagenlenker, über die Pferde. Ob man auch in der Provinz zur raschen Übermittlung der Rennresultate Tauben abrichtet?

»Was Karthago betrifft, bin ich hochzufrieden«, seufzte ich und lehnte mich an Lukianos' Schulter.

»Du meinst, es sei nun Zeit, nach Rom zurückzukehren?«

»Frühling in Rom ist wunderbar«, nickte ich.

Das Ziel meiner Reise war erreicht, ich fürchtete mich nicht mehr vor Rom. Mehr noch: Ich sehnte mich nach Rom.

Nie habe ich Roms Lärm, Gestank und Dreck mehr begrüßt als bei der Heimkehr aus Africa. Die Stadt hieß uns willkommen mit vielstimmigem Getöse, überwältigte uns mit ihrem penetranten Atem. Willfährig ließ ich mich in ihre schmutzigen Arme sinken. Ein schüchterner Hauch Frühling machte sich bemerkbar, obgleich auf verlorenem Posten gegen die übermächtige Konkurrenz übelriechender Geruchsschwaden.

Zuhause! Nach monatelanger Abwesenheit hatte ich es plötzlich furchtbar eilig, auf den *Caelius* zu gelangen. Wie hatte ich nur das Iatreion so lange allein lassen können. Der Kräutergarten fiel mir ein. Wie mochte er aussehen? In dieser Jahreszeit war an so vieles zu denken, wenn wir gut versorgt sein wollten mit eigenen Kräutern, Wurzeln und Gewürzen, Blüten, Blättern und Samen, die es zur Herstellung der Heilmittel braucht.

Im Ärztehaus war man auf unsere Ankunft vorbereitet, denn ich hatte in einem Brief in sorgfältig überlegten Worten meine Heimkehr in Begleitung des Gastes angekündigt.

Wir wurden empfangen, als wäre Lukianos' Anwesenheit das Selbstverständlichste der Welt. Nicht einmal unsere vorwitzige Dana ließ sich etwas anmerken; für einmal hatte sie ihre Neugierde im Griff. Ich hätte wetten mögen, dass Myrrhine sie zuvor eindringlich ermahnt hatte, indiskrete Fragen und Bemerkungen zu unterlassen.

Alles war sorgsam für ein Willkommensfest gerichtet. Wie eine richtige Familienfeier, ging mir durch den Kopf, als wir uns Sinopes Köstlichkeiten schmecken ließen, Geschenke verteilten und von unseren Erlebnissen berichteten. Kleitos wollte jedes Detail über den Prozess des Apuleius erfahren, während Kynthia und Myrrhine sich brennend für die Wagenrennen in Karthago interessierten. Dana wiederum ließ sich genauestens über afrikanische Leckerbissen informieren und bedauerte, dass wir nicht von allen Spezialitäten Kostproben mitgebracht hatten.

Dass ich überglücklich sein würde beim Wiedersehen mit Kleitos, Myrrhine, Dana und Kynthia, hatte ich erwartet. Dass mich der Anblick von Sinope und dem übrigen Hauspersonal rühren würde, überraschte mich auch nicht allzu sehr. Als mir aber feierlich mein Holzkasten übergeben wurde, in dem ich meine medizinischen Instrumente und ein Sortiment der am häufigsten gebrauchten Medikamente aufzubewahren pflege, schossen mir Tränen in die Augen. Seit meinen Ausbildungsjahren in Alexandria hatte der Kasten mich begleitet, wohin ich auch ging. Nach Africa habe ich ihn nicht mitgenommen. Erst jetzt begriff ich, wie niedergeschlagen ich in der Zeit vor meiner Abreise gewesen sein musste. Ich öffnete den Behälter, strich über die Instrumente, prüfte, ob er vollständig gepackt war und realisierte, wie ich mich darauf freute, meine Arbeit wieder aufzunehmen.

»Ich bin wieder da«, sagte ich, noch immer überwältigt, »und so schnell werdet ihr mich nicht wieder los.«

Es sollte anders kommen.

# 17 Spitzmauszahn in Hirschfell

Die Hausbewohner brauchten einige Zeit, sich an die neue Situation zu gewöhnen. Zum Glück ist die *Domus* am Caelius geräumig, es handelt sich um einen Doppelbau. Das eine Haus hatte ich von Soranos übernehmen können, und als sich später die Gelegenheit ergab, das benachbarte Gebäude dazuzukaufen, hatten Antyllos und ich zugegriffen und mittels eines Umbaus eine großzügige Disposition geschaffen. Der eine Flügel dient als Iatreion, während im anderen die privaten Räume untergebracht sind. Ein Verbindungstrakt enthält Küchenräume, Bäder und Latrinen. Höfe und Gärten werden seitlich umfasst von Dienstgebäuden.

Für Lukianos hatte ich im Wohnhaus zwei Zimmer richten lassen, einen größeren Arbeitsraum für seine Studien sowie ein kleines *Cubiculum* für ungestörten Schlaf. Immerhin wurde ich nicht allzu selten nachts an ein Krankenbett oder zu einer schwierigen Geburt gerufen.

Kynthia und Dana waren begeistert von dem interessanten Familienzuwachs, während Myrrhine und Kleitos sich zunächst zurückhaltend verhielten. Die Skepsis ließ erst nach, als sich die beiden im Alltag von meinem unverminderten Arbeitseifer überzeugt hatten. Ich war mit Leib und Seele bei der Arbeit. Lukianos war es mehr als recht, Freiraum für seine Projekte zu haben. Er liebte es, stundenlang ungestört über seinen Schriften zu brüten. Lange Zeit war er herumgezogen, hatte sein Geld mit Redeauftritten und als Rhetoriklehrer verdient, die letzten Jahre vorwiegend in Gallien, in *Lugdunum*, *Tolosa*, zuletzt dann in *Massilia* in der *Narbonensis*. Obwohl er Gesellschaft schätzte, war er durch seine unstete Lebensweise nicht mehr gewohnt, sich in eine enge Hausgemeinschaft einzufügen. Ich hatte das nicht bedacht, als ich ihm vorgeschlagen hatte, mich nach Rom zu begleiten. Er sehr wohl, wie er mir später eingestand.

In der Arena der Ärzte hatte sich nicht viel verändert. Man traf sich täglich im Auditorium des Friedenstempels zu medizinischen Debatten. Vorträge und praktische Demonstrationen im privaten oder öffentlichen Rahmen jagten sich, sodass gewisse *Iatrosophisten* ihren Tag mühelos mit Terminen füllen konnten, ohne einen einzigen Patienten zu sehen. Dann die exklusiven, halbprivaten Anlässe, veranstaltet von Senatoren und anderen Würdenträgern, die sich als Freunde der Medizin betrachten. Ich ließ mir über aktuelle medizinische Wettkämpfe berichten, informierte mich über die behandelten Themen, erfuhr, wer als Gewinner, wer als Verlierer aus der Schlammschlacht hervorgegangen war. Nichts von alledem konnte mich in Unruhe versetzen. Was ging mich dieser Betrieb an, ich war zurückgekommen, um mich meinen Patienten zu widmen. Mochten andere in die Arena steigen, es gab wahrlich deren genug. Mein Entschluss, mir Wettkämpfe nur noch im Circus Maximus anzuschauen, wirkte sich wohltuend aus, auch wenn die Roten den Verlust von Nikanor und Compressor noch immer nicht verwunden hatten.

Meine Arbeit bereitete mir große Freude, mitunter auch Leid, wenn bei einer schwierigen Geburt Mutter, Kind oder beide unter meinen Händen wegstarben. Gegen die Natur vermag auch der beste Arzt nichts, und dennoch treibt die Hoffnung mich immer wieder an, den Kampf aufzunehmen. Auch in hoffnungslosen Situationen. Gerade dann! Wenn das Kind in schlechter Lage feststeckt oder die Mutter zu eng gebaut ist.

Und es gab sie, die Momente des Triumphes, wenn es gelang, einen bereits verloren geglaubten Menschen am Leben zu erhalten.

»Du kannst deinem *Charon* eine Ruhepause verordnen«, rief ich Lukianos zu, der sich in jenen Tagen mit dem Fährmann des Totenreiches auseinandersetzte, »ich habe ihm soeben Arbeit abgenommen, indem ich eine Frau samt Neugeborenem gerettet habe.«

»Charon wird dir dankbar sein. Er ist ohnehin überlastet und wünscht sich seit langem einen freien Tag, damit er zum besseren Verständnis der Toten einmal die Welt der Lebenden beschauen kann«, griff Lukianos meinen Scherz auf. »Ich werde ihm Hermes als Fremdenführer an die Seite stellen.«

Zerstreut hörte ich ihm zu.

»War es schwierig?«, fragte er endlich.

»Sehr schwierig«, seufzte ich müde aber zufrieden, »es war nur möglich mittels eines …«

»Erspar mir die Einzelheiten, du weißt, ich bin keiner jener bildungshungrigen *Philiatroi*, die in Scharen den Ärzten hinterher rennen, sie an Krankenbetten begleiten, chirurgische Eingriffe aus nächster Nähe mitverfolgen und keine der blutrünstigen *anatomischen Demonstrationen* auslassen, die derzeit angeboten werden, als handle es sich um eine philosophische oder rhetorische *Epideixis*.«

»Spielverderber«, knurrte ich und schaute ihm über die Schultern, um zu erhaschen, woran er gerade arbeitete.

Kein Charon und kein Hermes weit und breit. Es waren Notizen zum Orakelkult von Abonuteichos.

»Kommst du voran?«

»Im Prinzip schon. Allerdings wird das Thema umfangreicher mit jedem Tag, an dem ich daran arbeite. Du kannst dir nicht vorstellen, auf wie viele Wunderpropheten ich stoße. Überall Aberglauben und religiöse Besessenheit.«

»Bei meinen Patienten sehe ich das täglich. Kaum eine Frau, die ohne ihren Glücksbringer gebären will, das ist doch nichts Neues. Soranos, der sich Feinde machte, weil er keine abergläubischen Hebammen bei Geburten duldete, ließ Gebärende widerspruchslos gewähren, wenn sie sich an ihr Amulett klammerten. ›Es macht sie glücklich und hilft ihnen, sich zu entspannen‹, sagte er jeweils augenzwinkernd.«

»Das sind harmlose Formen«, entgegnete Lukianos. »Das Volk war schon immer wundergläubig, und die Gebildeten von heute stehen den Ungebildeten in nichts nach. Dass es auch in vornehmen Häusern Kranke gibt, die sich lieber von einem Magier beraten lassen als von einem Arzt, um ihrer Fußgicht Herr zu werden, ist deren Sache. Wenn einer närrisch genug ist, sich einen in Hirschfell gewickelten Zahn einer Spitzmaus auf den Fuß zu binden und Zaubersprüche herzusagen, dann ist das zwar bedenklich, doch schadet er damit höchstens sich selbst. Wenn aber Leute dafür bezahlt werden, auf Straßen und Plätzen gezielt nach Opfern Ausschau zu halten, um von deren Not zu profitieren, dann ist das in meinen Augen organisiertes Verbrechen.«

»Du meinst die Leute, die für die Orakelwerkstatt von Abonuteichos Beute jagen?«

»Ja, diese meine ich und viele andere. Da ich genügend Zeit habe, mich auf den Gassen Roms herumzutreiben, sehe und höre ich so manches. Ich habe heute einen Abstecher zu den Vaticanischen Hügeln unternommen. *Kelsos*, ein Freund, hatte mir geschrieben, dass Anhänger der Christensekte dort ein Grab verehren. Das Grab verfehlte ich, dafür geriet ich mitten in eine hitzige Debatte. Weil sich unter den Zuhörern einige Philosophenmäntel befanden, nahm ich an, es gehe um einen philosophischen Disput. Also blieb ich stehen, um zu erfahren, welche Exponenten sich einen Wettkampf lieferten. Das Wort hatte ein älterer Mann mit Ziegenbockbart, Mantel, Sandalen und Stock. Er bemühte sich ausführlich um den Nachweis, dass es sich bei der christlichen Lehre um eine Philosophie handle. Entsprechende *apologetische* Schriften hat er offenbar im Kaiserhaus schon eingereicht.«

»Wie kann er einen Kult als philosophische Schule verkaufen? Haben wir nicht so schon genügend philosophische Sekten? Wo kommen wir hin, wenn auch noch jeder Mysterienkult philosophische Schule sein will?«

»Der christliche Kult unterscheidet sich von allen anderen. Nie habe ich das klarer begriffen als heute, während ich *Iustinus*, so der Name des Philosophen, zuhörte. Ausgehend von der platonischen Lehre erläuterte er zunächst alle Gemeinsamkeiten der beiden Schulen, um dann die Zielsetzung jedes Philosophierens hervorzuheben: die Suche nach der Wahrheit, dem Sein der Dinge. Den christlichen Gott zu erkennen und die philosophische Wahrheit zu begreifen, sei ein und derselbe Vorgang, postulierte er in einem nächsten Schritt des Vergleichs, um dann kühn zu behaupten, die christliche Lehre sei die Krone der Philosophie schlechthin. Sie vereine alle wahren Elemente, die zwar auch in anderen philosophischen Richtungen vorhanden seien, aber dort nur bruchstückhaft. Laut Iustinus ist die christliche Lehre die wiedergefundene Urphilosophie, während es sich bei den anderen philosophischen Schulen nur um unvollständige Derivate handelt.«

»Ziemlich arrogant, dieser Anspruch auf alleinigen Besitz der Wahrheit, auch wenn man sich von Philosophen einiges gewohnt ist. Wie kann er ernsthaft von Urphilosophie sprechen, wo doch alle anderen Schulen Jahrhunderte vor dem Auftreten der ersten Christen begründet wurden?«

»Du kannst dir die Empörung unter den Zuhörern vorstellen. Es kamen Anwürfe von allen Seiten, von Philosophen jeglicher Richtung, aber auch von Christen, die sich entsetzten, die Glaubenslehre ihres ›Herrn‹ mit griechischen Versatzstücken verunreinigt wiederzufinden. Die Erklärung zur These der Urphilosophie wiederum war so abenteuerlich und verworren, dass sie einer Komödie des *Aristophanes* entstammen könnte.«

»Erzähl schon, ich liebe Aristophanes!«

»Zusammengefasst hat, wie ich verstanden habe, Gott das Weltall geschaffen, die Erde und die Menschen und alles so geordnet, dass es dem Menschen nützlich sei. Die Vorsorge für die Menschen übertrug er den Engeln, die er über sie setzte. Die Engel aber übertraten die Ordnung, verliebten sich in die Frauen der Sterblichen und zeugten mit ihnen Kinder, ganz wie die Götter des Olymps. Diese Kinder nun, die sogenannten Dämonen, hätten Mord, Krieg, Ehebruch und jede Art von Schandtaten unter die Menschen gebracht.«

»Was hat denn das mit der Urphilosophie zu tun?«

»Geduld, Geduld! Ich habe zwei Stunden ausharren müssen, um die verworrene Argumentation zu begreifen.«

»Aha, jetzt soll wohl ich dasselbe Schicksal erleiden«, kicherte ich.

»Also, ich mache es kurz. Du weißt doch um die prophetischen Schriften, die von den Juden seit vielen Jahrhunderten als Offenbarung ihres Gottes verehrt werden. Darin ist laut Iustinus die ganze Heilsgeschichte des Christengottes geweissagt, die ganze christliche Lehre im Kern angedeutet. Vor dem großen Zerwürfnis haben auch die Dämonen in den Schriften der göttlichen Bibliothek gelesen. Das Wissen daraus haben sie dann den Menschen weitergegeben, aber eben falsch oder nur in Bruchstücken. So entstanden die verschiedenen Philosophierichtungen, die alle einen Anteil der Wahrheit enthalten, aber eben nur fragmentarisch. Die allumfassende Urphilosophie hat sich dann verloren und ist nun durch den gekreuzigten Christus und die daraus entstandene christliche Lehre wiedergefunden.«

»Eine wahrlich abenteuerliche Herleitung«, staunte ich. »Doch verstehe ich nun, warum die Christen, die sich sonst so eifrig von den Juden abgrenzen, sich auf deren Schriften stützen. Sie brauchen den jüdischen Schöpfergott, um ihre Lehre künstlich älter zu machen. Das ehrwürdige Alter der Schriften soll ihnen Ansehen und Glaubwürdigkeit verschaffen.«

»Genau. Darum bekämpfen sie Markions Lehre, die ganz ohne den jüdischen Schöpfergott auskommt. Nun, bei dem Vortrag des Iustinus gab es Aufruhr, das kannst du dir denken. Zwei Epikureer verließen das Feld schon nach ein paar Minuten. Ein Kyniker namens *Crescens*, der sich über die bizarren Argumentationen lustig machte, wurde von Iustinus wüst beschimpft. Ernsthafte Gegenargumente kamen von einem Platoniker, der auch noch ausharrte, als ich mich auf den Heimweg machte. Am meisten Widerspruch entstand aber in den eigenen Reihen. Die verschiedenen Christen waren sich gar nicht einig darüber, ob es sich bei ihrer Heilslehre um eine Philosophie handle; einige sahen in Iustinus einen Verräter, weil er sich an die griechischen Philosophen anlehne. Vollends zum Streit kam es bei der Frage, ob man für die Bezeugung des richtigen Glaubens sein Leben hingeben solle oder gar müsse. Iustinus plädierte heftig dafür, nannte einen solchen Akt edel und verglich ihn mit dem Entscheid des Sokrates, sein Leben für die Wahrheit zu opfern. Auch andere redeten sich mit leuchtenden Augen in Begeisterung bei der Vorstellung, die Leiden des Gekreuzigten zu teilen. Sie könnten so ihrem Gott noch näher sein. Andere sprachen sich gegen derartige Opfer aus, nannten sie sinnlos und grausam. Ein jüngerer Mann warf

Iustinus vor, er verführe die Menschen dazu, sich freiwillig in ein Martyrium zu stürzen, im falschen Glauben, Gott damit zu gefallen. Gott aber sei kein Mörder. Der wahre Gott sei der Gott der Liebe. Ein Gott, dem solche Opfer gefielen, wäre kein Gott des Guten, sondern allenfalls der alte Schöpfergott, der Gott der Juden. Daraufhin ging ein Aufschrei durch die Menge. Juden und Christen fühlten sich gleichermaßen beleidigt und schmähten den Redner mit Schimpfworten. Das Auftreten des ›Irrgläubigen‹ hatte die Menge durch den Hass vorübergehend geeint. Als immer mehr Leute den Herausforderer umringten und bedrohten, verließ er eilig den Ort der Debatte.«

»Genau wie damals in Ostia.«

Der Spott war mir vergangen. Ich dachte an die Aufzeichnungen meiner Großmutter Kamkam, an die Schriftrollen Rumas, die in der nabatäischen Truhe lagerten.

»Das alles erinnert mich an Geschehnisse, die weit zurückliegen und bis in die Zeit des ersten jüdischen Aufstandes reichen. Ich werde dir die Manuskripte zum Lesen geben. Mir scheint, als würden sich die düsteren Befürchtungen meines Urgroßvaters bewahrheiten.«

»Aha, auch einen Propheten in der Familie?«, witzelte Lukianos, sah aber schnell, dass mir nicht zum Lachen war.

Ein Blick aus dem Fenster ließ mich aufschrecken. Der Sonnenstand wies darauf hin, dass während unseres Gesprächs viel Zeit vergangen war. Rasch erhob ich mich. Bestimmt warteten schon Patienten. Dass niemand gekommen war, mich zu holen? Seit Lukianos im Haus war, traute sich nicht einmal mehr die unverfrorene Dana, mich zu stören. Das hatte Vorteile und Nachteile.

»Und was ist mit den versprochenen Aufzeichnungen?«, fragte Lukianos enttäuscht, »ich bin brennend daran interessiert.«

»Nach der Arbeit. Die Patienten gehen vor. Danach habe ich noch ein Wort mit Sinope zu reden. Sie wirkt bedrückt und apathisch, ist bei der Arbeit zerstreut, sodass man sich im Haus über sie beklagt. So kenne ich sie gar nicht.«

»Es ist mir auch aufgefallen. Sie lacht nicht mehr, wo sie doch sonst stets zum Scherzen aufgelegt ist.«

Ich nahm mir vor, noch am selben Tag mit ihr zu sprechen. Vergeblich. Sinope war unauffindbar. Mein Gefühl sollte mich nicht trügen. Sinope war nicht nur bedrückt, sie war verzweifelt. Und sie hatte wahrlich Grund dazu.

Es wurde eine lange Nacht, wenn auch nicht im Sinne unserer afrikanischen Nächte. Im Alltag lebt sich eine Liebe anders als in Sternstunden. Die römischen Nachtstunden benötigten wir in der Regel für den Schlaf. Durch zunehmende zeitliche Distanz zu unserer Reise waren mir die spezifischen Einzelheiten jener afrikanischen Erlebnisse allmählich entglitten. Die Einmaligkeit jedes einzelnen Ereignisses verblasste zugunsten eines vorherrschenden Gesamteindrucks. Wie schimmernde Sternstundenperlen reihten sich die Erinnerungen eine nach der andern auf die Zeitschnur, glichen sich immer mehr an, bis sie zu einer einzigen, geschlossenen, kostbaren Perlenkette verarbeitet waren.

In dieser römischen Nacht aber vertieften wir uns in die Schriften meiner Vorfahren und kamen so bald nicht mehr davon los.

Ich fand einen Brief Kamkams, gerichtet an Giton, meinen Großvater. Allerdings waren die Zeilen zu Hadrians Regierungszeit geschrieben, kurz nach der Niederschlagung des dritten judäischen Aufstands, als Giton schon mehr als zwanzig Jahre tot war.

Kaum traute ich mich, den Brief zu lesen. Dann überlegte ich mir, dass meine Großmutter den Brief zweifellos mit Bedacht nicht vernichtet hatte. Also rückte ich näher ans Licht und begann, Kamkams zittrige Handschrift zu entziffern:

*Kamkam an ihren liebsten Giton*
*Ich kann mir nicht helfen, noch immer wende ich mich an dich. Bin ich nicht eine törichte alte Frau? »So warst du schon, als du jung warst«, höre ich dich sagen. Du hast ja recht.*

*Weißt du noch, wie stolz wir waren, als es uns gelang, den Anschlag auf Kaiser Nero zu verhindern? Wie sicher wir uns fühlten, als durch Eleazars Tod seine Bewegung zusammenfiel. Durch seine Ermordung, müsste ich korrekterweise sagen, obwohl es mir noch immer schwer fällt, das Wort auszusprechen. Nie mehr wird die Gefahr einer menschenverachtenden Theokratie uns und unsere Nachkommen bedrohen. Wir lachten über Ruma, wenn er sinnierend im Garten saß mit düsteren Visionen für die Zukunft. »Vater wird alt«, pflegten wir zu sagen.*

*Nun bin ich selbst eine alte Frau, um einige Jahre älter als Vater bei seinem Tod. Wie viel besser kann ich ihn heute verstehen. Auch ich habe niemanden, mit dem ich meine Sorgen teilen kann. Unsere Kinder haben wir von solchen Fragen stets sorgfältig ferngehalten. Die Enkel? Charis vielleicht – und Taimus Enkel Audu. Die beiden verstehen sich gut. Aber sie sind jung, gerade mal sechzehn Jahre alt. Ich darf sie nicht belasten. Und ich könnte es vermutlich nicht einmal. Charis würde über mich denken wie wir damals über Ruma.*

*Wie sich doch alles wiederholt, Giton. Nach dreieinhalb Jahren grausamsten Krieges ist Jerusalem erneut verwüstet. Ein großer Teil der Bevölkerung tot. Auch viele römische Soldaten haben ihr Leben verloren. Warum?*

*Kaiser Hadrian wollte das verwüstete Jerusalem wieder aufbauen. Eine blühende Stadt sollte es werden, nach griechischem Muster, mit prächtigen Bauten, benannt nach Zeus und der kaiserlichen Familie: Aelia Capitolina. An der öden Stelle, wo einst der berühmte Tempel stand, um den unsere Babatha so sehr geweint hat, erhebt sich nun ein herrlicher Iuppiter-Tempel. Hat Hadrian seine Geschichtslektionen so schlecht gelernt? Wusste er nicht, dass die Hebräer sich nie damit abfinden würden, Jerusalem in eine griechische Stadt verwandelt zu sehen? Kam dazu, dass der Kaiser jede Art der Verstümmelung verbot, um die Kastrationen einzudämmen, die im Zusammenhang mit dem Kybelekult grassieren. Die Juden fürchteten um ihre Beschneidung, die ihnen als Merkmal dient, sich von Nichtjuden zu unterscheiden. Kannst du dir die Empörung vorstellen? Solange die römischen Legionen in der Nähe waren, verhielten sich die Hebräer still. Doch insgeheim wurde in Iudaea der Krieg vorbereitet, Waffenlager angelegt, unterirdische Verbindungstunnel gegraben, Befestigungen in Stand gestellt. Als Roms Legionen nicht mehr in Reichweite waren, kam es zum Aufstand unter der Führung eines Mannes, den sie Bar*

*Kochba nannten – Sternensohn. Ein weiterer Messias. Rom ließ es zunächst geschehen. Erst als es im ganzen Reich unter der jüdischen Bevölkerung zu Unruhen und Gewalttätigkeiten kam, wurden die römischen Adler entsandt. Wie viel Blut und Zerstörung. Wozu? Wegen eines Gottes. Nein, nicht wegen eines Gottes, sondern für den EINEN.*

*Nun ist es jedem Juden bei Strafe verboten, das ehemalige Jerusalem zu betreten. Die Überlebenden sind in alle Windrichtungen geflüchtet. So schnell werden sie keinen Aufstand mehr wagen. Doch die Krankheit der Idee des einzigen Gottes, der einzigen Wahrheit, konnte damit nicht aus der Welt geschafft werden. Sie verbreitet sich in vielen Gemeinschaften, die sich als Christen bezeichnen und nichts mehr mit den Juden zu tun haben wollen. Zwar sind die verschiedenen Schulen oder Ecclesiae, wie sie sich nennen, untereinander heillos zerstritten. Doch sind sie getrieben von einem unbegreiflichen Drang, andere von ihrer Lehre zu überzeugen. Sie scheuen nicht einmal den Tod, da sie ihr Heil nicht im Leben erwarten, sondern im Tod. Oder in einem Leben nach dem Tod, wie sie sagen.*

*Liebster Giton, dunkel sind meine Gedanken, wie einst diejenigen Rumas. Lange werde ich nicht mehr leben, ich fühle, wie die Kräfte mich verlassen. Ich habe mich entschieden, Rumas Schriften und meine Briefe und Aufzeichnungen nicht zu vernichten. Ich werde sie Charis überlassen.*

*Du hast doch nichts dagegen, nicht wahr?*

*Deine dich innigst liebende Kamkam*

Es war mir recht, dass Lukianos im Bann seiner Lektüre nicht bemerkte, dass ich aufgehört hatte zu lesen. Ich brauchte Zeit mich zu fassen. Verzweiflung befiel mich, weil ich den Zeitpunkt verpasst hatte, mit Kamkam ins Gespräch zu kommen. Zu spät geboren. Unvermittelt und ungewollt dachte ich an Audu. Wäre er bei mir gewesen – ich hätte die Lektüre des Briefes mit ihm geteilt. Lukianos kam mir in dem Augenblick fremd vor, aber nur für wenige Minuten, dann legte sich die Konfusion.

Endlich hielt auch Lukianos im Lesen inne. Er hatte sich mit den Aufzeichnungen aus der Zeit Neros und der Flavier beschäftigt und war überrascht, in den Reihen der Zeloten, die damals im ersten judäischen Aufstand gegen Rom mit fanatischem Eifer für einen Gottesstaat gekämpft hatten, auf eine ähnlich kompromisslose Opferbereitschaft zu treffen wie bei Iustinus und seinesgleichen. Arroganz und Intoleranz in Kultfragen waren weitere Parallelen. Warum konnten diese Leute es nicht ertragen, wenn verschiedene Menschen verschiedene Kulte ausübten? Vielleicht hatten Kamkam und Ruma recht, wenn sie fürchteten, jeder Eingottglaube würde zu Intoleranz führen, selbst wenn die Anhänger dieses Glaubens sich nicht mehr militant für einen Gottesstaat einsetzten, sondern sich scheinbar friedlich in die bestehende Gesellschaft eingliederten. War es lediglich eine Frage der Macht? Würden sich friedliche Schafe in Wölfe verwandeln, wenn sie in der Mehrheit wären?

»Sie sind aber nicht in der Mehrheit und schon gar nicht an der Macht«, sagte Lukianos mit Entschiedenheit. »Wenn sie sich den Gesetzen Roms nicht beugen, werden sie verurteilt wie alle anderen, da helfen auch Bittschriften an den Kaiser nichts.«

Es war spät, als wir die Lichter löschten. Auch als es dunkel war, kam ich lange nicht zur Ruhe. Immer wieder sah ich Kamkam vor mir. Sie hatte mir ihre Schriften übergeben, ihre Briefe, ihre Spuren, die sie hinterlassen hatte. An Giton hatte sie sich gewandt, als sie allein war. Aber auch an mich.

Und an Audu?

An ihn wollte ich nicht denken. Mochte er in Africa verschimmeln.

# 19 Rundes Mostbrot

»Der Dominus des roten Rennstalls war hier«, sagte Sinope beiläufig und drängte sich schwerfällig mit dem reichlich gefüllten Brotkorb an mir vorbei in Richtung Küche.

Capito? Was hat der Kerl in meinem Haus zu suchen? Ärgerlich folgte ich Sinope, die mir seit Tagen aus dem Weg zu gehen schien.

»Und?«

Sinope hantierte umständlich mit den frischen Broten, klopfte das Mehl aus dem Brottuch und antwortete vage, ohne von ihrer Tätigkeit aufzublicken:

»Er wollte dir seine Aufwartung machen, Herrin.«

Mir riss der Geduldsfaden. Was für ein Tag! Erst ein Gang zu einer Patientin, den ich mir hätte sparen können, da bereits sechs andere Ärzte um das Krankenbett versammelt waren. Dann eine Auseinandersetzung mit Lukianos, der sich aus übler Laune Kleitos gegenüber gehässig verhalten hatte. Capito hatte gerade noch gefehlt, um das Maß voll zu machen. Und nun Sinope, die sich anstellte, als hätte ich sie tödlich beleidigt.

Energischen Schrittes ging ich auf Sinope zu, nötigte sie, ihre Tätigkeit zu unterbrechen.

»Könntest du mir wohl ein paar Minuten deiner kostbaren Zeit opfern, um mich zu informieren, was es mit Capitos Erscheinen auf sich hat?«

Verstört blickte die Sklavin auf. Ein rundes Mostbrot fiel zu Boden und kullerte fröhlich unter den Tisch.

Sinope versuchte sich zu bücken, ließ sich dann aber mühsam auf die Knie sinken und angelte nach dem Brot. Schwerfällig erhob sie sich.

Ich half ihr auf, sah in ihr Gesicht, registrierte das gesunde rosa Schimmern ihrer Haut. Mein Blick wanderte prüfend nach unten, fiel auf die vollen Brüste und den leicht gewölbten Bauch, der sich unter dem groben Stoff der unförmigen Tunika kaum merklich abzeichnete.

»Sinope, du bist schwanger!«, rief ich verblüfft. »Wie lange schon? Warum hast du mir nichts davon gesagt?«

Unter heftigem Schluchzen flehte Sinope um Verzeihung.

»Bemerkt habe ich es erst einige Zeit nach deiner Abreise. Zunächst wollte ich es wegmachen. Ich weiß, dass ich kein Recht habe …«

Ich holte einen Schemel und nötigte Sinope sanft, sich zu setzen. Wie war es möglich, dass ich ihren Zustand nicht schon am ersten Abend unserer Ankunft bemerkt hatte. Bei meinen Patientinnen war ich in der Lage, eine Schwangerschaft schon im frühesten Stadium zu diagnostizieren; ich war sogar bekannt für meinen Spürsinn. War ich von Lukianos so absorbiert, dass mir die simpelsten Tatsachen verborgen blieben? Bei einer gewöhnlichen Sklavin hätte ich mir die Achtlosigkeit eher verziehen. Sinope aber sah ich tagtäglich, sie war ein Geschenk Nikanors, und ich mochte sie.

»Wer ist der Vater, kenne ich ihn?«

Sinope nickte und begann erneut zu weinen.

»Kleitos womöglich?«

Sie schüttelte den Kopf.

»Es ist Castor, der bei den Roten als Bergungsmann arbeitete.«

»Ein Sklave Capitos! Das dürfte Ärger geben. Darum also sein Besuch.«

Nachdenklich holte ich den Weinkrug und füllte zwei Becher mit verdünntem Sabiner. Bilder jagten durch meinen Kopf: der Circus Maximus, Nikanor scherzend mit zwei kräftigen Bergungsmännern, der Kerl mit dem kantigen Kinn auf dem Schiff, unter den Arkaden des Hippodroms von Karthago. Castor!

»Castor weiß noch nicht, dass er Vater wird. Er ist verschwunden, ohne sich von mir zu verabschieden. In der Factio konnte man mir nur sagen, dass er nach Ostia gebracht wurde. Mehr weiß niemand darüber, und Capito zu fragen, habe ich mich nicht getraut.«

»Hab keine Sorge. Castor ist in Karthago, und es fehlt ihm an nichts.«

Sinope riss die Augen auf und bestaunte mich, als hätte ein Gott aus meinem Mund gesprochen. Trotz der Situation brachte mich ihre Reaktion zum Lachen.

»Es klingt zwar so, als hätte ich eigens beim Propheten von Abonuteichos einen Orakelspruch für dich eingeholt, doch geht alles mit natürlichen Dingen zu und her. Im Schiff, das uns nach Karthago brachte, bin ich Castor ein erstes Mal begegnet, im Hippodrom von Karthago dann erneut. Beim zweiten Mal trug er Arbeitskleidung, Capito hat ihn offenbar nach Karthago verkauft.«

Ein schmales Lächeln erschien auf Sinopes Gesicht, gefolgt von einem Zucken, das auf ziemlichen Schmerz schließen ließ.

»Genug geredet«, sagte ich energisch, »ab auf die Kline, damit ich prüfen kann, ob alles in Ordnung ist mit dir.«

Ein erleichtertes Seufzen war hörbar, doch spiegelte sich in Sinopes Gesicht auch ein Schuldbewusstsein, das ich erst verstand, als sie sich entkleidete. Um ihren Zustand zu verbergen, hatte sie nicht nur ihre Brustbinde eng festgezurrt, sondern auch den Bauch eingebunden.

»Bist du denn von Sinnen, das ist gefährlich«, wollte ich ausrufen, hielt mich aber gerade noch zurück. Die Arme hatte so schon genug erlitten. Ich untersuchte sie gründlich, rieb sanft ihren Bauch ab, bis er sich leicht rötete, und massierte sie mit Öl. Meine Befürchtungen behielt ich für mich. Stattdessen untersagte ich fortan schwere körperliche Arbeit und jegliches Einbinden.

»Achte darauf, genügend Bewegung zu haben«, wies ich sie an, »und meide das Fahren, das Rattern der Karren könnte eine Frühgeburt veranlassen. Bäder sind gut, Einreiben, Salben.«

Ich stand auf und holte die Ceratsalbe vom Regal.

»Hier! Diese Salbe besteht aus dem Öl unreifer Oliven und Myrte. Reibe sie täglich ein, damit stärkst du die Haut, sodass keine Schwangerschaftsnarben entstehen und keine Runzeln. Du brauchst genügend Schlaf sowie reichlich Nahrung, wobei Übersättigung streng zu vermeiden ist. Wein ist bekömmlich, wenn auch nicht im Übermaß. Süße Weine blähen. Trinke also eher herben, aber keinen Wermut.«

Sinope lachte.

»Bei uns in Paphlagonien ist Kinderkriegen eine ganz natürliche Sache. In Rom bekommt man das Gefühl, Schwangerschaft sei eine komplizierte Krankheit.«

Mich freute, dass sie wieder zum Scherzen aufgelegt war. Behutsam fragte ich nach den näheren Umständen der Beziehung zu Castor. Sinope gab bereitwillig Auskunft. Sie kannte ihn aus alten Zeiten, als sie selbst noch zum Rennstall der Roten gehörte. Er hatte ihr immer schon gefallen und sie ihm offensichtlich auch, was nicht verwunderlich war, denn Sinope war groß, hatte volles, glänzendes Haar und wirkte sehr weiblich. Zum Coitus war es nur ein einziges Mal gekommen, wenige Tage vor meiner Abreise nach Africa. Somit entfiel jegliches Rätseln um den Beginn der Schwangerschaft; wir errechneten den Geburtstermin auf Anfang Juli. Sinope war die Erleichterung anzusehen. Endlich kein Verstecken mehr, zumindest für das letzte Drittel. Lange hätte sie ihren Zustand ohnehin nicht mehr verbergen können.

Ohne etwas darüber verlauten zu lassen, beschloss ich, Capito möglichst bald wegen der ganzen Sache aufzusuchen. Mir graute davor, dem protzigen Kerl meine Aufwartung machen zu müssen. Es gab aber keinen Weg an ihm vorbei.

Lavinia, meine Ornatrix, hatte gute Gründe, eine verdrießliche Miene aufzusetzen. Alles in mir sträubte sich gegen die missliche Lage, in der ich mich befand. Wollte ich für Sinope erreichen, dass ihr Castor nach Rom zurückkehrte, blieb mir nichts anderes übrig, als Capito zu umschmeicheln. Die richtige Wahl der Kleidung, der Schuhe, des Schmucks avancierte für einmal zu höchster Priorität. Für die Prozedur des Schminkens und Frisierens würde ich kaum unter zwei Stunden wegkommen. Nicht, dass ich den Aufwand, den man für eine vorteilhafte Inszenierung betreibt, grundsätzlich ablehnte. Manchmal macht mir das ganze Spektakel sogar ausgesprochen Spaß. Aber nicht für einen Hohlkopf wie Capito.

»Wie lange dauert es denn noch?«, fragte ich ungeduldig.

»Wenn du vor Ärger das Gesicht in Falten legst, wird es doppelt so viel Zeit brauchen«, schnaubte Lavinia beleidigt, »wie soll ich Bleiweiß auflegen, wenn auf deiner Stirne Furchen entstehen wie auf einem Acker?«

Augenblicklich glättete ich mein Gesicht und schaute in den Spiegel.

»Tatsächlich, es erinnert entfernt an einen *Hippotigris*«, stellte ich amüsiert fest, worauf mich Lavinia erneut schalt, weil ich ihr diesmal durch Lachen die Arbeit erschwerte. Unter missbilligendem Schnauben trug sie Wangenrot auf, griff erneut in den silbernen Schminkkasten, um ein kristallenes Gefäß mit schwarzem Pulver hervorzuholen. Mit größter Aufmerksamkeit gab sie etwas *Kalliblepharon* in eine Muschel, verrührte es mit Wasser, um dann die Paste auf Lidränder und Wimpern aufzutragen. Ich kämpfte gegen einen aufsteigenden Niesreiz. Es gelang mir, ihn zu unterdrücken. Nicht auszudenken, wenn ich mit einem prustenden Niesanfall das ganze Werk zerstört hätte. Zum Glück lasse ich nur selten das ganze Programm über mich ergehen.

Lavinia versteht sich nicht nur aufs Schminken, sie ist vor

allem auch Haarkünstlerin. Da ich im Alltag nur einfache Frisierdienste in Anspruch nehme, fühlt sie sich stets unter Wert taxiert, denn sie hat bei einer Spezialistin ihres Faches gelernt. Umso eifriger ist sie bei der Sache, wenn ich sie für besondere Anlässe etwas mehr herausfordere.

»Ich lasse dir freie Hand, unter der Bedingung, dass du meinen Zeitplan einhältst.«

Lavinias Augen blitzten.

»Eine einmalige Gelegenheit, dir etwas Verrücktes auf den Kopf zu setzen«, drohte sie und griff nach der Brennschere.

Zum Glück konnte ich mich auf Lavinia verlassen. Mit geschickten Händen komponierte sie ein aufwendiges Flechtwerk, das von einem Haarnest hoch auf dem Hinterkopf gekrönt wurde. Ein purpurfarbenes Band trennte die streng geordneten Flechten von den vorderen Strähnen, die lose in kleinen Löckchen in die Stirn fielen.

»Zufrieden?«, fragte sie erwartungsvoll, als sie mir den frisch polierten Spiegel darbot.

Etwas fremd kam ich mir vor, aber das Spiegelbild gefiel mir nicht übel.

Nun ging es um die Auswahl des Schmucks. Wir einigten uns auf eine dreiteilige Perlenkette mit passenden Ohrgehängen. Lavinia drängte mich, die perlenbestickten Schuhe zu tragen, ein extravagantes Geschenk Nikanors, das ich in Ehren hielt, jedoch selten spazieren führte, denn der Preis für die Eleganz war nicht unerheblich. Die Riemen zwickten und hinterließen schon nach kürzester Zeit zerschundene Füße. Anderseits zwangen sie mich zu einem trippelnden Gang, was für meine Zwecke nicht schaden konnte. Die *Stola* mit dem purpurnen Besatz lag schon bereit, ebenso die *Palla.*

Bis endlich jede Einzelheit meiner Erscheinung Zustimmung fand, waren gut drei Stunden vergangen. Ein letzter Blick in den großen Standspiegel zeigte mir, dass sich der Aufwand gelohnt hatte, auch wenn ich dadurch in Verzug geraten war. Vier Träger, adrett gekleidet, wie es sich gehört, wenn man Eindruck machen will, warteten wohl schon seit längerer Zeit neben dem Tragsessel auf das Zeichen zum Aufbruch. Obwohl ich derartigen Pomp nicht besonders liebe, schätze ich bei solchen Gelegenheiten die Bequemlichkeit des Tragsessels. Hätte ich den Weg zum *Ianiculum* zu Fuß zurücklegen müssen, wäre Lavinias Werk schon beim Circus Maximus ruiniert gewesen. Rom feierte die *Megalesia*, das Fest der *Magna Mater*. Auf den Straßen drängten sich die Menschen Leib an Leib, erhitzt von der schon kräftigen Aprilsonne und dem erregenden Spektakel der sich peitschenden *Korybanten*. Unbehelligt von der Masse und ohne jede physische Anstrengung schwitzte ich dennoch in meinem Tragsessel, vom bloßen Zusehen. Dankbar öffnete ich das Körbchen, das Lavinia mir in weiser Voraussicht zugesteckt hatte, griff nach der durchsichtigen Kugel und umschloss sie mit beiden Händen. Herrlich kühlend dieser Bergkristall. Als wäre die Kugel aus dem Eis der Alpen geschlagen, auf ewig konserviert.

Meine Hände waren frisch, als die Träger vor dem Haus Capitos Halt machten. Nun hatte ich nur noch darauf zu achten, dass ich auch einen kühlen Kopf behielt.

Wir wurden erwartet, seit geraumer Zeit, wie ich annehmen musste, denn ich traf mit massiver Verspätung ein.

»Verzeih, Capito«, sagte ich in verbindlichem Ton, als ich dem Hausherrn gegenübertrat, »das Fest der Kybele treibt immer mehr Leute auf die Straße, ein Durchkommen ist kaum möglich.«

»Ich fühle mich geehrt, dass du den anstrengenden Weg zum Ianiculum auf dich genommen hast. Mögen die gute Hügelluft, die göttliche Aussicht auf Rom und meine Freude über deine Anwesenheit dich für die Mühen des Weges entschädigen, Charis.«

Meinen Namen aus seinem Mund zu hören, störte mich gewaltig. Den Widerwillen unterdrückend suchte ich nach einer zuvorkommenden Antwort.

»Nachdem du vor kurzem vergeblich mein Haus aufgesucht hast, wollte ich dir keinen zweiten Gang zumuten, zumal die Gründe unseres Treffens keinen Aufschub dulden.«

In Capitos Gesicht spiegelte sich Überraschung, die sogleich einem freudigen Strahlen Platz machte.

»Charis«, sagte er und kam einige Schritte auf mich zu, »ich wagte nicht zu hoffen, dass meine Wünsche ...«

Zu spät erkannte ich den verheerenden Irrtum. Um die Peinlichkeit nicht weiter gedeihen zu lassen, unterbrach ich ihn mit möglichst freundlicher Sachlichkeit.

»Es freut mich, dass auch du dir wünschst, eine günstige Lösung zu finden für Castor und Sinope. Es sind freilich Sklaven, aber Sinope ist mir ans Herz gewachsen, wie du weißt, ist sie ein Geschenk Nikanors, dem du sie in deiner Güte überlassen hattest. Nun sehe ich, dass auch das Schicksal des tüchtigen Castor dir nicht gleichgültig ist.«

Capito wich ein paar Schritte zurück, griff Halt suchend nach der Elfenbeinlehne einer eleganten Liege. Seine Lippen bewegten sich, ohne dass sich Laute bildeten.

»Castor und Sinope?«, brachte er mühsam hervor.

Ich bemühte mich nach Kräften, meine Fassungslosigkeit besser zu tarnen als mein Gastgeber die seine. War das etwa nicht der Grund für sein Erscheinen gewesen? Mit Entsetzen erinnerte ich mich der Worte, die Sinope verwendet hatte: »Capito wollte dir seine Aufwartung machen.« Nicht Sinopes wegen hatte er mich aufgesucht, sondern meinetwegen! Wie kam er zu solch verwegenen Hoffnungen? Nie hatte ich ihm auch nur im Entferntesten Anlass zu derartigen Phantasien gegeben. Freilich, ihm genügte schon, dass ich Witwe war und meinen Liebhaber verloren hatte. Er selbst war ja auch seit zwei Jahren verwitwet. Außerdem wusste er, dass ich nicht unvermögend war, ein Doppelhaus auf dem Caelius besaß, ein mittelgroßes Hauswesen führte. Einem Holzklotz wie Capito schien das zu genügen, um sich eine Verbindung auszudenken.

Ich verfluchte mich für meinen dummen Fehler. Warum war ich nur so hastig auf mein Ziel zugestürmt, anstatt, wie geplant, zunächst in einem Geplänkel über Rennstall und Hofklatsch die Lage zu erkunden. Soeben hatte ich mich übungshalber mit Lavinia über des Kaisers Geliebte unterhalten, über ihre kulinarischen Vorlieben, über des Kaisers Gesundheit, seine Baupläne und viele Nichtigkeiten, um mich auf ein unverbindliches

Geplauder einzustimmen. Zu spät! Das Missgeschick ließ sich nicht rückgängig machen; meine Position hatte sich wesentlich verschlechtert. Wies ich ihn schroff ab, wie ich es am liebsten getan hätte, war die Chance auf einen günstigen Ausgang für Sinope verspielt. Ich beschloss so zu tun, als hätte ich seine Andeutung nicht verstanden. Auf diese Weise brauchte ich ihm keine Abfuhr zu erteilen.

Capito hatte sich inzwischen wieder gefasst. Er rief nach seinen Sklaven und verlangte nach Erfrischungen. Als er sich mir endlich wieder zuwandte, klang seine Stimme ölig aber gelassen.

»Nun, was gibt es denn so Dringendes mit unseren Sklaven?«, fragte er und fixierte mich durchdringend.

»Ach, eine sentimentale Geschichte«, sagte ich leichthin, »Sinope ist krank vor Liebe zu einem deiner Sklaven aus der Factio. Castor, dieser kräftige Bursche aus der Bergungsmannschaft. Ich möchte Sinope gerne die Freude machen und Castor kaufen, falls du die Freundlichkeit hättest, ihn mir zu überlassen.«

Capito schluckte.

»Ist es nicht etwas übertrieben, dem Willen seiner Sklaven nachzugeben?«, bemerkte er mit deutlicher Missbilligung.

»Denke nicht, dass ich immer so entgegenkommend bin«, sagte ich lachend, »wer das glaubt, kennt mich schlecht.«

Seine Miene hellte sich auf. Er hatte sich offenbar schon gesorgt, ich könnte eine verschwenderische Hausherrin sein.

»Ist es wegen Nikanor?«

Ich nickte schweigend. Je weniger Worte, umso kleiner das Risiko, auf glattem Boden auszurutschen.

»Du bist also noch nicht darüber hinweg«, sagte er mit zunehmender Lebhaftigkeit. »Und ich dachte mir schon ...«

Er räusperte sich und presste mehrmals die Handflächen aufeinander, bevor er einen zweiten Anlauf startete.

»Der Dichter Lukianos ...«

Die Augenbrauen hebend blickte ich ihn fragend an.

»Ist er ..., ich meine, ich habe ihn in deinem Haus gesehen, als ich dich besuchen wollte.«

»Ich kenne Lukianos seit meinen Kindertagen in Samosata«,

sagte ich knapp.

»Aber natürlich«, beeilte sich Capito zuzustimmen, »ein langjähriger Freund, wer könnte in schweren Zeiten besser trösten als ein vertrauter Freund der Familie.«

Erwartungsvoll schaute er mir in die Augen; ich nickte wiederum wortlos.

»Du würdest mir sehr viel Freude machen, wenn du mir Castor verkaufen könntest. Natürlich wäre ich bereit, für diesen wertvollen Sklaven eine hohe Summe zu bezahlen.«

Capito wiegte zweifelnd seinen Kopf und schien zu überlegen. Dann stand er auf, holte eine Papyrusrolle aus seinem Bücherschrank und hielt sie mir unter die Nase.

»So einfach ist das nicht, schöne Charis. Ich würde dir ja gerne den Gefallen erweisen, aber Castor ist nicht mehr in meinem Besitz. Ich habe ihn einem Freund in der Provinz ausgeliehen, dem ich Dank schulde. Castor hat ihm gute Dienste geleistet, sodass mein alter Freund mich gebeten hat, ihm Castor zu überlassen. Das bringt mich nun in Verlegenheit. Der Kauf ist zwar noch nicht getätigt, aber …«

Ich glaubte ihm kein Wort, musste aber einsehen, dass mein Gegenüber das Spiel gewonnen hatte. Nun, da er wusste, womit er mich locken konnte, gab er sein Pfand nicht so leicht aus der Hand.

Ob er noch in Karthago sei, wollte ich mich erkundigen, konnte den Satz aber noch im letzten Augenblick umformen in eine Frage nach Castors Gesundheit. Er brauchte nicht zu erfahren, dass ich seinen Aufenthaltsort kannte. Wer weiß, vielleicht konnte ich über andere Kanäle an Castor herankommen. Über Apuleius zum Beispiel. Auf diesem Weg würde ich allerdings Audus Hilfe benötigen; ich hatte mir aber geschworen, nicht als Erste Kontakt aufzunehmen. Wenn es nun aber um Sinope ging?

Es war Zeit zu gehen, bevor mein Ärger spürbar wurde. Mit ein paar Höflichkeitsfloskeln verabschiedete ich mich von Capito, der seinerseits mehrfach versprach, der Sache nachzugehen. Er werde auf jeden Fall sein Möglichstes tun, mir zu Gefallen zu sein. Bei diesen Worten blickte er mir vielsagend in die Augen, sodass sich mir der Magen drehte.

Unzufrieden ließ ich mich nach Hause tragen. »So ein Widerling!«, sagte ich mehrfach laut vor mich hin. Am liebsten wäre ich dem Kerl nie mehr begegnet. Dass das nicht möglich war, wusste ich selbst am besten.

# 21 Hähne und Hasen

»Es ist soweit«, schrie Myrrhine.

Im Ärztehaus am Clivus Scauri herrschte Aufregung, als hätte keiner von uns je eine Geburt miterlebt. In aller Eile fertigte ich eine Patientin ab, die mich wegen ihrer Kinderlosigkeit konsultierte. Sollte sie doch nächste Woche zu einer ausführlichen Besprechung kommen. Jetzt stand Sinope im Zentrum meiner Aufmerksamkeit.

Die letzten Wochen hatten Anlass zur Sorge gegeben. Seit meinem unproduktiven Besuch bei Capito hatten sich bei Sinope Appetitlosigkeit, Schlafstörungen und eine gewisse Niedergeschlagenheit eingestellt, denkbar schlechte Voraussetzungen für eine bevorstehende Geburt. Als sie dann auch noch im Hof stürzte, befürchteten wir das Schlimmste. Insgeheim drängte sich mir die Frage auf, ob sie den Sturz absichtlich herbeigeführt habe, um eine Totgeburt auszulösen. Sinope, von Natur her stark und gesund, hatte aber durchgehalten und lag jetzt in den Wehen. Die Sorge kreiste inzwischen um die Frage, ob das Kind Schaden genommen hatte.

»Pünktlich zum Fest der *Fors Fortuna*«, sagte ich aufgeräumt, als ich das Gebärzimmer betrat, in dem Sinope, umringt von viel zu vielen Frauen, ängstlich ihrer Stunde entgegensah.

»Hier kriegt man ja keine Luft«, befand ich, und scheuchte alle, die nicht unmittelbar bei der Geburt benötigt wurden, aus dem Zimmer.

»Hinaus mit euch zu den Ufern des Tiber! Ihr seid für heute freigestellt. Jedem sechs *Asse* für Blumen und Wein, wie es sich gehört am Tag der Fors Fortuna.«

Die Aussicht auf einen langen freien Tag mit viel Wein tat seine Wirkung; das Zimmer leerte sich im Nu.

Sinope schien dankbar für die Ruhe. Myrrhine kümmerte sich um sie, sprach ihr Mut zu und forderte sie auf herumzugehen, um den Geburtsvorgang zu beschleunigen.

Mit einem kurzen Blick überprüfte ich, ob alle nötigen

Mittel in Bereitschaft lagen: Öl, heißes Wasser, warme Umschläge zur Linderung der Wehen, weiche Schwämme zum Abwaschen, Tücher, Binden zum Wickeln des Neugeborenen und die Wanne für das erste Bad.

Die Wehen kamen nun in regelmäßigem Rhythmus und in kurzen Abständen. Sinope litt unter starken Schmerzen. Sie schien matt, und ich fürchtete, es könnte ihr an Kräften fehlen, wenn es ans Pressen ging. Behutsam geleitete Myrrhine sie auf die Kline, wo wir ihr zur Stärkung ein *Decoctum* aus kretischem *Dictamnon* verabreichten und Myrrhe, um die Leibesfrucht zu treiben.

»Dana«, sagte ich mit leiser Stimme, »wir brauchen Riechmittel zur Erfrischung.«

»Nimm Poleiminze und Zitronen«, flüsterte Kynthia, als sie Danas fragenden Blick auffing.

Myrrhine prüfte die Öffnung des Muttermundes und nickte bestätigend:

»Alles in Ordnung, Sinope, lange dauert es nicht mehr.«

Beim Aufsetzen fiel Sinopes Blick auf Kleitos, der sorgfältig Haken, Zange sowie verschiedene Arten von Messern und Sonden bereitstellte. Ihre Augen weiteten sich vor Angst.

»Hilf mir lieber, Sinope auf den Gebärstuhl zu setzen«, rief ich ihm zu und rollte die Augen.

»All die Instrumente werden wir gar nicht benötigen«, versuchte ich zu beruhigen und hoffte inständig, ich möge recht behalten. Natürlich war ich froh, dass wir auch für den schlimmsten Fall gerüstet waren. In einer Vorbesprechung mit Kleitos und Myrrhine hatten wir vereinbart, dass Kleitos übernähme, falls es zum Schlimmsten käme. Und das Schlimmste war noch nicht einmal eine Totgeburt. Das Furchtbarste, was eintreten konnte, war die Notwendigkeit einer *Embryotomie.* In meiner ganzen medizinischen Laufbahn war ich nur ein einziges Mal in die Lage geraten, diesen Eingriff durchführen zu müssen. Das Kind im Mutterleib zu zerstückeln, um das Leben der Mutter zu retten, war eine Erfahrung, die mich an der Wahl meines Berufes zweifeln ließ. Jahrelang verfolgte mich dieses Ereignis im Traum. Später, nachdem ich selbst eine Fehlgeburt erlitten hatte, mischten sich Bilder des alten Albtraums mit opiumverzerrten Fetzen eigenen Erlebens. Riesige Messer, Haken, Zangen. Schreie. Geruch von Blut und Schweiß. Unmöglich, einen solchen Eingriff an Sinope vorzunehmen. Ich hätte es nicht ertragen, wäre nicht in der Lage gewesen, das Erforderliche zu tun. Mühsam zwang ich mich, die grauenvollen Bilder wegzudrängen.

Gemeinsam halfen wir Sinope auf den Stuhl. Sie wurde jetzt von immer akuteren Schmerzen gepeitscht. Ich setzte mich ihr gegenüber auf einen niedrigen Hocker, bereit alles Notwendige zu tun, um den Geburtsvorgang zu erleichtern. Dana stützte die Niederkommende. Mit ihren Armen unter den Achseln Sinopes hindurch greifend übte sie einen sanften Druck aus auf den Leib. Sinope atmete und presste nach Vorgabe, während Myrrhine den gut vorbereiteten Damm mittels einer Kompresse stützte, um so einem Dammriss entgegenzuwirken. Während jeder Wehenpause strich Kynthia Sinope die Haare aus dem verschwitzten Gesicht und wusch sie mit einem Schwamm.

Es sah nicht nach einer leichten Geburt aus, denn die Austreibungsphase zog sich in die Länge. Sinope hielt sich krampfhaft an den Seitengriffen des Stuhls fest, und ich fürchtete schon, dass sie nicht durchhalten würde. Dann aber erhöhten sich Frequenz und Stärke der Wehen und unter gewaltiger Anstrengung Sinopes war endlich der Kopf des Kindes geboren.

»Du hast es geschafft«, rief ich erleichtert, und alle atmeten hörbar auf. »Nach einer kurzen Unterbrechung wird sich das Kind mit der nächsten Wehe auf die Seite drehen, und dann wird alles sehr schnell gehen.«

Sinope nickte matt.

Die nächste Wehe kam, doch statt der erwarteten Drehung zog sich der Kopf ein Stück weit zurück.

»Geburtsstillstand?«, fragte Myrrhine im Flüsterton.

Ich nickte. »Die Schultern haben sich nicht richtig eingestellt, sie stecken fest.«

Es handelte sich um eine seltene Komplikation, doch war sie mir bekannt genug, um ihre Gefährlichkeit zu fürchten. Mit jeder Wehe würden sich die Schultern noch mehr verkeilen, und mit jeder Minute erhöhte sich das Sterberisiko des Kindes.

»Schnell, wir brauchen die Kline.«

Kynthia und Dana schoben die Liege heran. Vorsichtig brachten wir Sinope zunächst in Seitenlage, dann auf Hände und Knie.

»Die Lage des Kindes verändert sich in dieser Position«, erklärte ich Sinope, die aber nicht mehr zu hören schien. Ein Blick zu Kleitos bestätigte mir, dass er keiner Anweisungen bedurfte. Er hantierte mit dem Opiumkrug, mit Mandragora und Wein, präparierte mit ruhigen Bewegungen einen schmerzlindernden Trank. Danach machte er sich an das Präparieren eines Schlafschwammes. Saft von Mandragorablättern, Opium, Schierling und Bilsenkraut mit Wasser verdünnen, bis die geeignete Konzentration erreicht ist.

Wir brachten Sinope in Rückenlage.

Erneutes Abtasten. Nichts! Es hatte sich nichts verändert, und nichts ließ sich bewegen.

Fieberhaft überlegte ich, was zu tun sei. Soranos hatte mich davor gewarnt, in gefährlichen Situationen hektisch zu reagieren. Aber viel Zeit blieb uns nicht.

Sinope wimmerte leise. Der Mohntrank tat seine Wirkung, und Kleitos hielt ihr den schlafgetränkten Schwamm über Mund und Nase.

»Und wenn wir mit Kraft am Kopf ziehen?«, fragte Dana verzweifelt.

»Es würde nichts nützen«, sagte Myrrhine leise, und es wäre eine Gefahr für das Kind.«

Inzwischen konnte ich wieder klarer denken und brachte Sinopes Beine in gestreckte Lage. Ich hob beide Beine in die Luft und führte sie bauchwärts.

»Es hat sich bewegt«, rief ich, als ich prüfend die Hand einführte. Die Schulter ließ sich drehen, sodass ich endlich behutsam den hinteren Arm lösen konnte.

»Nicht ziehen«, rief ich unwillkürlich, als ich sah, wie Dana nach dem Ärmchen greifen wollte.

Gekränkt zog sich Dana zurück, doch darum konnte ich mich jetzt nicht kümmern. Mit einem Ohr hörte ich, wie

Kynthia sie tröstete. Myrrhine erklärte den beiden, dass es zu lebenslänglicher Lähmung kommen kann, wenn man auch nur ein bisschen am Arm zieht.

Die Kränkung verflog im Nu, denn nun ging alles sehr schnell.

»Es ist ein kleiner Castor«, rief ich, als ich den Kleinen endlich in Empfang nahm und in ein Leinentuch legte, »wobei von klein eigentlich nicht die Rede sein kann. Maximus wäre da eher ein passender Name, denn es handelt sich jetzt schon um einen Mordskerl mit breiten, kräftigen Schultern.«

Ein schwaches Lächeln erschien auf Sinopes erschöpftem Gesicht.

Die Nachgeburt folgte unmittelbar. Wenigstens damit keine Schwierigkeiten, dachte ich erleichtert. Ich legte das Neugeborene auf den Boden, worauf es sogleich kräftig zu schreien begann.

»Ist er gesund?«, fragte Sinope, als ich den Kleinen wieder aufhob.

Sorgfältig untersuchte ich den Säugling, einen gut entwickelten, lebenstüchtigen Jungen ohne jeden Geburtsfehler. Mehrfaches Aufatmen war zu vernehmen. Wir hatten mindestens ebenso gebangt wie die Mutter, die den letzten Teil der Geschehnisse nur benebelt mitbekommen hatte.

Mit einem kleinen, scharfen Messer schnitt Kleitos die Nabelschnur durch, drückte sie aus und band sie mit einem Wollfaden ab.

»Bringt es nicht Unglück, wenn man die Nabelschnur mit dem Messer durchtrennt?«, fragte Kynthia schüchtern. »Die Hebamme, die mich zur Welt gebracht hat, sagt, man dürfe die Nabelschnur nie mit Eisen durchtrennen, lediglich mit einer Muschel oder einer dünnen Brotrinde.«

»Damit ruft man Entzündungen hervor«, erwiderte Kleitos. »Ein scharfes Messer ist das einzig richtige Instrument dafür.«

»Solche Traditionen stammen aus Zeiten, als man es nicht besser wusste und in allerhand Aberglauben Zuflucht suchte«, doppelte Myrrhine nach. »Eine Geburt ist für jede Frau schmerzhaft und gefährlich. Wenn ein harmloser Aberglaube wie das Tragen eines Amuletts ihr hilft, die Angst zu überwinden … Warum auch nicht. Doch einen schädlichen Aberglauben, der Infektionen zur Folge hätte, darfst du unter keinen Umständen in Kauf nehmen. Ebenso wenig dulden wir Hähne und Hasen im Gebärzimmer, auch wenn die Alten noch so sehr daran glaubten, diese Tiere seien für eine glückliche Geburt förderlich.«

»Darf ich den Kleinen baden?«, unterbrach Dana, die sich in diesem Augenblick wenig für Fragen der *Omphalotomie* interessierte.

Das erste Bad Klein-Castors weckte auch Sinopes Lebensgeister. Auf eine zweite, weich gepolsterte Liege gebettet, erholte sie sich allmählich von den Strapazen und schaute zu, wie Dana das Neugeborene mit Salz und Honig einrieb und es dann in der Wanne abwusch. Der Kleine fühlte sich im warmen Wasser offensichtlich wohl.

»Was für ein prächtiger Junge«, sagte sie mit Tränen in den Augen, »wie traurig, dass ich ihn nicht seinem Vater präsentieren kann. Er weiß noch nicht einmal, dass er einen Sohn hat.«

»Wir werden Wege finden, dass er es erfährt«, sagte ich seufzend.

Seit Wochen hielt Capito mich hin. Mehrfach hatte er mir Nachrichten zukommen lassen, in denen er beteuerte, alles in seiner Macht Stehende zu tun, um mich zu beglücken. Sein Freund, bei dem Castor nun in Diensten sei, habe sich aber noch nicht verbindlich geäußert. Um mich seiner Ergebenheit zu vergewissern, wollte er eines seiner neuen Favoritenpferde nach meinem Namen benennen. Ich konnte es gerade noch verhindern. Fehlte noch, dass ganz Rom von dieser lächerlichen Sache erführe! Es ließ sich wohl nicht mehr vermeiden: Ich musste mich an Audu wenden.

»Ich habe gehört, dass Skythen und Germanen ihre Neugeborenen in kaltem Wasser baden, um sie abzuhärten«, riss Kynthia mich aus meinen unerfreulichen Gedanken.

»Es gibt auch unter den Griechen Stämme, die das praktizieren«, meinte Kleitos.

»Und ich habe gehört, dass die Barbaren ihre Neugeborenen

in Wein baden oder gar im Urin eines gesunden Kindes«, kicherte Dana, die nicht recht wusste, ob sie dem Gehörten Glauben schenken wollte.

Kynthia verzog das Gesicht.

»Kümmert euch lieber darum, den Kleinen abzutrocknen und einzubinden«, mahnte Myrrhine, »sonst erkältet er sich noch.«

Doch dem Jungen schien es prächtig zu gehen. Je länger ich ihn betrachtete, umso stärker wurde die Gewissheit, dass der Brief an Audu keinen Aufschub mehr duldete.

Ich schrieb ihn noch in derselben Nacht.

Der kleine Castor entwickelte sich schnell zum Zentrum unserer Hausgemeinschaft. Selbst Lukianos ließ sich von dem süßen Kerlchen gerne ablenken und geriet dabei in Konkurrenz zu Kleitos. Die beiden stritten sich offensichtlich um die Vaterrolle. Ich machte mir darüber Sorgen, welcher Part für den leiblichen Vater übrig blieb, falls er je bei uns Einzug halten sollte. Sinope schien ähnliche Befürchtungen zu hegen, denn es kam immer öfter vor, dass sie den Kleinen nicht abgeben wollte, zumindest nicht an die beiden Herren.

Die Bedenken hätten wir uns allerdings sparen können.

Im Spätsommer überraschte uns Kleitos mit der Ankündigung, er werde Rom für längere Zeit verlassen und in seine Heimatstadt Pergamon reisen, wo dringende familiäre Angelegenheiten seine Anwesenheit erforderten.

Ob denn jemand aus der Familie verstorben sei, wollte ich wissen. Kleitos verneinte. Seine Erklärungen blieben recht vage, und im Verlauf des Gesprächs verdichtete sich die Vermutung, dass die »dringenden familiären Angelegenheiten« vor allem den Zweck erfüllten, Rom den Rücken zu kehren. Es fielen sogar Andeutungen über Pläne, sich in Pergamon als Arzt niederzulassen.

Wir waren alle wie vom Donner gerührt, wenngleich – wie ich mir im Nachhinein eingestehen musste – dieser Knall nicht ganz aus heiterem Himmel kam. Schon seit längerer Zeit herrschte eine gewisse Spannung in unserer Hausgemeinschaft, genau genommen seit Lukianos im Haus lebte. Die beiden Herren verhielten sich wie Rivalen. Kleitos hatte offenbar die Einbuße seiner Position als einziger Mann im Haus schlecht verkraftet, während Lukianos seinerseits sich nicht gerade um Kleitos' Freundschaft bemühte. Mein Verhalten hatte zweifellos auch nicht dazu beigetragen, die Lage zu entschärfen, denn ich hatte mich oft zurückgezogen. Gespräche mit Kleitos, früher so alltäglich wie ein abendliches Glas Wein, waren in den letzten Monaten arg zu kurz gekommen, bis sie ganz verebbten.

Der Entschluss musste Kleitos schwer gefallen sein, denn er setzte uns erst ganz kurz vor seiner Abreise in Kenntnis. Still und heimlich hatte er alles geplant, uns keine Chance gelassen, ihn zurückzuhalten. Es war ein schwarzer Tag, als Myrrhine ihn nach Ostia begleitete, die Stimmung im Haus gedrückt, selbst Castor schrie und wollte sich nicht beruhigen lassen.

Aber nicht genug. Es sollte noch ärger kommen.

Einen Lichtschimmer gab es allerdings: ein Brief Audus aus Karthago. Er ließ uns wissen, dass es ihm gelungen sei, Castor aufzuspüren. Sinope strahlte, als ich ihr die Zeilen vorlas, in denen Audu wortreich beschrieb, wie begeistert Castor auf die Nachricht seiner Vaterschaft reagiert habe. Interessanterweise stellte sich heraus, dass Castor noch immer Capito gehörte. Von einem Besitzerwechsel keine Rede.

Ich kochte vor Wut. Capito hielt mich mit erfundenen Geschichten hin, weil ich für seine Werbung kein Musikgehör hatte. Ich malte mir aus, wie ich ihn zur Rede stellen würde; durch den Staub ziehen wollte ich ihn, zur Schnecke machen, ihm eins auf seinen eingebildeten Deckel geben.

Ein Blick auf Sinope, die noch immer Klein-Castor anstrahlte, der seinerseits wohlig zu strampeln begann, belehrte mich eines Besseren. Um unser Ziel zu erreichen, musste ich mir etwas anderes einfallen lassen.

Den Vorschlag, sie noch vor der Niederkunft freizulassen, damit ihr Kind als frei geborenes das Licht der Welt erblicke, hatte ich Sinope wenige Tage nach Entdeckung der Schwangerschaft unterbreitet. In einer heftigen Reaktion hatte sie das Angebot ausgeschlagen. Wiederholt flehte sie mich an, sie in dieser schwierigen Situation nicht im Stich zu lassen. Alle Zusicherungen, dass sie als *Liberta* mit dem Kind im Haus bleiben und die gewohnte Arbeit verrichten könne unter Beibehaltung des vollen Schutzes, den sie bisher genoss, stießen auf taube Ohren. Eine Freilassung sei nur dann Anlass zu Freude, wenn ihr Geliebter zu ihr zurückkehre und seinerseits aus dem Sklavenstand entlassen werde. Alles andere wäre für sie nur Belastung und Grund zur Sorge.

Also schob ich das Projekt auf. Sinope hatte mich in die Pflicht genommen, die Aufgabe, die auf mir lastete, war klar formuliert: Castor musste um jeden Preis nach Rom geschafft werden und in meinen Besitz gelangen. Aber wie? Ob es gelänge, ihn über einen Strohmann zu kaufen, über Apuleius oder Pudentilla? Aber Capito würde den Braten riechen. Warum sollte sich plötzlich jemand für einen unbedeutenden Sklaven wie Castor interessieren.

»Möglicherweise ließe sich die Sache ganz einfach lösen«, meinte Lukianos nachdenklich, als ich ihm meine Überlegungen mitteilte.

»Wie denn?«

»Indem ich deinem Haus entflöge.«

»Nein«, wollte ich schreien, »ich mag diesem Eitergeschwür keine Hoffnungen machen, es widert mich an.«

Ich konnte meine Worte hören, aber sie klangen eher leise und verzweifelt. Mehr als einmal hatte mich die Ahnung beschlichen, dass Lukianos an Abschied dachte.

»Komm mit mir nach Athen«, sagte er stattdessen und schloss mich in seine Arme, wir sind Kinder des Ostens. Rom bietet alles Erdenkliche, mehr als jede andere Stadt. Doch trotz der üppig gedeckten Tafel werde ich nicht satt, weil ich mich hier nicht zu Hause fühle.«

Die Worte klangen abgerissen und wie aus weiter Ferne, als würden zausende Ostwinde sie von Attika her an mein Ohr tragen. Ich begriff, dass Lukianos' Entschluss, sich in Athen anzusiedeln, bereits gefasst war. Eigentlich hatte ich es immer gewusst. Schon bei der ersten Begegnung in Sabratha hatte er seine Athenerpläne erwähnt. Aber jetzt …

Lukianos löste sachte die Umarmung und machte sich an einem Regal zu schaffen. Zwischen Papyri und Schreibtafeln fand er das Gesuchte und legte es in meine Hände. Eine kleine geschnitzte Schatulle, mit Seide ausgeschlagen. Mit geschlossenen Augen betastete ich den Inhalt. Ich erkannte sie sofort: die Tropfen aus Leptis Magna.

Tränen rannen über meine Wangen, als Lukianos sie behutsam an meinen Ohren befestigte.

»Komm mit mir nach Athen«, flüsterte er zärtlich in mein Ohr.

Ich schüttelte den Kopf.

»Wir sind wohl beide Kinder des Ostens, aber ich bin in Rom geboren und liebe diese Stadt. So wie du dich nach Athen sehnst, würde ich mich nach Rom verzehren. Hier ist mein Zuhause, meine Kollegen, meine Patienten.«

»Athen hat auch Bedarf an guten Ärztinnen«, versuchte es Lukianos ein zweites Mal, doch hatte auch er längst verstanden, dass eine Trennung unausweichlich war.

Es war unsere letzte gemeinsame Nacht. Wir kosteten sie aus, intensiver noch als in den magischen Nächten unserer Anfangszeiten, zelebrierten jede Berührung. Fortan schliefen wir bis zum Abschied getrennt in unseren Zimmern.

Als Lukianos Anfang November sein Schiff bestieg, das ihn nach Athen bringen sollte, war das Allerschlimmste bereits überstanden.

# 23 Atropos

Im Iatreion am Clivus Scauri nahm alles seinen gewohnten Lauf. Wir kamen zurecht, auch ohne die Männer. Und dennoch hinterließ Lukianos eine bedrückende Leere. Immer wieder ertappte ich mich im Zwiegespräch, sei es, dass ich ihm über die Entwicklungsschritte Castors berichtete, meine beruflichen Alltagssorgen ausbreitete oder mich nach dem Fortgang seiner Götterdialoge erkundigte. Zwar standen wir im Briefwechsel, doch dauerte es mir jeweils viel zu lange, bis der Brief nach *Piraeus* gelangte, geschweige denn, bis ich eine Antwort in Händen hielt. Ich fragte mich, ob sich Brieftauben auch für den Fernverkehr abrichten ließen. Was die Distanz anbelangt, hielt ich es für möglich. Unüberwindbar schien mir vielmehr die Hürde des Gewichts. Es wäre mir niemals gelungen, meine Worte auf einen für die Taube zumutbaren Umfang zu reduzieren.

Myrrhine schüttelte den Kopf über meine Phantasien, aber auch sie litt unter der Stille. In der Trauer um Lukianos fiel mir auf, dass auch Kleitos eine erstaunliche Lücke hinterlassen hatte. Einzig Kynthia und Dana sorgten für Betrieb und natürlich unser kleiner Liebling, der nun nicht mehr an zu vielen Vätern litt. Sinope wurde immer schweigsamer und bedrückter. Mit jedem Tag gab sie die Hoffnung ein Stück mehr auf, den Vater ihres Kindes wiederzusehen.

Allerdings kam es schon im Dezember zu einem überraschenden Ereignis, das einen Lebensfunken in Sinopes schöne Augen zauberte, bei mir jedoch augenblicklich einen Brechreiz erzeugte: Capito beehrte uns mit seiner ganzen Herrlichkeit. Zuvorkommend bot er dem Ärztehaus am Clivus Scauri seinen männlichen Schutz an, jetzt wo wir Frauen hilflos den Widerlichkeiten Roms ausgeliefert seien.

Ein Würgen überkam mich, sodass ich mich eilends entfernen musste, ganz ohne Schauspielerei. Zum Glück war Myrrhine in der Nähe, die mich in der Zwischenzeit vertrat.

Dann aber wiederholte sich der Besuch und wurde zu einer »lieben Gewohnheit«, wie Capito sich ausdrückte. Der Dominus überwand seine eingefleischte Knausrigkeit, für die er weit über die Factio russata hinaus berühmt war, und überhäufte das ganze Haus mit Aufmerksamkeiten und kulinarischen Leckereien, worauf sich Danas schnippischer Umgangston ihm gegenüber prompt veränderte. Auch Castor wurde bedacht. Das bunt bemalte Holzpferdchen erfreute den Kleinen und weckte bei Sinope neue Hoffnung. Als Capito mir dann einen *Sperling* mitbrachte, ging mir das entschieden zu weit. Ich konnte die Heiterkeit, die sich bis in den letzten Winkel des Hauses ausbreitete, in keiner Weise teilen, der Vogel ärgerte mich so sehr, dass ich eines Tages absichtlich vergaß, die Käfigtüre zu schließen. Das einfältige Tier brauchte ziemlich lange, bis es ihm einfiel, von seiner Freiheit Gebrauch zu machen. Erleichtert sah ich dem Vogel nach, als er über die Hofmauer flog und meinen Blicken entschwand.

Am nächsten Morgen saß ein Sperling im Hof und tschilpte penetrant. Ich weigerte mich, das Tier wieder aufzunehmen, und fühlte mich verfolgt. Dana kam auf die rettende Idee, uns ein Kätzchen zu besorgen. Sie machte sich einen Spaß daraus, das Jungtier abzurichten, indem sie es vor sich her scheuchte und es animierte, dem Vogel nachzujagen. Die Katze zeigte sich gelehrig und war im Nu mit todbringender Sicherheit erfolgreich; wir nannten sie *Atropos*.

Der entflohene Vogel erschien Capito keineswegs als ungünstiges Omen. Er begann Scherze zu machen über sein eigenes Vögelchen, das den sich ankündigenden Frühling spüre und auch gern in die Freiheit flöge. Er wünschte, ich würde es aus seinem Käfig befreien.

Ich überhörte seine wahnwitzigen Andeutungen, und er konnte von Glück sagen. Wäre meine Kontrolle zusammengebrochen, hätte er meinen ganzen Ekel zu spüren bekommen.

So konnte es nicht weitergehen; ich begann mich selbst zu verabscheuen, weil ich das Spiel mitspielte.

Myrrhine war es, die mir half und mich beriet, als ich es fast nicht mehr aushielt. Mit kühlem Verstand gab sie mir Anweisungen, wie ich mich zu verhalten habe.

»Sei klug und zeige ihm nichts von deinen Gefühlen. Gib dich dankbar, sei höflich und zuvorkommend, aber bleibe spröd. Er wird die Unzugänglichkeit deiner Tugendhaftigkeit zuschreiben und wird dir ein Unterpfand seiner ernsten Absichten zu Füßen legen. Dann hast du ihn da, wo du willst. Du wirst sehen, noch vor den *Floralia* wird er dir Castor schenken.«

»Dann hab ich ihn da, wo ich ihn nicht haben will«, erwiderte ich in Panik. »Wenn ich annehme, wird er es als Zustimmung für eine Heirat empfinden. Was mache ich dann?«

»Dann verschwindest du«, sagte Myrrhine maliziös lächelnd. »Es wird ohnehin Zeit, dass du Lukianos in Athen besuchst. Und außerdem bin ich der Meinung …«

»Du machst es wirklich spannend«, sagte ich, als sie den geschichtsträchtigen Satzanfang bemühte und unvollendet in der Luft hängen ließ.

Myrrhine maß mich mit ihren klugen graugrünen Augen.

»Ich bin der Meinung, dass du Kleitos zurückholen solltest.«

Überrascht setzte ich mich.

»Aber, aber …«, stotterte ich, »Kleitos wollte doch nach Pergamon zurückkehren und dort praktizieren.«

»Nicht freiwillig. Wäre Lukianos ihm nicht in die Quere gekommen – er hätte Rom und das Iatreion am Clivus Scauri nie verlassen.«

Benommen schwieg ich.

»Hast du es wirklich nicht bemerkt, oder nur so getan?«, fuhr Myrrhine erbarmungslos fort. »Kleitos verehrt dich, er ist schüchtern, aber er hat sich Hoffnungen gemacht. Als dann Lukianos …«

Gequält hielt ich mir die Ohren zu. Nichts hatte ich bemerkt, ich war zu sehr mit mir selbst beschäftigt gewesen. Aber was ich jetzt sah, war ein schmerzlicher Zug um Myrrhines Mund. Letztendlich war mir alles klar. Kleitos hatte gelitten, weil ich ihn nicht beachtet hatte, zumindest nicht als Mann. Myrrhine wiederum quälte sich, weil Kleitos sie stets nur als kompetente Kollegin geschätzt hatte.

Mehrere Minuten saß ich stumm da, den Kopf in die Hände gestützt. Dann aber richtete ich mich auf. Ich wusste, was ich zu tun hatte.

»Unmittelbar nach Castors Übergabe werde ich Rom verlassen und für einige Zeit verschwinden. Ich werde nach Kleinasien fahren, und ich schwöre dir, dass ich alles mir Mögliche unternehmen werde, um Kleitos nach Rom zurückzuholen.«

Myrrhine lächelte. Ein bitteres Lächeln, wie mir schien.

Jeder Orakelbetrieb wäre vor Neid erblasst angesichts der Präzision von Myrrhines Vorhersagen.

Noch vor den Floralia teilte mir Capito in Hochstimmung mit, es sei ihm endlich gelungen, seinen Freund in Karthago dazu zu bewegen, auf Castor zu verzichten, sodass er sich nun in der Lage sehe, ihn mir zu schenken, just rechtzeitig zu den *Veneralia.*

»So wie einst Nikanor dir Sinope zum Geschenk gemacht hat, halte ich es nun mit Castor«, rief er pathetisch aus und schwenkte die Besitzurkunde in der Luft. »Nur, dass der Wert Castors um ein Beträchtliches höher ist als derjenige Sinopes.«

Freude über das Geschenk musste ich diesmal nicht heucheln. Endlich geschafft!

Ausgiebig bedankte ich mich und schlug vor, meinen Verwandten Audu mit den Reisevorbereitungen zu betrauen.

»Audu weilt zurzeit aus geschäftlichen Gründen in Karthago, er könnte sich um die Schiffspassage und alles Notwendige für die Reise kümmern. Ich werde ihm sogleich schreiben.«

Zum Dank lud ich Capito zum Abendessen ein, was dieser mit Enthusiasmus annahm, weil er wähnte, sich damit zu den intimen Freunden des Hauses zählen zu dürfen. Immerhin war Festtag der Venus, der in Rom in vielen Häusern ziemlich ausgelassen gefeiert wird. Was auch immer er phantasieren mochte, ich fühlte mich sicher im Kreis meiner Freunde. Um die kulinarische Komponente brauchte ich mich nicht zu kümmern. Sinope würde sich in ihren Kochkünsten überbieten und das Beste auf den Tisch bringen, hatte sie doch am meisten Grund zum Feiern.

Das Festmahl verlief zur Zufriedenheit aller. Um peinliche Situationen zu vermeiden, ließ ich einen schweren Wein servieren. Unvermischt. Fleißig hoben wir die Gläser auf Capitos Wohl. Der Geehrte trank in großen Zügen, während wir die meiste Zeit nur nippten. Der Wein machte den Gast schläfrig, sodass wie ihn bald schon zu seiner Sänfte hinausgeleiteten und fröhlich verabschiedeten. Das Schlafpulver, das wir zur Sicherheit zubereitet hatten, war nicht einmal zum Einsatz gekommen.

Nun galt es, die Zeit bis zu Castors Eintreffen durchzustehen. Audu hatte prompt geantwortet, er werde sich um die Sache kümmern und Castor sicher nach Rom geleiten. Er habe ohnehin in der Stadt zu tun.

Auf diese Nachricht war ich nicht gefasst. Die erste Reaktion war Freude, unter die sich bald Unruhe und Sorge mischten. Reiste Elissa mit? Wohl oder übel müsste ich sie in meinem Haus beherbergen. Und wenn die beiden längere Zeit in Rom bleiben wollten?

Ich beschloss, mir nicht im Voraus Sorgen zu machen, und traf die nötigen Vorbereitungen.

Als Audu und Castor sich bei uns einfanden, war ich offen gestanden heilfroh, dass von Elissa keine Spur zu sehen war. Die Freude im Haus war überwältigend und half Castor, der nun in unseren Haushalt eintrat, über seine erste Scheu hinweg. Im Zentrum stand natürlich Klein-Castor, der ohne sein Wissen der eigentliche Anlass für die ganzen Veränderungen war. An jenem Tag begannen wir, ihn bei seinem Spitznamen Maximus zu rufen, um Namensverwechslungen mit seinem Vater vorzubeugen. Dana und Kynthia übernahmen die Verantwortung für das Festmahl, damit Sinope, für einmal von allen Pflichten befreit, diesen lang ersehnten Glückstag voll genießen konnte. Die allgegenwärtige Aufregung im Haus hatte den positiven Effekt, die Verlegenheit zwischen Audu und mir etwas abzumildern. Audu war sichtlich erleichtert über Lukianos' Abreise und ließ mich indirekt wissen, die Sache mit Elissa sei als eine eher ephemere Blüte zu betrachten.

Spätabends, als alle sich zurückgezogen hatten, kam der unvermeidliche Moment. Audu und ich standen uns allein gegenüber. Wir sprachen über das Projekt der Ehrenstatue. Audu hatte Apuleius mehrere Skizzen vorgelegt, worauf sich dieser, was mich gar nicht überraschte, für eine wenig originelle, konservative Variante entschieden hatte.

»Und, war er wenigstens mit dem Resultat zufrieden?«, fragte ich.

»Er schon, aber ich nicht«, meinte Audu achselzuckend, »ich bin froh, dass ich Africa hinter mir lassen kann. Oea, Sabratha, selbst Leptis, sind letzten Endes Provinznester. Die Bauten sind prächtig, das Land fruchtbar, doch herrscht unter den Bürgern eine miefige, kleinstädtische Stimmung, die sogar in Karthago noch spürbar ist, auch wenn man dort etwas freier atmet.«

»Sehnst du dich nach Alexandria?«

»Nach dem Osten jedenfalls, wobei selbst Rom östlich liegt, zumindest wenn man es von Karthago aus betrachtet«, lachte Audu.

Er wollte wissen, wie es mir ergangen sei, ob ich Bedrohungen erlebt habe. Mir fiel auf, dass ich seit längerer Zeit nicht mehr an die Fluchtafel gedacht hatte.

»Bedroht fühle ich mich allerdings, aber nicht von Zauberei und ärztlichen Konkurrenten, sondern von der Werbung eines gewissen Capito.«

Audu konnte sich kaum beherrschen vor Lachen, als ich ihm von unserer List erzählte.

»Frauen können wahre Biester sein.«

»Besonders wenn sie sich zusammenschließen«, bestätigte ich.

»Fürchtest du keine Rache?«

»Was soll's, ich habe ihm nichts versprochen.«

»Er wird dich belagern.«

»Das wird ihm nicht lange gelingen, denn ich habe vor, für einige Zeit auf Reisen zu gehen. Bis ich zurück bin, wird seine verletzte Eitelkeit längst verheilt sein.«

Als ich im Bett lag, war ich aufgekratzt. Ich fühlte mich rundherum zufrieden, beschwingt, wie seit Monaten nicht mehr.

Audu blieb einige Tage bei uns und gab mir Deckung vor Capitos Werbeangriffen. Ich hatte die beste aller Entschuldigungen: Familie, um die ich mich zu kümmern hatte. Zudem musste ich mich um meine Reise kümmern, aber davon wusste Capito nichts. Audu zog in Erwägung, mich nach Pergamon zu begleiten. Die einzige Sorge galt meinen Patienten, oder eher Myrrhine, denn dieses Mal stand sie mit den Mädchen allein vor der ganzen Aufgabe. Ich hoffte inständig, dass es mir gelingen möge, Kleitos zur Rückkehr an den Clivus Scauri zu bewegen. Er fehlte uns – und das in mancherlei Hinsicht.

Den Großteil der Zeit verbrachte ich jedoch mit Audu. Über alles konnten wir sprechen, abgesehen von Lukianos und Elissa. Wir lasen gemeinsam in Kamkams Schriften, und auch Audu war bewegt, als er Kamkams Brief an Giton las. Die Hoffnung, die sie in uns beide gesetzt hatte, verband uns durch eine gemeinsame Verantwortung. Feierlich gelobten wir, uns nicht mehr zu entzweien, was immer auch geschehen möge. Es erinnerte mich an alte Versprechen, die wir uns als Kinder gegeben hatten. In Audus Augen vermeinte ich etwas zu erkennen, was darüber hinausging. Ich zwang mich, es nicht weiter zu erforschen, solange ich mich bei mir selbst nicht auskannte. Ein zweites Mal wollte ich unsere Freundschaft nicht aufs Spiel setzen. Überhaupt hatte es diesbezüglich in letzter Zeit genügend Debakel gegeben.

## 25 Votivohren

Pergamon. Eine prächtige Stadt, gewiss, und ein Paradies für einen Künstler wie Audu. Kaiser wie Traian und Hadrian haben Pergamon ihre Gunst erwiesen, was sich im strahlenden Marmorantlitz der Stadt spiegelt. Audu, der Pergamon gut kannte, machte sich daran, eine Besichtigungstour mit architektonischen Leckerbissen für mich auszudenken. Diesmal war ich aber fest entschlossen, meinen eigenen Plänen zu folgen. Ziel meiner Reise war es, Kleitos aufzuspüren, und ich konnte mir denken, wo ich ihn am ehesten finden würde.

»Mein erster Gang gilt dem *Asklepieion*«, sagte ich in einem Ton, der klarmachen sollte, dass ich keinen Widerspruch duldete, »Theater, Tempel und dergleichen mehr interessieren erst in zweiter Linie.«

»Und was ist mit dem berühmten Altar von Pergamon?«, wagte Audu einen zweiten Versuch, wobei er einen sehnsüchtigen Blick in Richtung Akropolis sandte.

»Zweitrangig!«, sagte ich gnadenlos, fügte aber, um nicht als Banause zu gelten, abmildernd hinzu: »wenigstens zum jetzigen Zeitpunkt.«

Audu grinste.

»Gerade noch gerettet, immerhin zählen Kenner den Altar mit seinen außergewöhnlichen Friesen zu den Weltwundern.«

»Das Asklepieion bietet Wunder genug, zumindest in wirtschaftlicher Hinsicht. Der Ruf des weltberühmten Kurortes ist es, der dieser Stadt Ruhm und Wohlstand bringt, mit Betonung auf Wohlstand. Ohne Heilzentrum hätte Pergamon nie zweihunderttausend Einwohner, und keinem Menschen würde es einfallen, Pergamon in einem Atemzug mit Ephesos und Smyrna zu nennen.«

»Es sei denn um der Bibliothek willen mit den ebenso weltberühmten Pergamentrollen …«

»… die leider größtenteils nicht mehr in Pergamon beheimatet sind.«

Audu seufzte.

»Nur gut, dass ich dich wenigstens überreden konnte, in der Unterstadt Quartier zu nehmen und nicht beim Asklepieion. Der mondäne Betrieb dort wird dir gar nicht gefallen.«

»Schon möglich. Das Gasthaus auf halbem Weg zwischen Akropolis und Asklepieion hat mich auf Anhieb überzeugt.«

»Du meinst wohl die ausnehmend verführerische Lage direkt neben dem Stadion.«

»Der Geruch von Pferden wird mich zeitlebens in Hochstimmung versetzen«, gab ich zu. »Außerdem sind die pergamenischen Rosse von alters her berühmt, ich werde mir einen gründlichen Blick auf sie nicht entgehen lassen.«

Beim Theater betraten wir die Via Tecta, die auf direktem Weg zum Asklepieion führt. Für die knappe Meile hätten wir eigentlich kaum mehr als eine Viertelstunde benötigt. Die unzähligen Verkaufsstände, die sich unter den Gewölben der gedeckten Straße dicht aneinanderreihen, zwangen uns aber zu einem langsameren Tempo. War in Stadtnähe das Angebot noch vielfältig, konzentrierte sich der Handel mit jedem Schritt, den wir der Heilstätte näher kamen, immer mehr auf Devotionalien. Audu blieb stehen und beugte sich über ein Weihrelief, eines von Hunderten. Asklepios, wie er inmitten einer Schar von Priestern dem Kranken einen Heiltrank übergibt. Nicht nur der Verkaufstisch quoll über, auch an den Wänden des Geschäfts gab es keine leere Stelle. Horror Vacui – Aristoteles hätte seine schiere Freude gehabt. Beim nächsten Händler war der Heilgott auf Gemmen verewigt; ich nahm mir nicht einmal die Mühe, einen Blick darauf zu werfen, denn die Gemmen schienen hoch im Kurs und zogen viele Käufer an. Schwindlig wurde mir im nächsten Laden: Statuen, wohin ich blickte. Asklepios in hundertfacher Ausführung, als Ganzkörperstatue mit Stab und Schlange, als Büste mit Bart und langem, gewelltem Haar, in Lebensgröße, im Kleinformat, aus bunt bemaltem Marmor, Kalkstein, Ton, Holz und Bein, aus Bronze, ja sogar aus Silber. Aber auch Angehörige seiner Familie sah ich, allen voran *Hygieia* und *Telesphoros*, das komische Kapuzenmännchen.

Kopf an Kopf mit den Göttern lagen käuflich erwerbbare Kaiser. Abgesehen vom amtierenden Antoninus Pius und seinen designierten Nachfolgern Marcus Aurelius und Lucius Verus waren vor allem Traian und Hadrian vertreten, deren Großzügigkeit Pergamon seinen neuesten Aufschwung verdankt. Vor zwei Generationen war die Stadt im Begriff, zum Provinznest zu verkommen. Ein ehrgeiziges Bauprojekt hat sie gerettet und beschert ihr nun einen regen Besucherstrom, vor allem aus wohlhabenden Kreisen.

Audu stand einem ihn an Größe überragenden Asklepios mit Schlange gegenüber. Der Gott war zwar aus feinkörnigem Marmor, doch uninspiriert und schlecht ausgeführt, wie auch ich unschwer feststellen konnte.

»Materialverschwendung! Er ist so grauenvoll, dass er Tote erwecken könnte.«

»Kauf ihn und versuche es, wir befinden uns immerhin an einem Kurort, der bei den Besuchern Erwartungen auf Wunder weckt.«

»Ich bringe es nicht übers Herz. Der Mangel an Ästhetik würde als Erstes meinen Lehrmeister zum Leben erwecken, dem ich einen solchen Anblick ersparen möchte.«

»Und diese Gebärmutter wäre dazu angetan, meinen ehrwürdigen Lehrer Soranos zu reanimieren.«

Ich wies auf einen immensen Uterus aus gebranntem Ton, der zwischen Harnblasen, Nieren, Lebern, Herzen, gigantischen Ohren und Augen lag. Auch Hände, Füße, Arme und Beine warteten darauf, von geheilten Pilgern als Votive gekauft zu werden.

»Die Heilungsquote der Tempelmedizin in Pergamon muss enorm sein, wenn so viele Weihgaben aus Dankbarkeit für Heilung benötigt werden«, sagte Audu und griff nach einer schön geformten Brust, die er eingehend betrachtete.

»Man könnte beinahe neidisch werden«, seufzte ich.

Ich fühlte Audus erstaunten Blick, der zunächst mein Gesicht streifte, dann aber verstohlen nach unten wanderte.

»Ja, die ist tatsächlich besser gelungen als der Asklepios, wobei …«

»Nicht wegen der Brust, du Dummkopf«, sagte ich brüsk, um meine Verlegenheit zu überspielen, »ich sprach vom Heilungserfolg.«

Energischen Schrittes entfernte ich mich von den Auslagen und stapfte durch die Heilige Straße, ohne die Geschäfte eines weiteren Blickes zu würdigen. Audu schaffte es nur mit Mühe mir zu folgen, denn es herrschte ein ziemliches Gedränge. Nach wenigen Minuten durchschritten wir am Ende der Via Tecta eine prächtige Toranlage und betraten die Hallenstraße, die direkt in den Heiligen Bezirk einmündet. Als wir uns dem Eingangshof näherten, verlangsamte ich meine Schritte und dachte an Myrrhine. In Gedanken probte ich die Worte, die Kleitos überzeugen sollten, nach Rom zurückzukehren. Ich hatte sie mir genau zurechtgelegt, aber nun, in Audus Begleitung, schienen sie mir unpassend, ja unaussprechbar. Vielleicht hätten wir doch besser zuerst den Burgberg besichtigen sollen. Es wäre mir mehr Zeit zum Überlegen geblieben. Zu spät. Im Strom der Besucher betraten wir die breite Freitreppe, die zum Festplatz hinunter führt.

Von oben gesehen weckte der Anblick der vielen Menschen, die sich emsig auf die Säulenhallen, die verschiedenen Tempel und Kultbauten zubewegten, Assoziationen mit Ameisen, die in Massen, aber stets wohlgeordnet ihren Pflichten nachgehen. Ich atmete auf. Es war nicht wahrscheinlich, dass ich Kleitos schon in der ersten Minute begegnete. Wir schritten zum Zentrum der Anlage, wo sich der Schöpfbrunnen und die Altäre befinden, und drehten uns der Ostfront zu.

Mit offenem Mund bestaunte ich den neuen Tempel, der dem *Asklepios Soter* geweiht ist.

»Das Pantheon«, entfuhr es mir, »das Pantheon in Kleinformat.«

»So ist es, ehrwürdige Charis«, hörte ich eine Stimme unangenehm dicht hinter mir, doch war es nicht Kleitos, dessen war ich mir gewiss. Die dramatische Intonation, die attische Klangfarbe, ich kannte diese Stimme, wem gehörte sie nur …

»Du bist es doch, Charis aus Rom, Ärztin der Methode, Schülerin des Soranos.«

Noch im Umdrehen fiel mir ein, wem die Stimme gehörte: »*Aelius Aristides*, begnadeter Redner aus Mysien, Schüler des Herodes Atticus«, gab ich ungerührt zurück.

Aristides überging den Spott meiner Erwiderung und machte sich daran, mir zu erklären, wie das Heiligtum des Asklepios zu seinem »Pantheon« kam. Kaiser Hadrian habe das Konzept der Ostfront wesentlich beeinflusst, als er vor bald vierzig Jahren Pergamon besuchte. Ja, schon beim Pantheon von Rom habe der Kaiser mitgewirkt. Er sei den besten Architekten des Reiches ebenbürtig gewesen. Seine überragenden Fähigkeiten hätten sogar berühmte Meister wie Apollodoros von Damaskus vor Neid erblassen lassen. Audu, der wenige Schritte hinter Aristides stand, warf mir einen vielsagenden Blick zu und verdrehte die Augen. Mit einer kaum wahrnehmbaren Kopfbewegung gab ich ihm zu verstehen, dass er nicht auf mich warten solle. Er deutete in Richtung Theater und entfernte sich.

Aelius Aristides ist ein unerträglich eitler Redner, der jede Gelegenheit ergreift, Leute um sich zu scharen. Ich wusste, was auf mich zukam, als er begann, von seinen unzähligen Krankheiten zu berichten. Da ich hoffte, eine Auskunft über Kleitos zu bekommen, harrte ich aus.

»Die besten Ärzte Smyrnas und Roms habe ich aufgesucht, als die Krankheit ihren Anfang nahm, aber keiner war in der Lage, mir zu helfen. Da endlich rief der Gott mich nach Pergamon, wo ich fast zwei Jahre zubrachte. Im Schlaf ließ er mich wissen, was gegen meine Krankheit zu tun sei, verordnete mir Trinkkuren, Bäder und Medikamente. Im Traum verschrieb er mir ein bestimmtes Heilmittel, das ich anderntags fertig präpariert zu Füßen der Hygieia vorfand. *Tyche* hatte es im Auftrag meines Heilands dort deponiert. Solche Wunder bereitete mir der Gott fast täglich. So befahl er mir exzessives *Purgieren*. Die Ärzte sperrten sich dagegen, prognostizierten eine gefährliche, ja möglicherweise todbringende Schwächung. Ha! Welche Ignoranz! Das Gegenteil war der Fall. Auch physische und mentale Übungen trug der große Heiler mir auf. In Smyrna, als ich einst schwer erkältet und gänzlich entkräftet zu Bett lag, hieß er mich im kalten Flusswasser baden. Die Ärzte, die einmal mehr wähnten, es besser zu wissen als der Heilgott persönlich, rieten mir ab. Unter großem Gefolge meiner wehklagenden Freunde und anderer Schaulustigen schleppte ich mich zum Fluss – es war im Spätherbst und empfindlich kühl –, badete in den kalten Fluten und kam geheilt, gestärkt und verjüngt mit rosigen Wangen aus dem Bad.«

»Erfreulich«, rief ich, Ungeduld und Ärger nur mühsam unterdrückend, »und was führt dich derzeit zum Heiligtum des Heilgottes?«

»Oh, noch diese Nacht werde ich mich zu den Liegehallen begeben um zu erfahren, was der Gott mir rät. Naturgemäß habe ich fortwährend Rückfälle, denn meine Konstitution ist grundsätzlich schwach, wie auch der hiesige Arzt *Galenos,* ein Schüler des *Satyros*, mir attestierte, ein übrigens recht fähiger Bruder deiner Korporation, verständiger als die meisten, in deren Finger ich in Rom geraten bin. Er ist ein Meister der Pulsdiagnose. Als ich ihm die Liste meiner zahlreichen Krankheiten unterbreitete, war er mittels Pulsdiagnose in der Lage, sie ausnahmslos zu bestätigen.«

»So, so«, sagte ich und unterdrückte einen bissigen Kommentar zu dieser ärztlichen Glanzleistung. Eine vollständige Abstinenz wollte mir aber dennoch nicht gelingen.

»Welche Therapie hat dir Galenos denn vorgeschlagen?«

»Er riet mir, meine Aufenthalte in Pergamon regelmäßig einzuhalten«, erwiderte er und nickte anerkennend. »Ich werde ihn in meinen Kreisen empfehlen, auch in Rom, denn er gedenkt, sich in Bälde dort niederzulassen. Die Hauptstadt mit den senatorischen Familien und dem kaiserlichen Hof bietet bei weitem das passendere Umfeld für die Karriere eines jungen, begabten Arztes als die Familie der Gladiatoren.«

Er hielt inne. Als ich nichts dazu sagte, fragte er endlich:

»Und was führt dich zu Asklepios?«

»Ich suche den Arzt Kleitos und hoffte, ihn hier im Heiligtum zu finden.«

»Ich habe ihn nicht gesehen, zumindest nicht beachtet. Es gibt so viele Ärzte, die sich hier herumtreiben, um nach wohlhabender Kundschaft zu fischen. Wie gesagt, ich vertraue mich nur den fähigsten an, und auch das nur selten, weil ich ihrer ja gar nicht bedarf. Mir träumte, dass ich Asklepios im Tempel begegnete. Als ich ihn mit der rituellen Anrede ›du, der Eine‹ ansprach, erwiderte er mir seinerseits: ›du bist der Eine‹. Was also soll ich bei einem Arzt? Und wenn«, fuhr er fort, nicht ohne Schärfe, »so berate ich mich nur mit Ärzten, die sich ganz meinem Heiland Asklepios unterwerfen. Ganz gewiss aber nicht mit Epikureern, die die Wirksamkeit der Tempelmedizin an sich in Frage stellen.«

»Ich wünsche Dir eine schnelle Genesung von deinen Leiden«, sagte ich knapp und wandte mich in Richtung Theater.

»Gegen Abend werde ich in der Bibliothek eine Rede halten über die Wunder, die Asklepios an mir vollbracht hat. Der Gott hat mir befohlen zu reden. Selbst im Zustand totaler Schwäche verordnet er mir Redeübungen, was mich anspornt und zu immer größeren Fortschritten führt. Du kannst gerne Gäste mitbringen.«

Ich hob den Arm in einer vagen Geste des Dankes und des Abschieds. Mir schwirrte der Kopf, es sauste in meinen Ohren. Falls ich mich in die Liegehalle begäbe, würde der Gott mich bestimmt mittels *Incubation* anweisen, Aristides zu meiden. Und damit wäre mein Ohrenleiden schlagartig geheilt. »Groß ist Asklepios«, würden die Umstehenden rufen, und ich wüsste bereits, wo ich die obligaten Votivohren zu kaufen bekäme.

»Immerhin weißt du nun, an wen du dich bei deiner Suche nach Kleitos wenden kannst«, sagte Audu, als ich völlig entnervt auf einer Theaterstufe sitzend ihm in abgekürzter Version das Gespräch zusammenfasste.

»Galenos«, murmelte ich. »Ein ehrgeiziger Kerl, wie mir scheint. Er hat Pläne, sich in Rom zu etablieren, und zwar in höchsten Kreisen, wie Aristides verlauten ließ. Wenn Kleitos sich in Pergamon als Arzt niedergelassen hat, dann weiß es Galenos mit Sicherheit.«

Wir brachen auf. Im Asklepieion hatten wir nichts verloren. Auf keinen Fall wollten wir hier verweilen, um uns Aristides' Rede anzuhören.

Der Ärger des Tages und die Gluthitze Pergamons hatten sich längst in Dunst aufgelöst, als wir den Abend auf der Gasthausterrasse ausklingen ließen. In Sonnengold getauchte Theaterränge waren für einmal nicht Kulisse, sondern Hauptattraktion eines atemberaubenden Schauspiels. Audu war es, der nach einigem Zögern das Schweigen brach.

»Als Aristides von Hadrians Architekten sprach, dachte ich sofort an ...«

»... Apollodoros von Damaskus, den genialen Freund meines Großvaters?«

»Ja, um es konkret auszudrücken, an den Brief, den Kamkam hinterlassen hat.«

»An einen solchen Brief kann ich mich nicht erinnern.«

»Vielleicht hast du ihn noch gar nie gelesen«, sagte Audu betreten. »Es ist ein Brief Kamkams an Giton.«

»Den sie nach seinem Tod an ihn geschrieben hat?«

Audu nickte verlegen.

»Ich hatte ihn an mich genommen in jener Nacht auf dem Schiff nach Karthago, als wir die Rollen zusammen durchsahen. Als die Ereignisse sich dann überstürzten, habe ich es versäumt, ihn dir rechtzeitig zurückzugeben.«

»Hm, wie wäre es, wenn du das hiermit nachholtest?«

Audu griff nach seinem Beutel, zog daraus die Rolle hervor und legte sie mir feierlich in die Hand. Zärtlich strich ich mit dem Zeigefinger über Kamkams charakteristische Schrift. Die Buchstaben waren noch deutlich schwungvoller und energischer gesetzt als in jenem anderen Brief, den ich gelesen hatte.

*Kamkam an ihren Liebsten*
*Ach Giton, was ich dir zu berichten habe, wird dir Kummer bereiten. Dein Freund und Schüler Apollodoros ist tot. Über die genauen Umstände seines Todes werden widersprüchliche Dinge berichtet. Schon vor einiger Zeit hatte er Rom verlassen nach einem neuen Zerwürfnis mit dem Kaiser. Seit Hadrian vom Nil zurück ist, hat er sich mit allerlei Menschen aus seinem Umkreis überworfen, sogar mit Freunden, wie ich höre. Die einen lässt er fallen, andere gar hinrichten. Bei Apollodoros sprach man von Verbannung. Warum? Weil er ein Genie ist, begabt und unermüdlich in seiner Arbeit, ruhmvoll schon, als er Traian auf seine Feldzüge nach Dakien begleitete. Unerhört kühn seine Brücke über die Donau und die in den Fels gehauene Straße. Unübertroffen das Traiansforum mit seinen prächtigen Bauten, der Basilika, den Märkten, Bibliotheken, der Säule. Es gilt mir als das schönste seiner Werke, als das liebste auch, weil du daran gearbeitet hast. Wie oft ging ich, als ich noch in der Hauptstadt lebte, zur Säule und betrachtete die meisterhaften Reliefbilder, an denen du so viele Stunden mit Meißel und Hammer beschäftigt warst. Von den Plattformen der beiden Bibliotheken hat man eine wunderbare Sicht. Die Szene mit der Brücke im Hintergrund, in der du Apollodoros neben Kaiser Traian abgebildet hast, ist mir noch immer ganz klar vor Augen. Apollodoros mit seinem gewellten Haar und dem gekräuselten Bart, auf den Lippen ein kaum merkliches Lächeln, das wir beide so gut an ihm kannten.*

*Es war nie ein Geheimnis, dass zwischen Apollodoros und Hadrian kein freundschaftliches Verhältnis bestand. Die Spannungen begannen ja noch zu Lebzeiten Traians, als Hadrian bei einer Diskussion um Baupläne von Apollodoros weggeschickt wurde, und gipfelten in Apollodoros' vernichtenden Kommentaren zu Hadrians Skizzen für den Tempel der Venus und Roma. Wenn man Apollodoros etwas vorwerfen kann, dann vielleicht, dass er nicht berücksichtigte, wie sehr Hadrian darauf brannte, in seinen Ambitionen ernst genommen zu werden. Soweit es architektonische Fragen betrifft, war Apollodoros schon immer schonungslos in seiner Kritik. Aber ist das ein Grund, einen Menschen in die Verbannung zu schicken, unter fadenscheinigen Vorwänden, wie man mir sagte. Ganz zu schweigen davon, ihn umzubringen. Ich wage nicht daran zu denken, dass es wahr sein könnte. Allerdings ist mir bewusst, wie schnell es zu Gerüchten kommt, besonders wenn es den Kaiser betrifft. Wir haben es damals beim Brand von Rom selbst erlebt. Wollte man ein Gerücht aufhalten, müsste man die gesamte Luft über Rom in Amphoren sperren. Doch selbst dann hätte ich Zweifel. Denn auch Hadrian hat Feinde, wie jeder, der an der Macht ist.*

*Wie wenig es doch braucht, gefährdet zu sein, es genügt schon, sich in irgendeiner Sache auszuzeichnen.*

*Um dich brauche ich mich nicht mehr zu sorgen; auch um mich nicht, ich bin alt und lebe in Abgeschiedenheit. Was aber wird aus unseren Enkeln? Ganz besonders fürchte ich um Charis. Sie ist ein Kind von besonderer Begabung und möchte einmal Ärztin werden. Ich habe ihr versprochen, sie in Alexandria zu besuchen, wo sie bei unserem Neffen Amyntor das Ärztehandwerk erlernt. Das wird dann wohl meine letzte Schifffahrt sein.*

*Du fehlst mir so sehr. Ich wünschte, wir könnten die Reise gemeinsam machen.*

*Deine törichte Kamkam,*
*die mit jedem Jahr sentimentaler wird.*

Unser Gasthaus lag mitten im Unterhaltungsviertel zwischen Theater, Stadion und Amphitheater. Zum Übungsplatz der Gladiatoren waren es keine fünf Minuten. Von einem Aufseher des *Ludus* hatten wir in Erfahrung gebracht, dass sich Galenos jeden Tag zur frühen Morgenstunde bei den Gladiatoren aufhalte. Trotz der Nähe zu unserem Gasthaus entschieden wir uns gegen den Ludus als Treffpunkt, denn die Hektik bei den Vorbereitungen auf die kommenden Spiele schien uns für ein Gespräch unpassend. Also machten wir uns die Mühe, Galenos in seinem eigenen Haus aufzuspüren.

Audu hatte die kurze Zeit bis zu unserem Besuch für Nachforschungen genutzt, obwohl er noch immer keinen Fuß auf die Akropolis gesetzt hatte. Ich rechnete es ihm hoch an. Galenos, Sohn eines umfassend gebildeten, wissenschaftlich interessierten Architekten, hatte eine lange und gründliche medizinische Ausbildung absolviert bei renommierten Lehrern in Pergamon, Smyrna und Alexandria. Der um neun Jahre Jüngere hatte erst lange Zeit nach mir in Alexandria studiert, was erklärt, warum ich ihm nie begegnet war.

Galenos ließ uns einige Zeit im Vorzimmer warten, bevor wir von seinem Assistenten zu ihm geführt wurden. Vorzimmer wie auch Behandlungsraum wirkten repräsentativer als unsere entsprechenden Räume am Clivus Scauri. Ein Blick auf zwei geöffnete Prachtschränke mit Türen aus Zedernholz offenbarte zum einen eine stattliche Anzahl Schriftrollen, zum anderen fein säuberlich geordnete Instrumente. Soranos hätte den Kopf geschüttelt über die exquisiten Verzierungen an den Instrumentengriffen: schön aber hinderlich. Elegant sah es aus, das musste ich zugeben. Auf Regalen dekorativ nebeneinander gereihte Elfenbeindosen, Onyxbüchschen, Bergkristallfläschchen, Glasnäpfe und Tontöpfchen. Meine spezielle Beachtung galt den *Lykiontiegeln.*

Galenos, den meine Bewunderung sichtlich freute, wies auf seine kostbaren Vorräte und bemerkte mit unverhohlenem Stolz:

»Lykion aus Indien, Balsam aus Gilead, Weihrauch aus Arabien.«

»Auserlesene Qualität«, sagte ich, ohne zu heucheln. »Ich kann es beurteilen. Meine Familie hat es in Nabataea durch Handel mit Weihrauch und Spezereien zu Wohlstand gebracht.«

Es war nun die Reihe an Galenos, beeindruckt zu sein. Er war zwar über meine Stellung in Rom bestens unterrichtet, doch hatte er offensichtlich von seinem Informanten nichts über meine familiäre Herkunft erfahren.

»Hast du Verbindungen, um an gute Ware heranzukommen?«, fragte er interessiert.

»Ja, die habe ich allerdings, und ich kann dir jederzeit behilflich sein, falls du etwas brauchst. Eine unserer Filialen befindet sich in Ephesos, der Hauptsitz in Rom. Wie ich höre, hast du Pläne, dich in Rom niederzulassen?«

»Vielleicht«, sagte Galenos verhalten und lehnte sich zurück. Ich habe einflussreiche Freunde in Rom, die mich dazu drängen. Andererseits habe ich hier eine einträgliche Praxis und die Anstellung als Gladiatorenarzt. Man will mich unbedingt an Ort halten, denn nie hat Pergamon weniger verwundete Kämpfer verloren als unter meiner Obhut. Außerdem gibt mir die Arbeit im Ludus die Möglichkeit, Einblick in die menschliche Anatomie zu gewinnen wie sonst nirgends. Mein Erfolg ist weitherum bekannt, bis nach Rom«, sagte er lächelnd, »aber das erweckt auch Missgunst bei den Kollegen, wenn du weißt, was ich meine. Du bist ja schon seit Jahren erfolgreich in Rom etabliert, wie ich höre. Wie schätzest du die Situation für einen Neuankömmling ein, Charis?«

»Für einen gut ausgebildeten, versierten Arzt ist immer Bedarf in der Hauptstadt. Allerdings wirst du auch in Rom mit dem Neid der Konkurrenz zu tun haben, mehr noch als hier, das kann ich dir versichern.«

Galenos hüstelte und schaute zu Audu, der ausgiebig die ärztlichen Instrumente musterte. Der Arzt hatte ihn bisher vollständig ignoriert, abgesehen von der Begrüßung.

»Bist auch du ein Bruder unserer Korporation?«, fragte er.

»Eigentlich nicht«, erwiderte Audu, »obschon einige deiner Instrumente ganz ähnlich aussehen wie meine.« Er deutete auf Meißel, Hammer, Knochensäge, Knochenheber, Messer und Spatel. »Ich bin in der bildnerischen Kunst tätig, erschaffe Menschen, Tiere und Pflanzen, arbeite mit erstaunlich ähnlichem Werkzeug, wenn auch mit ganz anderem Material.«

Ein Lächeln huschte über Galenos' Gesicht.

»Ein ehrenwertes Handwerk«, sagte er anerkennend, wenn auch leicht herablassend. Nach einer kurzen Gesprächspause fragte er endlich:

»Was führt euch zu mir? Keine Krankheit, wie mir scheint.«

Ich hätte jede Summe darauf gewettet, dass Galenos längst wusste, warum wir gekommen waren. Vermutlich hatte Aelius Aristides ihn höchstpersönlich über meine Anwesenheit in Kenntnis gesetzt. Galenos stellte sich jedoch unwissend und gab seine Informationsquelle nicht preis.

»Wir sind auf der Suche nach dem Arzt Kleitos. Er ist Pergamener, war aber bis vor einem halben Jahr in Rom tätig. Weißt du, wo wir ihn finden können?«

»In Ephesos«, kam die prompte Antwort. »Er war nur kurz in Pergamon, hat es dann aber vorgezogen weiterzuziehen, wohl aus denselben Gründen, die auch mich dazu bewegen, Pergamon zu verlassen. In Ephesos finden zurzeit die medizinischen Wettspiele statt. Dort werdet ihr ihn finden.«

Ich atmete auf. Der Gang zu Galenos hatte sich gelohnt, den Rest der Zeit konnten wir mit Konversation verbringen. Geduldig beantworteten wir Fragen bezüglich Rom. Zurück blieb ein ambivalenter Eindruck: Galenos gab klar zu verstehen, dass Rom mit ihm zu rechnen habe. Ich zweifelte nicht an seinen beruflichen Fähigkeiten. Er schien intelligent, wach, denkfähig und verfügte über die gründlichste und längste Ausbildung, die man sich wünschen konnte. Elf Jahre Studium. Wer konnte sich derartigen Luxus schon leisten! Und doch verließen wir beide die Arztpraxis mit der unangenehmen Empfindung, dass Galenos beim Verfolgen seiner ehrgeizigen Ziele jedes Mittel recht wäre. Einen Vorgeschmack davon gab er uns, als er die Zwistigkeiten schilderte, in die er in Pergamon geraten war, nicht unschuldigerweise, wie mir schien. Intelligenz gepaart mit Ehrgeiz und Arroganz – eine gefährliche Konstellation. Wenn ich ihn mir in Rom vorstellte, in der Arena der Ärzte, fuhr es mir kalt über den Rücken.

»*Cave Galenum*«, lautete Audus Schlussfolgerung, als wir uns ein paar Stunden später über die Begegnung unterhielten. »Dieser Mann wird Unfrieden nach Rom bringen, zumindest unter die Ärzte.«

Ich seufzte.

»Als ob es nicht schon genügend Intrigen und Rivalitäten unter den Ärzten Roms gäbe!«

Ob es an der Hektik lag, mit der wir sämtliche Sehenswürdigkeiten des Burghügels absolvierten, an der zwiespältigen Begegnung mit dem zukünftigen Kollegen Galenos oder am unangenehmen Beigeschmack, den der mondäne Kurbetrieb im Asklepieion hinterließ, ich weiß es nicht. Für Pergamon konnte ich mich jedenfalls nicht erwärmen. Der Tempelmedizin stehe ich an sich kritisch gegenüber. Was dort aber inszeniert wird, hat in meinen Augen nichts mehr mit Medizin zu tun. Noch gibt es sie, die einfachen Pilger, die in althergebrachter Weise nach medizinischem und priesterlichem Rat suchen und auf ein göttliches Wunder ihres Heilands Asklepios hoffen. Das Heiligtum steht allen offen, besitzt Asylrecht, was in gewissen Zeiten nicht nur von politisch Verfolgten in Anspruch genommen wurde, sondern auch von Steuerflüchtigen. Der traditionelle Kult zentriert sich noch immer um das alte Asklepios-Heiligtum, die Tempel, die Altäre, die Brunnen in der Mitte des Festplatzes. Doch seit sich die Kaiser Traian und Hadrian des niedergehenden Asklepieions angenommen haben, zieht es immer mehr Wohlhabende und Gebildete an die aufgewertete Heilstätte, die sich zu einem eigentlichen Kurort entwickelt mit allen Annehmlichkeiten, die es für die luxusverwöhnte Elite braucht. Ein prächtiges Theater mit dreitausendfünfhundert Sitzen, eine gut bestückte Bibliothek für bildungshungrige Besucher, luxuriöse Bäder, elegant ausgeschmückte marmorne Latrinen. Die neue Ostfront mit dem großzügigen Torbau und dem spektakulären Rundtempel gibt dem kultischen Zentrum ein repräsentatives Gepräge. Die Heilstätte profitiert von neuen Besuchern, die in Scharen herbeiströmen. Sie konzentrieren sich auf das neue Heiligtum, das dem *Zeus Asklepios Soter* geweiht ist. Offenbar entspricht es zurzeit einer Vorliebe der Elite, sich mehr einer universellen Vorstellung der Gottheit zuzuwenden.

Das Asklepieion war unübersehbar zu einem gesellschaftlichen Mittelpunkt avanciert. Schriftsteller, Philosophen und

Redner wie Aelius Aristides verkehrten hier und konkurrierten um Ruhm und Ansehen. Eine neue Arena war entstanden, eine Arena, in der die Prominenz der geistigen Elite einen ehrgeizigen Wettkampf austrug.

Es war mir mehr als recht, Pergamon den Rücken zu kehren, und ich atmete freier, sobald wir in Ephesos angekommen waren. Von der oberen Agora genießt man eine herrliche Sicht auf die Stadt, auf ihre Prunkbauten und die belebten Verkehrsadern. Ich richtete meinen Blick auf die breite, mit Säulenhallen gesäumte Straße, die als einzige diagonal verlaufend das regelmäßige Rechteckmuster der Stadt durchbricht.

»Lass uns auf dem *Embolos* Richtung Theater gehen«, schlug ich vor.

»Wir sollten den Embolos meiden. Hinter den erhabenen, marmornen Säulenhallen verbergen sich tückisch elegante Geschäfte, die dich mit Sicherheit auch noch den letzten Teil des medizinischen Wettkampfs verpassen lassen. Wenn wir uns beeilen, schaffen wir es knapp für die Disziplin der Chirurgie.«

»Was kümmert mich der *Agon*. Um ehrgeizige Mediziner zu beobachten, die arme quiekende Schweine sezieren, nur um die Menge zum Staunen zu bringen, brauche ich nicht nach Ephesos zu reisen. Das findet sich in Rom mehr als genug!«

»Aber es handelt sich immerhin um die großen *Asklepieia*. Es sind ja nicht irgendwelche Gladiatorenkämpfe zur Belustigung des Volkes.«

»Ja, ja, ich weiß, heilige Spiele, veranstaltet vom Ärztekollegium des *Museions,* unter der Ägide des Asklepios Priesters und des Vorsitzenden der Ärztevereinigung. Die Asklepieia sind den Ärzten nur darum so heilig, weil man sich damit einen Namen machen kann. Mit ähnlichen Darbietungen hat sich Galenos seinen einträglichen Posten bei den Gladiatoren erkämpft.«

»Dass er zudem einer vermögenden, bedeutenden Familie Pergamons entstammt, dürfte aber auch nicht geschadet haben,« bemerkte Audu, womit er vermutlich richtig lag.

»Ich hatte gar nie vor, mir die medizinischen Wettkämpfe anzusehen. In Rom habe ich oft genug an solchen Veranstaltungen teilgenommen und Hässliches erlebt. Nur schon der Gedanke daran lässt mich schaudern. Dann die beklemmenden Eindrücke vom Asklepieion, die Begegnung mit dem ehrgeizigen Galenos – mir reicht es! Mein einziges Anliegen besteht zurzeit darin, Kleitos zu finden. Und ihn spüren wir mit Sicherheit im Theater auf, wenn die Sieger bekanntgegeben werden.«

Audu zuckte die Schultern.

»Mir soll es recht sein. Ich bin ohnehin kein Held, wenn es um Operationen geht. Zu viel Blut, Geschrei, Gestank – womöglich hätte ich beim Zuschauen das Bewusstsein verloren. Peinlich!«

Der Embolos war tatsächlich eine einzige Versuchung, der wir uns beide ohne allzu viel Widerstand ergaben. Audu verlor sich im Makrokosmos architektonischer Kreationen, während ich dem Mikrokosmos der ausgestellten Waren in den Ladenlokalen verfiel. Wir verabredeten uns beim Grabmonument der *Arsinoë*, das wegen seines ägyptischen Stils nicht zu verfehlen sei, wie Audu mir versicherte. Als wir uns zwei Stunden später dort trafen, war Audu um einige Wachstafeln reicher. Er hatte sie gekauft, um darauf Skizzen von Eindrücken und Ideen für eigene Entwürfe festzuhalten, die ihm bei der Betrachtung der sich gegenseitig überbietenden Meisterwerke gekommen waren.

Erstaunt musterte er mich von oben bis unten.

»Hast du Träger vorausgeschickt, oder sind deine Einkäufe so klein, dass du sie unter deinem Gewand verbergen kannst?«

»Du denkst wohl an *Margariten* oder Ähnliches.«

Audu nickte vielsagend.

»Nichts habe ich gekauft«, sagte ich und freute mich über Audus verblüfftes Gesicht, »zumindest noch nicht. Ich habe lediglich einen Satz Sonden in Auftrag gegeben, allerdings welche mit schön verzierten Griffen.«

Audu nickte wiederum, diesmal mit einem breiten Grinsen.

Bevor er einen Kommentar dazu machen konnte, erklomm ich die Stufen zum achteckigen tempelartigen Monument.

»Ist es nicht faszinierend, vor dem Grabmal Arsinoës zu stehen?«

»Mit Kleopatra als Schwester war ihr allerdings wenig Glück

vergönnt. Sie war nicht einmal halb so alt wie du, als sie im Artemision von Ephesos unter grober Missachtung des Asylrechts getötet wurde, ermordet von den Männern des *Marcus Antonius*, auf Geheiß der eigenen Schwester.«

»Da siehst du, wie weit Machthungrige gehen, wenn sie einmal die Stufen der Macht erklommen haben. Diese Tat wiederspiegelt Kleopatras Skrupellosigkeit, abgesehen davon, dass sie die Balsamhaine unserer nabatäischen Vorfahren konfiszieren ließ.«

»Deine Sympathien liegen offensichtlich klar bei Arsinoë.«

»Ob sie ebenso berückend war wie ihre perfide Schwester?«

»Unvergleichlich schöner«, sagte Audu, indem er meinen Blick fesselte, mich an sich zog und küsste, als wäre es das Selbstverständlichste der Welt. Obwohl es mich nachträglich recht verwirrte, erwiderte ich den Kuss.

»Ich kann mir keine Frau vorstellen, auch nicht in meinen kühnsten Träumen, die mich mehr anzöge als du.«

»Nicht einmal die Ptolemäerinnen?«, hörte ich mich unsinnigerweise fragen. Ebenso gut hätte ich ein Verb konjugieren können, denn die Worte dienten einzig dem Zweck, die Verlegenheit zu überbrücken, die wie rauchiger Qualm in mir hochstieg und jede Flamme zu ersticken suchte.

Statt einer verbalen Antwort, drückte Audu mich erneut an sich, und diesmal konnte ich seine Erklärung nicht ignorieren.

# 29 Wettkampf der Ärzte

Mit zitternden Knien saß ich inmitten anderer Zuschauer auf meinem marmornen Sitz und versuchte, mich auf die Preisvergabe zu konzentrieren. Der Weg zum Theater war mir unendlich lang erschienen; von den Gebäuden habe ich nur unklare Bilder in Erinnerung, mit Ausnahme des Bordells, an dem wir vorbeikamen. Das Werbesignet, ein erigierter Riesenpenis mit Hoden, sprang mir ins Auge und ließ mich erröten, eine Reaktion, die ich unter normalen Umständen nicht kenne. Meine ganze Seelenlandschaft schien wie durch ein Erdbeben erschüttert. Während der *Agonothet* die Sieger der vier Disziplinen bekanntgab, suchte ich verzweifelt die Sitzreihen nach Kleitos ab. Endlich, als der Sieger in Chirurgie, ein offensichtlich berühmter *Archiater* von Ephesos, seinen Kranz entgegennahm, entdeckte ich Kleitos, nur wenige Reihen von uns entfernt. Die chirurgische Darbietung des Archiaters schien ihn überzeugt zu haben, denn Kleitos hatte sich von seinem Sitz erhoben und klatschte heftig Beifall.

Audu, der vermutlich sah, wie aufgewühlt ich war – vielleicht war er es ebenso –, schlug vor, dass ich allein mit Kleitos sprechen solle.

Erlöst atmete ich auf. Das Thema, das ich mit Kleitos zu bereden hatte, war delikat genug, Audu als Zeuge des Gesprächs undenkbar.

Kleitos kam aus dem Staunen nicht heraus, als ich ihn begrüßte.

»Was um alles in der Welt machst du in Ephesos? Bist du der Asklepieia wegen hier?«

»Dafür würde ich Rom nicht verlassen.«

»Lukianos?«

Verneinend schüttelte ich den Kopf. »Ich bin deinetwegen hier, Kleitos, nur deinetwegen.«

Kleitos maß mich mit skeptischem Blick. Er schwieg beharrlich und machte es mir nicht leicht.

»Seit du uns verlassen hast, ist das Haus am Clivus Scauri irgendwie …«, ich suchte nach Worten. »Ich weiß nicht, wie ich es ausdrücken soll, aber es hat mit der Seele des Hauses zu tun.«

»Ihr habt ja jetzt Lukianos, der das Haus belebt.«

Nun war ich es, die schwieg; das Gespräch fiel mir schwer.

»Lukianos hat sich in Athen angesiedelt.«

»Aha«, sagte Kleitos und schaute mich spöttisch an.

Wut braute sich in mir zusammen, wie ein Unwetter. Die Unmutswolken lösten sich gerade noch vor Ausbruch des Gewitters auf, als ich sah, dass Kleitos' Hände zitterten.

»Kleitos, es tut mir leid. Myrrhine machte mich darauf aufmerksam, dass ich dir zu wenig gezeigt habe, wie sehr ich dich schätze. Nicht nur deine Arbeit, auch …«

»Myrrhine!«, rief Kleitos erregt. Und diesmal brach die Wut tatsächlich aus, aber Kleitos war der Vulkan. »Wie kann sie es wagen!«

»Aber …«

»Myrrhine ist der Grund, warum ich Rom verlassen habe, verlassen musste. Ich hielt es nicht mehr aus, in ihrer Nähe zu arbeiten, zu leben, das Essen mit ihr zu teilen, die Hausgemeinschaft.«

»Aber …«, sagte ich ein zweites Mal, begriffsstutzig.

»Wie oft habe ich ihr gezeigt, dass ich sie schätze, liebe, begehre. Sie aber lobte nur immer meine beruflichen Fähigkeiten, unsere gute Zusammenarbeit, meine Zuverlässigkeit. Ihre freundliche Neutralität war schlimmer als wenn sie mich abgewiesen hätte. Die Unerträglichkeit der Situation steigerte sich dann …«

»… mit der Ankunft Lukianos'.«

»Ja, denn seit er im Haus war, beachtete sie mich noch weniger. Aber wirklich schlimm wurde es durch die Geburt von Castor. Die Sehnsucht nach einem eigenen Kind, die Vorstellung, dass ich zusammen mit Myrrhine …«, er brach ab und bedeckte seine Augen mit der Hand, »… wenn ich sie sah mit dem Kind auf den Armen, mit ihrem strahlenden Lächeln, nicht im Geringsten ahnend, was in mir vorging. Weggehen war die einzige Option, die mir noch offenstand.«

»Nein, Kleitos, es gibt noch eine andere Möglichkeit. Du musst dich erklären.«

»Aber ich habe doch tausendmal …«

»Andeutungen gemacht, vielleicht, aber nie klar mit ihr gesprochen. Glaub mir, Myrrhine hat keine Ahnung davon, was sich in dir abspielt. Sie sah zwar, dass dich etwas quälte, aber sie glaubte, es seien …«

Kleitos sah mich fragend an.

»Sie glaubte«, sagte ich tief Luft holend, »es seien gekränkte Liebesgefühle mir gegenüber.«

Kleitos lachte. Er war von dieser Erklärung so überrascht, dass er tatsächlich lachte. Seine Reaktion hätte Grund zur Kränkung meinerseits sein können, aber ich war so erleichtert, dass ich mit ihm lachte.

»Ich fahre mit dir nach Rom«, sagte er ernst und entschlossen, »ich muss mir Gewissheit verschaffen.«

»Warte nicht auf mich, es könnte länger dauern, bis ich zurückreise. Ich bin mit Audu hier, meinem …«

Ich unterbrach den Satz, weil ich nicht wusste, wie ich ihn beenden musste.

»Und außerdem mache ich Halt in Athen. Lukianos hat sich dort niedergelassen, und ich habe auch ein paar Dinge zu klären.«

Kleitos lächelte und ersparte mir die Pein weiterer Fragen, auf die ich selbst noch keine Antworten wusste.

»Dann werde ich so schnell wie möglich abreisen. Sagt sie ›ja‹, bin ich wieder mit dabei am Clivus Scauri. Andernfalls muss ich ernsthaft überlegen, wo ich mich ansiedeln will. Solange dieser arrogante Galenos in Pergamon Hof hält, werde ich auf jeden Fall meine Heimatstadt nicht als möglichen Ort in Betracht ziehen.«

»Mach deine Entscheidungen nicht von ihm abhängig, du bist ein ausgezeichneter Arzt und musst auch einen Galenos nicht fürchten.«

»Willst du mir nun doch Pergamon schmackhaft machen?«, fragte er und runzelte die Stirn. Ich konnte förmlich in seinen Gedanken lesen, dass er mir unterstellte, ich würde die Sache mit Myrrhine negativ einschätzen.

»Nein«, grinste ich, »*Hannibal ad portas!*«

Kleitos schaute mich verständnislos an.

»Galenos trifft Vorbereitungen für eine Eroberung Roms.«

»Auf nach Rom!«, entgegnete Kleitos unternehmungslustig und gelöst, wie ich ihn schon lange nicht mehr erlebt hatte. Ich konnte gut nachvollziehen, dass er Myrrhine gefiel. Nur ganz kurz befiel mich die Angst, ob ich die Lage auch richtig eingeschätzt hatte. Aber warum sonst hätte Myrrhine mich so gedrängt, Kleitos zurückzuholen. Raffiniertes Ding, mir Schuldgefühle einzureden, bis ich mich willig auf den Weg machte, ihr Kleitos nach Hause zu bringen.

Nun gut, der ursprüngliche und dringlichste Anlass meiner Reise war ja eigentlich Capito.

Und Lukianos, den ich in Athen besuchen wollte. Inzwischen war es so, dass ich ihn besuchen musste.

Und Audu, mit dem ich die Reise hatte machen wollen.

Audu?

Audu.

Genau eine Nacht hatten wir, eine unvergessliche, aber eben nur eine einzige.

Mein Gedächtnis versagte, wann immer ich Zugang zu jener Nacht suchte, oszillierte in horrendem Tempo zwischen sekundenschnellen hocherotischen Bildern, in die ekstatische Körpererinnerungen eingebrannt waren, und erbarmungsloser, dunkler Tobsucht, die sich mit Wucht auf die kostbaren Erinnerungsfetzen stürzte wie eine gewaltige Meereswelle, die sich in Sturmeswut auf ein ungeschützt dahintreibendes Segelboot wirft. Zurück blieben Schmerz und Verbitterung.

Auf hoher See zwischen Athen und Rom stellte ich mir zum hunderttausendsten Mal die Frage, warum es so gekommen war, so kommen musste. Eigentlich wusste ich es, und dann doch wieder nicht.

Den Tag nach der denkwürdigen Nacht hatten wir im Hain der *Artemis* verbracht. Wir waren dem Zauber des Ortes erlegen, hatten aus schierem Glücksgefühl zwei weiße Tauben gekauft, die wir, statt sie der Göttin zu opfern, in die Luft entfliegen ließen. Ein Opfer würde bei dieser Gelegenheit gewiss eher *Aphrodite* zukommen, hatten wir übermütig gescherzt, oder aber *al-'Uzza*, der Göttin unserer nabatäischen Ahnen.

Ich höre schon den Aufschrei der Vielen, die jetzt sagen werden, die Göttin Artemis habe sich an uns gerächt wegen des ihr vorenthaltenen Taubenopfers. Ja, ich weiß sehr wohl, dass ich das Unheil selbst heraufbeschworen habe, doch nicht auf diese Weise.

Am Abend, als wir beim Essen saßen, fragte Audu nach meinen Zukunftsplänen. Eine plötzliche Panik ergriff mich angesichts der Entscheidungen, die zu treffen waren. Bilder, wie ich mit Lukianos am Clivus Scauri eingezogen war, schossen durch meinen Kopf. Die Veränderungen im Ärztehaus, die Folgen in unserer Hausgemeinschaft. Kleitos, Myrrhine. Die Mädchen. Sinope, Castor und der Kleine.

»Als Erstes muss ich nach Athen«, sagte ich unvermittelt.

»Zu Lukianos?«

Ich nickte.

Audu sah mich schweigend an und wartete. Doch ich blieb stumm.

»Somit dürften sich weitere Diskussionen erübrigen«, sagte er entschieden, »ich werde so bald wie möglich nach Alexandria fahren.«

Zu spät und ohne viel Überzeugungskraft versuchte ich zu erklären, wie ich mit Lukianos auseinandergegangen war, dass es wichtig und notwendig war, die Sache zu klären. Vergeblich. Sämtliche Erläuterungen waren fruchtlos, um nicht zu sagen verheerend. Audu ertrug meine Unentschlossenheit nicht. Verständlicherweise. Wie hätte ich es denn aufgefasst, wenn er erst ein klärendes Gespräch mit Elissa gesucht hätte?

Überstürzt packte er seine Sachen und verließ das Gasthaus noch am selben Abend. Er hatte nur noch ein Ziel vor Augen: Alexandria.

Am liebsten hätte auch ich Ephesos fluchtartig verlassen, zumindest war das mein erster Impuls. Doch dann wartete ich ganze fünf Tage, bis ich mich zur Abreise entschließen konnte. Eine unsinnige Hoffnung hielt mich zurück. Wie festgenagelt blieb ich in der Herberge sitzen und wagte es kaum, mich vom Fleck zu rühren.

Aber Audu kam nicht.

So hatte ich mich denn losgerissen und endlich eine Schiffspassage gebucht, um nach Athen zu gelangen. In meinem Gepäck trug ich die fein ziselierten Sonden, die mir in der Zwischenzeit geliefert worden waren. Ich hätte sie am liebsten ins Meer geworfen.

Als Lukianos mich am Piraeus in die Arme schloss, war schon alles geklärt. Die Begrüßung war herzlich, die Freude auf beiden Seiten aufrichtig. Wir hatten uns viel zu erzählen, über Capito, Galenos, Ephesos, über Lukianos' Projekte und das

Leben in Athen.

Lukianos gab mir zuerst seine *Hetärengespräche* zu lesen, dann die *Göttergespräche* und einige Skizzen für Dialoge, die im Hades zwischen berühmten Verstorbenen stattfinden sollten.

Waren die Hetärengespräche noch in leichtem, heiterem Tonfall gehalten, so ließ sich in den *Totengesprächen* etwas Neues und dennoch Vertrautes erkennen.

»Anklänge an *Menippos*«, bemerkte ich, »wenn auch die Form im philosophischen Dialog wurzelt. Schwere Kost in leichter Verpackung. Bissige Gedanken in heiterer Atmosphäre.«

Lukianos freute sich über meine positive Kritik.

»Im Gewand der Komödie kann ich weit mehr Leser erreichen als in der strengen Anordnung des philosophischen Dialogs. Die schärfste Kritik geht hinunter wie *Mulsum*, sogar heikle Themen wie Aberglauben und Philosophenzauber sind auf diese Weise problemlos unter die Leute zu bringen.«

»Und was ist mit Alexandros von Abonuteichos?«

»Dieses Thema werde ich anders angehen. Ich will einen Bericht darüber verfassen, aber erst, nachdem ich den Orakelbetrieb an Ort und Stelle mit eigenen Augen gesehen habe. Für dieses Projekt brauche ich detailliertes Material.«

Ich erzählte ihm von den Geschehnissen in Rom, von religiösem Überschwang, der überall zu erkennen war, von Aelius Aristides und der Wunderfabrik in Pergamon. Wir diskutierten bis in die Nacht und hielten erst inne, als ich mitten im eigenen Satz einschlief.

Am nächsten Morgen, oder vielmehr am Nachmittag, kam ich in den Genuss einer ersten Stadtführung, wobei mehr die gemütlichen Seiten Athens in den Mittelpunkt rückten. Es folgten die berühmten Bauwerke, die Akropolis, die philosophischen Schulen, Theateraufführungen und Musik. Und natürlich erfuhr ich vom aktuellen Klatsch, der Athen in jenen Tagen erschütterte: Annia Regilla, die hochschwangere Gattin des Herodes Atticus, war auf dubiose Art zu Tode gekommen. Angeblich durch Schläge des Freigelassenen Alcimedon, der die Herrin auf ausdrücklichen Befehl von Atticus bestraft habe. So zumindest lautete die Version von Regillas Bruder Bradua, der nun Atticus in Rom vor Gericht bringen wollte. Andere sagten, Regilla sei zwar geschlagen worden, sei aber unabhängig von diesem Vorfall bei der Geburt des Kindes gestorben. Das Thema war ein Dauerbrenner, in allen Kneipen wurde eifrig darüber diskutiert. Der Prozess sollte demnächst stattfinden, und ich fragte mich, worüber sich die Athener danach unterhalten würden.

Nach einigen Tagen war ich endlich soweit, Lukianos zu erzählen, was mir mit Audu widerfahren war. Es fiel mir leicht zu sprechen, denn ohne viele Worte war die Bedeutung, die wir füreinander hatten, geklärt. Lukianos, das wusste ich, würde mein bester Freund bleiben, wie er es seit Kindertagen stets gewesen ist. Und so war es auch für ihn. Die kurze Zwischenphase – eine kostbare Erinnerung für uns beide.

Er riet mir, Audu Zeit zu lassen und dann noch einmal einen Schritt auf ihn zuzugehen.

Verzagt hatte ich ihm zugestimmt. Nun aber auf dem Schiff, mir selbst ganz und gar ausgeliefert, schien mir das Unterfangen hoffnungslos.

Warum hatte ich auf Audus Frage nur so uneinfühlsam reagiert. Es war nun schon das zweite Mal, dass ich ihn kränkte, und wie er auf Kränkung reagierte, wusste ich nur zu gut.

Ziemlich geknickt kam ich in Rom an.

Nie im Leben hätte ich mir vorstellen können, dass zu Hause weit Schlimmeres auf mich wartete.

# 31 Hühnerhof

Als ich das Iatreion am Clivus Scauri betrat, wusste ich sofort, dass etwas nicht stimmte. Der Pförtner abwesend, das Haus ungewöhnlich still, von normalem Alltag keine Spur.

In Sekundenschnelle jagten sich in meinem Kopf diverse Schreckensbilder. Ein Todesfall? Unmöglich. Unter diesen Umständen wäre das Haus mit Trauergästen gefüllt. Eine Katastrophe zwischen Kleitos und Myrrhine? Unwahrscheinlich. Kleitos musste schon vor einiger Zeit in Rom angekommen sein, sodass die Lage zwischen den beiden längst geklärt war, in welche Richtung auch immer. Ein Krankheitsfall? Möglich. Doch warum hätte man deswegen die Patienten weggeschickt? Im Iatreion herrschte keinerlei Betrieb, das hatte ich schnell erfasst.

Zunehmend alarmiert stürmte ich zum Wohntrakt, dann, als mir niemand begegnete, in den Peristylgarten. Vom grellen Licht geblendet konnte ich für ein paar Sekunden nichts mehr erkennen und wäre beinahe über Dana gestolpert, die im Schatten einer Säule zusammengekauert am Boden saß. Sie zitterte am ganzen Körper und sah erbärmlich aus. Tränen liefen über ihre Wangen, das Haar hing in Strähnen.

Ich sprach sie an, doch schluchzte sie nur noch heftiger. Sie befand sich offensichtlich in einem Schockzustand. So setzte ich mich zu ihr, nahm sie in den Arm und wartete, bis sie in der Lage war, mir Auskunft zu geben.

»Wo sind all die anderen?«, fragte ich in einem erneuten Anlauf.

»Auf der Suche«, kam es stockend.

»Was suchen sie?«

Sie schrie auf und schlug mit der Faust gegen ihren Kopf.

»Es ist meine Schuld, ich habe nicht aufgepasst.«

»Maximus?«

Sie nickte und bedeckte ihre Augen mit beiden Händen.

»Ich war mit ihm im Hof hinter den Diensträumen«,

wimmerte sie. »Er wollte die Hühner füttern, saß mitten unter dem Federvieh, als Kynthia mir zurief ...«, erneutes Schluchzen unterbrach den ohnehin stockenden Redefluss und strapazierte meine Geduld, »... beim Pförtner habe sich ein junger Mann gemeldet, der nach mir frage«, sie schniefte und wischte sich mit der Hand die Nase, »ein junger, gut aussehender Mann.«

Ich tätschelte ihr den Rücken, um sie zum Fortfahren zu bewegen.

»Da ich niemanden erwartete, lief ich schnell zum Tor, um nachzusehen, wer es war. Der Pförtner stand kopfschüttelnd beim Eingang und sagte, der Mann sei offenbar in der Zwischenzeit wieder weggegangen.«

Sie schwieg eine Weile und starrte ins Leere.

»Als ich zurückkam, war Maximus verschwunden. Wir haben alles durchgekämmt, stundenlang, ohne Erfolg«, schloss sie beinahe tonlos.

»Suchen die anderen in der Nachbarschaft?«

Dana nickte. »Er kann ja jetzt ein paar Schritte gehen, aber weit kommt er nicht. Vielleicht ist er auf Nachbarskinder getroffen, die ihn mit nach Hause genommen haben.«

Ihren Augen war anzusehen, dass sie weit Schlimmeres befürchtete.

»Ich war keine fünf Minuten weg, ich schwöre es bei der keltischen Erdmutter und allen römischen Göttern.«

»Ich glaube dir«, sagte ich energisch, »dich trifft keine Schuld. Es scheint, dass alles geplant war, Dana. Man hat dir eine Falle gestellt. Der Mann an der Tür war nur ein Vorwand, dich für eine Minute abzulenken. In der Zwischenzeit hat jemand den Kleinen entführt. Zu den Diensthöfen findet man leicht Zugang.«

Dana starrte mich entgeistert an.

»Entführt? Aber warum denn?«

»Ich habe keine Ahnung, doch werde ich es herausfinden, da kannst du sicher sein.«

»Wirst du es melden?«

»Wozu? Wenn wir Maximus nicht finden, werden es andere noch viel weniger. Außerdem wird kein Mensch einen Finger rühren für ein Sklavenkind.«

Ich stand auf und reichte Dana die Hand.

»Komm, lass uns in die Küche gehen, ich mach dir einen Beruhigungstrank.«

Sie schien erschöpft, wehrte sich nur halbherzig.

»Sollte ich nicht auch hinausgehen und die Gegend absuchen?«

»Jemand muss das Haus hüten, falls Nachbarn uns aufsuchen, denen etwas aufgefallen ist. Im Moment können wir nichts tun als abwarten.«

Willig ließ sich Dana in die Küche führen, wo ich ihr einen Wein mischte mit etwas Opium. Was sie brauchte war Schlaf, einen tiefen bleiernen Schlaf, der ihre Grübeleien versinken ließ.

Tröpfchenweise trafen die Hausbewohner ein, zunächst die Träger, der Gärtner, die beiden Schreiber, dann Lavinia zusammen mit Melissa, der Wäscherin. Der Misserfolg der Suche war ihnen ins Gesicht geschrieben. Stunden später kamen Kynthia und Myrrhine nach Hause, abgekämpft und niedergeschlagen. Sinope erschien erst mit einbrechender Dunkelheit und auch das nur, weil Kleitos sie sozusagen mit Gewalt nach Hause schleppte. Sie war von Staub bedeckt. Ihr Gesicht grau, aber nicht vom Staub. Wortlos weigerte sie sich, ein Beruhigungsmittel zu nehmen, selbst das Wasser musste ich ihr aufnötigen. Castor blieb die ganze Nacht draußen, er wollte die Suche nicht aufgeben.

Den Eintopf, den ich in der Wartezeit gekocht hatte, aßen wir alle gemeinsam in der Küche, die einen mit Heißhunger, die andern lustlos im Essen stochernd. Gesprochen wurde wenig, auch aus Rücksicht auf Sinope, die teilnahmslos in einer Ecke am Boden kauerte.

Nach der Mahlzeit hob ich die Runde auf. Es war nun mal keine Situation für geselliges Beisammensein, so sehr ich mich auch gesehnt hatte, nach Hause zu kommen. Zudem war ich froh, dass es niemandem einfiel, mich nach Lukianos zu fragen oder gar nach Audu.

Myrrhine kümmerte sich um Sinope und brachte sie zu Bett. An der Art, wie sie sich mit Kleitos verständigte, war ersichtlich, dass die beiden zusammengefunden hatten. Wenigstens ein Lichtblick.

Im erstarkenden Licht der *ersten Stunde* bereitete ich mir in der Küche ein einfaches Frühstück. Noch waren im Haus keine Geräusche zu hören. Da ich am Vortag kaum etwas gegessen hatte, war ich hungriger als gewöhnlich. Geschlafen hatte ich wenig, erstaunlicherweise aber gut. Während der Wachperioden hatte ich viel nachgedacht; allmählich zeichneten sich im Gewirr meiner Gedanken mögliche Strategien des Vorgehens ab. Gerade als ich nach einer Feige langte, hörte ich Schritte hinter meinem Rücken. Ich schrak zusammen, griff nach dem Küchenmesser, das vor mir lag, drehte mich brüsk um.

»Ich bin es nur.«

Es war Kleitos.

»Betreten der Küche auf eigenes Risiko«, sagte ich bissig und legte das Messer weg.

Kleitos ließ sich nicht beeindrucken und setzte sich neben mich.

»Soeben habe ich einen Rundgang durch Haus und Garten gemacht. Auf dem Diensthof bei den Hühnern liegt Castor, genau an der Stelle, wo der Kleine gestern verschwunden ist.«

»Er wird Sinope nicht unter die Augen treten wollen, solange er Maximus nicht gefunden hat.«

»Ja, er hat geschworen, seinen Fuß erst dann wieder ins Haus zu setzen, wenn er ihr den Kleinen mitbringen kann.«

»Wer mag nur ein Interesse daran haben, Maximus zu entführen? Ein Sklavenkind. Das ist doch absurd.«

Kleitos schwieg. Als ich ihn direkt nach seiner Meinung fragte, bestätigte er, was auch für mich feststand.

»Ich kann mir nicht vorstellen, dass es um Sinope oder Castor geht. Derjenige, der das Kind entführt hat, will damit dich treffen.«

»Und es ist wahrscheinlich derselbe, der mich mit der Fluchtafel bedroht hat.«

Kleitos nickte. »Wir müssen den Täter in deinen Kreisen

suchen, namentlich unter den Ärzten, denen dein Erfolg ein Dorn im Auge ist.«

»Und unter den Hebammen. Es gibt welche, die es ungern sehen, wenn ich von einer Schwangeren gerufen werde, obwohl sie seit dem Erlass Hadrians den Ärzten gleichgestellt sind.«

»Futterneid«, nickte Kleitos. »Dennoch schließe ich aus der Vorgehensweise eher auf einen männlichen Täter.«

»Aha! Man sieht, dass du verliebt bist. Ich kenne durchaus auch weibliche Exemplare, die für jede Intrige und jedes Verbrechen zu haben wären.«

»Mag sein«, grinste Kleitos. »Trotzdem passen die Vorfälle wenig zu einer einfachen Hebamme. Es ist ziemlich dreist, in den inneren Garten eines Privathauses einzudringen, um eine Fluchtafel zu vergraben. Selbst wenn sich der Drahtzieher kaum die eigenen Hände schmutzig machen wird, ist es für ihn noch immer riskant, einen bezahlten Handlanger auszuschicken. Wird er bei der Tat erwischt, hinterlässt er eine gefährliche Spur, denn ein Handlanger wird immer versuchen, seine eigene Haut zu retten. Der Täter muss ein drängendes Motiv haben, dich unschädlich zu machen.«

»Ja, aber worin liegt der Schaden, den ich ihm zufügen könnte? Ich habe lange darüber gerätselt, ob im Zeitpunkt der Geschehnisse Anhaltspunkte verborgen sind. Die Bleitafel fand Sinope kurz nach meinem Einsatz im Palast bei der Geburt der kleinen *Fadilla*. Meine Präsenz im Kaiserhaus brachte Aufruhr unter alle Ärzte, die in Diensten des Hofes stehen.«

»Und noch mehr ärgert es jene, die mit Ungeduld auf ein solches Amt aspirieren. Wir haben es somit mit einem ziemlich umfangreichen Kreis von Verdächtigen zu tun.«

»Es gibt noch einen, der seinen Einzug in Rom plant, und auch er ist ein Kandidat für die Position eines Archiaters.«

»Galenos«, sagte Kleitos, dem dieser Gedanke offenbar nicht abwegig erschien. »Und er hat einflussreiche pergamenische Freunde, die in Rom gut etabliert sind und ihm den Weg ebnen sollen.«

»Es muss allerdings jemand beteiligt sein, der meine Verhältnisse gut kennt, der minutiös darüber informiert ist, wie sehr mir Sinope und der kleine Maximus am Herzen liegen. Und er wusste am Tag der Entführung, dass ich soeben in Rom eingetroffen war.«

»Was ist mit Capito?«

»Capito hätte mehrfach Grund, auf mich sauer zu sein. Zum einen habe ich ihn versetzt, der Lächerlichkeit preisgegeben, zum anderen wird er sich ausgenutzt fühlen, was ich ihm nicht verdenken kann. Er hat mir immerhin Castor geschenkt. Aufgrund von Vorspiegelung falscher Tatsachen. Ich kann verstehen, dass er mir das übelnimmt.«

»Dann wäre es allerdings auch möglich, dass die beiden Vorfälle nichts miteinander zu tun haben, und du nicht nur mit einem, sondern gleich mit zwei Feinden konfrontiert bist.«

»Was die Sache nicht einfacher macht«, seufzte ich. »Capitos wegen habe ich ein schlechtes Gewissen. Ich sollte wenigstens versuchen, ihm das Geld anzubieten, das ihm für Castor zusteht. Das Schlimme ist, dass ich ihm unter keinen Umständen unter die Augen treten möchte.«

»Das ist auch klüger so, wir wissen nicht, wie weit er in seinem Zorn gehen würde. Aber wie wäre es, wenn wir Castor damit beauftragten? Er kennt ihn gut, und sein Verhältnis zu Capito ist ungetrübt, besonders seit er im Sommer einige Male im Circus für die Roten ausgeholfen hat.«

»Guter Vorschlag. Es würde Castor beschäftigen und ihn aus seinem Grübeln herausreißen.«

»Und wir kümmern uns um die Ärzte«, schlug Kleitos mit maliziösem Lächeln vor.

»Aber wie? Es werden sich alle bedeckt halten.«

»Ich werde heute im Friedenstempel an der öffentlichen Debatte teilnehmen. Dort könnte ich gezielt einige schnöde Bemerkungen über dich fallen lassen. Man wird vermuten, dass es Rivalitäten zwischen uns gibt, und damit stehen die Aussichten schon viel besser, etwas Relevantes zu erfahren.«

»Du bist ja ein richtiger Intrigant«, staunte ich, »schlimmer als jede Frau. Das hätte ich dir gar nicht zugetraut.«

Kleitos lachte und verkniff sich im letzten Moment eine Bemerkung, die ihm auf den Lippen lag. Vermutlich eine

Entgegnung auf meinen Spott von vorhin. Stattdessen schlug er vor, bei Castor vorbeizuschauen und ihn über unsere Pläne zu informieren.

Als wir durch den Hinterausgang der Küche traten, der in die Diensthöfe führt, trauten wir unseren Augen nicht. Castor lag noch immer in derselben Ecke, in der Kleitos ihn vor einer Stunde vorgefunden hatte. Er schlief noch immer. Um ihn herum stolzierten unsere drei Hühner und pickten nach den Körnern, die für sie ausgestreut waren. Am Boden, dicht neben seinem Papa, saß Maximus und versuchte mit großem Zartgefühl eine Schnecke auf Castors Arm zu platzieren. Als das schmucke Tierchen endlich Castors Arm entlang spazierte, tippte der Kleine sachte auf dessen Nase und rief:

»Papa, Papa! Schneck.«

In einer abrupten Bewegung richtete Castor sich auf und starrte auf das Kind. Dann aber packte er Maximus in seine Arme, drückte ihn gegen sich und murmelte mit heiserer Stimme unverständliche Worte.

Kleitos rieb sich die Augen. Wie war der Kleine bloß hierhergekommen?

Castor, endlich bei Sinnen, schrie laut nach Sinope. Innert weniger Minuten war das ganze Haus im Diensthof versammelt. Ein riesiger, freudiger Tumult entstand, und die Hennen gackerten eifrig mit den aufgeregten Hausbewohnern um die Wette.

Das war eher die Stimmung, wie ich sie mir für meine Heimkehr vorgestellt hatte.

Außer »Amita« war aus dem Kleinen nichts herauszubringen. Von »Amme« zu »Tante« zu »freundliche Frau« konnte dieses Wort so ziemlich alles bedeuten, und es brachte uns keinen Schritt weiter in der Suche nach den Entführern. Immerhin schien Maximus nichts Schreckliches widerfahren zu sein, denn noch tagelang sprach er von der Amita und hätte sie vermutlich am liebsten besucht, wenn es nach ihm gegangen wäre. Nur zu gerne hätten wir ihn dorthin begleitet, doch wenn wir uns versuchsweise von seinen tapsigen Schritten führen ließen, landeten wir stets bei den Nachbarskindern. Ist ja auch eine Zumutung, von einem Sechzehnmonatigen einen räumlichen Orientierungssinn zu erwarten, es sei denn es handelte sich um Atropos, unsere Katze, die diese Aufgabe spielend gemeistert hätte.

Sinope war überglücklich, Maximus heil zurückzuhaben, blieb aber – verständlicherweise nach diesem Vorfall – ängstlich. Sie gab ihn kaum mehr aus ihrer Obhut, zog sich immer mehr zurück und bewirkte damit bei Maximus dramatischere Auswirkungen als die Entführung selbst. Der Junge schrie häufig. Er war äußerst frustriert, dass er nicht mehr zu den Hühnern durfte, zu den Nachbarskindern und den Patienten im Praxistrakt. Seine Bewegungsfreiheit war drastisch eingeschränkt, und auch wenn Sinope sein Ein und Alles war, stieß er sie nun oft von sich, um ihrer Bewachung zu entkommen. Castor wirkte in sich gekehrt, und ich machte mir Sorgen, wie sich das Ereignis auf die noch junge Liebe auswirken mochte. Meine Besorgnis wuchs, als mich Sinope bat, sie für einige Monate zu beurlauben. Um Maximus zu schützen, wollte sie fürs Erste an den Pontos ziehen, in ihre Heimatstadt, oder nach Phrygien, wo eine ihrer Schwestern mit Familie wohnte. Ich stimmte zu unter der Bedingung, sie offiziell freizulassen, was Sinope trotzig ausschlug. Mürrisch verblieb sie in Rom. Ihr Missmut würde sich schon legen. Zunächst aber musste sie ihre alte Sicherheit und Gelassenheit wiederfinden. Die Zeit dafür wollte ich ihr geben.

Einzig Myrrhine und Kleitos genossen ihr Glück, das sie schon viel früher hätten verwirklichen können, wären nicht beide stumm und stur auf ihren Missverständnissen sitzen geblieben. In jenem düsteren Herbst, der einen noch viel verhängnisvolleren Winter einleitete, bildeten sie den ruhenden Pol in unserem Iatreion.

Von Audu hörte ich nichts, was mich kaum erstaunte. Es war an mir, den ersten Schritt zu tun, doch fand ich weder die passenden Worte noch den nötigen Mut dazu. Ich hatte es vermasselt, und das schon zum zweiten Mal. Auf eine dritte Chance konnte ich nicht hoffen.

# 33 Cui bono

Kleitos hatte mich vorgewarnt. In der Arena der Ärzte braute sich etwas zusammen gegen mich, es war nur eine Frage der Zeit, bis das Unwetter losgehen würde.

Obwohl ich sorgsam darauf achtete, niemanden zu provozieren, gelang es mir auf die Dauer nicht, das drohende Unheil abzuwenden. Wie ein reifer Apfel fiel ich meinen Feinden in die Hände.

Als ich in den Kaiserpalast gerufen wurde, war ich guter Dinge. Eine kurze, routinemäßige Überprüfung meines Instrumentenkoffers, der stets für solche Fälle bereitsteht, und schon ging es in der Palastsänfte im Laufschritt den Caelius hinunter. Es war das dritte Mal, dass man meiner Hilfe bedurfte. Der erste Ruf aus dem Palast war vor Jahren erfolgt, als die kleine Annia Lucilla mit hohem Fieber darniederlag. Marcus Aurelius und seine Frau *Faustina* waren begreiflicherweise in höchster Sorge, denn sie hatten nicht nur zwei Söhne kurz nach der Geburt verloren, sondern auch ihre erstgeborene Tochter, und zwar durch ein ähnlich hohes Fieber. Die kleine Lucilla erholte sich schnell von ihrem Leiden, denn es handelte sich bei ihr lediglich um eine harmlose Kinderkrankheit. Die Erleichterung im Palast war groß und fand ihren Ausdruck in Dankbarkeit, die mir das Dreikindrecht eintrug mit all seinen Privilegien, das ich auf natürlichem Weg nie erlangt hätte. Das zweite Aufgebot lag noch nicht lange zurück. Ich hatte Faustina erfolgreich geholfen, die kleine Fadilla zur Welt zu bringen. Nun ging es erneut um eine Geburt. Man war also zufrieden mit meinen Diensten, hatte sich meiner erinnert, ungeachtet der Sticheleien meiner Konkurrenten. Gut so.

Erst der ängstliche Gesichtsausdruck der Sklavin, die jeden Augenkontakt mied und mich wortlos zum Geburtszimmer führte, erweckte mein Misstrauen. Ein einziger Blick auf die blutleere Kreißende, die ermattet im Gebärstuhl hing, bestätigte meine Befürchtung: *Dystokie*. Zwei Kollegen, beide mir bestens bekannt, standen abseits und berieten sich im Flüsterton. Um die Gebärende kümmerten sich mehrere Dienerinnen, die ihr das Gesicht abwuschen, die Lippen befeuchteten, die Füße massierten.

»Sie hat mehrere Male das Bewusstsein verloren«, sagte die Hebamme, die sich immerhin noch um die Gebärende bemühte. »Ich kann ihr nicht mehr helfen«, fügte sie leise hinzu und schickte vorwurfsvolle Blicke zu den beiden Ärzten, die sie bei der schwierigen Aufgabe offenbar völlig im Stich ließen.

»Charis, da bist du ja. Wo hast du nur so lange gesteckt?«, sprach *Antigenes* mit salbungsvoller Stimme und kam mit angedeuteter Begrüßungsgeste zwei Schritte auf mich zu.

»Wir wollten dich nicht um die Ehre bringen, diese Geburt erfolgreich zu Ende zu bringen«, fügte *Attalos* mit einem verlegenen Lachen hinzu, »du hast dich ja als Spezialistin für Dystokien profiliert, nicht wahr?« Ich würdigte ihn keines Blickes. Dass Antigenes mich über die Klippe springen lassen wollte, erstaunte mich keinen Moment, dass aber Attalos dieses Spiel mitmachte, war eine andere Sache, denn auch er war einst Schüler des Soranos. Zwar hatte ich mich längst von der Schule der Methode entfernt, hielt es eher wie Galenos, indem ich selbst prüfte, was mir vernünftig erschien. Aber dennoch. Dreckskerl!

Ich saß in der Falle, einer Falle, die man mir böswillig gestellt hatte. Ablehnen konnte ich nicht. Als ich die Frau untersuchte, eine junge Verwandte des Kaisers, war schon alles gelaufen. Verschleppte Querlage, das Kind saß fest und war vermutlich zu diesem Zeitpunkt bereits tot. Die Herren Kollegen hatten sich vorgängig an der Gebärenden versucht und mich erst rufen lassen, als feststand, dass das Kind unmöglich lebend herausgeholt werden konnte.

Dass das Kind schon tot sei, bestritten beide Ärzte vehement. Nur die Hebamme nickte bestätigend.

Ohne Hoffnung machte ich mich daran, das Kind herauszuholen. Es nützte alles nichts. Der Embryo war so unglücklich eingekeilt, dass es nicht gelang, ihn zu bewegen. Einen kurzen

Moment überlegte ich, ob ich ihn perforieren und herausziehen konnte. Wenn aber der Versuch misslänge? Viel Zeit blieb mir nicht, die Mutter zu retten. Ich entschied, die Embryotomie sofort vorzunehmen, präparierte eine potente Tinktur aus Opium, Bilsenkrautextrakt, Schierling und Mandragorasaft, mit der ich mehrere Schwämmchen tränkte. Sekundenschnelle Bilder meines Albtraums schossen hervor. Mit aller Gewalt kämpfte ich dagegen an. Plötzlich überfiel mich ein Gefühl der Ohnmacht, ich sah mich halb bewusstlos im Gebärstuhl, erlebte noch einmal den ganzen Horror jener grauenvollsten aller Stunden, als meinem Leib Glied für Glied des Kindes, auf das wir uns so gefreut hatten, entrissen wurde. Dann war alles vorüber; ich konnte wieder klar denken. Viel hätte ich darum gegeben, Kleitos an meiner Seite zu haben. Stattdessen musste ich unter den stechenden Augen der beiden Kollegen mein blutiges Handwerk erledigen. Nur die Hebamme unterstützte mich, indem sie die Frau, aus der allmählich alles Leben schwand, in ihren Armen festhielt. Sie half mir, sie auf eine harte Kline zu betten. Ich legte ein feingewobenes Tuch über die Frau und knotete es oberhalb der Brüste fest. Ihr Gesicht bedeckte ich ebenfalls mit einem Leinen, damit sie nicht mit ansehen musste, was nun geschah. Während ich meine linke Hand in warmes Öl tauchte, erteilte ich der Hebamme und zwei kräftigen Sklavinnen, denen die Aufgabe zukam, die Patientin festzuhalten, leise Anweisungen. Ein letzter Kontrollblick auf die Instrumente: *Onyx, Embryotomon, Embryulkos.* Ich konzentrierte mich und befestigte den Ring des kleinen scharf zugespitzten Messers, das wir »Klaue« nennen, an meinem rechten Daumen und begann mechanisch Schritt für Schritt auszuführen, was Soranos mich gelehrt hatte. Abtrennung des vorgefallenen Armes im Schultergelenk. Extraktion. Dekapitation. Perforation. Extraktion mit Hilfe des Embryulkos. Exartikulation der übrigen Glieder mittels Embryotomon. Extraktion aus dem Mutterleib. Um die Kontrolle darüber zu behalten, was noch zu entfernen war, legte ich alle Einzelteile nebeneinander auf ein Tuch. Nur am Rande bekam ich mit, dass eine der Dienerinnen das Bewusstsein verloren hatte. Attalos kümmerte sich angelegentlich um sie.

Ein letztes Mal bündelte ich meine Konzentration, um die Nachgeburt aus dem Uterus herauszulösen – ein heikles Unterfangen, bei dem man überaus sorgfältig vorgehen muss. Dann endlich konnte ich die Wunden der Patientin versorgen. Meine Hoffnung auf ihr Überleben war äußerst zaghaft. Blutleer und apathisch lag sie auf der Kline. Ich gab Anweisungen für die Pflege, versprach, am nächsten Morgen nach der Patientin zu sehen. Niedergeschlagen verließ ich den Palast unter den hämischen Blicken meiner Kollegen.

Unnötig zu sagen, dass Fehl und Tadel auf mich fielen. Die kaiserliche Verwandte überlebte zwar, doch kehrten sich, je mehr sie zu ihren Kräften zurückfand, Trauer, Schmerz und Entsetzen über das Erlebte in heftige Wut gegen mich. Es brauchte nicht viel Phantasie, sich vorzustellen, wie Antigenes und Attalos das ihre dazu beitrugen, meinen guten Ruf zu schädigen. Als kurz darauf eine weitere Verwandte des Kaisers niederkam, wurde ich nicht gerufen. Wen wundert es. Die Palastärzte brüsteten sich, das Kunststück dieser schwierigen Geburt bravourös gemeistert zu haben. Doch es handelte sich um eine Frau, die schon mehrfach geboren hatte, und wie mir zu Ohren kam, war es eine einfache Geburt ganz ohne Komplikationen, bei der eine gute Hebamme seelenruhig jeden Arzt in die Thermen geschickt hätte.

Der Tod eines Kindes bei der Entbindung ist keine Seltenheit, es wird in der Regel deswegen nicht viel Aufhebens gemacht. Wenn es im Kaiserpalast geschieht, verhält sich die Sache etwas anders. Jedes Mal hatte sich der Hof erschüttert gezeigt, man beklagte das Unglück, bedauerte den Arzt, der dann für einige Zeit an Prestige verlor. Nie jedoch hatte es ein derart böses Gerede gegeben wie in meinem Fall. Wie ein Lauffeuer verbreitete sich das Gerücht, die Ärztin Charis sei mit einem Fluch belegt, der jede Geburt zum todbringenden Ereignis wandle, sobald sie daran beteiligt sei. Man munkelte, dass allein meine Anwesenheit genüge, Unglück über schwangere Frauen zu bringen. Ja, selbst eine Katze, die in meiner Nähe geworfen habe, sei mit all ihren Jungen elend verendet.

Bald wurde ich von niemandem mehr zu einer Geburt gerufen, und auch Kranke zogen es vor, ihr Schicksal nicht auf die Probe zu stellen. Sogar auf der Straße mieden mich die Leute, und die Kinder zeigten mit dem Finger auf mich.

»Wenn es so weitergeht, werdet auch ihr bald keine Patienten mehr haben«, sagte ich niedergeschlagen zu Kleitos. »Mein Ruf schadet dem gesamten Iatreion, am besten wäre es, ich würde aus Rom verschwinden.«

»Dann hätten deine Feinde erreicht, was sie wollen.«

»Das haben sie längst, es geht jetzt höchstens noch um Schadensbegrenzung.«

»Die Gerüchte über dich werden gezielt gestreut. Von jemandem, der über die Fluchtafel Bescheid weiß.«

»Oder von dem, der die Tafel in Auftrag gegeben hat.«

»Das wäre dumm, denn so könnten wir ihm auf die Spur kommen. Wer außer den Hausbewohnern hat Kenntnis von der Tafel?«

»Lukianos und Audu, Apuleius und alle, die an jenem Gastmahl in Pudentillas Haus präsent waren, Elissa, aber ja doch, Elissa …«

»Nein, nein, nein«, unterbrach Kleitos energisch, »nun geht die Phantasie mit dir durch. Der Stein kam lange vor deiner Africareise ins Rollen, und der Täter sitzt in Rom.«

»Inzwischen können viele von der Fluchtafel gehört haben, sei es über Sinope, Castor oder die Mädchen, Dana ist nicht eben verschwiegen. Und Castor könnte es Capito erzählt haben. Capito wiederum hätte allen Grund, das Gerücht zu verbreiten, um mir damit eins auszuwischen.«

»Rache wäre ein mögliches Motiv. Doch ereignete sich die Sache mit der Fluchtafel lange vor Capitos Blamage. *Cui bono?* Was ist mit den Verbündeten des Galenos? Ob das deren Art ist, hier in Rom den Einzug ihres Favoriten in die Wege zu leiten?«

»Zuzutrauen wäre es ihm«, brummte ich und dachte an seinen ungeheuren Ehrgeiz, der bei unserer Begegnung in Pergamon aufgeflammt war.

Kleitos »verhörte« sämtliche Hausbewohner, und alle schworen, sie hätten niemandem von der Fluchtafel berichtet. Doch was ist schon ein Schwur wert, wenn Angst im Spiel ist.

Alle Bemühungen, den Ursprung der Gerüchte aufzuspüren, verliefen im Sand. Es half nichts. Ich musste Rom verlassen – einmal mehr.

So kam es, dass ich noch vor Ablauf eines Jahres Rom bereits wieder verließ. Sinope und Maximus begleiteten mich bis Athen, von wo sie nach Phrygien weiterreisten, zu Sinopes Schwester. Angesichts der konstanten Unausgeglichenheit Sinopes hatte ich ihren Plänen endlich zugestimmt, gestand ihr aber nur drei Monate zu, denn Castor hatte sich geweigert, sie zu begleiten. Er wollte seinen Dienst im Circus, den er seit einiger Zeit wieder regelmäßig versah, nicht unterbrechen, obschon er Capito keine Rechenschaft mehr schuldete. Als Entgegenkommen gegenüber dem geprellten früheren Besitzer hatte ich dem Arrangement zugestimmt, wonach Castor gegen ein niedriges Entgelt, das ihm zufloss, seine alte Arbeit bei den Roten wieder aufnahm. Es war eine vorteilhafte Lösung für alle Beteiligten. Castor profitierte, indem er die verbleibende Zeit bis zur geplanten Freilassung bei vollendetem dreißigstem Lebensjahr sinnvoll nutzte, um sein *Peculium* zu vergrößern. Capito hatte einen ausgezeichneten Bergungsmann für wenig Geld, Sinope zu Hause ihre Ruhe und ich ein gutes Gewissen. Selbstverständlich hätte ich Castor für die Reise freigestellt. Er hatte es abgelehnt, was mir gar nicht gefiel. Aus diesem Grund verfügte ich, dass Sinope noch vor den Winterstürmen mit Maximus in Rom einzutreffen habe. Ich konnte nur hoffen, dass sie sich an die Abmachung hielt, auch wenn sie wusste, dass ich nicht vor März des kommenden Jahres zurück erwartet wurde.

Abgesehen von Lukianos' herzlichem Empfang hatte sich alles verändert seit meinem letzten Athener Aufenthalt. Meine persönlichen Verhältnisse waren zum Verzweifeln, doch auch in politischer Hinsicht häuften sich Anzeichen ernster Bedrohung.

Im März war Antoninus Pius in seinem dreiundzwanzigsten Regierungsjahr gestorben. Der Kaiser hatte sich nach dem Abendessen, angeblich nach dem Genuss von Alpenkäse, unwohl gefühlt und daraufhin sein Testament diktiert.

Die Regierungsgeschäfte übergab er dem längst designierten Thronfolger Marcus Aurelius, der jedoch darauf bestand, seinen Adoptivbruder Lucius zum Mitregenten zu machen, wie von Kaiser Hadrian ursprünglich vorgesehen. Nicht zum ersten Mal sah Rom gleichzeitig zwei Kaiser. Neu war allerdings, dass es sich nicht um Gegenkaiser handelte, die um Alleinherrschaft kämpften, sondern um eine Doppelregentschaft. Gewiss, allen war klar, dass Marcus Aurelius trotz formaler Gleichstellung mehr Macht und Verantwortung übernahm als Lucius, der sich nun Lucius Aurelius Verus nannte. Ja, er hätte legitim seine alleinige Herrschaft durchsetzen können, zumal Antoninus keine Doppelnachfolge vorgesehen hatte, verzichtete aber darauf, um jegliche Schwächung des Reiches zu vermeiden. Während diese Entscheidung die innere Stabilität des Reiches stärkte, schien sie nach außen nicht denselben Effekt zu zeitigen. An der Ostfront des Reiches bahnte sich ein Krieg an.

»Ein Machtwechsel ist immer eine kritische Phase«, sagte ich und dachte an die kuriosen Umstände, unter denen der Regierungswechsel von Traian auf Hadrian erfolgt war. Über jeden Zweifel erhaben war jene Nachfolge nicht, wie Kamkams Aufzeichnungen verrieten. Die Kaiserwitwe hatte die Hand im Spiel, denn Traian war ohne Nachfolgeregelung gestorben. Plotina ließ den Tod ihres Gatten drei Tage lang geheim halten, schrieb eigenhändig die Adoptionsurkunde Hadrians und schickte sie per Eilboten an den Senat. Erst danach gab sie des Kaisers Ableben bekannt. Pikant die Beschreibung Kamkams, wonach ein treuer Kammerdiener hinter schweren Vorhängen sitzend die Stimme des sterbenden Traian nachahmte, um den Hof in Schach zu halten. Recht gewagt das Spiel der Kaiserwitwe, doch hat vermutlich ihr kühner Entschluss das ohnehin von Unruhe geschüttelte Reich vor Schlimmerem bewahrt. Hadrian, der damals den mächtigen Posten des Legaten von Syrien innehielt, war später als Kaiser bei den wenigsten beliebt. Der Beginn seiner Regentschaft war von vier Morden überschattet. Vier erfahrene Befehlshaber Traians, Consulare, potentielle Gefahrenquellen für Hadrians Macht. Auch Kamkam mochte ihn nicht, wegen Apollodoros und anderen dunklen

Dingen, von denen sie als Vertraute Plotinas Kenntnis hatte. Gerechterweise muss man aber sagen, dass Hadrian Rom Jahre des Friedens und der Stabilität gebracht hat. In gewissen Kreisen nahm man ihm übel, dass er Traians Eroberungen im Osten kampflos wieder preisgegeben hatte. Vielleicht war das aber gerade seine Stärke. Schon zu Traians Lebzeiten hatte sich abgezeichnet, dass die neue Ostgrenze mit Armenien und Mesopotamien nicht zu halten war. Sinnlose Kriege wären die Folge gewesen und gewiss auch militärischer Misserfolg. Wie unstabil die Lage im Osten war, zeigte sich gerade jetzt wieder.

»Ja«, bekräftigte Lukianos, »*Vologaeses* hat ohne zu zögern den Regierungswechsel genutzt, um den von Rom eingesetzten Klientelkönig von Armenien zu eliminieren. Mit *Pacorus* aus dem parthischen Könighaus an der Spitze Armeniens hat er den Einflussbereich Parthiens beträchtlich vergrößert.«

»Der Plan lag wohl schon lange bereit. Es fehlte nur noch die Gunst der Stunde, und die bot sich ihm durch den Machtwechsel in Rom.«

»Die Parther sind im Vorteil. Sie hatten lange Zeit, sich auf den Gegenschlag Roms vorzubereiten, während *Severianus*, der Befehlshaber unserer Truppen in Kappadokien, von den Geschehnissen überrumpelt wurde.«

Die Katastrophe hatte sich im Frühsommer ereignet: Der Gegenstoß des römischen Statthalters wurde von den Parthern bei Elegeia zurückgeschlagen, das römische Heer aufgerieben. Severianus nahm sich das Leben. Die Parther überrannten die syrischen und kappadokischen Grenzlinien. Es sah so aus, als würden sie sich keineswegs mit Armenien begnügen.

Damit geriet Samosata mitten in die Front. Wir sorgten uns um unsere Familien, von denen wir keine Nachricht hatten.

Ich vertraute darauf, dass meine Brüder, von denen der eine in Antiochia lebte, die nötigen Maßnahmen getroffen hatten, unsere Eltern aus der Kriegszone herauszuholen. Lukianos, der die Sturheit seines Vaters kannte, ging davon aus, dass er niemals freiwillig Haus und Heimatstadt verlassen würde.

»Es bleibt mir nichts anderes übrig, als persönlich in Samosata zu erscheinen, um meine Eltern zu evakuieren«, seufzte Lukianos.

»Ich fürchte, all die fürsorglichen Pläne werden deinem eigensinnigen Vater wenig gefallen. Wie willst du ihn überzeugen?«

»Indem ich notfalls sein Haus abbrennen werde.«

»Das wäre Evakuieren im radikalsten Sinn«, lachte ich, »aber du hast ja damals bei der Berufswahl schon bewiesen, dass du dich gegen deinen Vater durchzusetzen vermagst.«

Die Frage, ob ich Lukianos nach Syrien begleite, war schnell beantwortet, weniger aus Sorge um meine Eltern, als vielmehr aus Abenteuerlust und Neugierde, denn Lukianos verstand es, das Nützliche mit dem Exotischen zu verbinden. Als zweite Etappe seiner Reise war ein Abstecher nach Abonuteichos geplant.

»Wenn wir uns schon in der Ecke des Reiches befinden, wäre es eine verpasste Gelegenheit, den berühmten Kurort des Neuen Asklepios auszulassen.«

»Hab ich da ein ›wir‹ gehört? Du begleitest mich also?«

»Nachdem ich mir das Asklepieion von Pergamon angesehen habe, lasse ich mir den Wunderkurort in Abonuteichos nicht entgehen. Vergleiche sind immer interessant, und außerdem benötigst du dringend einen Sachverständigen für medizinische Aspekte, damit du in der Lage bist, einen umfassenden Bericht über die Orakelwerkstatt zu schreiben.«

Lukianos freute sich.

Nicht so Audu, der mir, wie ich erst sehr viel später erfuhr, nach Athen nachgereist war, nachdem er in Rom von meinem beruflichen Missgeschick erfahren hatte.

# 35 Abonuteichos

*Parther und Armenier bezwingst du mit schnellem Speer,*
*heim kehrst du nach Rom und zum klaren Wasser des Tibers,*
*und auf die Stirn gesetzt wird dir die Strahlenkrone.*

So der Orakelspruch, der dem Statthalter von Kappadokien erteilt wurde, als dieser den Propheten Alexandros von Abonuteichos nach dem Ausgang des geplanten Feldzugs gegen die Parther befragte.

Wie bald alle wussten, hatte dem unglücklichen Statthalter Severianus das günstige Orakel wenig geholfen. In kurzer Zeit waren seine Truppen am Euphrat von den parthischen unter General *Chosroes* aufgerieben; Severianus war nichts anderes übrig geblieben, als sich den Tod zu geben.

Auch dem syrischen Legaten Cornelianus gelang es nicht, die Parther aufzuhalten, sie blieben siegreich auf der ganzen Linie, begnügten sich nicht mit Armenien, sondern drangen bis tief nach Syrien und Kappadokien ein. Beide Provinzen befanden sich in Aufruhr, es herrschte große Unsicherheit, weil aus Rom keine klaren Signale kamen.

Die Lage für das Reich war prekär. In Britannien zettelten die Kaledonier einen Aufstand an, in Raetien und Obergermanien sorgten die Chatten für Unruhen. Beide Kaiser waren militärisch unerfahren, keiner von ihnen hatte je eine Provinz verwaltet. Ihre Ausbildung hatten sie in Rom durchlaufen, in einer Zeit des Friedens, in der fast alle Konflikte diplomatisch gelöst werden konnten. Es dauerte Monate, bis erfahrene und loyale Generäle designiert waren, mehr als ein Jahr bis zum Entschluss, Lucius Verus als Oberbefehlshaber des Partherfeldzuges nach Osten zu schicken, und ein weiteres halbes Jahr, bis die Abreise erfolgte.

In der Zwischenzeit herrschte Chaos, doch konnten wir es uns nicht leisten, erst im kommenden Frühjahr aufzubrechen.

Die Reise durch Kriegsgebiet war nicht ungefährlich. Ohne militärische Eskorte, die wir dem Statthalter von Kappadokien verdankten, wäre es uns niemals gelungen bis Samosata durchzukommen.

Im Haus meiner Eltern erfuhr ich vom Verwalter, dass diese längst aufgebrochen und meinem Bruder nach Antiochia gefolgt waren. Auf Leonidas war Verlass, er würde nötigenfalls auch weiter westwärts ziehen, falls Antiochia nicht mehr sicher sein sollte.

Im Gegensatz dazu war das Nachbarhaus voll bewohnt. Wie erwartet hatte sich Lukianos' Vater geweigert, sein Zuhause zu verlassen. Nicht einmal die Drohung seiner Frau, sie werde ihn allein zurücklassen und mit den Nachbarn nach Antiochia flüchten, konnte ihn erschüttern. Es versteht sich von selbst, dass Lukianos' Mutter ihre Drohungen nicht wahr gemacht hatte und noch immer im Haus ausharrte, wenn auch schimpfend und mit vorwurfsvoller Miene.

Lukianos konnte sich das Lachen nicht verkneifen – allzu vertraut erschien ihm die Familienszene –, gab aber noch am ersten Abend ein ultimatives Datum für die Abreise vor.

Zu meiner Überraschung fügte sich der Vater, sodass wir pünktlich zum vereinbarten Termin Samosata verließen.

Erst viel später, als seine Familie in *Amastris* ein Schiff bestiegen hatte, das sie nach Ephesos bringen sollte, verriet mir Lukianos, wie er seinen Vater überzeugt hatte. Mit einem simplen aber effizienten Mittel. Er hatte kurz entschlossen die Schatztruhe der Familie geplündert und auch die Notreserve ausgegraben, die seit grauer Vorzeit neben dem alten Olivenbaum im Erdreich verborgen lag.

Lukianos seufzte erleichtert. Er hatte sich zwar auf der ganzen Reise gelassen gegeben, nun aber, da er seine Eltern in Sicherheit wusste, wirkte er sichtbar erleichtert.

»Mission erfüllt. Jetzt kommt der gemütliche Teil«, rief er übermütig. »Auf nach Abonuteichos!«

Die ersten Tage in der paphlagonischen Kleinstadt gestalteten sich tatsächlich geruhsam und vergnüglich. Die pontische Küste bietet landschaftlich einige Reize; dennoch musste ich Lukianos beipflichten, als er den Dichter *Ovidius* bedauerte, der in *Tomis* lange, öde Jahre im Exil verbrachte. Abonuteichos liegt an der Südküste des *Pontos Euxeinos,* nicht weit entfernt von *Sinope* und Amastris. Die Bewohner der Kleinstadt begegnen den Fremden freundschaftlich, um nicht zu sagen geschäftstüchtig, denn in Abonuteichos wimmelt es von Gästen aus dem gesamten Römischen Reich, die das hiesige Orakel aufsuchen. Der Kult des Gottes Glykon hat sich rasant verbreitet; es ist auch für die Oberschicht schick geworden, an die pontische Küste zu fahren, um bei Alexandros, dem Propheten des Gottes, Rat einzuholen. Orakelstätte und medizinisches Zentrum, eine bewährte, erfolgreiche Kombination, die dem Propheten wie auch der ganzen Stadt einen erheblichen finanziellen Aufschwung beschert.

»Es erinnert unangenehm ans Asklepieion von Pergamon«, sagte ich zu Lukianos, nachdem wir einen ersten Blick auf Heilzentrum und Orakelstätte geworfen hatten. »Heerscharen von Wundergläubigen! Fehlte nur noch, dass uns Aelius Aristides über den Weg liefe.«

»In Bezug auf die Geschäftstüchtigkeit der Stadt lässt es sich durchaus mit Pergamon vergleichen. Ich hörte von Bestrebungen, Abonuteichos den vornehmeren Namen Ionopolis zu verpassen, und es werden bereits Münzen geprägt mit dem Bildnis des neuen Asklepios Glykon.«

Auf der flachen Hand hielt er mir eine Münze entgegen mit dem Kultbild des Glykon, einer Schlange, die auf ihren Windungen hockt, deren Kopf aber durch große Ohren und lange Menschenhaare auffällt.

»Wirkt irgendwie menschenartig«, sagte ich amüsiert.

»Aber der Kopf ist der eines Pflanzenfressers, einer Ziege, würde ich sagen.«

»Nein, es ist der Kopf eines Kamels, ich sehe es ganz deutlich.«

»Ob Ziege oder Kamel, wie auch immer. Alexandros hat seinen Gott sorgfältig aufgebaut, und es hat sich gelohnt. In wenigen Jahren hat er ein berühmtes Zentrum geschaffen, in dem sogar die politische Oberschicht verkehrt. Der Mann hat Talent!«

Wir vereinbarten, die Orakelstätte aufzusuchen und anonym eine Frage einzureichen.

Das Heilzentrum konnte sich sehen lassen. In der Anlage unterschied es sich kaum von anderen Asklepiosheiligtümern, auch die angebotenen Dienstleistungen waren vergleichbar: *Incubationsmantik*, Fortwirken des Gottes durch ein Heer von Ärzten, Medikamentenverordnung, Wasserkuren, Diäten und Rituale aller Art. Abonuteichos glänzte jedoch durch den Vorzug der andauernden manifesten Präsenz des Gottes in Gestalt der Schlange und durch die Ehre, dass Alexandros, der sich als Enkel des Asklepios ausgab, als des Gottes Prophet fungierte.

Von mehreren Augenzeugen hatte sich Lukianos berichten lassen, wie der Neue Asklepios Glykon Abonuteichos in Besitz genommen hatte:

In Chalkedon, einer bithynischen Stadt, waren im Heiligtum Apollons auf wundersame Weise bronzene Tafeln zum Vorschein gekommen. Die Inschrift kündigte an, Asklepios werde in allernächster Zukunft mit seinem Vater Apollon in Pontos Einzug halten und in Abonuteichos Wohnsitz nehmen. Schnell verbreitete sich die Kunde in ganz Pontos und Bithynien. Per Volksabstimmung beschloss Abonuteichos, zu diesem Anlass einen Tempel zu errichten. Zu gegebener Zeit ließ sich Alexandros in der Stadt einen triumphalen Empfang bereiten. Schulterlange Haare, Schläfenzöpfe, Purpurgewand mit weißem Mantel, in der Hand die Sichel des *Perseus*. Mit diesem Auftritt hinterließ er bei den Paphlagoniern einen derart glanzvollen Eindruck, dass man ihm seine Abstammung mütterlicherseits von Perseus und väterlicherseits von Asklepios und Apollon gerne glauben wollte.

Wir wunderten uns darüber, denn Alexandros stammte aus Abonuteichos, und seine Eltern waren jedem Bewohner der Stadt bekannt. Das hinderte die Leute offenbar nicht daran, ihm abzunehmen, dass *Podaleirios*, Sohn des Gottes Asklepios, ihn gezeugt habe.

In einem zweiten Akt der spektakulären Inszenierung war Alexandros am darauf folgenden Tag frühmorgens auf dem Marktplatz zu sehen gewesen. Sozusagen nackt! Er trug lediglich einen goldenen Schurz um die Hüfte und schwang die Sichel. Mit wehenden Haaren stieg er auf einen hohen Altar, pries die Stadt glücklich, weil sie sogleich den Gott in sichtbarer Gestalt empfangen werde. Danach gab er nur noch unverständliche Worte in fremden Zungen von sich. Man habe nur die Worte »Apollon« und »Asklepios« verstanden. Inzwischen hatte sich eine beachtliche Menge versammelt, die gekommen war, dem Wunder beizuwohnen. Erschaudernd warfen sich die Leute zu Boden und beteten. In einer plötzlichen Eingebung lief Alexandros zur Baustelle des Tempels, stimmte dort Hymnen auf Apollon und Asklepios an und rief den Gott, er solle herbeikommen und die Stadt beglücken. Darauf zog er auf wundersame Weise ein Ei aus dem Wasser der Baugrube, hielt es in die Höhe und verkündete, er halte hier den Gott Asklepios in Händen. Die Schale des Eis zerbarst, eine kleine Schlange kroch daraus hervor und ringelte sich um Alexandros' Finger. Das Volk schrie auf vor Erstaunen und Freude über das Wunder. Alle hießen den Gott willkommen, priesen die Stadt glücklich und erbaten unverzüglich Reichtümer, Schätze, Gesundheit und andere Güter.

Der dritte, nicht minder eindrucksvolle Akt fand in einem kleinen, dunklen Raum statt: die Präsentation des neugeborenen Asklepios. Die Schlange war innerhalb weniger Tage zu einer stattlichen Aesculapnatter herangewachsen. Alexandros trug sie um seinen Nacken. Der Schwanz reichte bis zum Boden, der Kopf aber lugte unter seinen Achseln hervor: ein Kopf mit Schnauze, doch unverkennbar mit menschlichen Zügen, großen Ohren und langen Haaren. Den zahlreich herbeigelaufenen Schaulustigen wurde die Ehre zuteil, den Gott zu begrüßen. In feierlicher Prozession defilierten sie an der Liege vorbei, auf der Alexandros in prächtigem Ornat den Gott präsentierte. Es war ein heilloses Schieben und Drängen, weil so viele Leute am Wunder teilhaben wollten; denn dass es sich bei dieser zahmen Schlange mit Menschenzügen, die außerdem in wenigen

Tagen so schnell gewachsen war, um ein Wunder handelte, war allen klar.

In kurzer Zeit hatte ganz Bithynien, Galatien, Thrakien den neuen Gott gesehen. Es entstanden Gemälde über die göttliche Geburt, Statuen und Amulette aus Bronze und Silber. Und der Gott erhielt seinen Namen. Alexandros hatte auf göttlichen Befehl und im Namen des Gottes die Botschaft verkündet:

*Glykon bin ich, Enkel des Zeus, ein Licht für die Menschen.*

So kam es, dass das erfolgreiche Theaterstück, das zwar einen Anfang kannte aber kein Ende, pausenlos zur Aufführung kam, denn Gott Glykon erteilte nun Orakel, *autophone*, wie man uns ehrfürchtig berichtete: Die Schlange sprach nämlich aus eigenem Munde.

Wir waren sehr gespannt, uns den Gott mit eigenen Augen anzusehen und ihn, wenn möglich, sprechen zu hören.

Vorerst bekamen wir den Gott aber nicht zu sehen. Ebenso wenig konnten wir das Orakel befragen, denn wir hatten den nächsten »Orakeltag« abzuwarten. Entschädigt wurden wir dadurch, dass während der dreitägigen Mysterienspiele so einiges über den Kult zu erfahren war. Das Heiligtum von Abonuteichos ist nicht nur Heilstätte und Orakel, sondern auch Zentrum eines Mysterienkultes. Die Bündelung aller drei Dienstleistungen an ein und demselben Ort gab es bisher nur beim Kult des ägyptischen Serapis. Gewöhnlich muss man jeweils mehrere Schauplätze aufsuchen, um bei seinen unterschiedlichen Bedürfnissen auf die Rechnung zu kommen. Alexandros aber hatte seine Kultstätte optimal ausgerüstet. Von Kritikern – solche gab es inzwischen durchaus auch in Pontos – erfuhren wir, dass er den Aufbau des Kultes ursprünglich zusammen mit einem Kollegen namens Kokkonas geplant hatte. Kokkonas, ein Chorliedschreiber aus Byzanz, war Alexandros in allen Dingen ebenbürtig. Als es um die Entscheidung ging, wo sie ihr Orakel ansiedeln wollten, kam es zu einem heftigen Streit. Kokkonas blieb in Chalkedon und etablierte sich dort als Prophet, Alexandros zog in seine Heimat Abonuteichos. Er kannte die dortigen Verhältnisse und konnte mit einer freundlichen Aufnahme rechnen. Die Trennung der beiden war nur konsequent, sie wären früher oder später zu gefährlichen Rivalen geworden. Zunächst aber hatten sich die zwei Kumpane in Bithynien herumgetrieben, hatten sich von einer schon reiferen Matrone namens Maketis aushalten lassen, sie nach Pella begleitet und von dort die in Makedonien heimische zahme Aesculapnatter mitgebracht, ein prächtiges Exemplar, wie wir uns später mit eigenen Augen vergewissern konnten. Auch wurde uns erklärt, wie Alexandros es zustande brachte, die Schlange sprechen zu lassen.

Der findige Kerl hatte nämlich aus Leinen einen Kopf gebastelt, einen Tierkopf mit Menschenhaaren und großen Ohren. Diesen ließ er die Öffentlichkeit sehen, während der wirkliche

Kopf der Schlange unter seiner Achsel verborgen blieb. Das Tier ließ es sich gefallen, was mich verwunderte und zugleich gruselte, denn ich bin kein Schlangenliebhaber. Ich ließ mich aber belehren, dass es sich bei dieser Art um eine besonders zahme Rasse handelt; Aesculapnattern werden in Makedonien als Hausschlangen gehalten, so wie wir es mit Hunden oder Katzen kennen. Man gibt sie sogar Säuglingen zum Spielen, und von Olympias, der Mutter des Großen Alexandros, sagt man gar, sie habe im Bett Umgang mit einer solchen Schlange gepflegt. Es muss sich wohl auch um einen Gott gehandelt haben, denn daraus sei ihr göttlicher Sohn entstanden. Nun, jedem das seine, oder jeder das ihre …

Der »kleine« Alexandros aber, der von Abonuteichos, erfand mit Rosshaar eine Konstruktion, mit der sich der Mund des Leinenkopfes öffnen und schließen lässt, wie bei einer Puppe. Ein verborgener Helfer spricht die Antworten des Gottes durch ein aus Kranichluftröhren gebildetes Rohr, das in den künstlichen Kopf gesteckt wird. Solch aufwendige autophone Antworten werden aber nicht jedem zuteil, der das Orakel konsultiert, sondern nur bedeutenden Persönlichkeiten aus der Politik oder wohlgeborenen, besonders zahlungskräftigen Ratsuchenden.

Immerhin, erfindungsreich schien er zu sein, der erfolgreiche Prophet des Glykon, sowohl in technischer wie auch in dramaturgischer Hinsicht. Und er wusste, dass Furcht und Hoffnung die zwei allgewaltigen Mächte sind, die das menschliche Leben beherrschen, wusste, wonach die Menschen suchen, was sie erhoffen: ein glückliches, gesundes Leben im Hier und Jetzt, die Deutung der Zukunft durch einen Gott und vor allen Dingen die Befreiung von der Angst vor dem Tod durch Einweihung in einen Mysterienkult.

Man hatte uns vorgewarnt. Nach einer ersten Zeit der Begeisterung für den wundersamen Gott war auch eine ernstzunehmende Gegnerschaft zum neuen Kult entstanden. Die Kritiker kamen aus verschiedenen Lagern; zum einen waren es Christen, die in Pontos überaus zahlreich vertreten sind, zum anderen philosophische Kreise, allen voran die Epikureer. Der

Prophet und seine Leute setzten alles daran, mögliche Opponenten einzuschüchtern und sie von den Veranstaltungen des Tempels fernzuhalten. In einem Fall war Alexandros sogar so weit gegangen, dass er der Menge den Befehl zur Steinigung eines Epikureers gab, nur weil dieser ihn vor vielen Zeugen blamiert hatte, indem er einen Orakelspruch als offensichtlich falsch entlarvte. Es handelte sich um ein ernsthaftes Problem, denn aufgrund eines göttlichen Orakels hatte Alexandros einen Mann dazu gebracht, seine Sklaven wegen Mordes an seinem Sohn, der in Alexandria studierte und plötzlich verschwunden war, vor Gericht zu bringen. Es kam zum Schuldspruch und zur Hinrichtung der Sklaven. Kurz darauf war der Sohn, der sich zu einer Seereise nach Indien hatte überreden lassen, nach Hause zurückgekehrt, quicklebendig. Durch den Epikureer, der die Geschichte ans Licht brachte, ließ sich die peinliche Sache nicht mehr vertuschen. Also blies der Prophet zum Gegenangriff. Er rief alle Umstehenden auf, den Mann zu steinigen, wenn sie nicht selbst Epikureer genannt und verflucht werden wollten. Der Mann wäre um ein Haar gesteinigt worden, hätte nicht Demostratos eingegriffen, ein Fremder, der in der Provinz Pontos hochangesehen war.

Alexandros aber blieb ungeschoren, denn auch er hatte bedeutende Freunde und Fürsprecher, wie wir später noch erleben sollten.

Wir gingen also gewappnet zu den Mysterienspielen, peinlichst darauf bedacht, unsere Meinung zurückzuhalten. Lukianos hatte es bisher sorgsam vermieden, seine Identität preiszugeben, denn Alexandros kannte seinen Namen nicht nur als den eines Rhetors oder Schriftstellers, sondern in erster Linie als den eines scharfen Kritikers seiner Orakelstätte.

Trotz aller Vorkehrungen befiel mich ein Schaudern, als bei der Eröffnung der Festspiele die rituelle *Prorrhesis* gesprochen wurde:

*»Wenn ein Gottloser, Christ oder Epikureer, als Späher zu den Mysterien gekommen ist, so fliehe er! Wer aber an den Gott glaubt, der soll glücklich eingeweiht werden.«*

Darauf wurde eine liturgische Vertreibung ausgerufen, und zwar sprach zunächst Alexandros mit fester Stimme:

*»Hinaus mit den Christen!«*

Worauf einstimmig die Menge erwiderte:

*»Hinaus mit den Epikureern!«*

Endlich begann die szenische Aufführung mit dem Kindbett der Leto, der Geburt Apollons, der Hochzeit des Gottes mit Koronis, und Asklepios ward geboren.

Am zweiten Festspieltag wurde die Epiphanie und die Geburt des Gottes Glykon dargestellt, sodass wir lebhaft miterleben konnten, was uns andere von der Kultgründung berichtet hatten.

Der prächtigste Teil freilich fand am Fackeltag, dem dritten und letzten Akt der Mysterienspiele, statt; denn nun wurde die göttliche Abstammung des Alexandros zelebriert. Mit Enthusiasmus inszenierten die Mysterienspieler die Hochzeit des Podaleirios mit Alexandros' Mutter, und es folgte des Propheten Geburt. Fackeln wurden entzündet, Anführer des Fackelzugs war Alexandros. Er hielt auch das Amt des *Hierophanten* inne, vereinte überhaupt alle wichtigen Funktionen in seiner Person, ganz im Gegensatz zu den Gepflogenheiten anderer Mysterienzentren. Es versteht sich von selbst, dass er auch auf der Bühne auftrat, um seine eigene Rolle als Geliebter der Mondgöttin Selene darzustellen, wie er des Nachts von ihr besucht und geliebt wird, einem *Endymion* gleich. Tatsächlich lag er schlafend auf der Bühne. Zu ihm herab stieg vom Dach, wie aus dem Himmel, eine bemerkenswerte Schönheit. Sie hieß Rutilia, wie wir uns sagen ließen, und war die Frau eines kaiserlichen Domänenverwalters. Unter vorgehaltener Hand wurde geflüstert, Rutilia liebe den Propheten auch außerhalb der Mysterienspiele. Was uns glaubhaft erschien, denn die beiden küssten und umarmten sich auf der Bühne so innig, dass man fast fürchtete, es werde nächstens zu noch mehr Intimitäten kommen. Man zeigte uns den Ehemann der schönen Rutilia, der sich ebenfalls unter den Zuschauern befand und sich das ganze Spektakel mit steinerner Miene gefallen ließ. Das warf ein Licht darauf, dass es nicht so leicht war, Alexandros beizukommen.

Die Aufführung endete mit der Geburt der ominösen Tochter, derentwegen Lukianos hauptsächlich in Gefahr war.

Diese Tochter war inzwischen erwachsen, und Alexandros plante, sie mit einem hohen römischen Magistraten zu verheiraten. *Rutilianus*, so der Name des Auserwählten, war begeisterter Anhänger des Orakels von Abonuteichos. Lukianos kannte ihn, und als der sechzigjährige ehrwürdige Senator ihm voll Stolz erzählte, er habe auf seine Frage nach einer Wiederverheiratung vom Orakel die Aufforderung erhalten, die Tochter von Semele und Alexandros zu ehelichen, hatte Lukianos ihm energisch von einer solchen Verbindung abgeraten. Und das mehrfach! Lukianos hatte versucht, dem Senator die Augen zu öffnen. Ohne Erfolg. Schlimmer noch: Das Ganze war dem Propheten zu Ohren gekommen.

Wir hatten uns also zu hüten, die Situation war nicht ungefährlich. Um ungestört Nachforschungen betreiben zu können, waren wir bemüht, unsere Präsenz so lange wie möglich geheim zu halten.

Eine Zeit lang ging alles gut.

Für seinen Orakelbetrieb hatte sich Alexandros Inspiration in Kilikien geholt. Er setzte auf eine Luxusvariante, die durch ihr Angebot alle bekannten Orakelstätten in den Schatten stellen sollte, und das Vorbild dafür fand er in *Mallos*. Wer sich in Delphi, Didyma oder Klaros eine Antwort des Gottes erhofft, hat seine Frage einem streng normierten Katalog anzupassen, denn keine der ehrwürdigen Stätten geht das Risiko ein, durch detailreiche Vorhersagen ihren Ruf zu verderben.

Nicht so in Abonuteichos. Der Prophet verkündete, Gott Glykon beantworte jede Anfrage präzis. Man muss schriftlich niederlegen, was man zu erfahren wünscht, das Schriftstück einnähen und mit Wachs oder Ton versiegeln. Die Anzahl der Fragen ist freigestellt, doch zahlt man für jedes Anliegen separat: eine *Drachme* und zwei *Oboloi*.

Auf den ersten Blick schien uns das Entgelt bescheiden, doch ließen wir uns sagen, dass die meisten in ihrer Wissbegierde zehn bis fünfzehn Fragen zugleich stellten, und der Prophet jedes Jahr siebzig bis achtzigtausend Drachmen einnehme. Das Geld behielt er allerdings nicht für sich, denn er unterhielt einen beachtlichen Stab von Mitarbeitern, die er zu entlohnen hatte. Diener, Ordner, Sekretäre, Informanten, Spione, Orakeldichter, Übersetzer, Siegelspezialisten, Orakeldeuter. Auch die Werbekampagnen kosteten Geld, beschäftigte er doch eine stattliche Anzahl Boten, die in Rom und anderen Städten den Ruhm des Orakels verbreiteten. Durch das Orakel seien entlaufene Sklaven wiedergefunden, Diebe überführt, Schätze ausgegraben, Kranke geheilt, Tote auferweckt worden. Ein erfolgreiches Konzept. Von allen Seiten strömten die Menschen herbei, brachten Opfer und Weihgaben für Gott und Propheten, denn es war folgendes Orakel ergangen:

*Ehren sollen sie alle den Propheten, meinen Diener.*
*Mich kümmert nicht ird'scher Besitz,*
*mir liegt an meinem Propheten.*

Mühelos ließ sich in Erfahrung bringen, was die Leute vom Orakel erfragten, und welche Auskunft ihnen erteilt wurde; die Paphlagonier erzählten bereitwillig und stolz, was der Gott ihnen mitgeteilt hatte.

Es waren deutliche Muster erkennbar. Die Antworten waren klug gewählt, indem sie geschickt wahrscheinliche Entwicklungen einbauten. Am treffendsten waren Ratschläge zu gesundheitlichen Problemen. Von Medizin verstand Alexandros offenbar recht viel; er war ja auch ausgebildeter Arzt und vermutlich eher besser und erfahrener als die meisten Kollegen in der Provinz. Bei heiklen Themen rettete er sich entweder in vieldeutige oder aber in völlig unverständliche Antworten. Anfragen über den Zeitpunkt von Ereignissen wich er systematisch aus. So wurde einem Bürger der Stadt, der sich danach erkundigte, wann er erben werde, die Antwort beschieden:

*Es wird alles eintreten, wenn ich es will und Alexandros mein Prophet mich bittet und für euch betet.*

Autophone Orakelsprüche waren der Prominenz vorbehalten. Rutilianus war diese Ehre mehrfach widerfahren, wenn auch nur über Gesandte, die er zum Propheten geschickt hatte. Persönlich hatte er es noch nie bis nach Abonuteichos geschafft, doch waren seine Boten – wohl auch durch den warmen Empfang und die großzügigen Gastgeschenke – so beeindruckt, dass sich Rutilianus unter dem Einfluss der schwärmerischen Berichte zu einem der glühendsten Anhänger des Propheten und seines Gottes entwickelte.

Als wir Lukianos' Familie das Geleit nach Amastris gaben, hatten wir in *Tieion* Gelegenheit, mit einem Mann zu sprechen, der persönlich ein autophones Orakel erhalten hatte. Ehrfürchtig berichtete er von der feierlichen Begegnung mit Gott Glykon und seinem prächtig gewandeten Propheten im Dämmerlicht des intimen Gemachs. Es sei gar die Aufforderung erfolgt, sich des Gottes Präsenz durch Berührung des Schlangenschwanzes zu vergewissern. Der Mann hieß *Sacerdos,* und er war vom Gott durch einen ausführlichen Dialog geehrt worden. Dieses Zwiegespräch hatte er in goldenen Lettern verewigen lassen, um es in seinem Haus an gut sichtbarer Stelle aufzuhängen. Wir lasen den Text mit großem Interesse. Sacerdos fühlte sich erneut geehrt, als Lukianos um Erlaubnis bat, den denkwürdigen Dialog zu kopieren, denn ihm war eine glänzende Zukunft prophezeit:

*Sage mir doch, oh Herr Glykon, wer du bist.*
*Ich bin der Neue Asklepios.*
*Ein zweiter neben dem bekannten ersten?*
*Oder wie meinst du es?*
*Dieses ist dir verboten zu erfahren.*
*Wie viele Jahre wirst du, Orakel erteilend,*
*unter uns weilen?*
*Drei mehr als tausend.*
*Wohin wirst du dann ziehen?*
*Nach Baktrien und in jene Weltgegend.*
*Denn auch die Barbaren sollen in den Genuss*
*meiner Gegenwart kommen.*
*Ist es in den anderen Orakelstätten,*
*in Didyma, in Klaros, in Delphi,*
*immer noch dein Ahn Apollon,*
*der die Orakel verkündet,*
*oder sind die Orakel, die dort jetzt erteilt werden, falsch?*
*Auch dies darfst du nicht wissen. Es ist nicht recht!*
*Wer werde ich nach dem jetzigen Leben sein?*
*Ein Kamel, dann ein Pferd,*
*dann ein weiser Mann und Prophet,*
*der Alexandros nicht nachsteht.*

Auf dem Weg zurück nach Abonuteichos unterhielten wir uns lange über diesen Text. Ich begriff um einiges besser, warum Alexandros mit seinem Kultangebot so erfolgreich war. Was er anbot, war eine Gewissheit des Lebens über den Tod hinaus.

»Eine Neuauflage der Seelenwanderungslehre des Pythagoras«, sagte Lukianos, »und damit man in ihm Pythagoras erkenne, hat sich Alexandros während der Mysterienspiele vergoldetes Leder um den einen Schenkel gebunden.«

»Ich fand es einfach nur albern, dass er beim rituellen Tanz immer wieder seinen Schenkel entblößte, der dann im Fackelschein golden aufblitzte. Den Sinn habe ich gar nicht erfasst, ich hielt es für eine Marotte seiner Eitelkeit.«

»Unterschätz ihn nicht, er hat ein sicheres Gespür bei allem, was er tut. Jede seiner Gesten dient der Verbreitung seines Ruhms.«

Wohl wahr. Die Seelenwanderung ist ein mächtig attraktives Argument für alle, die sich mit dem Tod nicht abfinden können. Das Versprechen auf Leben nach dem Tod beschert Alexandros viele Anhänger, und genau das ist es, was die Christen so ärgert. Es erwächst ihnen da eine Konkurrenz, die sie erbitterter bekämpfen als alle anderen Kulte.

Für den Orakeltag war Lukianos perfekt vorbereitet. Er hatte sich mehrere Fragen ausgedacht, sie unter diversen erfundenen Namen schriftlich niedergelegt, vorschriftsgemäß eingenäht und gut versiegelt.

Wir ließen uns den Spaß etwas kosten.

Auf zwei verschiedenen Schriftstücken stellten wir die beliebte Frage nach der Herkunft des Dichters Homer. Beide Päckchen versiegelten wir sehr sorgfältig, um es den Orakeldienern möglichst schwer zu machen, falls sie vorhatten, einen Abdruck des Siegels herzustellen. Das eine ließen wir von Lukianos' Diener Xenophon überbringen. Ein freundlicher Sekretär nahm das Paket in Empfang und suchte sogleich in nettem Plauderton in Erfahrung zu bringen, was Xenophons Anliegen sei. Er sei in Abonuteichos, um Heilung von Schmerzen in der Seite zu erbitten, teilte Xenophon mit, wie vereinbart. Das zweite Schriftstück übergab unser Kutscher mit der Bemerkung, der Absender frage an, ob es besser sei, sich zu Schiff nach Italien zu begeben oder zu Lande zu reisen.

Eine weitere Falle stellten wir, indem wir ein Paket, das nur eine Einzelfrage enthielt, betitelten mit: »Acht Orakelfragen von XY«; den Namen hatten wir erfunden. Dazu legten wir die erforderlichen acht Drachmen und sechzehn Oboloi. Auch dieses Schriftstück versiegelten wir peinlichst genau.

Während der Vorbereitung auf den Orakeltermin hatte ich mich zurückversetzt gefühlt in alte Zeiten, als wir in Samosata gemeinsam Streiche ausheckten. Mit diebischer Freude produzierten wir immer neue Einfälle.

»Ich habe da noch eine letzte Frage, die ich mir nicht verkneifen kann«, hatte ich kichernd zu Lukianos gesagt.

»Was denn? Leg los.«

»Ich möchte wissen, ob Alexandros kahlköpfig ist.«

Lukianos lachte laut auf. Bei den bisherigen Auftritten des Propheten hatten wir uns mehrfach über seine Haare lustig gemacht. Es schien als trage er eine Perücke, doch hatten wir uns aus Sicherheitsgründen stets in einiger Entfernung aufgehalten, sodass sich die Frage nicht mit Bestimmtheit klären ließ.

»Klar«, grinste er, »das lassen wir anfragen«, und schon hatte er sich an die Aufgabe gemacht.

Wir konnten es kaum erwarten, unsere Antworten zu bekommen, doch muss man sich in Abonuteichos gedulden. Es kostet den Orakelbetrieb viel Arbeit, die Anliegen zu sichten, die nötigen Nachforschungen über die Auftraggeber anzustellen, Siegel aufzubrechen und zu kopieren, Übersetzungen anzufertigen, Orakelsprüche in gereimter Form zu verfassen. Die zahlreichen Mitarbeiter sind rundherum gefordert, und es versteht sich von selbst, dass Orakeltage selten sind.

Endlich erhielten wir die Aufforderung, uns zum Tempel zu begeben.

Es war das erste Mal, dass ich Alexandros so nah vor mir sah. Er mochte knappe sechzig Jahre alt sein, wirkte aber sehr vital. Hochgewachsen, von heller Hautfarbe, mit prächtigem dichtem Haar aber dünnem Bart. Man konnte ihn durchaus als schön bezeichnen; besonders seine Augen waren lebhaft und gaben ihm etwas Charismatisches. Kostbare Gewänder unterstrichen die beeindruckende äußere Gestalt. Um den Nacken trug er Gott Glykon, dessen Schwanz tatsächlich bis auf den Boden reichte. Der Gott war des Propheten würdig – oder müsste es umgekehrt lauten?

Gott und Prophet begaben sich ins Innere des Tempels. Auf dem Vorhof standen Herold und Theologe, die nun die Namen, die auf den eingereichten Anfragen standen, einzeln aufriefen.

Bei jedem Namen fragte der Herold, ob der Gott willens sei, dieser Person ein Orakel zu erteilen. Stimmte der Prophet aus dem Inneren des Tempels zu, erfolgte die Aufforderung, am kommenden Tag die Weissagung in Empfang nehmen.

Xenophon und der Kutscher waren schon durch, ebenso Lukianos, natürlich alle unter falschem Namen. Den Kutscher hatte ich unsanft nach vorne stoßen müssen, weil er sich den Namen seines ihm zugedachten Auftraggebers nicht genügend gemerkt hatte. Schweißperlen sammelten sich auf meiner Stirne.

»Demetrios von Abonuteichos«, rief der Herold, mit einer Stimme, die mir durch Mark und Bein ging.

Ein älterer Mann meldete seine Präsenz und schob sich nach vorn.

Schweigen.

»Demetrios von Abonuteichos«, wiederholte der Herold noch lauter als zuvor.

»Zu den Raben mit ihm!«, ertönte eine furchterregende Stimme aus dem Heiligtum.

Ein Aufschrei ging durch die Menge.

Der Mann ergriff auf der Stelle die Flucht, bevor die Menge sich auf ihn stürzen konnte.

»Ich habe ihn mit *Lepidus von Amastris* gesehen«, rief einer der Anwesenden.

»Meidet ihn! Meidet ihn! Niemand soll ihn mehr in seinem Haus aufnehmen.«

»Fliehen soll er, denn niemand wird ihm mehr Feuer oder Wasser reichen.«

Mir zitterten die Knie. Ich weiß heute noch nicht, wie ich es schaffte vorzutreten, als mein erfundener Name aufgerufen wurde. Vermutlich hatte man mich auch nach vorne geschubst.

Da wir unsere Fragen unter fiktiven, also unbedeutenden Namen gestellt hatten, wurde uns leider kein autophones Orakel zuteil. Dennoch sahen wir uns am folgenden Tag für Angst und Schrecken reichlich belohnt, als wir die Antworten in Händen hielten.

Xenophons Erkundigung nach der Herkunft Homers wurde mit folgender Antwort bedacht:

*Salb dich mit Ktymis und Rennrosses Schweiß.*

Auf die wörtlich gleiche Anfrage betreffend Homer, die der Kutscher überbracht hatte, lautete hingegen die Antwort:

*Segeln sollst du nicht! Zu Fuß geh den Weg!*

Es war zum Totlachen. Der Prophet war geradewegs in die Falle gegangen.

Die achtfach bezahlte Einzelfrage bescherte uns tatsächlich acht Antworten, jede unsinniger und unverständlicher als die andere. Wir verzichteten darauf, einen Orakeldeuter zu konsultieren; zu unverschämt die Preise, besonders seit Alexandros das Amt des Deutens für teures Geld verpachtete.

»Die sind prompt auf die acht Drachmen und sechzehn Oboloi hereingefallen. Wie lautete eigentlich die eine Frage, die du gestellt hast?«

Auf Lukianos' Gesicht entfaltete sich ein breites Grinsen.

»Wann wird Alexandros beim Betrügen ertappt?«

»Wenn der Prophet das wüsste«, brachte ich mühsam hervor.

»Oh, ich werde es ihn wissen lassen, darauf kannst du Gift nehmen«, sagte Lukianos, und seine Augen blitzten gefährlich.

Zum Thema »Prophetenhaar« wurde uns die Ehre eines Nachtorakels zuteil.

»Was um alles in der Welt ist ein Nachtorakel?«, wollte ich wissen.

»Eine Neuerfindung. Seit es wegen der immensen Nachfrage nach Orakelsprüchen nicht mehr möglich ist, auf jedes Anliegen präzis einzugehen, hat Alexandros eine neue Technik erfunden. Er nimmt die Schriftstücke in Empfang, schläft auf ihnen und erhält vom Gott im Traum die Antwort.«

»Also lies schon vor, was uns Gott Glykon über die Haare seines Propheten sagt.«

Lukianos hielt das Schriftstück ans Licht und begann schallend zu lachen.

»Sag schon, ich will es auch wissen.«

»Gott Glykons Antwort lautet:
*Sabardalachu malachaattealos en.*«

Abonuteichos ist ein Kaff, ärger noch als Oea. Anonymität ist nur sehr bedingt möglich, und so dauerte es nach dem Empfang der göttlichen Weissagungen keine vierundzwanzig Stunden, bis wir eine Einladung erhielten, den Propheten persönlich zu besuchen.

Damit hatten wir auf längere Sicht gerechnet. Dennoch war mir unwohl, wenn ich an eine direkte Begegnung dachte. In welchem Rahmen würde das Treffen stattfinden? Kannte er unsere Identität? Wie viel wusste Alexandros über unsere Aktivitäten? Wie skrupellos war der Prophet, wenn der Ruf seiner Orakelwerkstätte auf dem Spiel stand? Wie weit würde er gehen?

Nach langem Beraten hatten wir uns darauf geeinigt, Stärke zu markieren und uns zum Empfang von unserer militärischen Eskorte und dem Diener Xenophon begleiten zu lassen. Wie gut ich daran getan hatte, auf diesen Sicherheitsmaßnahmen zu bestehen, konnte ich zu dem Zeitpunkt noch gar nicht einschätzen.

Entgegen meiner Befürchtung wurde der Anlass in aller Öffentlichkeit mit feierlichem Pomp begangen. Alexandros empfing uns im Garten seines Anwesens inmitten eines großen Kreises von Anhängern, die uns ausgesucht höflich willkommen hießen. Es war mir peinlich, dass wir mit militärischem Schutz aufgefahren waren. Mit Blicken versuchte ich den Legionären zu bedeuten, sie sollten etwas mehr in den Hintergrund treten. Der Ältere verstand den Wink und zog sich so diskret wie möglich zurück. Der Jüngere aber, fasziniert von der bunten Pracht des Propheten, blieb wie angewurzelt neben Lukianos stehen.

Alexandros kam betont freundschaftlich auf uns zu, und wir begrüßten ihn bei seinem Namen. Hinter meinem Rücken ging ein Getuschel los. Ich verstand nicht, worum es ging, spürte aber, dass sich die Stimmung unter den Gefolgsleuten verändert hatte.

Nur Alexandros blieb unbeirrt freundlich und streckte Lukianos seine rechte Hand zum Begrüßungskuss hin.

Und dann geschah das Unfassbare: Lukianos beugte sich nach der Hand, als ob er sie küssen wollte, wie die Menge es zu tun pflegt, und …

Er biss in die Hand des Propheten, und zwar so heftig, dass er sie hätte lähmen können.

Der Prophet unterdrückte einen Schmerzensschrei, seine Anhänger schrien umso lauter auf und wollten über Lukianos herfallen. Augenblicklich zog der Soldat, der sehr wohl wusste, warum er nicht von Lukianos' Seite gewichen war, sein Schwert. Der zweite, der sich weiter entfernt postiert hatte, richtete den Speer auf die vordersten Gefolgsleute. Wie durch Nebelschleier nahm ich Xenophon wahr, der in Bewegungslosigkeit erstarrt war. Ob wir lange so standen, weiß ich nicht. Ich hörte die aufgebrachte Menge, wie sie Lukianos verfluchte, ihn einen Gotteslästerer nannte. Seine Gesinnung habe er schon durch die Respektlosigkeit verraten, den Propheten mit dem Namen anzusprechen statt mit dem Titel, wie es sich gezieme.

Irgendwann, nach einer Ewigkeit, wie mir schien, klatschte Alexandros in die Hände und bat um Ruhe. In bewundernswerter Selbstbeherrschung beschwichtigte er sein Gefolge und versprach, er werde diesen Menschen ohne Schwierigkeit zahm machen und Glykons Macht beweisen, indem er auch die äußerst Widerspenstigen zu Freunden mache.

Darauf schickte er seine Anhänger weg. Alle, ausnahmslos.

Die Legionäre senkten die Waffen und zogen sich ein paar Schritte zurück.

Als wir allein waren mit ihm, begann er, uns heftige Vorwürfe zu machen. Er kenne unsere Namen, wisse von unseren Nachforschungen, sei genauestens darüber informiert, was Lukianos über das Orakel sage und welche Ratschläge er Rutilianus bezüglich der Heirat gegeben habe.

»Was habe ich dir denn getan, dass du mich so schlecht behandelst?«, sagte er zu Lukianos, »obwohl ich mich doch bei Rutilianus für dich verwenden könnte …«

Ohne eine Antwort abzuwarten wandte er sich an mich und suchte meinen Blick:

»Einflussreiche Freunde an seiner Seite zu haben, ist immer nützlich, vor allem aber in schwierigen Zeiten. Und wie schnell gerät man doch in eine missliche Situation, nicht wahr, Charis?«

Alexandros' Spione hatten ganze Arbeit geleistet.

Ich hielt den Atem an, als Lukianos sich räusperte, fürchtete, er würde dem Propheten alles an den Kopf schleudern, was er über ihn dachte.

Es passierte nichts dergleichen. Zu meiner großen Erleichterung gab sich Lukianos höflich und konziliant; wir verließen das Anwesen als des Propheten »Freunde«.

Anhänger, die zu Augenzeugen der Verabschiedung wurden, betrachteten es als kleines Wunder, dass die Wandlung der gottlosen Fremden so schnell vor sich gegangen war. Sie priesen Gott Glykon und dessen weisen Propheten Alexandros.

»Kannst du mir sagen, was du dir dabei gedacht hast, den Propheten in die Hand zu beißen?«, fragte ich meinen Freund, als die erste Gefahr vorbei war, und wir uns allein bei einem Glas Wein erholten.

»Ich dachte, das sei ein würdiger Gruß für den Propheten, nach gut *kynischer* Art.«

Sicher fühlte ich mich nicht, obwohl Lukianos mir bei allem, was uns lieb und teuer ist, versprach, auf jeden weiteren kynischen Akt zu verzichten.

Der Prophet zeigte sich von seiner liebenswürdigsten Seite. Er umgarnte uns, schmeichelte Lukianos nach Strich und Faden, und Lukianos ließ sich von ihm gewinnen. Tatsächlich hatte er sich bisher an sein Versprechen gehalten. Doch konnte ich mich auf ihn verlassen? Wir hatten uns über den Vorfall mehrfach gestritten, ich hatte Lukianos einen Mangel an epikureischem Gleichmut attestiert. Der Vorwurf ließ ihn kalt. Er lasse sich auf keine Schulrichtung festlegen, und bisweilen scheine ihm die Leidenschaft des Kynikers angebrachter als die vornehme Zurückgezogenheit des Epikureers. Bis heute bin ich mir nicht wirklich im Klaren, ob Lukianos seinen »Hundegruß« bewusst in Szene gesetzt hat, wie er es behauptete, oder ob er im Affekt die Beherrschung verlor.

Die Tage vergingen schleppend. Ich sehnte mich nach Rom mit seinen Gefahren, Rom, das mir berechenbarer vorkam als die Provinz mit den ihr eigenen, nicht minder brutalen Regeln.

Fast jeden Tag gab es irgendeine abstruse Veranstaltung des Propheten, an der wir teilnehmen mussten, um uns nicht zu verraten.

Was mich ganz besonders störte, war die Anwesenheit eines Arztes, der eigens nach Abonuteichos gekommen war, um beim Propheten ein Studienjahr zu verbringen. Alexandros bestand darauf, dass wir ihn kennenlernten. Er hoffte, das hohe Lob des Arztes möge seine Wirkung auf mich nicht verfehlen und somit über mich bis nach Rom erklingen. Ein Arzt aus dem Asklepieion von Pergamon. Ausgerechnet! Und natürlich schwärmte er von Galenos. Ich verkniff mir die Frage, was es denn in Abonuteichos zu lernen gebe, das in Pergamon nicht zu finden sei. Aber wer weiß, vielleicht konnte das Asklepieion von einem gerissenen Geschäftsmann wie Alexandros tatsächlich noch einiges lernen.

Während ich auf Abreise drängte, nahm Lukianos es gelassener. Er schien sich mit der Lage zu arrangieren, zumal ihm jeder Tag zusätzliches Material eintrug. Wenn wir mit dem Schiff reisen wollten, mussten wir ohnehin abwarten, bis die unangenehmen Winterstürme vorbei waren, denn der Name *Pontos Euxeinos* wurde diesem ungastlichen Meer von den abergläubischen Griechen nur darum verpasst, um das Unglück nicht herbeizubeschwören. De facto müsste es nämlich *Pontos Axeinos* heißen. Doch halfen alle Überlegungen nichts. Wir hatten in unserer unangenehmen Lage bis zum Frühjahr auszuharren.

Um den Eindruck eines überstürzten Abgangs zu vermeiden, kündigten wir dem Propheten unsere Reisepläne frühzeitig an. Er reagierte freundlich, verstand, dass auch wir wichtige Angelegenheiten hatten, die unser harrten, versprach uns sogar, auf seine Kosten ein Schiff mit Besatzung zu beschaffen, das uns nach Amastris bringen sollte.

Bis zum Zeitpunkt der Abfahrt verging kein Tag, an dem er uns nicht Abschiedsgeschenke und allerlei Leckereien für die Reise überbringen ließ.

Wir dachten schon, die Frist bis zum Weggang ohne Zwischenfälle hinter uns bringen zu können, als sich eine neue brenzlige Situation ankündigte. Brenzlig im wahrsten Sinne des Wortes.

Für den Abschiedsabend hatte sich der Prophet etwas ganz Besonderes ausgedacht. Er veranstaltete ein Fest zu Ehren Glykons, um die Schmach, die dem Gott von allerlei Gotteslästerern zugefügt wurde, zu sühnen.

Es gab kein Entrinnen, wir mussten Präsenz zeigen.

Hätte ich geahnt, was auf uns zukommen würde – ich hätte Lukianos eigenhändig gefesselt und bis zur Stunde des Aufbruchs in eine Kammer gesperrt.

Zunächst ging alles glatt. Opferhandlungen, feierliche Prozessionen, Hymnen aus dem Mund schöner Jünglinge, die im

Heiligtum wohnen, um für drei Jahre das Amt von Chorknaben zu versehen, rituelle Tänze: das ganze Repertoire.

Doch dann erhob sich der Prophet mit einem Buch in seiner Rechten und schritt feierlich auf die Mitte der Agora zu. Er hob das Buch in die Höhe, sodass es alle sehen konnten, und hielt eine feurige Rede gegen Epikuros und alle Gotteslästerer, denen endlich einmal eine gehörige Lektion erteilt werden müsse.

Lukianos erstarrte.

Angst stieg in mir hoch, Angst davor, was als Nächstes geschehen würde. Was Alexandros im Sinn hatte, war klar, denn seine Getreuen waren damit beschäftigt, einen Scheiterhaufen aus Feigenholz zu errichten. Einen Scheiterhaufen ganz so, wie man ihn zum Einäschern der Verstorbenen aufzuschichten pflegt. Wie aber würde Lukianos reagieren?

Getrieben von nackter Verzweiflung griff ich nach seinem Arm und krallte meine Nägel in sein Handgelenk.

»Ich halte in meinen Händen die Lehren des Epikuros, die *Kyriai Doxai*.«

Die sonst so wohlklingende Stimme des Propheten klang nun feurig und brannte die Worte in meine Haut ein.

»Ein Orakel des Gottes heißt uns, den Gott zu rächen.«

Die Menge schrie und tobte, begehrte den Wortlaut des Gottes zu hören.

»Verbrenne mit Feuer die Lehren des verblendeten Greises«, verkündete der Prophet die göttliche Weisung.

Seine Worte wurden übertönt von peitschenden Rufen, die »Feuer, Feuer, Feuer« skandierten.

»Ich übergebe die Kyriai Doxai dem Feuer und sühne damit den Frevel, der unserem Gott Glykon im Namen des Epikuros angetan wurde.«

Bevor er das Buch in die Flammen warf, gelang es mir irgendwie, den noch immer erstarrten Lukianos vom Ort des Geschehens wegzuzerren.

Obschon wir wach blieben und keine Minute schliefen, sprachen wir kein Wort über die schrecklichen Geschehnisse in jener Nacht. Ich wagte nicht einmal, mich ins Bett zu legen. In

Reisekleidern, bereit zur Abreise, verharrten wir schweigend auf niederen Holzschemeln und warteten auf den Tagesanbruch. Stumm und starr wie wir waren, unterschieden wir uns kaum von den Gepäckstücken, die auf dem Fußboden neben uns für die Abreise bereitlagen.

»Nur weg von Abonuteichos!«, war das Einzige, was ich zu denken fähig war.

# 41 Seebär

Bis zur letzten Minute fürchtete ich, unserer Abreise könnte sich noch ein Hindernis in den Weg stellen. Der pergamenische Arzt gab uns das Geleit und richtete die guten Reisewünsche des Propheten aus, der glücklicherweise zu so früher Stunde noch nicht auf war. Beim Besteigen des Schiffes bemühte ich mich, das Zittern, das meinen ganzen Körper erfasst hatte, zu unterdrücken, doch beachtete uns niemand. Der Pergamener sprach mit dem Kapitän, während die Mannschaft das Schiff für die Abfahrt auslaufbereit machte. Erst als das Boot auslief und Kurs nach Amastris nahm, begannen sich meine Muskeln zu entspannen.

Ich schloss die Augen und fiel in einen unruhigen Schlaf. Wie lange er währte, weiß ich nicht, doch als ich wieder wach wurde, glaubte ich, bei der Mannschaft eine gewisse Hektik wahrzunehmen.

»Was ist los?«, fragte ich, sofort alarmiert, »und wo ist Xenophon?«

»Beruhige dich, wir sind in voller Fahrt auf See und haben schon bald die halbe Strecke bis Amastris hinter uns. Xenophon schläft unter Deck.«

Der Kapitän, ein Seebär von etwa sechzig Jahren, der aussah, wie man sich einen Kapitän eben vorstellt, ging wortlos an uns vorbei und steuerte auf zwei der Schiffsleute zu, die sich verstohlen über etwas unterhielten.

»Irgendetwas stimmt da nicht«, sagte ich zu Lukianos, »ich hatte schon ein ungutes Gefühl, als der Pergamener so lange mit dem Kapitän zu diskutieren hatte.«

»Charis, du bist aufgewühlt, die Angst sitzt dir im Nacken. Wir sind in Sicherheit, und bald wird dein geliebtes Rom dich wiederhaben.«

Er beobachtete mich scharf.

»Oder ist es Rom, das dir Sorgen macht. Fürchtest du die Arena der Ärzte?«

»Der Pergamener erzählte mir, Galenos habe wegen lokalpolitischer Unruhen seine Heimatstadt verlassen und sei schon auf dem Weg …«

Der Satz blieb unbeendet. Zwischen dem Kapitän und den beiden Männern war es zum Streit gekommen. Worum es ging, verstand ich nicht. Doch redete der Kapitän vehement auf die beiden ein, bis der eine ihn an den Schultern packte und schüttelte. Vom Lärm herbeigerufen erschienen sechs weitere Schiffsleute. Zwei hielten unseren Diener Xenophon fest, die anderen marschierten auf uns zu.

Lukianos hatte endlich begriffen, dass etwas Beunruhigendes vor sich ging, und rückte schützend vor mich hin.

Zu spät. Die Männer zerrten uns unsanft auf die Füße, drückten uns gegen die Schiffsbrüstung. Das Kräfteverhältnis vier zu zwei ließ nicht die geringste Chance auf Gegenwehr zu. Wobei, um bei der Wahrheit zu bleiben, auch ein einziger dieser Kerle leichtes Spiel mit uns gehabt hätte. Bei dem Körperbau! Die militärische Eskorte wäre jetzt genau richtig gewesen. Aber die war bereits auf dem Rückmarsch Richtung Kappadokien – nach erfolgreich beendeter Mission.

»Los, über Bord mit ihnen«, rief der eine, der noch immer neben dem Kapitän stand.

Der Kapitän hatte sich inzwischen losgerissen und stürzte auf uns zu. Er versetzte dem Seemann, der meinen Hals umklammert hielt, einen gezielten Fausthieb, sodass dieser zu Boden ging. Ein krachendes Geräusch vom Aufprall, danach bedrohliches Schweigen. Die Mannschaft umringte den Kapitän, der einen nach dem anderen mit Blicken durchbohrte.

»Ich bin euer Kapitän«, sagte er mit fester Stimme. »Wenn ihr die drei Passagiere über Bord werfen wollt, dann müsst ihr zuerst mich erledigen. An mir kommt keiner vorbei.«

Breitbeinig stand er da und schaute seinen Männern provozierend in die Augen.

»Wenn wir sie laufen lassen, geht es uns an den Kragen«, widersprach einer der Jüngeren, »für diesen Auftrag wurde bezahlt.«

»Und nicht wenig!«, ergänzte ein anderer.

»Meint ihr, dass ihr gefahrlos weiterlebt nach einem dreifachen Mord? Naivlinge seid ihr! Ihr könntet nie wieder nach Abonuteichos zurückkehren.«

»Uns wurde Straffreiheit garantiert«, meinte einer der Männer trotzig.

»Garantien sind schnell versprochen. Aber ob sie auch eingehalten werden?«

»Wir wären erpressbar, ein Leben lang«, überlegte einer der Besonnenen.

»Man könnte uns auch als unliebsame Zeugen verschwinden lassen.«

»Ich habe Frau und Kinder zu Hause, ich kann kein Risiko eingehen.«

»Auch ich habe Frau und Kinder«, sagte der Kapitän nicht ohne Schärfe, »und ich möchte ihnen weiterhin in die Augen blicken können. Sechzig Jahre habe ich anständig gelebt, und anständig möchte ich mein Leben beenden.«

Er wandte sich zu uns:

»Der Prophet ist ein mächtiger Mann. Wer sich ihm entgegenstellt, hat sich zu fürchten. Uns wurde der Auftrag erteilt, euch unschädlich zu machen. Ich kann es nicht, will es nicht.«

Die Stimmung war umgeschlagen, der Mut zur Tat verpufft. Niedergeschlagenheit breitete sich aus. Die Männer diskutierten, wogen ab, suchten nach Auswegen. Endlich kamen sie überein, uns bei Aigialos an Land zu setzen. Von dort aus sollten wir uns allein durchschlagen.

Uns war alles recht. Als wir in Aigialos von Bord gingen, winkte uns die versammelte Mannschaft zum Abschied. Der Kapitän hatte Tränen in den Augen. Ich hoffte für ihn und die Mannschaft, dass ihm eine gute Geschichte einfiel, die das Misslingen des Auftrags plausibel machen konnte. Seeleute sind in der Regel begabt für das Erfinden von Geschichten.

Wir hatten großes Glück. In Aigialos trafen wir auf Gesandte des *Bosporanischen Reiches*. Sie waren im Auftrag ihres Königs Iulius *Eupator* unterwegs, um in Bithynien den jährlichen Tribut abzuliefern. Freundlicherweise nahmen sie uns mit bis Amastris.

Das Ziel war klar. Lukianos hatte die Absicht, Alexandros gerichtlich zu verfolgen. An Anklagepunkten mangelte es nicht.

Er verlor keine Zeit, suchte und fand zahlreiche Bundesgenossen, die ihm für den Prozess gegen den Propheten Unterstützung zusagten, allen voran die Freunde und Schüler des Philosophen *Timokrates von Herakleia*. Von ihm erfuhren wir, dass Alexandros sich in mehreren Fällen der Erpressung schuldig gemacht hatte. Der Prophet hatte leichtes Spiel, an kompromittierende Dokumente zu kommen. Über Orakelanfragen, die er je nach Grad seines Interesses am Auftraggeber aufbrechen ließ, erfuhr er von Ehebrüchen, Erbbetrügereien, Diebstählen und anderen Verfehlungen, die für den Betroffenen unangenehme Folgen haben konnten, sollten sie ans Tageslicht kommen. Es gab auch schwerwiegendes Material, wenn etwa nach dem Datum des nächsten Regierungswechsels gefragt wurde. Bei dieser Beweislage wäre der Fragesteller aufgrund der Lex Cornelia glatt zum Tod verurteilt worden. Schriftstücke mit belastenden Inhalten wurden von Alexandros grundsätzlich zurückbehalten. Zwar war es nie zu einer entsprechenden Anklage gekommen, wie wir von Timokrates erfuhren, doch nur, weil die Betroffenen jahrelang hohe Summen für die Geheimhaltung bezahlten.

Der Prophet konnte sich des Geschäfts mit Erpressungen gefahrlos erfreuen. Keiner hätte gewagt, ihn anzuklagen, musste doch jeder Betroffene befürchten, dass sich die Klage im Nu gegen ihn selbst gerichtet hätte.

Damit soll nun Schluss sein, befand Lukianos. Wir machten uns auf nach Nikomedia, um den kaiserlichen Legaten der

Provinz Pontos und Bithynien in dieser Sache aufzusuchen.

Lucius Hedius Rufus Lollianus *Avitus*, so hieß der Mann, der dieses Amt innehielt, strich sich mehrfach über seinen nicht vorhandenen Bart, als Lukianos ihm den Fall vortrug. Er warnte eindringlich davor, in dieser Sache voreilig zu handeln, und beraumte eine Besprechung unter vier Augen an.

Lukianos tobte, als er mir von der Unterredung berichtete:

»Weißt du, was er mir gesagt hat, mir als Anwalt, der ich immerhin auch bin?«

»Er hat dir abgeraten«, sagte ich ungerührt.

»Ja, aber mit welchem Argument! Er sagte, selbst wenn er Alexandros auf frischer Tat ertappte, könnte er ihn nicht bestrafen. Und warum nicht? Wegen seiner Beziehungen zu Rutilianus!«

»Erstaunt es dich? Rutilianus ist in Rom ein mächtiger Mann und wird in Kürze die Prophetentochter heiraten, falls das nicht schon geschehen ist.«

»Nun sag bloß, dass auch du mir abrätst, obwohl du selbst einem Mordversuch nur knapp entronnen bist.«

»Gerade deshalb. Einen zweiten Versuch würden wir vielleicht nicht überleben.«

So schnell gab Lukianos nicht auf. Er sprach mehrmals mit Avitus, der ihn mit Bitten und Drängen zu beschwören suchte, von einem Prozess abzusehen, während ich meine Abreise nach Rom vorbereitete. Das Abenteuer Abonuteichos war für mich beendet, ich sehnte mich nach einem »normalen« Leben. Endlich wieder Bewegungsfreiheit. Keine verstohlene Ausschau nach eventuellen Verfolgern. Herrlich! Eine Schiffsreise gehört ja nicht gerade zu den angenehmsten Unternehmungen. Aber diesmal freute ich mich auf die Überfahrt. Ein Schiff mit Kurs auf Rom …

Da war allerdings doch etwas, das mich beunruhigte. Auf der Agora von Nikomedia glaubte ich, den pergamenischen Arzt bemerkt zu haben, der bei Alexandros sein Lehrjahr absolvierte. Nur für einen kurzen Augenblick, bevor er im morgendlichen Gewühl wieder verschwand. Er war in Begleitung eines

Mannes, dessen Gestalt mich bedenklich an Galenos erinnerte, wenngleich ich ihn nur von hinten sah.

Lukianos erzählte ich nichts davon. Er hätte mich womöglich nicht ziehen lassen.

# 43 Panta rhei

Nichts deutete darauf hin, dass Rom sich verändert hatte. Dennoch kehrte ich nicht in dieselbe Stadt zurück, die ich verlassen hatte. Und auch ich war nicht mehr dieselbe. Ich war es, und ich war es nicht.

Rom befand sich im Krieg. Die beiden Kaiser hatten sich widerwillig zu einem Feldzug gegen die Parther entschlossen, wobei es Lucius Verus zufiel, diesen Krieg anzuführen. In senatorischen Kreisen herrschte Unsicherheit und Nervosität. Nur ungern verließ man sich auf Generäle, ganz besonders, weil in Anbetracht der militärischen Unerfahrenheit beider Kaiser diesen Generälen gefährlich viel Macht zukam.

Seit dem Angriff der Parther war mehr als ein halbes Jahr vergangen, doch die Vorbereitungen für den Abmarsch waren noch immer nicht abgeschlossen. Immerhin hatte Kappadokien in Marcus Statius *Priscus* einen fähigen neuen Legaten, und auch der Legat von Syrien war ersetzt worden. Ob Marcus Annius *Libo* seiner Aufgabe gewachsen war, wurde in gewissen Kreisen bezweifelt. In Syrien war es zu Rebellionsversuchen gekommen. Man munkelte gar, Teile der Armee hätten sich den Parthern angeschlossen. Marcus Aurelius hatte darum in erster Linie einen verlässlichen Mann gewählt; Libo, ein Cousin des Kaisers, erfüllte zumindest die Voraussetzung der Loyalität.

Wie immer im Frühjahr regnete es in Rom, doch schienen diesmal die Regenfälle gar kein Ende zu nehmen. Der Tiber schwoll an, entwickelte sich zu einem reißenden Fluss, einem wilden, gefräßigen Ungeheuer, das Menschenopfer forderte. Längst begnügte er sich nicht mehr mit seinem ihm zugedachten Bett. Er überflutete die Ufer, brachte Menschen und Tieren Tod und Zerstörung. Ganze Regionen Roms standen unter Wasser, Häuser stürzten ein. Menschen lagen unter Trümmern begraben, die glücklicheren wurden nur obdachlos. Der Fluss riss Bäume, Karren, Häuserteile mit sich, erbeutete Hausrat, Truhen, Betten. Menschen wurden von den Fluten erfasst, ihre Schreie gingen im Getöse der Wassermassen unter. Die in den Talsenken gelegenen Gebiete, das Marsfeld, den Circus Maximus, die Via Flaminia und das Forum Romanum, traf es, wie immer bei Hochwasser, am ärgsten. Doch diesmal wurden auch höher gelegene Bezirke verwüstet, die man bis anhin für sicher gehalten hatte. Die Kaiser zeigten Präsenz, suchten die zerstörten Regionen auf, um sich ein Bild über die Lage zu verschaffen, versprachen den Notleidenden rasche Hilfe und sorgten auch dafür, dass diese eintraf. Die Überflutung war erst der Anfang der Katastrophe. Nachdem die Wasser sich zurückgezogen hatten, kam es zu einer zweiten Einsturzwelle, vor allem bei schlecht gebauten Häusern, danach folgten Hungersnot und Seuchen, sodass die Bevölkerung über längere Zeit konstanter Hilfeleistung bedurfte. Die Menschen wurden in öffentlichen Gebäuden untergebracht, erhielten Essen; der Kornpreis wurde gesenkt. Wer sein Gewerbe verloren hatte, erhielt Arbeit im Aufbauprogramm. Den ersten innenpolitischen Härtetest hatten die beiden neuen Regenten bestanden. Rom war des Lobes voll.

Auch wir Ärzte waren gefordert. So viele Verletzte, an Seuchen Erkrankte, Geschwächte. Jede helfende Hand war willkommen, auch meine. Vergessen die Zeit, da man mich schmähte und lieber elend zugrunde gegangen wäre, als meine ärztliche Pflege in Anspruch zu nehmen. Rom befand sich in einem Ausnahmezustand, was mir Gelegenheit bot, ganz ohne Aufsehen meinen Platz im stadtrömischen Gefüge wieder einzunehmen.

Das Iatreion am Clivus Scauri hatte zu seiner alten Bedeutung zurückgefunden, seinen guten Ruf wiedererlangt, worüber ich mich jeden Tag von neuem freute, denn das war ganz und gar nicht selbstverständlich. Kleitos und Myrrhine hatten alles daran gesetzt, das Vertrauen der Patienten wiederzugewinnen. Mit Kompetenz und viel Beharrlichkeit war es ihnen gelungen. Ich kannte die beiden nicht anders. Überraschend war jedoch der enorme Einsatz von Dana und Kynthia, die sich in der Zeit meiner Abwesenheit bemerkenswert entwickelt hatten. Sie kamen mir gar nicht mehr wie Schülerinnen vor, eher wie angehende Ärztinnen. In den sieben Monaten hatten sie sich ein gutes Stück Wissen und Erfahrung angeeignet, was ja auch zu erwarten war. Durch meine lange Abwesenheit fielen mir die Fortschritte lediglich stärker auf. Erstaunlich und absolut neu aber war, dass sie nun ganz selbstverständlich Verantwortung übernahmen. Das hätte ich ihnen so nicht zugetraut. Zweifel beschlichen mich. Ob die beiden ebenso weit gekommen wären, wenn ich Rom nicht hätte verlassen müssen? Myrrhine bemühte sich, meine Befürchtungen zu relativieren, und ich wollte ihr gerne glauben. Die Lage im Ärztehaus war über lange Monate so prekär gewesen, dass die beiden sich zum ersten Mal nützlich, ja sogar unentbehrlich fühlten. Wenn sie einen Dienst übernahmen, dann nicht zum Üben, sondern weil sie gebraucht wurden. Und so sollte es auch bleiben, schwor ich mir.

Im Haus war man offensichtlich glücklich über meine Anwesenheit; alle hatten sich ernsthaft um mich gesorgt, besonders Sinope, die mehrmals die Befürchtung geäußert hatte, ich könnte für immer von Rom wegbleiben. Ähnliches hatte ich von ihr und Maximus geargwöhnt. Zu Unrecht, denn sie hatten Phrygien pünktlich vor den Winterstürmen verlassen.

Es gab noch jemanden in Rom, der sich über meine Rückkehr freute: Capito. Er ließ es durch Castor ausrichten. Ich beschloss, ihn so lange wie möglich zu ignorieren. Sehr lange würde das nicht möglich sein, denn auf die Rennen im Circus Maximus wollte ich seinetwegen nicht verzichten, besonders jetzt, wo die Roten, nach einer langen Glücksperiode der Grünen, endlich wieder Siege zu verzeichnen hatten.

Von Kleitos erfuhr ich, dass mein spezieller Freund Galenos sich inzwischen in der Stadt niedergelassen hatte. Bisher war nicht viel von ihm zu hören. Anscheinend gestaltete sich der Anfang der erhofften Glanzkarriere schwieriger als angenommen. Ich konnte mir seine Ernüchterung lebhaft vorstellen.

»Was hat er sich von Rom erwartet?«, bemerkte ich, »einen Triumphzug gleich bei Betreten der Stadt?«

Kleitos grinste.

»Hör ich da etwa ein Quäntchen Schadenfreude?«

»Verdient hätte er es ja«, meinte Myrrhine, »er hat sich unter den Kollegen nicht gerade geschickt eingeführt. Es kommt nie gut an, wenn ein Neuling so dick aufträgt. Als hätte allein er eine seriöse Ausbildung vorzuweisen.«

»Tut er das wirklich?«

»Und wie! Im Bemühen, als Arzt ernst genommen zu werden, prahlt er mit seiner langen Ausbildung und speit Gift und Galle gegen jene Kollegen, die nur eine Schnellbleiche durchgemacht haben, wie er sich auszudrücken pflegt.«

»Merkt er nicht, dass er sich damit Feinde schafft?«

»Er fühlt sich verkannt«, meinte Kleitos. »In der Stadt hat man ihn zwar inzwischen wahrgenommen, doch eher als Philosophen denn als Arzt, was ihn außerordentlich kränkt.«

»Dieses Missverständnis hat er sich selbst zuzuschreiben«, sagte Myrrhine, »was muss er denn bei jeder Gelegenheit dozieren, Medizin sei ohne Philosophie gar nicht ernsthaft zu betreiben.«

»Ein denkbar schlechter Start!«

Beinahe hätte er mir leid getan, doch nur für Sekunden. Beim bloßen Gedanken an unsere Begegnung in Pergamon, an sein selbstzufriedenes Lächeln, verflog jeder Anflug von Mitgefühl.

»Keine Angst«, meinte Kleitos, »ein Galenos gibt deswegen noch lange nicht auf. Als er mich neulich in der Praxis aufsuchte, ließ er verlauten, er stehe kurz vor dem Durchbruch. Seine pergamenischen Freunde …«

»… zu denen er dich offensichtlich auch zählt«, spottete Myrrhine.

Wir lachten.

Es war wie in alten Zeiten. Wie hatte ich mich nur vor Galenos fürchten können und vor dem pergamenischen Arzt in Nikomedia. Alles Hirngespinst. Entstanden unter dem Schock des versuchten Mordanschlags.

Rom war wieder meine Stadt. Die Stadt bot Raum für alle. Arbeit im Überfluss.

Die Sturmwolken hatten sich verzogen und machten einer milderen Wetterlage Platz.

Und mehr noch: Audu hatte für den Sommer seinen Besuch angekündigt.

Es wurde Herbst. Von Audu noch immer keine Spur, zumindest nicht in Rom. Zwar ist der eigenwillige Umgang mit der Zeit geradezu ein Kennzeichen Audus, dem *Kairos* schon immer mehr galt als *Chronos*. Doch diesmal machte er mich ratlos, um nicht zu sagen wütend.

Im Ärztehaus nahm alles seinen gewohnten Lauf. Wir hatten so viele Patienten wie noch nie, sodass es Dana und Kynthia nicht im Traum einfiel, Rückfälle in ein Schülerinnen-Dasein zu produzieren. Auch in wohlhabenden Kreisen ließ man wieder vermehrt nach uns schicken.

Eines Mittags, als ich von einem Krankenbesuch zurückkehrte, richtete Sinope mir aus, ich werde im Haus des Arztes Antigenes erwartet, seine Frau Fulvia leide an Unterleibschmerzen. Ausgerechnet Antigenes, mein Widersacher. Wie konnte er es wagen, mich rufen zu lassen, als wäre nichts vorgefallen. Ich versuchte, mehr über die näheren Umstände zu erfahren, doch war Sinope kurz angebunden und hörte mir bei meinen Erörterungen zu Antigenes nur mit halbem Ohr zu. Es war nicht das erste Mal. In letzter Zeit wirkte sie wieder abwesend, zeigte sich zurückhaltend. Ihr Verhalten erinnerte mich an jene Zeit, als sie schwanger war und es vor uns verstecken wollte. Unwillkürlich streifte mein Blick ihren Leib. Nein, Zeichen einer Schwangerschaft waren nicht zu erkennen. Vielleicht hatte sie Sorgen wegen Maximus, der sich zunehmend ihrer Obhut zu entziehen suchte. Es machte ihr zu schaffen, dass sie ihn nicht ständig überwachen konnte. Inzwischen war Maximus ein willensstarker Dreijähriger, vif und intelligent. Die phrygischen Freiheiten hatten ihm geschmeckt, und er war nicht willens, sie kampflos aufzugeben. Not ließ ihn erfinderisch werden, er kannte schon mehrere Tricks, wie er Sinopes Aufsicht entrinnen konnte. Einem Jäger gleich beobachtete er Sinopes Tagesablauf, ihre Pflichten und Aktivitäten, lag unauffällig und geduldig auf der Lauer, um bei der ersten günstigen Gelegenheit abzuhauen. Dann allerdings vertauschten sich die Rollen, Sinope verwandelte sich im Nu zur Jägerin, die Maximus erbarmungslos nachsetzte, bis sie ihn eingefangen hatte. Gelang es ihr nicht, ihn in seinen Verstecken aufzuspüren, stellte sie gekonnt Fallen, indem sie leckere Krapfen briet, deren betörender Duft sich in der ganzen Nachbarschaft ausbreitete und unfehlbar auch den flüchtigen Fuchs anlockte. *Globuli* mit Honig und Mohn konnte selbst Maximus nicht widerstehen. Mit jedem Atemzug schrumpfte der Drang nach Freiheit und machte dem unbändigen Verlangen nach dem warmen, süßen Gebäck Platz. Noch war sie ihm überlegen. Mir gefiel, wie er sich den Freiraum herausspielte, den er dringend brauchte. Gefahr für ihn bestand meines Ermessens keine. Kleitos und Myrrhine teilten meine Einschätzung, nicht aber Sinope, was immer wieder Anlass zu Auseinandersetzungen gab. Ob sie mir das übel nahm?

Meine Gedanken konzentrierten sich auf Antigenes. Eigenartig, dass er mich für die Behandlung seiner Frau beizog. War es ein Hinterhalt? Womöglich rief er sieben Ärzte ans Bett seiner Frau, um mich durch einen Misserfolg vor versammelter Prominenz bloßzustellen, wie damals im Palast. Anderseits ging es immerhin um seine Gattin, deren Wohl ihm bestimmt am Herzen lag. Warum behandelte er sie dann nicht selbst? Am liebsten wäre ich nicht hingegangen. Mochte er sich selbst darum kümmern.

Wenn ich aber meine Hilfe verweigerte, gab ich ihm erst recht Material in die Hände, meinen Ruf zu ruinieren. Es half nichts, ich musste mich stellen. Wie viel lieber hätte ich mir die Pferderennen angesehen; die Roten ritten zurzeit auf einer wahren Glückswelle.

Schweren Herzens traf ich meine Vorbereitungen. Dann aber kam mir die rettende Idee, mich von Myrrhine begleiten zu lassen. Sie erklärte sich sofort einverstanden und übergab ihre Patientin in Kynthias Hände.

Wir waren im Begriff, das Iatreion zu verlassen, als uns keuchend ein Bote entgegenkam. Hinter ihm zwei Träger mit einem

Tragsessel. Die Uniformen der Träger kamen mir bekannt vor, auch das Gesicht des Boten hatte ich schon irgendwo gesehen. Wo nur, überlegte ich fieberhaft, als sich der Bote, der mich seinerseits sofort erkannte, an mich wandte:

»Capito bedarf dringend deiner Hilfe, er ist schwer erkrankt.«

Welch Glück, dass wir bereits zu einem Notfall unterwegs waren. Antigenes erschien mir in jenem Augenblick als das kleinere Übel. In aller Gelassenheit erklärte ich dem Boten den Sachverhalt und verwies ihn auf Kleitos, der mindestens so erfahren sei wie ich.

Ein denkwürdiger Tag. Erst der Ruf des Antigenes, dann Capito. Die Pferderennen hatten definitiv keine Chancen, dafür hätte ich mich Stunden im Voraus wegschleichen müssen. Fortuna ist einem nicht jeden Tag hold. Oder doch? Als ich Kleitos später fragte, woran denn Capito leide, schaute er mich verschmitzt lachend an:

»Penisentzündung, eine harmlose Schwellung. Leicht zu behandeln mit reinigenden Bädern, Ausspülen der Vorhaut. Linsenschrot in Wein aufkochen, etwas Honig zugeben, auf die entzündeten Stellen geben. Penis bauchwärts fixieren durch Einbinden.«

Ich verdrehte die Augen. Doch! Ich hatte zweifellos Glück gehabt.

Im Haus des Antigenes führte uns eine Sklavin zu den Gemächern der Kranken. Bis ins Atrium hörte man die durchdringende Stimme der Domina, die ihren Dienstboten Anweisungen erteilte. So schlimm stand es also nicht um die Patientin.

Als wir eintraten, dämpfte sie sogleich ihre Stimme, rutschte tiefer in die Polster und setzte eine leidende Miene auf. Ihr Alter war schwierig zu schätzen, denn sie war überaus korpulent, vermutlich um fünfzig Jahre herum. Sie klagte über Schmerzen im Rücken und im Unterleib, die sich allerdings linderten, sobald sie sich hinlege. Ja, sie stehe kurz vor ihrer Regelblutung. Myrrhine warf mir einen Blick zu. Womöglich ganz gewöhnliche Menstruationsbeschwerden, schien ihr Blick zu besagen. Oder Wohlstandsprobleme, dachte ich bösartig, als sie Völlegefühle und häufige Verstopfung erwähnte. Ich zwang mich, ihre Schmerzen ernst zu nehmen, sie als normale Patientin zu behandeln; was konnte sie dafür, dass ihr Mann ein Mistkerl war. Der Mistkerl war inzwischen ins Zimmer seiner Frau getreten, ich bedachte ihn mit einem knappen Nicken. Bei genauer Befragung war zu erfahren, dass Fulvia Probleme mit dem Wasserlassen hatte. Ja, sie spüre einen vermehrten Reiz zur Blasenentleerung und ja, es könne geschehen, dass unkontrolliert Urin abgehe, besonders bei körperlicher Anstrengung. Drei Geburten habe sie hinter sich, wovon eine sehr schwierige. Myrrhines Miene verriet, dass auch sie die Lage anders beurteilte als zuvor. Sie hieß Fulvia aufstehen und befragte sie, ob sie ein Druckgefühl nach unten empfinde. Fulvia bestätigte. Ein klarer Fall. Alle Anzeichen deuteten auf einen Gebärmuttervorfall hin. In Anbetracht des lauernden Antigenes hütete ich mich, meinen Verdacht laut auszusprechen. Stattdessen schritten wir zur Untersuchung, um unsere Vermutung zu überprüfen. Myrrhine besaß die nötige Frechheit, Antigenes aus dem Zimmer zu schicken. Vom Befehlston überrumpelt, stand er auf und verließ seinen Beobachtungsposten. Nur mit Mühe unterdrückte ich ein Kichern. Myrrhine mitzubringen war goldrichtig gewesen.

Das Sondieren bereitete der Patientin Schmerzen. Die Untersuchung mit dem Speculum bestätigte dann unsere Vermutung: Anfangsstadium eines *prolapsus uteri*.

»Der Uterus hat sich gesenkt und drückt nun auf Rectum und Blase«, erklärte Myrrhine, »daher deine Beschwerden.«

»Wie ist die Behandlung?«, fragte Fulvia, die sich auf ihrer Kline resolut aufrichtete.

»Nun, da gibt es verschiedene Schulmeinungen«, sagte ich, »wir schlagen vor, die Gebärmutter von Hand oder mittels eines Schwammes zu reponieren. Dazu müssen wir zunächst mit einem Katheter die Blase und mittels eines Klystirs den Darm entleeren. Nach der Reposition wird ein mit Essigwasser und Heilmitteln getränkter Pfropf in die Scheide eingeführt. Danach musst du drei Tage mit geschlossenen Schenkeln auf dem Rücken liegen und darfst nichts essen.«

Fulvia machte ein missmutiges Gesicht.

»Gibt es auch andere Behandlungsmöglichkeiten?«

»Die gibt es immer«, sagte Myrrhine. »Was wir dir empfehlen ist die Methode des Soranos, die Charis dir eben erklärt hat.«

»Antigenes hält nicht viel von Soranos und der Schule der Methodiker«, warf ich ein, »wir werden ihn also am besten bei der Besprechung der Therapie konsultieren. Es gibt nämlich durchaus auch andere Behandlungsmethoden ...«

»Bei denen man nicht fasten muss?«

»So ist es. Euryphon von Knidos, ein Kollege des hochverehrten Hippokrates, empfiehlt ein Verfahren, ...«

Ein Glucksen war zu hören von Myrrhine.

»... bei dem die Füße der Patientin an einer Leiter befestigt werden, die dann gekippt wird. Die Patientin muss vierundzwanzig Stunden so hängen bleiben. Das ist zwar nicht sehr angenehm, doch darf man dafür kalte Gerstengraupensuppe essen.«

»Die aber lästige Blähungen verursacht«, doppelte Myrrhine nach, »weshalb wir diese Methode nicht favorisieren. Es gibt aber auch noch die Behandlung des Euenor, der ein großes Stück Rindfleisch auf die weibliche Scham legt. Allerdings führt die durch das Verfaulen erzeugte Jauche leicht zu fressenden Geschwüren.«

»Oder vielleicht doch eher die Methode des Diokles? Er treibt mit dem Schmiedeblasebalg Luft in den Uterus und bringt ihn so in die richtige Lage. Dann führt er geschälte, in Essig getauchte Granatäpfel ein. Das Einblasen der Luft erregt indessen Koliken, und der Granatapfel verursacht Druck.«

»Man könnte auch die Scheide mit feuchter Asche füllen und *Bibergeil* hinzufügen, wie Straton es empfiehlt, obschon die Asche von allzu scharfer Wirkung ist, und das Bibergeil den Kopf vernebelt.«

»Es gibt natürlich auch Ärzte, die wohlriechende Arzneien zum Einnehmen verordnen und von unten mit übelriechenden Substanzen räuchern. Sie hoffen darauf, dass der Uterus vor dem widerlichen Gestank flieht und sich von den Wohlgerüchen angezogen fühlt.«

Fulvia hielt sich die Ohren zu, und als Antigenes das Zimmer betrat, tat sie ihm kund, sie habe sich für die Methode des Soranos entschieden, was auch immer er dazu sagen möge.

So geschah es dann auch. Im Einvernehmen mit Antigenes führten wir die mühsame Prozedur durch. Die Patientin nahm es ohne Murren hin.

Das Nachspiel erfolgte drei Tage später, als ich nach Fulvia sehen wollte. Das Pessar musste ausgewechselt werden. Eine Sklavin führte mich in einen Empfangsraum und bat mich um Geduld, die Herrin halte sich noch immer im Sitzbad auf. Eine rechte Zumutung! Immerhin hatte ich mein Kommen angekündigt, und es standen noch andere Patienten auf meinem Tagesprogramm. Doch was kümmerte das eine Herrin wie Fulvia, zu deren Gewohnheiten es gehörte, andere warten zu lassen! Während ich missmutig auf Fulvia wartete, betrat Antigenes das Zimmer. Ich verstand die Welt nicht mehr, als er sich bei mir für die erfolgreiche Behandlung seiner Frau bedankte. Er lobte mich überaus, strich meine Kompetenzen hervor. Den Zwischenfall im Palast erwähnte er mit keinem Wort.

Ich wartete schweigend, fragte mich, worauf es hinauslief.

»Wir sollten uns gegenseitig unterstützen, Charis«, sagte er, was mich dann doch zum Kochen brachte.

»Aus deinem Mund kommt mir das ziemlich dreist vor. Von deiner Unterstützung habe ich damals im Palast nichts mitbekommen. Mir scheint, als würde es dir heute eher um meine Unterstützung deiner Anliegen gehen.«

»Du irrst, Charis! Auch du bist gefährdet und wirst allein nicht durchkommen.«

»Ich wüsste nicht, warum ich gefährdet sein sollte, und außerdem bin ich am Clivus Scauri keineswegs allein.«

»Wenn du dich nicht in den Kreis der alteingesessenen Ärzte eingliederst, die Rom seit vielen Jahren ihre Erfahrung zur Verfügung stellen, kannst du jederzeit ins Abseits geraten. Es ist dir doch schon einmal passiert.«

»Ja, dank deiner Intrigen.«

»Zugegeben, Attalos und ich haben uns nicht besonders

elegant verhalten. Dass sich dein Missgeschick so dramatisch ausgewirkt hat, ist aber auf die Fluchtafel zurückzuführen.«

Die Fluchtafel! Das Wort allein konnte mich in Angst und Schrecken versetzen, wenn ich nicht auf das Thema gefasst war. Und Antigenes hatte mich überrumpelt. Meine Reaktion war ihm nicht entgangen, denn bevor ich ihn fragen konnte, sagte er:

»Du wunderst dich, dass ich davon weiß? Ganz Rom weiß es. Das Gerücht wurde gezielt verbreitet. Jemand will dir schaden, Charis. Und darum brauchst auch du unseren Beistand.«

»Wer ist dieser Jemand?«

Antigenes zuckte die Schultern.

»Ich weiß es wirklich nicht. Mit mir hat es nichts zu tun. Aber wer weiß …«

»Was willst du damit sagen?«

»Die Dinge in Rom haben sich verändert in den letzten Monaten, zumindest für uns Ärzte, seit dieser Galenos aus Pergamon in der Stadt ist.«

Ich schwieg und nötigte ihn damit zum Weitersprechen.

»Es ist unerträglich, wie er sich aufspielt, überall Vorträge hält, seine Ausbildung, sein Können, seine Erfahrung rühmt. Kaum hat er einen jungen Mann mit *Quartanfieber* behandelt, lässt er schon seinen Erfolg durch *Epigenes* in die Welt posaunen. Galenos von Pergamon, der begnadete Prognostiker!«

»Seine Ausbildung ist in der Tat tadellos und nicht zu übertreffen«, übernahm ich unfreiwillig Galenos' Verteidigung.

Antigenes klopfte ungeduldig mit dem Zeigefinger an sein Kinn.

»Deswegen muss man ja nicht sämtliche Kollegen diffamieren, sie der Unkenntnis, der Stümperei oder der Dummheit bezichtigen, wie Galenos es tut. Den Arzt Epigenes aus der Klientel des Consularen *Flavius Boethus* hat er sich bereits zum Freund und Fürsprecher gemacht. Zusammen mit Epigenes sitzt er im Vorzimmer des Boethius und anderer angesehener Persönlichkeiten, und er wird nicht Ruhe geben, bis er in den Kaiserpalast vorgedrungen ist, Epigenes verfügt auch über Kontakte zum Palast.«

»Das stört mich wenig, mich zieht es nicht in den Palast«, bemerkte ich spitz.

»Er ist ein ehrgeiziger Wichtigtuer, veröffentlicht eine Schrift nach der anderen, wobei er in der Regel in seinen Elaboraten Kollegen nur dann erwähnt, wenn er sie verunglimpfen kann. Um ganz nach oben zu kommen, geht er über Leichen, und es würde mich nicht wundern, wenn er bei der Fluchtafel die Hand im Spiel gehabt hätte.«

»Die Fluchtafel habe ich gefunden, lange bevor Galenos die Hauptstadt betreten hat. Und welchen Nutzen könnte er denn aus dieser Sache ziehen?«

»Eine der fähigsten Ärztinnen aus Rom zu vertreiben, wäre schon ein erster Erfolg beim Ausschalten der Konkurrenz. Galenos hat seine Zukunft längst geplant. Er hat Freunde in Rom, einflussreiche Bekannte aus Pergamon, den Philosophen *Eudemos* zum Beispiel.«

Sprachlos schüttelte ich den Kopf. Natürlich war Galenos in seinem Auftreten unangenehm angeberisch, arrogant und besserwisserisch. Und ja, ich traute ihm einiges zu beim Glattpolieren der Wege zu Ruhm und Ehre. Aber was Antigenes da zum Besten gab, war eine Verschwörungstheorie, die mir schon fast krankhaft erschien.

»Du wirst es noch sehen«, wiederholte Antigenes mitleidig lächelnd, »du kannst dich jederzeit an mich wenden, solltest du erneut in Schwierigkeiten geraten. Wir stehen hinter dir.«

Nachdenklich trat ich den Heimweg an. Was ich von Antigenes erfahren hatte, war nichts als heiße Luft. Verworrene Phantasien, entstanden aus Angst vor einer ernstzunehmenden Konkurrenz. Antigenes gehörte zu den prominentesten Ärzten der Stadt. Er ging in den Häusern der Aristokratie ein und aus und hatte gewiss schon alle mächtigen Männer Roms behandelt. Ein Galenos aus Pergamon war für ihn ein höchst unangenehmer Zwischenfall.

Konnte es sein, dass Galenos etwas mit den Vorfällen zu tun hatte, die mich immer wieder aus der Stadt trieben? Oder handelte es sich bei der ganzen Theorie nicht viel eher um einen

Köder, den Antigenes für mich ausgeworfen hatte?

Wie auch immer. Eines konnte man mit Gewissheit sagen: Die Präsenz eines einzigen Mannes hatte den Markt der Ärzte neu aufgemischt.

# 45 Weisheit aus Amphoren

Jenen Winter hätte ich mit Sicherheit als einen der unangenehmeren in Erinnerung behalten, wäre da nicht Audu gewesen, der endlich den Weg nach Rom gefunden hatte. Eine kurze Aussprache genügte, und schon knüpften wir dort an, wo wir in Ephesos abrupt abgebrochen hatten. Aussprache ist ein großes Wort. Eigentlich genügte das Wiedersehen. Angesichts der Lebensrealität erübrigte sich jede Klärung. Audu hatte schon wenige Wochen nach jener denkwürdigen Auseinandersetzung eingesehen, dass seine Eifersucht auf Lukianos unbegründet war.

Die Reaktionen am Clivus Scauri fielen unterschiedlich aus, bewegten sich aber alle in einem akzeptablen Spektrum. Kleitos' Freude war offensichtlich, während Myrrhine sich eher skeptisch verhalten gab. Für Dana und Kynthia waren wir Gegenstand beißenden Spotts, wobei der Tenor der Witzeleien deutlich wohlwollend blieb. Nur Sinope verhielt sich abweisend, ausgesprochen abweisend sogar. In den ersten Tagen dachte ich mir nicht viel dabei, gab ihr Zeit, sich an die neuen Umstände zu gewöhnen. Als sie schroff blieb, stellte ich sie zur Rede. Vergeblich. Sie ließ sich nichts entlocken.

Erneut brachte ich das Thema Freilassung zur Sprache, biss aber auf Granit. Sinope hatte das nötige Alter für ein problemloses Verfahren, und für Maximus hätten wir von einer Sonderregelung Gebrauch machen können. Stumme, sture Weigerung. Ich fragte sie, ob es Ärger mit Castor gebe, denn er war abends oft außer Haus. Sie schüttelte verneinend den Kopf, was mich aber nicht überzeugte, denn auch Castor war seit Wochen wortkarg und mied mich, wo er konnte.

Der Rest der Dienerschaft nahm es gelassen. Sie hatten schon mehrere Männer ein- und ausgehen sehen, und gönnten mir die Freude, ohne sich gleich auf dauerhafte Veränderungen einzustellen. Abwarten war die Devise.

Auch unter den Medizinern verbreitete sich die Neuigkeit. Die Ärztin Charis sei wieder voll ausgebucht, hieß es, aber nicht nur mit Patiententerminen. Die meisten freuten sich, wenn auch aus unterschiedlichen Motiven. Einige hofften, mich als Konkurrentin von ihrer Liste streichen zu können, denn es kursierte das Gerücht, ich werde mit meinem neuen Geliebten nach Athen ziehen.

Im Ganzen kam ich diesmal glimpflich weg, denn alles beherrschender Gesprächsstoff in der Arena der Ärzte war Galenos. Er sorgte beinahe täglich für Aufregung, sodass ich in seinem Windschatten in ruhigen Gewässern segelte, während er sich im Sturm der gesamten Aufmerksamkeit abkämpfte. Er tat allerdings alles, um in den Mittelpunkt des Interesses der Elite Roms zu gelangen. Mehrmals erlebte ich ihn in Debatten, in denen er sich mit ebenso klugen Argumenten wie schlechten Manieren in Szene setzte. Es hatte mich schon in Pergamon nicht gewundert, dass er unter den meisten seiner Kollegen verhasst war. Sein Verhalten in Rom übertraf selbst meine schlimmsten Vorurteile. Antigenes hatte recht: Galenos war zu fürchten. Ein Ehrgeizling, der keine Skrupel kennt, wenn es um Ruhm und Ehre geht. Eine Kostprobe seiner Methoden lieferte er mit dem Heiler von Bithynien. Bei der letzten Veranstaltung im Friedenstempel hatte Antigenes mir brühwarm eine Geschichte serviert, wonach Galenos kurz vor seiner Ankunft in Rom einen kräuterkundigen Kollegen in Bithynien aufgesucht habe, weil dieser Kenntnis über ein Kraut hatte, das angeblich Blut verflüssigt. Galenos presste sämtliches Wissen aus dem Mann heraus und übergab ihn danach den Behörden. Wegen Kenntnis und Besitz von lebensgefährdenden Drogen. Ziemlich unfein! Wenn diese Anekdote nicht eine Eigenkreation des Antigenes war, ging man einem Galenos von Pergamon besser aus dem Weg. Aber ja, ich hatte ihn doch mit eigenen Augen auf dem Forum von Nikomedia gesehen, zusammen mit dem anderen pergamenischen Arzt. Das Rätsel um seine Präsenz in Bithynien, die mich damals so sehr beunruhigte, hatte sich endlich aufgeklärt. Harmlos für mich, letal für den bithynischen Heiler.

»Der Kerl ist unerträglich«, sagte ich laut vor mich hin, als ich den Clivus Scaurus hochstapfte. »Unerträglich, unerträglich«, wiederholte ich noch immer, als ich bereits unser Haus betrat.

»Wer?«, fragte Audu, als ich statt einer Begrüßung noch immer ärgerlich »unerträglich« vor mich hin murmelte.

»Der Alleswisser. Er lässt keine Gelegenheit aus, sich unbeliebt zu machen. Mit jeder Belehrung, auch wenn sie noch so interessant wäre, schafft er sich einen neuen Gegner.«

»Aus Konkurrenzgründen?«

»Nein, eben nicht! Der Ärger auf ihn entsteht als Reaktion auf die Arroganz, mit der er sein Wissen hervorkehrt, nicht aus Neid auf sein Können.«

»Deine werten Kollegen haben auch auf deine Erfolge mit heftigen feindseligen Attacken reagiert. Verteidigst du sie jetzt etwa?«

»Nun ja, vielleicht ist zusätzlich auch Neid im Spiel«, musste ich zugeben, »aber von Galenos kommen systematisch Vorstöße, die nun mal von allen als Kriegserklärung aufgefasst werden. Du solltest ihn einmal am Krankenbett erleben.«

»Lieber nicht, ich bin kein Philiatros. Es gibt genügend Freunde der Wissenschaften, die Krankenzimmer verstopfen, mit den Ärzten um die Wette fachsimpeln und eine Krankenvisite in eine Theateraufführung verwandeln. Eine grässliche Mode!«

»Allerdings. Und genau dieses Phänomen heizt die Konkurrenzstimmung an. Jeder Arzt will sich vor seinen prominenten Zuschauern profilieren, eine Zusammenarbeit unter Ärzten ist unter solchen Umständen kaum mehr möglich.«

»Das war doch schon vor der Ankunft des Pergameners der Fall. Gewiss kann man nicht sagen, dass er auf die verpestete Stimmung unter euch Ärzten heilend wirkt, aber als Verursacher der Seuche kann man ihn kaum verantwortlich machen.«

Ich hörte mich schnauben wie ein nervöses Pferd. Mir war nicht nach vernünftigen Argumenten; wütend war ich, verärgert, empört.

»Und das hier«, rief ich, indem ich drei Papyrusrollen

schwenkte. Frisch vom Büchermarkt. Wann immer ich durch den *Vicus Sandaliarius* schlendere und mir Neuerscheinungen anschaue, treffe ich auf neue Abschriften von Galenischen Traktaten. Jedes Mal nehme ich mir vor, die Finger davon zu lassen, jedes Mal kaufe ich sich dennoch. Es gibt keinen Vortrag, den er hält, keine Debatte, keine Demonstration, die er nicht schriftlich festhält und veröffentlicht. Bei einer solchen Produktion muss er unter seinen Sklaven eine Unmenge von Kopisten halten. Ein roter Faden zieht sich durch alle seine Publikationen. Ob er nun die Vivisektion eines Affen beschreibt, die Heilung eines jungen Mannes, der an Quartanfieber leidet, oder Einführungen für angehende Mediziner verfasst: die Quintessenz ist stets, dass alle Ärzte Stümper sind, schlecht ausgebildet, undifferenziert und nur Galenos die Weisheit mit Löffeln gefressen hat, und zwar amphorenweise. Er beruft sich kaum auf andere Mediziner, die vor ihm gelehrt haben, außer auf Hippokrates. Kommen Kollegen vor, kannst du sicher sein, dass er sie nur deswegen namentlich erwähnt, weil er die Gelegenheit sucht, sie zu verhöhnen und zu diffamieren.«

»Ein Wunder, dass er zumindest Hippokrates stehen lässt«, lachte Audu. »Am meisten stört mich an dem Kerl, dass er dich so in Rage zu bringen vermag«, sagte er und zog mich an sich. »Deine ganze Leidenschaft verpufft an ihn, ich könnte beinahe eifersüchtig werden.«

Das half. Zumindest für den Moment. Willig ließ ich mich von meinem Zorn abbringen, um auf bessere Ideen zu sinnen; Audu war da durchaus einfallsreich.

*Saturnalia.* Die Welt steht Kopf während der verrückten Tage. Der Wein fließt in Strömen an den *madidi dies.* Nach drei strapaziösen Tagen, an denen wir uns dem strengen Regime unserer Sklaven gebeugt hatten, stahlen wir uns aus dem Haus, um die letzten Wachskerzen und Tonfigürchen zu verteilen, die wir für Freunde und Bekannte eingekauft hatten. Der schwache Strahl der Dezembersonne vermochte sich für einen Augenblick gegen eine Phalanx dichter Wolken durchzusetzen und tauchte den Clivus Scauri in ein fahles, kränkliches Licht. Das Haus war weitgehend leer, unsere »Saturnalischen Herren« hatten mit jedem Tag größere Mühe, den Heimweg zu finden. Sie ließen wohl den Weinrauch verdunsten, der sich in ihnen angesammelt hatte wie in einer Amphore, schliefen irgendwo ihren Rausch aus, in einer *Caupona*, auf einem Misthaufen oder in der Gosse. Einen kurzen Moment dachte ich an unsere verdreckten Kleider, verwarf den Gedanken aber sofort wieder. Es war absehbar. Wenn nach den *Sigillaria* alle wieder eintrudelten, wurden mit den Kleidern auch die Rollen wieder eingetauscht. Die Wäscherin würde sich also um all den Schmutz kümmern müssen.

In der Zwischenzeit waren Audu und ich als Sklaven unterwegs, ich in einem Kleid Sinopes, das mir allerdings etwas zu groß war, Audu in einer warmen Wolltunika Castors. Beide trugen wir einen Umhang mit Kapuze, denn es sah nach Regen aus. Recht bequem, dachte ich und sah an mir herunter. Als ich die Augen wieder hob, hatte ich eine merkwürdige Vision: Ich sah mich weiter unten auf dem Clivus Scaurus in ein Haus schlüpfen. Zumindest war es mein Gewand, ein auffälliges, blaues mit besticktem Saum. Kein Zweifel, mein Kleid, mein Umhang und an meiner rechten Hand Maximus.

»Sinope«, sagte ich überrascht. »Was macht sie nur in Marcellinas Haus?«

»Sie besucht Nachbarn, statt während der Saturnalien ihre Freiheit auszukosten?«

»Die *Freiheitsmütze* scheint ihr wenig zu gefallen. Sie hat mein Angebot der *Manumissio* einmal mehr abgelehnt. Kategorisch diesmal – und ohne Begründung.«

Zwei mir unbekannte Frauen kamen uns entgegen, nachdem wir Marcellinas Haus passiert hatten. Ich konnte es nicht unterlassen, mich umzudrehen. Tatsächlich, auch sie verschwanden in den gedeckten Torbogen des Eingangs zu Marcellinas Haus.

»Sieht nicht nach Saturnalischer Orgie aus«, sagte Audu skeptisch, »dafür sehen die zu brav und zu züchtig aus.«

»Nach was sieht es denn deiner Meinung nach aus?«

»Es gibt nur wenige Einwohner Roms, die die Saturnalien nicht ausgiebig und ausgelassen feiern. Die Juden zum Beispiel.«

»Und die Christen, die sich besonders gern am *Dies Solis* in ihrer Hausgemeinde versammeln.«

»Ist Marcellina Vorsteherin einer Hausgemeinde?«

»Das ist mir nicht bekannt, aber ich werde Sinope fragen, da kannst du sicher sein.«

»Das erklärt vielleicht ihr sonderbares Verhalten«, meinte Audu.

Geplatzt die aufgedrehte Stimmung, das Überbringen der Geschenke degradiert zu einer Pflichtübung ohne jeden Spaß. Es drängte mich nach Hause.

Zurück am Clivus Scauri fanden wir Castor allein vor. Auch er blickte trist in die Welt und schien nicht in Feststimmung. Er war vermutlich außer Haus gewesen, denn er fragte mich nach Sinope und Maximus.

»Dieselbe Frage wollte ich soeben an dich richten«, erwiderte ich mit einem prüfenden Blick. Seiner düsteren Miene entnahm ich, dass er es tatsächlich nicht wusste.

»Wir haben sie mit Maximus in Marcellinas Haus gehen sehen. Eine Idee, was sie dort zu suchen hat?«

Castor wandte sich ab und fluchte leise vor sich hin.

»Christen?«, fragte ich scharf, und Castor nickte.

»Ich habe es ihr verboten, doch kümmert sie das ganz und gar nicht. Seit sie in Phrygien war, spricht sie vom neuen Jerusalem. Sie fastet, steht in der Nacht auf, verweigert sich im

Bett. Einzig der geforderten Bereitschaft zum Martyrium steht sie ablehnend gegenüber – wegen Maximus.«

»Zum Glück hat sie den Verstand nicht ganz verloren«, murmelte ich.

»Sie war mit ihrer Schwester in Pepuza, einem unbedeutenden Nest im phrygischen Bergland. Dort predigt eine Prophetin namens *Priscilla* den nahenden Untergang der Welt und ermahnt zur Busse.«

»Nicht schon wieder!«, sagte Audu gequält, und suchte meinen Blick. Wir dachten beide an Kamkams Schriften.

»Priscilla lehrt nicht allein. Zusammen mit einer anderen Prophetin, *Maximilla*, und einem gewissen *Montanus* ziehen sie scharenweise Leute in ihren Bann, die sich nun auf das Weltenende und das kommende tausendjährige Reich vorbereiten sollen. Sie berufen sich auf die prophetische Gabe und konkurrieren mit den etablierten Mysterienkulten und den zahlreichen florierenden Orakeln der Gegend.«

»Du kennst dich erstaunlich gut aus«, bemerkte Audu misstrauisch.

»Ich habe mich umgehört«, erwiderte Castor knapp. »Auch hat mir Sinope viel erzählt. Sie wollte mich mit zu den Versammlungen schleppen, redete gar auf mich ein, meine Arbeit im Circus zu beenden, damit ich Christ werden könne. Natürlich habe ich mich strikt dagegen gestellt, was zu Streitereien geführt hat.«

»Eine Missstimmung zwischen euch fiel mir allerdings schon vor Sinopes Phrygienreise auf.«

Castor schwieg. Gerade als das Schweigen zu lasten begann, erschien Sinope und wollte sich in die Küche schleichen.

Keine Chance. Sie hatte uns Rede und Antwort zu stehen.

Die Angst stand ihr ins Gesicht geschrieben, sodass ich sie zunächst einmal beruhigen musste, um etwas Vernünftiges aus ihr herauszubekommen. Erst als ich Castor mit Maximus weggeschickt hatte, taute sie allmählich auf.

Wir erfuhren, dass Castor sich schon vor Sinopes Abreise verändert hatte. Wortkarg und gereizt hatte er sich von ihr zurückgezogen, was sie in ziemliche Verzweiflung stürzte, vermutete sie doch hinter der Sache sogleich eine andere Frau. Ich mochte ihr nicht widersprechen, denn meistens verhält es sich genau so. In Phrygien hatte sie sich dann ihrer Schwester anvertraut, und diese versprach ihr Trost im Kreis der christlichen Brüder und Schwestern. So hatte sie die Bekanntschaft der »*Neuen Prophetie*«, wie sie es nannte, gemacht.

»Ich sah Priscilla in Verzückung«, berichtete Sinope, »der Heilige Geist fuhr in sie. Und dann, in höchster Ekstase überbrachte sie die Worte des *Parakleten* an die Gemeinde.«

»Des Parakleten?«

»Ja, das ist der Heilige Geist, der angekündigte Begleiter durch die Endzeit.«

»Was waren denn die Worte des Parakleten?«, fragte Audu.

»Sie lallte, ich habe nur wenig verstanden. Aber es ging darum, dass Christus in Gestalt einer Frau im weißen Gewand zu ihr gekommen ist und seine Weisheit in sie gelegt hat. Er hat ihr offenbart, dass Pepuza heilig ist, und dass in Pepuza Jerusalem aus dem Himmel herabsteigen wird.«

»Und warum hast du dich dagegen entschieden, den Anbruch des tausendjährigen Reiches in Pepuza abzuwarten?«

»Ich hatte dir doch versprochen, an den Clivus Scauri zurückzukehren. Außerdem hatte ich Angst um Maximus, und ich vermisste Castor«, schloss sie leise.

»Hast du deine Rückkehr bereut?«

Sie zögerte mit der Antwort.

»Castor ist noch immer zurückhaltend. Seit ich die Hausgemeinde von *Marcellina* besuche, ist er zudem noch wütend. Er meint, es sei dumm und gefährlich, sich den Christen anzuschließen, sie verhielten sich staatsfeindlich und verbreiteten obskure Ideen.«

»Hm«, sagte ich, denn ich konnte Castor mit dem besten Willen nicht widersprechen.

»Marcellina ist freundlich, und ich verstehe sie besser als Priscilla, denn sie spricht ganz normal. Hinter dem rechten Ohrläppchen trägt sie, wie auch andere in der Hausgemeinde, ein Brandmal. Sie hat alte Bilder von Iesous und andere

Statuen, die sie bekränzt und verehrt. Nur der Glaube und die Liebe machten selig, sagt sie, das Übrige sei gleichgültig, und nur nach dem Urteil der Menschen werde es gut oder böse genannt, während es doch von Natur nichts Böses gebe.«

»Das ist überaus tröstlich, aber etwas naiv«, sagte Audu. »Vergiss nicht, Sinope, der römische Staat hat Gesetze, die als verbindlich gelten. Jeder, der sie übertritt, kann angeklagt werden und muss sich vor Gericht verantworten.«

Sinope erblasste und blickte erschreckt zu ihm auf, sodass ich mich genötigt fühlte zu erklären, sie müsse sich von Audu und mir nicht bedroht fühlen, obwohl ich es schon angebracht fände, wenn sie sich in solchen Angelegenheiten zuerst an uns wenden würde, besonders bei weitreichenden Entschlüssen, die unser ganzes Haus in Schwierigkeiten bringen könnten.

Damit ließen wir es vorerst bewenden.

Ohne Verzug berichtete ich Lukianos in einem ausführlichen Brief über die Geschehnisse. In seiner Antwort erfuhr ich später einiges mehr zur phrygischen Bewegung, die sich rasend schnell in Phrygien, Galatien und Kappadokien verbreitet hatte. Die Neue Prophetie lehrt, dass die Welt von Engeln gemacht sei, die in ihrem Rang weit unter dem ungezeugten Gott stünden. Iesous, der Galiläer, sei den übrigen Menschen vergleichbar, nur gerechter als sie, seine Seele stark und rein, erfüllt von Erinnerung an das, was sie während ihres Aufenthaltes bei dem ungezeugten Gott geschaut habe. Durch diese Kraft sei er den Engeln entflohen, um zu Gott zu steigen. Ähnlich gehe es mit anderen Seelen, die seiner glichen, sie vermöchten ebenso viel wie Iesous, denn sie kämen aus demselben Kreis, hätten dieselbe Kraft empfangen und ebenso die Weltenschöpfer verachtet. Des Weiteren glauben sie an die Seelenwanderung. Sie unterscheiden weniger zwischen guten und bösen Handlungen, sondern gehen davon aus, dass jede Seele bei ihren Wanderungen durch die Körper jegliches Leben und jegliche Handlung durchmachen müsse. Erst dann sei die Seele frei und bereit für jenen Gott, der über den Fürsten der Welt stehe.

Die Vorstellungen klangen für mich ziemlich verworren,

doch schien diese Lehre, wahrscheinlich aber mehr noch das Charisma des führenden Dreigestirns, eine ungeheure Wirkung auf die Phrygier auszuüben. Ich dachte an den Kult der Kybele, der auch aus dieser Ecke der Welt stammt, und fragte mich, was wohl die Phrygier seit Urzeiten zu so glühenden Kultanhängern machte.

Lukianos schrieb auch in eigener Sache. Er hatte endlich eingesehen, dass ein Prozess gegen Alexandros von Abonuteichos aussichtslos, ja, gefährlich wäre. Sogar von der Publikation seiner Erlebnisse und Recherchen wollte er vorläufig absehen. Mit Betonung auf vorläufig. Er habe das gesammelte Material gesichtet, notiert, kommentiert und werde es zu einem geeigneten Zeitpunkt ans Licht der Welt bringen.

Ich atmete auf, als ich den Brief zu Ende gelesen hatte. Zumindest um Lukianos brauchte ich mir keine Sorgen zu machen.

# 47 Weihetod

Einige Tage nach der Unterredung mit Sinope knöpfte ich mir Marcellina vor. Ich hatte mir vorgenommen, sie zu warnen – immerhin war Sinope meine Sklavin –, sah dann aber davon ab. Die Hausvorsteherin, eine elegante Dame mit wachen Augen, empfing mich freundlich. Sie ließ uns Getränke bringen, schickte dann alle Anwesenden fort, damit wir uns ungestört unterhalten konnten. Schon nach wenigen Worten verstand ich, dass ich es mit einer gebildeten Frau zu tun hatte, die sich keineswegs fanatisch gebärdete, sondern in entwaffnend offener Manier die heiklen Themen gleich selbst ansprach.

»Es ist mir bewusst, dass Sinope zu deinem Haus gehört. Ich hatte ihr deshalb dazu geraten, dich um Erlaubnis zu fragen, was sie aber in Hinsicht auf Castor nicht tun wollte. Sinope hat sich unserer Hausgemeinde von sich aus angeschlossen, ich suche nicht nach neuen Mitgliedern.«

»Soweit ich Sinopes Berichten aus Phrygien entnehme, wird bei euch durchaus recht aktiv um neue Anhänger geworben.«

Marcellina lachte auf.

»Was heißt schon bei euch!«

»Bei euch Christen«, sagte ich leicht verärgert über ihre Reaktion.

»Und wer sagt, wer Christ ist und wer nicht? Welche Hausgemeinschaft dazugehört? Welche Lehren, welche Schriften rechtgläubig sind? Es gibt in Rom eine Vielfalt von Gemeinden und Schulen. Jede lebt und lehrt die christliche Lehre auf ihre Weise. Die Differenzen in Zusammensetzung, Führung durch den jeweiligen Vorsteher und Kultgestaltung sind beträchtlich. Selbst die philosophischen Vorstellungen weichen voneinander ab, wie bei allen Philosophen oder bei euch Ärzten. Bis vor kurzem störte es niemanden, dass wir Bilder verehren, oder dass bei unserer Gemeinschaft in vieler Hinsicht mehr Egalität praktiziert wird. Unterschiede des Geschlechts, der Herkunft und des Besitzes spielen bei uns keine Rolle. Ich führe den Hauskreis, übernehme die kultische Leitung der Abendmahlfeiern, spreche die Gebete, die Danksagungen vor und nach der Sättigung. Nun plötzlich wirft man uns vor, wir würden durch unsere Bilderverehrung dem Ansehen der christlichen Lehre schaden, weil sie zu sehr den römischen Praktiken der Vielgötterei gleiche. Auch lässt man verlauten, es wäre besser, wenn Frauen sich mehr um caritative Hilfsdienste kümmerten.«

»Wer lässt das verlauten?«

»Einige der Presbyter, vor allem *Anicetus*.«

»Ist Anicetus euer Oberhaupt?«

»Zumindest sieht er sich zunehmend als solches. Eigentlich ist er ein Presbyter Roms, einer unter vielen. Die Tatsache, dass er zuständig ist für die Kommunikation mit den anderen Hausgemeinschaften Roms, aber auch mit den Gemeinden der Provinzen, führt dazu, dass er eine Sonderposition einnimmt. Briefe und Spenden gelangen zur Verteilung an ihn. Er ist es, der auswärtige Besucher empfängt, und so knüpft er Kontakte mit angesehenen Presbytern aus allen Provinzen. Besonders aktiv und besserwisserisch sind jene aus Kleinasien. Seit dieser *Polykarpos* aus Smyrna nach Rom kam, um Anicetus zu ermahnen, in Rom gegen Irrlehren, wie er es nennt, vorzugehen, hat sich die Lage verschärft. Es wird diskutiert, was als rechtgläubig gilt, alle Richtungen der *Gnosis* werden verdächtigt. *Valentinus*, dessen Schüler sich im *Suburbanum* an der Via Lata versammeln, hat Rom inzwischen verlassen. Er führt seine Lehrtätigkeit in Kypros fort. Noch sind seine Schüler Ptolemaios und Florinus in der Stadt, doch auch Ptolemaios wird angefeindet. Iustinus wettert gegen ihn. Iustinus hat seine Schule über dem Bad des Myrtinus. Er ist ein scharfer Hund, der gegen alles hetzt, was mit Gnosis zu tun hat. Sogar eine Liste hat er aufgestellt, in der er alle »Irrlehren« aufzählt. Wölfe im Schafspelz nennt er uns und rät in seinen Schriften, keine Gemeinschaft mit uns zu halten.«

»Bist du in Gefahr? Wirst auch du die Hauptstadt verlassen?«, fragte ich nicht ohne Mitgefühl, hatte ich doch Ähnliches erlebt.

»Mich wird niemand vertreiben«, sagte sie entschieden. Bisher hat man nur *Kerdon* ausgeschlossen – und *Markion*. Bei Markion führe ich es darauf zurück, dass er seinerseits seine eigene Auffassung für alle Hausgemeinden durchsetzen wollte. Er stellte eine Auswahl gültiger Schriften zusammen unter Ausschluss sämtlicher Texte der Hebräer. Diesen Kanon, den er als allgemeinverbindlich etablieren wollte, legte er dann den Presbytern Roms vor. Es eskalierte in einem heftigen Streit, und weil Markion nicht klein beigab, kam es prompt zur Exkommunikation. Man ließ ihn nicht gewähren, weil er sich zunehmend eine Machtposition geschaffen hatte. Ein angesehener Schiffsbesitzer aus Pontos, reich geworden im Überseehandel. Bei seinem Einzug in Rom hatte er den städtischen Christen zweihunderttausend Sesterze zur Verfügung gestellt. Eine heikle Situation. Man zog es vor, wenn auch zähneknirschend, ihm das Geld zurückzuzahlen und ihn aus der Gemeinschaft auszustoßen. Trotzdem verbreitet sich die Lehre Markions in allen Provinzen des Reiches. Iustinus sieht in ihm den Hauptfeind der Kirche und bekämpft ihn mit Gift und Galle.«

Ich konnte es mir lebhaft vorstellen, hatte mir doch Lukianos einst in farbigen Bildern einen Eindruck von Iustinus' Auftreten in der Öffentlichkeit gezeichnet. Lukianos hatte sich damals die von Iustinus erwähnte *Apologie* beschafft und mir einige Passagen daraus vorgelesen. Wir hatten uns gewundert über den giftigen Ton, den er darin anschlägt. In seiner späteren Schrift, dem Dialog mit einem Juden, den er Tryphon nennt, ist die Feindseligkeit gegenüber seinen eigenen Glaubensbrüdern noch ausgeprägter.

Im Gespräch mit Marcellina nahmen nun all diese geschmähten Namen konkrete Gestalt an.

Nachdenklich kehrte ich zurück ins Iatreion.

Die Parallelen zwischen Marcellinas Aussagen und den Berichten und Briefen aus Kamkams Hinterlassenschaft berührten und beunruhigten sowohl Audu wie auch mich. Wir konstatierten, dass bald hundert Jahre vergangen waren seit dem Judäischen Krieg. Doch unvermindert erwarteten noch immer Menschen aus der Sekte der Christen das Weltenende und predigten Buße und Askese. Nur war ihre Anzahl in der Zwischenzeit beträchtlich gewachsen. Angesichts des ausbleibenden Weltuntergangs hatten sie sich zwangsläufig organisieren müssen. Die Presbyter begnügten sich nicht mehr mit der Leitung der kultischen Handlungen, der Sorge um die Armen und Schwachen ihrer Gemeinde, der Schlichtung von Streitfällen unter ihren Mitgliedern. Sie überwachten nun auch, ob die verschiedenen Lehren, Schriften, Botschaften, die von allen Teilen des Reichs auf sie zukamen, rechtgläubig waren. Das führte zunehmend zu Spannungen. Marcellina berichtete, dass immer wieder Presbyter aus Kleinasien nach Rom kämen, um nach dem Rechten zu sehen. Bisher hatte man verschiedene Ausprägungen in Lehre und Kult toleriert, wenn auch nicht gutgeheißen. Offenbar wehte nun aber ein schärferer Wind. Ein Wind, der mich an fanatische Pläne denken ließ, die damals, als meine Großmutter Kamkam eine junge Frau war, gefährlich konkret Gestalt angenommen hatten: Die Vision eines einheitlichen Gottesstaates mit all seinen grässlichen Konsequenzen. Mit feindseligem Gebaren und Abgrenzung gegenüber den Ungläubigen. Gegenüber den Falschgläubigen. Mit freudigem Jubilieren, wenn ein Glaubensbruder die Kirche durch seinen Martyrertod festigt.

»Sich angesichts einer ausweglosen kriegerischen Lage in sein Schwert zu stürzen ist eine Sache«, sagte ich zu Audu, »besonders wenn militärische Befehlshaber dies tun. Ein Kollektivselbstmord wie in Masada ist schon problematischer, denn er wurde von den Führern angeordnet, geschah aus religiösem Fanatismus und betraf auch Frauen und Kinder. Doch diese merkwürdige Hinwendung zum Martyrium, wie man sie heute beobachtet, erscheint mir neu und andersartig. Man könnte meinen, gewisse Leute hätten es darauf abgesehen, auf möglichst grausame Weise zu Tode zu kommen.«

»Na, wenn die Tage der Welt ohnehin gezählt sind und die Herrschaft Gottes anbricht … Außerdem kannst du dir damit ewigen Ruhm in der Nachwelt sichern, falls es denn eine gibt.«

»Lukianos hat mir von einem Philosophen geschrieben,

*Peregrinus Proteus*, der bei den letztjährigen olympischen Spielen offiziell ankündigte, er werde sich selbst auf dem Scheiterhaufen verbrennen. Proteus verglich sich dabei mit Sokrates und erhoffte sich mit dieser Ansage Ehre, Berühmtheit, Unsterblichkeit.«

»Es ist sonderbar, wie weit Menschen gehen. Aus religiösem Fanatismus. Aus Ruhmsucht.«

»Erinnerst du dich an jene Reise an den Nil, die wir mit Kamkam und unseren Eltern unternommen haben?«

»Aber ja, die Bildungsreise! Das war, als deine Eltern dich nach Alexandria brachten.«

Ich nickte.

»Sie wollten mir den Abschied erleichtern mit etwas ganz Besonderem. Darum die Nilfahrt.«

»Ich weiß noch, dass wir an verschiedensten Orten anlegten, um Altertümer zu besichtigen. Heute hätte ich mehr davon«, seufzte Audu.

»Erinnerst du dich an den Unfall, der sich in *Besa* ereignete?«

»*Antinoos*. Ja, ich entsinne mich dunkel, dass er in den Fluten des Nils ertrank.«

»Das ist, was die Eltern und Kamkam uns sagten. Heute denke ich, dass er sich absichtlich in die Fluten gestürzt hat. Als Opfer.«

»Als Opfer?«

»Aus Liebe zu Hadrian.«

Audu schüttelte den Kopf.

»Kamkam hat es jedenfalls so aufgefasst. Es ist einer der Gründe, warum sie Hadrian hasste.«

Ich stand auf und holte die Schriftrolle aus der nabatäischen Truhe, um sie Audu vorzulesen. Das Spezielle an diesem Brief war, dass er an Audu und mich gerichtet war.

*Kamkam an ihre Enkel Charis und Audu*
*Ich löse heute ein Versprechen ein, das ich mir vor langer Zeit gegeben habe. Ob es klug ist, weiß ich nicht, ich kann auch niemanden befragen, denn mein Giton ist tot, und andere sollen von dem Geheimnis nichts erfahren, denn es betrifft den Kaiser, den Kaiser*

*Hadrian. Noch lebt er, und oft frage ich mich, wie er darüber denkt, dass er noch lebt, während andere längst tot sind.*

*Ich spreche von Antinoos, dem jungen Geliebten des Kaisers. Ihr erinnert euch an ihn, den schönen bithynischen Jüngling mit den dichten Locken, die ihm bis in den Nacken fielen. Er wurde in Besa von den Wassern des Nils verschlungen. Wir kamen gerade hinzu, als sie den toten Antinoos aus dem Wasser zogen. Das Gesicht Hadrians versteinert. Vibia Sabina in gekünsteltem Entsetzen. Verschiedene Kommentare waren zu hören: »ein schreckliches Unglück«, »ein heiliges Wunder«, aber auch: »ein neuer Osiris« oder »der Nil hat das Opfer gnädig angenommen«.*

*Wir übernahmen die Version des schrecklichen Unglücks und zogen euch schnell weg vom Ort des Unheils.*

*Unter der kaiserlichen Reisegesellschaft befand sich Terentia, eine ebenfalls schon ältere Dame, die ich noch von meiner Zeit bei Hof kannte. Ihr Mann Lollianus Avitus war Proconsul von Asia. Gemeinsam hatten sie sich in Ephesos dem Kaiser angeschlossen. Als Senator hat man ja keine Möglichkeit Ägypten zu besuchen, es sei denn in Begleitung des Kaisers. Ich wusste, dass Terentia noch immer am Verlust ihres Bruders litt, der wegen seiner politischen Fähigkeiten und der Beliebtheit im Senat bei Hadrian in Ungnade gefallen war. Als ich mich nach ihrem Wohlbefinden erkundigte, brach sie in Tränen aus und erzählte, sie habe in Memphis die Cheops-Pyramide bestiegen und dort ein Gedicht einmeißeln lassen, zum Gedenken an ihren Bruder. Mutig! Im vertrauten Gespräch erfuhr ich darauf von geheimnisvollen Vorgängen, die dem Unglück am Nil vorausgegangen waren. Hadrian, ängstlich besorgt um seine Gesundheit, hatte deswegen einen Magier um Rat gefragt. Die Antwort: Der Opfertod eines Freiwilligen könne sein Leben um die Zeitspanne verlängern, die dem Opfer noch zugestanden hätte. Antinoos habe sich ohne Zögern angeboten, was Hadrian ablehnte. Die ganze Sache habe aber das Interesse der Kaiserin geweckt, die nur mit Bitterkeit ertrug, ihr Leben im Schatten des schönen Jünglings zu fristen. Balbilla, ihre Vertraute, habe die Sache dann in die Hand genommen. Balbilla war nicht nur Dichterin, sondern als Enkelin des großen Magiers Balbillus auch in Fragen der Macht erfahren. Sie erinnerte Antinoos daran, wie ihr Großvater einst Nero den Hinweis gegeben habe, er könne sein Leben durch den Tod einer anderen bedeutenden Person verlängern. Sie ließ nicht locker, verglich Antinoos mit Osiris, der seinen Tod in den Fluten des Nils gefunden hat. Und war es nicht eine Fügung des Schicksals, dass sich just jetzt wieder der Todestag des Osiris jährte? Die weisen Ägypter berichteten, dass Menschen, die im heiligen Nil zu Tode kämen, göttliche Ehren zuteilwürden. Antinoos ließ sich willig überzeugen, denn er befand sich ohnehin in einer verzweifelten Lage. Er näherte sich einem Alter, in dem er seine Rolle als jugendlicher Geliebter bald nicht mehr einnehmen konnte. Er war kein Ephebe mehr, als erwachsener Mann aber hatte er neben dem Kaiser keinen würdevollen Platz mehr zu erwarten.*

*Und das nehme ich Hadrian übel. Nicht, dass er Antinoos geliebt hat, aber dass er ihm keine Zukunft bot, sodass der Jüngling an der Schwelle des Mannesalters keine andere Perspektive sah als die Todesweihe.*

*Von Vibia Sabina will ich gar nicht sprechen. Was kümmert sie ein Menschenleben, wenn es um ihre Macht geht. Hadrian hat sich ebenso verhalten. Am Anfang seiner Regierungszeit wie auch jetzt wieder. Doch welcher Kaiser tut das nicht?*

*Was mit Antinoos geschah, ist Liebesverrat. Unverzeihlich. Da nützen alle Statuen nichts, mit denen der Kaiser sich umgibt. Die Inschriften, die Tempel, die Ehrenkulte, die Apotheose. Die Stadt Antinoopolis, die er zu seiner Erinnerung gegründet hat. Die sportlichen und musischen Wettkämpfe, die Antinoea. Die Gedichte zu seinem Gedenken, die Münzen mit seinem Portrait, der monumentale Obelisk an seinem Grabmal. Auch der Stern am Himmel, der nach Antinoos benannt ist, weil er seiner Seele entsprungen sein soll: alles nichtig. Umsonst das Opfer. Hadrian lebt zwar, doch denke ich nicht, dass er seit dem Opfertod seines Geliebten auch nur einen einzigen glücklichen Tag verbracht hat. Alles erinnert ihn an den Verlorenen. Nicht einmal sein Lieblingsgericht wird er mehr genießen können: Wildpastete aus Fasan, Schweineeuter und Schinken, im Teig. Der Fasan wird ihn an die zahlreichen Jagdpartien erinnern, die er in unbeschwerten Tagen mit Antinoos unternommen hat, als sie noch gemeinsam die Wälder Bithyniens durchstreiften.*

*Der Kaiser ein Mörder. Die Kaiserin eine Mörderin.*
*Die Menschen devot, naiv, unwissend.*
*Der Opfergedanke absurd.*
*Kapitulation.*

*Sehe ich zurück auf mein Leben, so bezweifle ich, ob wir in all den Fragen, die mich seit Jugend herumtreiben, auch nur im Geringsten Fortschritte gemacht haben. Ich glaube nicht.*

*Mein Leben neigt sich dem Ende zu. Ich bedaure es nicht. Ich bin alt. Die elf Becher meines Lebens waren reichlich gefüllt, und ich habe den Wein in vollen Zügen genossen. Ich habe gelebt, gekämpft, geliebt.*

*Das wollte ich euch mitteilen.*
*Lebt wohl.*
*Kamkam*

Das Auditorium war zum Bersten voll. Mit seinen spektakulären Auftritten hatte sich Galenos als Redner einen Namen gemacht, auch wenn ihm der Durchbruch als Arzt für die Elite noch nicht gelungen war. Zahlreich war seine Hörerschaft, vorwiegend Ärzte. Die einen kamen, um sich ein Bild über den Pergamener zu verschaffen, der zunehmend Aufmerksamkeit erregte, andere, um ihn mit Fragen in Verlegenheit zu bringen, wieder andere, um ihn mit Argumenten zu widerlegen. Der Streit der medizinischen Schulen erreichte einen neuen Höhepunkt; einig war man sich nur darin, dass dem Eklektiker Galenos, der sämtliche Schulen tadelte und sich dazu berufen fühlte, die Hippokratische Medizin in der Hauptstadt wiederherzustellen, die Flügel zu stutzen seien.

Es war mir endlich gelungen, Audu zum Friedenstempel mitzuschleppen. Sollte er doch mit eigenen Ohren hören, auf welche Weise Galenos sich profilierte. Ob er ihn dann noch verteidigte in unseren Diskussionen?

Wir hatten uns verspätet, die Veranstaltung war schon eröffnet. Galenos hatte angeboten, über ein beliebiges Problem aus dem Stegreif zu sprechen. Er konnte stundenlang extemporieren, ja, tagelang. Mit dieser Fähigkeit, die er sich in langen Studienjahren erworben hatte, überraschte und strapazierte er die Zuhörerschaft stets von neuem. Die Wahl war auf das Thema des plötzlichen Todes gefallen, Galenos schöpfte aus dem Vollen. Von allgemeinen Feststellungen, welche Faktoren die Entstehung verschiedenster Krankheiten begünstigten, gelangte er allmählich zu spezifischen Symptomen, die er zur Bildung präziser Prognosen heranzog. Nun war er beim Thema, denn er brannte darauf, seine Fähigkeiten im Erstellen von Prognosen zu präsentieren.

»Wenn einer Blut speit und wenn dies bei ihm chronisch wird, dann zersetzt sich das Blut und wird zu Eiter. Hört das Blutspucken unvermittelt auf, so muss er sterben.«

Ein Raunen ging durch den Saal.

»Wenn einer an Bauchschmerzen, Erbrechen, Röcheln und Schüttelfrost leidet, und wenn sich sein Verstand dann verstört, so deutet dies auf seinen Tod.«

Die Laien im Publikum erschauderten, unter den Ärzten regte sich Widerspruchsgeist. Doch Galenos gab ihnen keine Gelegenheit zur Unterbrechung.

»Wenn jemand röchelt bei gleichzeitigen Lebergeschwülsten, so ist dies schlimm.«

»Der Mann versteht es, einen banalen Sachverhalt als große Weisheit zu verkaufen«, wisperte Audu mir zu.

»Wenn einer an Schlafstörungen leidet und Husten bekommt, muss er sterben.«

»Das überlebe ich spielend«, rief einer aus dem Publikum. »Der unerträgliche Verkehrslärm in der Nacht verursacht Schlafstörungen und die winterlichen Erkältungen den Husten.«

Die Zuhörer lachten, einige applaudierten.

»Wenn einem Menschen in seiner Nase ein Schmerz wie das Aufzucken eines Blitzes widerfährt«, fuhr Galenos unbeirrt fort, »ohne ersichtliche Ursache«, er machte eine Pause und fixierte den Herausforderer, »so stirbt er am dritten Tag.«

Damit war die Debatte eröffnet. Während die einen nach Präzisierungen fragten, widerlegten andere das Gesagte mit mannigfaltigen Beispielen. Galenos relativierte seine Aussagen mit dem Hinweis, dass die erwähnten Symptome bei einigen Menschen auch zur Natur gehörten, in diesem Fall also nicht Krankheit anzeigten.

So ging es hin und her. Wer gekommen war, ihm zu widersprechen, widersprach, wer gekommen war, ihn zu bewundern, bewunderte.

Mit der Entschuldigung, dass ein schwer erkrankter Patient ihn dringend am Krankenbett erwarte, beendete Galenos die Debatte. So schnell kam er aber nicht weg, mehrere Zuhörer wünschten ihn zu sprechen. Mit einem Ohr bekam ich mit, wie eine vornehm gekleidete Frau ihn um ärztliche Behandlung bat, weil sie unter chronischem Blutspucken litt. Galenos'

Bemühungen in der Öffentlichkeit schienen Früchte zu tragen.

»Nun?« fragte ich Audu, als wir dem Ausgang zustrebten, »was ist deine Diagnose?«

»Ein prächtiger Fall eines *Logiaters*. Und falls du eine Prognose haben willst: unheilbar!«

Ich lachte auf und lachte noch immer, als ich Galenos auf uns zuschreiten sah.

»Auf ein Wort Charis …«

»Bist du nicht in Eile? Dein Patient wartet«, erwiderte ich nicht eben freundlich.

»Nur kurz, ich hätte eine Bitte«, sagte er, und schon tat er mir wieder leid.

Ich schaute ihn fragend an.

»Könntest du mir behilflich sein, Aloe aus Sokotra zu beschaffen? Du hast doch familiäre Kontakte. Bei den Händlern der Via Sacra kann man zwar welche kaufen, doch musste ich leider feststellen, dass es keine echte ist.«

»Das lässt sich machen«, sagte ich zögernd. Aber dann bist du mir einen Gefallen schuldig.«

Galenos lächelte.

»Als Dank nehme ich dich mit zu meinem Patienten. Zu Eudemos dem Philosophen. Er ist schwer erkrankt an Quartanfieber. Seine Ärzte konnten ihm nicht helfen, haben die Krankheit nicht erkannt, ihn falsch behandelt. Daraufhin fragte er auch mich um Rat, als ich ihn zufällig besuchte.«

»Zufällig besuchtest?«

»Nun ja, Epigenes hat mich bei ihm eingeführt. Und da Eudemos früher mein Lehrer war, fühle ich eine gewisse Verpflichtung, ihn regelmäßig zu besuchen.«

»Wie schön«, sagte ich, ließ aber offen, zu wessen Gunsten ich diesen Umstand als günstig interpretierte. »Verpflichtung!«

»Am Anfang habe ich mich zurückgehalten, schwieg, als die anderen Ärzte ihm verfrüht Theriak verschrieben. Erst als er mich dezidiert nach meiner Meinung fragte, und ich den Verlauf der Krankheit lange genug beobachtet hatte, begann ich, seinen Puls zu fühlen und Prognosen über Beginn und Ende der kommenden Fieberschübe zu machen. Eudemos, verblüfft über die Präzision meiner Voraussagen, erzählte es jedem, der ihn an seinem Krankenlager besuchte. Seinen regulären Ärzten schmeckt es gar nicht, dass Eudemos auf mich hört. Sie hoffen, dass er stirbt, nur um recht zu behalten. Antigenes macht sich öffentlich über mich lustig, nennt mich einen Scharlatan, der sich einbildet, den alten Mann erfolgreich zu kurieren. Eudemos ist immerhin schon in seinem dreiundsechzigsten Lebensjahr und sieht infolge des dreimaligen Quartanfiebers recht mitgenommen aus. Das gibt den Ärzten Hoffnung auf einen schlechten Ausgang.«

Ich konnte mir lebhaft vorstellen, dass Antigenes sich auf die Gelegenheit eines Misserfolgs stürzen würde, um Galenos als Konkurrenten auszuschalten, sagte aber nichts dazu.

»Gestern habe ich die Prognose gestellt, dass Eudemos sich heute, nach einer Ausstoßung der letzten verbleibenden Reizstoffe durch den Darm, restlos gesund fühlen wird. Danach keine Rückfälle mehr. Ich war morgens schon bei ihm, konnte die Anzeichen der Besserung bereits feststellen, versprach aber bei versammelter Mannschaft wiederzukommen. Dies ist meine Stunde, Charis. Du wirst Zeugin des endgültigen Durchbruchs zum Erfolg.«

Neugier packte mich, und ich willigte ein, ihn zu Eudemos zu begleiten. Audu hatte es eilig, sich aus dem Staub zu machen, als er vom Vorschlag der Krankenvisite hörte. Krankenbetten waren ihm schon immer ein Gräuel.

Auf dem Weg zum Haus des Patienten redete Galenos wie ein Wasserfall. Eudemos, ein *Peripatetiker* aus Pergamon, lebte schon seit zehn Jahren in Rom und hatte sich einen Platz in der hohen Gesellschaft errungen. Er war befreundet mit Senatoren und Consularen und gehörte zur geistigen Elite der Stadt. Galenos hatte in Pergamon kurze Zeit Philosophie bei ihm gehört, dann aber den Kontakt verloren. Als Neuankömmling in der Hauptstadt hatte er gehofft, der Philosoph würde ihm die entscheidenden Türen öffnen und ihm zu wohlhabenden Patienten verhelfen. Allein, Eudemos hatte ihn für einen Philosophen gehalten, der sich, wie jeder gebildete Mensch, auch für Medizin interessiert. Galenos ein Philiatros! Ich musste mir Mühe geben, das Lachen zu verkneifen. Nun aber konnte sich schlagartig alles ändern. Die Zeichen standen gut für Galenos. Er hatte lange vor der Behandlung des Philosophen von sich reden gemacht, mit Prognosen bei einem jungen Mann, der gleichfalls an Quartanfieber litt. Um Galenos' diagnostische Fähigkeiten zu prüfen, hatte daraufhin Glaukon seinen Freund Galenos eingeladen, ihn ans Krankenbett eines sizilianischen Arztes zu begleiten.

Mit größtem Vergnügen schilderte mir Galenos den Verlauf des Krankenbesuchs:

»Als wir das Haus des Arztes betraten, begegnete uns der Sklave, der das Becken des Kranken heraustrug. Ich registrierte wässrigen, blutigen Stuhl, ein sicheres Zeichen für Leberentzündung, tat aber so, als hätte ich nichts gesehen. Am Krankenbett fühlte ich sofort den Puls des Kranken, schaute mich aber gleichzeitig sehr genau im Zimmer um. Ein kleines Gefäß, in dem der Patient – er war ja selber Arzt – ein Mittel gegen Rippenfellentzündung präpariert hatte, gab mir einen weiteren Hinweis. Rippenfellentzündung macht ja ganz ähnliche Symptome wie eine Leberentzündung. Der Patient atmete kurz und schnell und wurde von schwachen Hustenreizen geplagt.«

»Dann hattest du ja leichtes Spiel, die richtige Diagnose zu stellen, wenn der Patient schon vorgearbeitet hatte.«

Galenos schmunzelte. »Ein guter Arzt muss eben stets aufmerksam sein und sich alle Einzelheiten merken. Ich gab eine genaue Beschreibung der Symptome, beschrieb den Sitz der Krankheit, lieferte Prognose und Therapievorschläge. Glaukon und der Arzt waren begeistert, perplex über meine Fähigkeiten, jegliche Krankheit aus dem Puls zu diagnostizieren.«

»Was ja gar nicht der Fall war, zumindest nicht bei diesem Patienten«, warf ich ein. »Pass auf, dass dir von missgünstigen Kollegen nicht Wahrsagerei unterstellt wird.«

»Das spielt doch keine Rolle. Der Arzt wurde von seinem Leberleiden geheilt. Mein Ansehen stieg. Und jetzt bin ich endlich bei Eudemos angelangt.«

Am Krankenbett des Eudemos herrschte Gedränge. Eine ganze Corona von Ärzten hatte sich versammelt, worunter auch Antigenes, der mich mit penetrantem Blick fixierte, als ich mit Galenos den Raum betrat. Studenten füllten das Krankenzimmer, aber auch andere interessierte Besucher, die sich auf einen besonderen medizinischen Leckerbissen freuten. Am allerwichtigsten war die Präsenz der Hocharistokratie. Ganz oben in der Rangfolge der Consular Flavius Boethus und *Sergius Paullus*, der spätere Stadtpräfekt.

Offensichtlich hatte Eudemos, um die Sache dramatischer zu gestalten, noch nicht über die Besserung seines Zustands berichtet. Er hatte das Kommen seines neuen Favoriten Galenos abgewartet und streckte ihm nun ungeduldig den Arm entgegen. Zur Pulsfühlung.

Galenos prüfte den Puls, sah dann in die Runde und deklarierte feierlich, die Gesundheit des Philosophen sei restlos wieder hergestellt.

Eudemos bestätigte, dass er sich in vollkommen guter Verfassung fühle, und lobte Galenos für die Behandlung, aber auch für seine präzisen Prognosen und die logischen Erklärungen zum Verlauf, denen er jederzeit habe folgen können, was bei den anderen Ärzten nicht immer der Fall gewesen sei.

»Der Pythische Apollon spricht zu den Kranken durch den Mund des Galenos«, deklarierte der Philosoph mit Enthusiasmus.

Epigenes und andere Anwesende, auch einige der Ärzte, gratulierten Galenos zu seinem Erfolg. Nur Antigenes und *Martianus* blieben in ihrer Ecke stehen und wechselten finstere Blicke. Sie waren die großen Koryphäen, Antigenes, weil er bis anhin der beliebteste Arzt der Aristokratie war, der alte Martianus wegen seiner Fähigkeiten als Anatomist. Die Lage spitzte sich noch zu, als Boethus sich erhob und Galenos mit lauter Stimme aufforderte, eine anatomische Demonstration zu geben.

»Mich interessiert die Frage, wie und durch welche Organe Stimme und Atem produziert werden«, sagte Boethus. Ich brenne darauf, dass du uns die Zusammenhänge durch eine

Vorführung aufzeigst. Lass mich wissen, wie viele Affen oder andere Tiere du brauchst.«

Auch Sergius Paullus bekundete sein Interesse:

»Als Anhänger des Peripatos bin ich ganz besonders an wissenschaftlichen Fragen interessiert. Bei deiner Vorführung werde ich unter allen Umständen anwesend sein.«

Martianos zischelte Antigenes etwas ins Ohr. Verstehen konnte ich es nicht, aber es war bestimmt nichts Nettes.

In einem wahren Freudentaumel verließ Galenos das Haus seines Patrons. Denn dass das »freundschaftliche Verhältnis« zu Eudemos und seine Gefühle der »Verpflichtung« ihm gegenüber eher einer Beziehung zwischen Klient und Patron entsprachen, hatte ich längst bemerkt, auch wenn Galenos diesen Sachverhalt sorgfältig kaschierte.

Zum Glück wohnte Galenos in der Nachbarschaft; allzu lange hätte ich sein triumphierendes Gefasel nicht ausgehalten. Er wirkte wie betrunken, wiederholte sich, suhlte sich in einzelnen Redewendungen, füllte sich ein weiteres Glas mit Lob, öffnete ganze Amphoren von perlenden Zukunftsvisionen, die darin gipfelten, als Nachfolger, ja, Vollender des Hippokrates in die Geschichte einzugehen.

Mir wurde endlich klar, warum Hippokrates von seiner Kritik verschont blieb. Selbst in Fragen, in denen Hippokrates offensichtlich falsch lag, verteidigte ihn Galenos, indem er fehlerhaften Schriften kurzerhand die Echtheit absprach. Hippokrates hatte unfehlbar zu sein, auch nach über fünf Jahrhunderten, denn Hippokrates war Galenos.

Beim Abschied vergaß Galenos trotz allem nicht, mich an mein Versprechen zu erinnern: Aloe aus Sokotra.

»Und du bleibst mir einen Gefallen schuldig«, erwiderte ich trocken.

»Ein furchtbarer Unfall!«
»Zu Brei zertrampelt.«
»Die Roten werden vom Unglück verfolgt.«

Wer immer sich auf den Straßen Roms befand, hörte von dem schrecklichen Vorfall. Keiner blieb von den grausamen Einzelheiten verschont, ob er sie hören wollte oder nicht. Das Unglück war Gesprächsthema Nummer eins an jenem Festtag, dem Tag vor den großen Wagenrennen, die zu Ehren der *Ceres* abgehalten wurden.

»Ein schlechtes Omen! Wenn nur keine Kornknappheit eintritt.«

In düstere Gedanken versunken kam ich im Iatreion an, wo ich erwartet wurde. Ein Ordnungsmann der Roten stand im Diensthof, in heftiger Diskussion mit Castor. Sie schienen sich um etwas zu streiten, doch konnte ich nicht verstehen, worum es ging. Als ich näher an den Ausgang trat, wurde ich von Castor entdeckt, der sofort auf mich zukam.

»Es hat Milo erwischt. Von einer Quadriga zertrampelt. Geh auf keinen Fall hin«, zischte er leise, bevor er mir Victorinus vorstellte.

Victorinus war ein Mann fürs Grobe, das ließ sich schon von seinem imposanten Körperbau ablesen. Groß, wuchtig, muskulös. Einen merkwürdigen Kontrast erzeugten die wohlerzogenen Worte, mit denen er mich bat, ihn zum Rennstall der Roten zu begleiten. Er war zweifellos instruiert worden. Der Schwerverletzte bedürfe meiner Hilfe, sagte er, und Capito bitte inständig um mein Kommen.

»Aber ihr habt doch eure eigenen Ärzte«, erwiderte ich verwirrt. Ich konnte mir mit dem besten Willen nicht vorstellen, was man von mir erwartete.

»Capito hält große Stücke auf dein medizinisches Können, und er bittet dich, den Roten beizustehen. Auch im Namen Nikanors.«

Nikanor! Ein schlagendes Argument. Ich konnte mich ihm nicht entziehen, verlor die Gelassenheit, mit der ich mich gewappnet hatte.

Nikanor. Für einige Sekunden wusste ich selbst nicht, wie sich das Wort auf mich auswirken würde. Die Entscheidung fiel wie bei einer rollenden Münze. Es konnte des Kaisers Kopf nach oben zu liegen kommen oder das rückseitige Bild.

Aus dunklen Tiefen meines Gedächtnisses tauchten vergessen geglaubte Eindrücke des entstellten Nikanor auf.

Nikanor zu erwähnen, war eine potente magische Formel. Die falsche allerdings.

»Nein«, sagte ich entschieden. »Das ist unmöglich.«

Victorinus machte ein Gesicht, als ob ein »Nein« von meiner Seite keine Option wäre.

»Bei so schweren Verwundungen vermag ich nichts. Aber wenn es einen in der Stadt gibt, der helfen kann, falls Milo überhaupt noch zu retten ist, dann ist es Galenos, der Gladiatorenarzt von Pergamon. Er ist der Beste auf diesem Gebiet.«

Bevor Victorinus widersprechen konnte, wandte ich mich an Castor.

»Geh zu Galenos und richte ihm aus, Charis bitte ihn um diesen Dienst. Er wird es tun.«

Der Ordnungsmann schien meinen Vorschlag gutzuheißen, war aber in Schwierigkeiten, weil sein Auftrag offensichtlich anders lautete. Um die letzten Zweifel auszuräumen, übergab ich ihm eine schriftliche Botschaft für Capito, in der ich erklärte, meine Hilfe bestehe darin, ihm den besten Wundarzt Roms zukommen zu lassen.

Dann entließ ich die beiden mit einer gebieterischen Handbewegung.

Kaum war ich allein, überfiel mich ein Zittern. Keinen klaren Gedanken konnte ich mehr fassen. Ich lief ins Haus, suchte nach Audu, konnte ihn nicht finden. Kopflos rannte ich zurück in den Hof, wo ich gerade noch sah, wie Sinope sich eilends entfernte. Hatte sie mich gesehen?

Verwirrt lehnte ich mich gegen eine Säule, als sich ein Arm

aus dem Schatten nach mir ausstreckte und nach mir griff.

Ich schrie auf.

»Pst! Beruhige dich.«

»Audu! Wie kannst du mich so erschrecken.«

Audu zog mich aus dem Hof in einen der Diensträume, die er sich als Werkstatt eingerichtet hatte.

»Ich war hier drin und habe alles mit angehört. Irgendetwas ist faul. Castor verhält sich merkwürdig.«

»Und Sinope hat fluchtartig das Gebäude verlassen. Was wird hier gespielt? Hast du gehört, worüber die beiden sich gestritten haben, bevor ich kam?«

»Castor wollte Victorinus überzeugen, dass du die falsche Person seist für diese Aufgabe. Er tat das aber sehr ungeschickt, argumentierte zunächst, dass du dabei nicht ruhig Blut bewahren könnest wegen des schrecklichen Unfalls von Nikanor. Als Victorinus einwendete, Ärzte seien durch ihre Erfahrungen abgebrüht und reagierten in solchen Situationen sachlich und kühl, begann er ihm einzureden, dir fehle es an Wissen, an Können, an Professionalität, und überhaupt seist du eben nur eine Frau.«

Ich schüttelte nachdenklich den Kopf.

»Er war in Angst. In seinen Augen sah ich deutlich Angst, als er mir sagte, ich dürfe auf keinen Fall zum Rennstall. Es war eine Warnung.«

»Er weiß offenbar von Dingen, die uns verborgen sind. Wir müssen ihn so schnell wie möglich in die Zange nehmen.«

»Das dürfte schwierig sein. Für heute werden sie ihn nicht so schnell laufen lassen, und morgen ist im Circus Hochbetrieb anlässlich der Cerealia.«

»Auf keinen Fall gehst du mir morgen an die Rennen«, sagte Audu, und ich sah, dass er es absolut ernst meinte.

Ich widersprach ihm nicht.

»Flieht! Nehmt Sinope mit und Maximus.«

Es war Castors atemlose Stimme, die uns im Morgengrauen aus dem Schlaf schreckte. Hastig fuhren wir auf und zogen uns etwas über.

»Schnell«, sagte Castor gepresst, »sie werden gleich da sein.«

Keuchend lehnte er sich gegen die Wand. Erst jetzt sah ich im Licht der Fackel, dass er aus der Schläfe blutete. Eine recht tiefe Wunde.

»Kommt nicht in Frage«, sagte ich, »erst werde ich dich verarzten.«

»Das übernehme ich«, entschied Kleitos, noch auf der Treppe. »Mach, dass du weg kommst. Audu soll euch begleiten.«

Audu stieß mich die Treppe hinunter, wo uns Sinope und Maximus erwarteten. Wir nahmen den Hinterausgang und rannten zum Clivus Scaurus.

»Zu Marcellina«, rief Sinope, was uns sinnvoll erschien, denn jederzeit konnten uns Castors Verfolger entgegenkommen.

In Marcellinas Haus fanden wir, ungeachtet der unpassenden Besuchszeit, sofort Einlass. Audu schubste uns über die Schwelle und rannte zurück, um Castor und Kleitos zu Hilfe zu eilen.

Eine gute Stunde lang musste ich Gebete und fromme Hymnen über mich ergehen lassen, bis wir endlich von Kleitos wieder abgeholt wurden. Wir ließen Maximus in Marcellinas Obhut und liefen zurück zu unserem Haus.

Von Kleitos erfuhren wir, dass es der Besatzung des Iatreions gelungen war, die Angreifer in die Flucht zu schlagen. Nicht nur die Männer hatten gekämpft, auch die Frauen hatten sich tapfer geschlagen. Entsprechend waren die Wunden, die ich bei unserer Ankunft zu versorgen hatte. Castor hatte ein Loch im Kopf, Schürfungen im Gesicht und einen Messerstich zwischen den Rippen, Audu eine Verletzung am rechten Oberschenkel. Kleitos schien noch am besten dran zu sein; erst Stunden nach dem Überfall entdeckte ich eine tiefe Schramme an seinem linken Oberarm. Die Frauen waren mit Prellungen davongekommen. Was sich da abgespielt hatte, hörte sich an wie ein echter Nahkampf. Kleitos hatte das Kommando übernommen, hatte alle Bewohner bewaffnet und in den Vorratsräumen neben der Küche platziert. Drei mit Messern bewaffnete Kerle waren kurz nach unserer Flucht ins Haus eingedrungen. Nach einem flüchtigen Blick in die verwaisten Räume des Erdgeschosses stürmten sie in die Wohnräume des oberen Stocks, wo sie aber niemanden vorfanden. Daraufhin durchsuchten sie im Erdgeschoss systematisch jeden Raum. Die Küche sollte dann zum Ort ihres Verderbens werden. Audu, mit Küchenmessern bewaffnet, kümmerte sich um den ersten Angreifer. Kleitos schlug den zweiten mit seinen Skalpellen in die Flucht, wobei Lavinia dem Flüchtenden noch eine Schere in den Rücken rammte. Der dritte lief Myrrhine ins Operationsbesteck und erlitt zudem Brandwunden durch einen siedendheißen ätzenden Sud, den Dana und Kynthia über ihn ausgossen.

Die Angreifer konnten von Glück sagen, dass es ihnen gelungen war, das Haus lebend zu verlassen.

Castor hatte sich am Kampf nicht mehr beteiligen können. Er hatte ziemlich viel Blut verloren und war einer Ohnmacht nahe. Erst jetzt war Zeit, ihn zu verbinden. Wir betteten ihn auf eine Kline und befahlen ihm, sich schön still zu verhalten. Erschöpft fiel er in einen unruhigen Schlaf.

Sinope zitterte noch immer am ganzen Leib. Sie fürchtete um Maximus und drängte darauf, den Kleinen so schnell wie möglich bei Marcellina abzuholen. Wir gaben ihr Dana und Kynthia mit auf den Weg.

Während Myrrhine einen stärkenden Weintrunk braute, versuchten wir, uns auf den Überfall einen Reim zu machen. Es schien ziemlich klar, dass die Angreifer etwas mit dem Rennstall der Roten zu tun haben mussten. Aber auf wen hatten sie es abgesehen? Auf Castor? Möglich, denn sie waren offensichtlich hinter ihm her gewesen, hatten ihn schwer verletzt, bevor es ihm gelang zu entkommen. Castor hatte aber explizit Sinope, Maximus und mir die Flucht befohlen. Warum? War ich Ziel des Angriffs? Oder Maximus? Sinope?

Wir kamen nicht weiter, bevor wir nicht mit Castor sprechen konnten. Ihn aber wollten wir ruhen lassen, so lang wie möglich, denn seine Verletzungen waren nicht unerheblich.

Als Sinope und die Mädchen mit Maximus zurück waren, fühlten wir uns alle zuversichtlicher. Wir kamen zum Schluss, dass etwas Ruhe uns gut tun würde.

Einige Stunden später fühlte sich das Ereignis an wie ein übler Traum. Aber nein! Die Verletzung Audus war noch immer da.

Ich war hungrig und machte mich daran, eine kleine Mahlzeit zusammenzustellen. Die Küche war verwaist. Sinope kümmerte sich wohl um Castor und Maximus. Als nach einer Stunde noch immer keine Spur von ihr zu sehen war, stieg ich die Treppen hoch zu ihrem Zimmer. Ich klopfte. Keine Reaktion. Als ich die Tür öffnete, sah ich Maximus, der ratlos auf dem Boden saß. Neben ihm Sinope mit leerem Blick. Das Bett, worauf wir Castor gebettet hatten, … kein Castor.

»Wo ist Castor?«

Keine Antwort.

Ich nahm Sinope bei den Schultern, schüttelte sie.

Keine Antwort.

Ich weiß nicht, wie lange es dauerte, bis Sinope endlich verlauten ließ, Castor sei weggegangen.

»Wohin?«

»Für immer«, war ihre Antwort.

Erst am späten Nachmittag, als ich mich mit Audu daran machte, die Räume im oberen Stockwerk in Ordnung zu bringen, fiel mir auf, dass das Schloss der nabatäischen Truhe in meinem Zimmer aufgebrochen war. Wir hatten es zuvor gar nicht bemerkt. Ich hob den Deckel und prüfte, ob etwas fehlte. Und ob etwas fehlte. Sämtliche Schriftrollen waren weg.

»Audu«, schrie ich, »sieh dir das an.«

Der Schmuck, den ich in der Truhe aufbewahrte, Kamkams goldenes Haarnetz, alle wertvollen Dinge lagen unversehrt auf dem Boden der Truhe. Die Schriftstücke aber waren verschwunden.

»Was soll das?«, sagte Audu, »ergibt das einen Sinn?«

Lange überlegten wir, für wen der Besitz dieser Schriften von Bedeutung sein könnte. Wir kamen zu keinem Schluss. Nur für uns waren die Briefe Kamkams wertvoll. Ihre Lebensspuren.

Allerdings gab es welche mit brisantem Inhalt. Der Brief, in dem sie Kaiser Hadrian einen Mörder schalt. Ein solches Schriftstück hätte auch Alexandros von Abonuteichos in seinen Händen behalten, zwecks Erpressung.

Wenn jemand mir böse wollte, konnte er mich wegen Besitzes aufrührerischen Materials in Schwierigkeiten bringen.

Alle waren sie gekommen, ungeachtet der sommerlichen Hitze. Nicht nur die Ärztegilde. Die gesamte geistige Elite, die Philosophen, die Rhetoren, die Philiatroi, der vereinte Bildungsadel der *Philologen*. Unter den politischen Würdenträgern die Senatoren Boethus und Sergius Paullus. Unschätzbar die Präsenz der Consularen Marcus Vettulenus Civica *Barbarus* und Gnaeus Claudius *Severus*. Der erste in seiner Eigenschaft als Onkel des Lucius Verus, der zweite, weil er Marcus Aurelius nahe stand. So nahe, dass er wenige Jahre später in zweiter Ehe eine Tochter des Kaisers heiratete. Mir war sein Name aus anderen Gründen bekannt. Nicht wegen seines Vaters, der als Philosoph und Lehrer der Kaiser allen ein Begriff war. Nein, seines Großvaters wegen. Kamkam hatte seinen Namen oft erwähnt: Gaius Claudius Severus war der erste römische Statthalter der Provinz Arabia Petraea. Damals unter Kaiser Traian, als Nabataea ins Römische Reich eingegliedert wurde.

Geplant war eine Glanzveranstaltung für die geistige Elite Roms, die sich über volle drei Tage erstrecken sollte. Für Galenos repräsentierte sie den Durchbruch, für den er so lange gearbeitet hatte, den Höhepunkt seiner Karriere, den Triumphzug nach einem hartnäckigen Feldzug gegen seine Gegner, die er endlich in die Knie gezwungen hatte.

Die ultimative Schlacht, die alles entscheidende, hatte er bereits hinter sich. Sie lag erst wenige Tage zurück. Ein Zweikampf, dessen Ausgang bis zum allerletzten Moment auf Messers Schneide gestanden hatte. Der Friedenstempel hatte einmal mehr als Austragungsort einer höchst unfriedlichen Auseinandersetzung herhalten müssen. Auf Einladung des Consularen Boethus war Galenos erschienen, um sein Versprechen einzulösen, mittels Vivisektion darzulegen, wie Stimme und Atmungsapparat funktionierten. Boethus war für die Kosten aufgekommen, hatte Schweine und Ziegen zur Verfügung gestellt, und

Galenos hatte sich gefreut, sein Können endlich in einem illustren Rahmen unter Beweis zu stellen. Im Gefolge des Boethus erschienen Ärzte, Philosophen, aber auch Literaten und Redner wie *Hadrianos von Tyros* und *Demetrios von Alexandria.* Und es kam der hochgeschätzte *Alexandros von Damaskus*, von dem sich Boethus in der Philosophie des Peripatos unterrichten ließ.

Alexandros, Koryphäe auf dem Gebiet der Philosophie, erster Gelehrter im Kreis des Boethus, musste sich zwangsläufig von einem Galenos herausgefordert fühlen, der um die Gunst des Boethus buhlte und dezidiert als Arzt mit philosophischem Anspruch auftrat.

»Die Konstellation verspricht Spannung«, sagte ich zu Audu, der mich ohne große Lust an jene Veranstaltung begleitet hatte. »Auf keinen Fall wirst du vor Langeweile einschlafen, wie du befürchtet hast.«

Obschon der Einbruch im Iatreion schon mehr als zwei Monate zurücklag und eine gewisse Normalität in unser Leben zurückgekehrt war, bestand Audu darauf, mich nicht allein an solche Anlässe gehen zu lassen. Wenn Kleitos mich begleitete, fühlte Audu sich beruhigt, war ich mit Myrrhine unterwegs, tolerierte er es knapp, waren die beiden aber anderweitig beschäftigt, eskortierte er mich. So fand er sich an Veranstaltungen wieder, die er früher unter allen Umständen gemieden hätte. Die Vivisektion gehörte zweifellos zu eben dieser Kategorie von Ereignissen.

»Wie lange dauert eigentlich ein solcher Agon«, fragte Audu. Es war mir offensichtlich nicht gelungen, seine Befürchtungen zu zerstreuen.

»Das weiß man nie so genau. Galenos sagte mir, er habe schon mehrfach Wettkämpfe bestritten, die sich über drei Tage hinzogen.«

Audu warf mir einen entsetzten Blick zu.

»Keine Angst, ich habe nicht vor, mehr als einen Tag herzugeben. Außerdem gibt es jeweils Pausen, wenn neue Tiere bereitgestellt werden, sodass wir uns jederzeit wegschleichen können.«

Wir hatten Plätze in den hinteren Reihen gewählt, was uns

einen unauffälligen Abgang erleichtern sollte.

Mit Argusaugen überwachte Galenos seine Assistenten, die sich mit vereinten Kräften abmühten, ein quiekendes Schwein in die Vertiefung des Seziertisches zu legen und es in den Halterungen zu fixieren.

Als endlich alles zu seiner Zufriedenheit installiert war, eröffnete Galenos die Veranstaltung mit dem Prolog. Er verwies auf Boethus, der ihn um eine Demonstration über die Funktionen der Atmung und des Sprechens gebeten habe, und dankte ihm für die Bereitstellung alles Notwendigen. In einem kurzen Exkurs, werde er die Positionen seiner Vorgänger erläutern, um dann zum experimentellen Teil überzugehen. Ziel der heutigen Sektion sei es, die mit den Larynxmuskeln verbundenen Nerven freizulegen. In einem zweiten Schritt werde er dann am lebendigen Objekt demonstrieren, dass diese Nerven für den Stimmgebrauch notwendig seien. Er werde ebenfalls vorführen, dass das Durchschneiden oder die Ligatur derselben für das betreffende Lebewesen keine Lebensgefahr bedeute und außer dem Stimmgebrauch keine anderen Funktionen beeinträchtige.

Und dann kam der geniale Coup, den Galenos sich wohl lange im Voraus ausgedacht hatte: er schlug vor, dass Alexandros von Damaskus, sein größter Konkurrent im Saal, den er wegen seines hohen Ansehens zugleich achtete und fürchtete, im experimentellen Teil als Führer des Auditoriums die logischen Folgerungen aus dem Beobachteten ziehen solle. Das Publikum applaudierte. Es versprach sich eindeutig mehr von einem gemeinsamen Auftritt der beiden Gelehrten als von einem Disput, der erfahrungsgemäß meist auf Kosten der Hörer geht, denen dabei bestenfalls eine Lektion im Diffamieren des Gegners geboten wird.

»Ein schlauer Spielzug«, bemerkte Audu, »sich den Gegner als Verbündeten zu verpflichten.«

»Ja, als Peripatetiker kann Alexandros schlecht ablehnen, hat doch Aristoteles das Tierexperiment oft und gern als Methode der Erkenntnisgewinnung angewendet.«

Im allgemeinen Applaus ging Audus Antwort unter.

Alexandros hatte sich erhoben, verneigte sich nach allen

Richtungen, dankte für den Applaus und wandte sich dann an Galenos.

»Ziel deiner Demonstration ist es also, Erkenntnis über die Grundlage von Stimme und Atmung zu gewinnen?«

Galenos nickte.

»Das zugrundeliegende wissenschaftliche Problem ist aber durch eine Demonstration solcher Art nicht zu lösen, mein lieber Freund«, sagte nun Alexandros. Seine Stimme klang schroff und machte deutlich, dass er Galenos in keiner Weise als seinen Freund betrachtete, als den er ihn betitelte. Und bevor Galenos widersprechen konnte fuhr er fort:

»Grundsätzlich können sinnliche Wahrnehmungen keinerlei sichere Erkenntnis gewähren.«

Alexandros war offensichtlich nicht willens, Galenos bei seiner erfolgversprechenden Aufführung auch noch zu unterstützen. Ganz im Gegenteil. Auch er hatte sich vorbereitet, seine Waffen geschärft, um den Gegner zu Fall zu bringen.

Ein Blick auf Galenos sagte alles. Man konnte ihm ansehen, dass er statt des Schweins am liebsten den Opponenten auf den Seziertisch gelegt und mittels Ligatur des Philosophen Stimme zum Schweigen gebracht hätte.

Stattdessen trat er ein paar Schritte vor, wandte sich in Richtung Boethus und entgegnete mit einem Schulterzucken:

»Ich war der Meinung, dass ich bei dieser Zusammenkunft nicht auf langweilige Skeptiker treffen würde. Offensichtlich ein Irrtum. Hätte ich es im Voraus gewusst, wäre ich gar nicht erst gekommen.«

Sagte es und ging. Jawohl, er hatte den Nerv, einfach abzumarschieren.

Das Auditorium brauchte eine gewisse Zeit, bis es begriff, dass es um sein geistiges Unterhaltungsprogramm geprellt worden war. Als Erste klappten die *Tachygraphisten* ihre Wachstafeln zusammen und verließen den Saal. Die Zuhörer, die sich auf eine sensationelle Demonstration gefreut hatten, reagierten ungehalten. Alexandros erntete für sein schroffes Verhalten Vorwürfe von allen Seiten. Galenos ging aus dem Zweikampf als Sieger hervor. Ebenso das Schwein, das den Seziertisch lebendig verließ.

In der Folge nutzten die Literaten Hadrianos und Demetrios – auch sie in Konkurrenz zu Alexandros – die günstige Gelegenheit, ihr eigenes Süppchen zu kochen. In mehreren öffentlichen Reden ließen sie Kritik über Alexandros hageln. Auch bei privaten Einladungen verpassten sie keine Chance, die Sturheit des Philosophen lächerlich zu machen.

Das aber war die denkbar effizienteste Werbung für Galenos. Hatte jemand seinen Namen bisher nicht gekannt, so kannte er ihn nun mit Bestimmtheit, und zwar in einem für Galenos positiven Kontext.

Kein Wunder, dass heute, beim zweiten Anlass, bedeutend mehr Prominenz anwesend war als beim verpatzten ersten. Man hatte sich nach einem größeren Auditorium umsehen müssen. Autoritäten wie Sergius Paullus hatten Galenos um eine Wiederholung des Anlasses gebeten. Auch der zukünftige kaiserliche Schwiegersohn und der Verus-Onkel hatten von dem Vorfall gehört und sich persönlich bei Galenos um eine Wiederholung bemüht.

Ein wahrer Glücksfall für den Pergamener.

Und nun saßen sie also alle auf ihren Plätzen und folgten mit Interesse den Demonstrationen des Galenos. Kein einziger, der sich jetzt noch getraut hätte, dem großen Meister zu widersprechen. Man musste es ihm lassen: Er ging mit seinen Instrumenten tatsächlich äußerst geschickt um. Sektionen am lebendigen Objekt erfordern nicht nur genaue Kenntnisse über Aufbau und Struktur des Lebewesens, das man seziert, es braucht vor allem auch viel Übung, damit man den Überblick behält. Man muss schnell genug vorgehen, in der richtigen Reihenfolge, darauf achten, dass die Effekte sich nicht mischen, damit man das Erforderliche mit Klarheit zeigen kann. Dabei ist stets das Auditorium im Auge zu behalten. Es muss mit der richtigen Portion Informationen gefüttert werden, damit es dem Verlauf folgen kann, ohne durch ein Übermaß an Erklärungen verwirrt zu werden.

Nichts für mich! Es ist und bleibt ein Spektakel, und ich

bezweifle, ob die Zuschauer dabei wirklich so viel lernen, oder ob sie nur mit offenen Mäulern einer Sensation beiwohnen.

Galenos hatte mich persönlich eingeladen, ich konnte ihm die Ehre nicht versagen. Also war ich gekommen, hatte aber nicht vor, lange zu bleiben. Als ich ihm während einer Pause zu seinem Erfolg gratulierte, gab er mir zu bedeuten, ich solle ihn am Abend noch einmal ansprechen. Er habe mir etwas zu sagen, was nur für meine Ohren bestimmt sei.

Schon bedauerte ich, dass ich mich allein an den Anlass geschlichen hatte. Kleitos kümmerte sich um Myrrhine, denn sie fühlte sich miserabel. Obwohl die beiden bisher nichts verlauten ließen, vermutete ich, Myrrhine sei schwanger. Dana und Kynthia teilten meine Vermutung, aber noch war es nicht offiziell. Audu hatte ich nicht schon wieder bemühen wollen; das Spektakel im Friedenstempel lag erst kurze Zeit zurück. An jenem Tag begleitete mich Dana zu einer Krankenvisite. Unterwegs beschloss ich spontan – oder hatte ich es dunkel schon im Voraus geplant? –, Dana allein hinzuschicken. Sie brauchte mich inzwischen nicht mehr, konnte die Behandlung ebenso gut ohne mich übernehmen.

Einen Augenblick lang zögerte ich, nickte dann aber zustimmend. Eigentlich hatte ich gegen Mittag nach Hause gehen wollen. In Galenos' Stimme hatte aber etwas Drängendes gelegen. Wie hätte ich weggehen können bevor ich in Erfahrung gebracht hatte, worum es sich handelte.

Hoffentlich keine Liebeserklärung, dachte ich flüchtig, verwarf aber den Gedanken sofort wieder. Galenos war inzwischen längst bekannt, dass Audu und ich ein Paar waren.

Die Demonstration zog sich in die Länge. Eine meisterhafte Vivisektion, interessante Erläuterungen. Dennoch sehnte ich mich nach dem Ende der Veranstaltung. Als es endlich so weit war, hatte ich lange zu warten, bis sich all die prominenten Leute von Galenos mit üppigen Gratulationsworten verabschiedet hatten. Das Warten setzte sich fort, indes die weniger Prominenten, die aber durchweg als solche gelten wollten, ihre nicht minder blumigen Abschiedsworte sprachen.

Geschafft! Das Auditorium war leer. Die Assistenten hatten

die sezierten Tiere weggeschafft, das Blut aufgewischt, die Gerätschaften abtransportiert. Galenos entließ sie mit Dank.

»Endlich sind wir allein, Charis«, sagte er, und mir wurde wieder mulmig.

Ein Blick auf seine Körperhaltung bestätigte mir jedoch, dass es nicht um einen Annäherungsversuch ging, vielmehr um die Überlegenheit des Erfahreneren gegenüber dem Unwissenden.

»Was gibt es?«, fragte ich plump.

»Einen Mord!«

Ich schluckte. Damit hatte ich allerdings nicht gerechnet.

»Den Gefallen, den ich dir schuldete, habe ich dir erwiesen. Wir sind quitt. Dennoch wollte ich dich über die näheren Umstände von Milos Tod informieren.«

»Ich denke, er wurde von einer Quadriga überfahren …«

»So ist es.«

»Ich verstehe nicht, was du mir sagen willst.«

»Als ich die Verletzungen des Toten sah, war mein Misstrauen sofort geweckt. Jeder, der vor ein Pferdegespann gerät, versucht unmittelbar, sich zu retten. Selbst wenn er stürzt, macht er den Versuch, sich abzudrehen, wegzurollen. Insbesondere ein Pferdekenner wie Milo. Nur ein Volltrunkener würde sich derart wehrlos zertrampeln lassen.«

Galenos schwieg.

»Oder ein Toter«, sagte ich, endlich verstehend.

»Genau. Und deshalb habe ich mir unauffällig Mund und Rachen des Verunfallten angesehen.«

»Und?«

»Vergiftet!«

Ich setzte mich.

»Was weißt du über Milo?«, fragte Galenos.

»Er ist der Ernährungsspezialist für die Spitzenpferde, sozusagen ein *Archimagirus* für Elitepferde. Ich kannte ihn, denn er hatte damals auch Compressor betreut, Nikanors Leitpferd. Aber das war vor deiner Zeit in Rom.«

»Kannst du dir einen Reim darauf machen, warum er ermordet wurde?«, fragte Galenos. »Und warum hat man dich gerufen, seinen Tod zu bestätigen? Denn dass niemand mehr Milo helfen konnte, war zum Vornherein klar. Als ich im Rennstall eintraf, war Milo schon tot.«

»Hast du Capito von deiner Diagnose erzählt?«, fragte ich uns hielt den Atem an.

»Für wen hältst du mich. Ich lege Wert darauf zu überleben. Jetzt, wo ich den hart erkämpften Triumph meiner Karriere genieße, erst recht. Denn groß ist der Name des Galenos von Pergamon und hoch sein Ansehen!«

Ich lächelte nur schwach.

»Diese Beobachtung erzähle ich nur dir. Weil ich den Verdacht nicht loswerde, dass es etwas mit dir zu tun hat. Mehr weiß ich dir dazu auch nicht zu sagen.«

In Gedanken verloren machte ich mich auf den Heimweg. Milo. Warum hatte er sterben müssen? Er hatte Compressor betreut, ihm spezielle Diäten verabreicht, denn der Hengst litt unter einem nervösen Verdauungstrakt und war oft krank. Häufiger Durchfall, Schaum vor dem Mund, Fieber. Oder waren das auch Vergiftungssymptome? Hatte Milo davon gewusst? War Compressor an Gift verendet? Und Nikanor? Aber nein, das war ein Unfall. Ein Unfall, der sich vor meinen eigenen Augen abgespielt hatte. Und Castors Verschwinden, wie passte das alles zusammen?

Ich drehte mich um. Seit geraumer Zeit hörte ich Schritte hinter mir, in ziemlichem Abstand allerdings. Zwei Männer. Nichts Auffälliges. Noch war ich ziemlich weit vom Iatreion entfernt. Die Gegend nicht sehr vertrauenerweckend.

Meine Gedanken kreisten um Capito. Er hatte ein Auge auf mich geworfen. Seit wann eigentlich? Seit Nikanors Tod? Recht bald danach, wenn ich mich richtig erinnerte. Ich beschloss, Dana und Kynthia danach zu fragen. Sie hatten sich oft genug darüber lustig gemacht. Vielleicht hatten sie ein besseres Zeitgedächtnis.

Gerade war ich im Begriff, die Straße zwischen den beiden Häuserblocks zu überqueren, als von rechts ein kräftiger Mann hervorschnellte und mich am Arm packte.

»Mitkommen«, bellte er in mein Ohr, »und lass dir nicht einfallen, dich auffällig zu benehmen.«

Hinter mir hörte ich die Schritte näher kommen. Ich wagte nicht, meinen Kopf zu drehen, konnte nur hoffen, dass die Schritte, die nun Lauftempo annahmen, Hilfe signalisierten. Der Entführer schaute nach hinten, ließ meinen Arm los, um sich gegen die beiden Angreifer in Position zu bringen. Er war chancenlos, zu kräftig die beiden Verfolger. Es blieb ihm nichts anderes übrig, als die Flucht zu ergreifen. Der eine der beiden Retter setzte dem Flüchtigen nach, der andere stützte mich und redete beruhigend auf mich ein. Erst jetzt erkannte ich in ihm einen der Assistenten des Galenos und zwar den, der sich mit dem Schwein abgemüht hatte. In diesem Augenblick schwor ich mir, nie mehr über Galenos zu lästern, mochte er sich noch so unmöglich benehmen. Er hatte mir eine Eskorte hinterhergeschickt, die mich sicher nach Hause geleiten sollte.

Was das alles zu bedeuten hatte, konnte ich mir mit dem besten Willen nicht ausdenken. Zu verwirrt war ich. Auch fehlten mir wesentliche Mosaiksteinchen, um das Motiv zu erkennen.

»Sinope!«, sagte Audu, nachdem ich ihm alles berichtet hatte. »Wir nehmen uns Sinope vor. Nur sie kann uns weiterhelfen, sie weiß mit Sicherheit mehr, als sie uns bisher gesagt hat.«

»Ja. Aber wenn es um diese Sache geht, ist ein Stockfisch gesprächiger als Sinope.«

»Heute wird sie sprechen«, sagte Audu, »sie wird sich vor mir fürchten, ohne dass ich ihr etwas androhe.«

Ich glaubte ihm. Sein Zorn füllte den gesamten Raum. Es fühlte sich an, als hätte man in eine Rinderblase Luft geblasen, sie gefüllt bis zum äußersten Grad vor dem Zerplatzen.

Sinope erschien mit gesenktem Kopf. Sie wusste genau, worum es ging, wartete auf unsere Fragen.

»Los, erzähl!«, sagte Audu knapp. »Alles.«

Und Sinope sprach, stockend zunächst, dann immer flüssiger, als wäre sie froh, ihr Geheimnis endlich loszuwerden.

»Castor war es, der die Fluchtafel unter der Mandragora vergraben hat.«

»In Capitos Auftrag?«

Sie nickte.

»Capito war bekannt, dass zwischen Castor und mir etwas am Laufen war. Wir trafen uns regelmäßig, wurden im Rennstall oft zusammen gesehen, sodass Castor, wäre er auf unserem Grundstück entdeckt worden, sich gut hätte herausreden können.«

»Wusstest du davon?«, fragte ich und sah einen kurzen Moment ihr verzerrtes Gesicht vor mir, als sie die Fluchtafel entdeckt hatte.

»Damals nicht. Er verheimlichte es auch vor mir. Capito hatte ihm die Freilassung nach vollendetem dreißigstem Lebensjahr in Aussicht gestellt und ein entsprechendes Peculium. Was er ihm verschwieg, war die geplante Versetzung nach Karthago. In einer Nacht-und-Nebel-Aktion ließ er ihn nach Ostia bringen und nach Africa verschiffen.«

»Wo wir ihn dann während der Überfahrt gesehen haben«, fuhr ich fort. »Zunächst erkannte ich ihn nicht einmal, obwohl ich ihn schon mehrfach im Rennstall gesehen hatte.«

»Für ihn muss die unerwartete Begegnung auf dem Schiff wesentlich beunruhigender gewesen sein«, sagte Audu nachdenklich. »Erinnerst du dich, wie erleichtert du warst, als du ihn im Hippodrom endlich als einen Bergungsmann der Roten identifizieren konntest?«

»Und wie! Meine Angst verflog augenblicklich. Im Gegenzug muss sich seine noch vergrößert haben. Er hatte immerhin weit triftigere Gründe, sich verfolgt zu fühlen.«

»Capito hat ihm gedroht«, fuhr Sinope fort. »Wenn er den Mund nicht halte, werde er ihn anzeigen: zwei verliebte Sklaven, eine Herrin, die sich der Liebschaft entgegenstellt. Schadenzauber, um das Hindernis aus dem Weg zu räumen. Castor wäre schnell verurteilt. Und auch ich würde in die Sache hineingezogen. Mein Leben wäre ebenfalls verwirkt.«

»Wie bist du dahinter gekommen?«, fragte Audu, »und wann?«

»Erst kurz bevor ich zu meiner Schwester nach Phrygien reiste. Es war in jenem Winter, als Charis im Palast in Ungnade fiel. Ihr erinnert euch gewiss, wie plötzlich ganz Rom davon sprach, dass auf Charis ein Fluch laste.«

Ich nickte. Die Erinnerung mochte verblassen, in Vergessenheit geraten aber nie.

»Am Vorabend eines Renntags, als eine Gruppe von Senatoren sich um Castor und Milo drängten, um von ihnen einen Tipp aus erster Hand für die Wetten zu erhalten, bekam ich zufällig mit, wie Castor nicht nur Informationen über den Zustand der Pferde weitergab, sondern auch Gerüchte über Charis. Seine Herrin sei mit einem Fluch belegt, mehrere Schwangere hätten ihre Leibesfrucht verloren. Er habe mit eigenen Augen gesehen, dass sogar die Katze des Hauses tote Jungen geworfen habe und verendet sei.«

Ich schnappte nach Luft. Er hatte mich kaltblütig ruiniert. Wo ich ihm immerhin ermöglicht hatte, mit Sinope und dem Kleinen zusammenzuleben.

Sinope schaute ängstlich zu mir hin.

»Ich stellte Castor noch am selben Tag. Da gestand er mir, dass Capito ihn in der Hand habe. Nicht nur ihn, auch mich, und was am schlimmsten ist, auch Maximus.«

»Dann war es Capito, der Maximus entführen ließ«, schloss Audu.

Sinope nicke.

»Als Warnsignal an Castor. Capito fürchtete, er könnte sein Schweigen brechen.«

Verständnislos schüttelte ich den Kopf. Ich begriff, dass Castor die ganze Zeit in Capitos Gewalt gestanden hatte, vielleicht sogar als Spion im Iatreion eingesetzt war. Die erneute Tätigkeit im Rennstall – nicht nur Resultat seiner Liebe zum Circus. In völlig neuem Licht Capitos Reaktion, als ich ihn in seinem Haus aufsuchte und den Kauf Castors vorschlug. Nicht heftige Kränkung eines vergeblich Liebenden, sondern nackte Bedrohung! Aber warum hatte er mich dann so hartnäckig umworben? Und wo lag der Kern der ganzen Sache, die Ursache für die Fluchtafel?

»Was hat Capito zu verbergen, und warum kann Charis ihm gefährlich werden?« fragte Audu und ergriff Sinope am Oberarm, als ob er sie schütteln wollte.

»Ich weiß es nicht«, stammelte sie.

»Denke nach«, schrie Audu und schüttelte sie nun tatsächlich.

»Hat es mit Nikanor zu tun?«, fragte ich stattdessen.

»Ich glaube schon«, sagte Sinope fast flüsternd, »aber ich weiß es wirklich nicht. Wenn ich Castor danach fragte, weigerte er sich, darüber zu sprechen. Er meinte, er verschweige es meinetwegen, um mich und Maximus nicht noch mehr zu gefährden. Als dann Milo zu Tode kam, war er entsetzlich erregt und sagte mir, dass es allen, die zu viel wüssten, so ergehen werde.«

»Es war ihm also bekannt, dass Milo ermordet wurde?«

Sinope nickte.

»Was war mit Milo?«, fragte Audu, mehr zu mir gewandt als zu Sinope, »was machte ihn für Capito so gefährlich?«

»Milo war mit Nikanor befreundet. Er kümmerte sich um

die besten Pferde, auch um Compressor. Zwar war er nicht speziell ausgebildet, doch verstand er die Krankheiten der Pferde besser als jeder Tierarzt. Compressor hatte sehr oft Durchfall, Krämpfe …«

Ich brach ab. Erneut kam mir der Gedanke, dass Compressors Verdauungsstörungen womöglich nicht auf seine nervöse Konstitution zurückzuführen waren, wie es immer geheißen hatte, sondern auf wohl berechnete Giftdosen, die ihn außer Gefecht setzten. Milo muss davon gewusst haben. Und Nikanor?

Ich hielt meine Gedanken zurück, wollte sie erst nach Beendigung des Verhörs zur Diskussion stellen.

Aus Sinope war nichts Zusätzliches herauszubringen. Sie zitterte am ganzen Körper, hatte Todesangst. Um Castor, von dem sie kein Lebenszeichen hatte. Vor allem aber um Maximus. Wir riefen nach Kynthia und übergaben sie ihr zur Betreuung. Kynthia brauchte keine Anweisungen.

Noch am selben Abend besprachen wir uns mit Myrrhine, Kleitos, Kynthia und Dana. Vor der Schlafkammer, in der Sinope und Maximus schliefen, hatten wir Wachen postiert. Zwei kräftige Kerle aus der Mannschaft unserer Träger. Sie hatten strikte Order, niemanden in die Kammer zu lassen. Doch hatten sie auch dafür zu sorgen, dass weder Sinope noch Maximus die Kammer ohne Bewachung verließen.

Die Besprechung verlief ruhig und konzentriert. Wir informierten die anderen vier über den Stand der Dinge, bevor wir nach Hinweisen suchten, die uns bisher entgangen waren.

Nie hätte ich gedacht, dass ich dem Schlüssel zur Erklärung der mysteriösen Vorfälle so nahe war.

Den Schlüssel zum Schlüssel – ich trug ihn auf mir.

Buchstäblich.

# 53 Dushara

»Es ist lange her, Charis, seit unserem letzten Treffen.«

Der alte Dushara Priester musterte mich mit besorgtem Interesse.

Ich streifte das Halsband über meinen Kopf, an dem seit wenigen Stunden neben Kamkams Kamelschlüssel noch ein zweiter baumelte. Ein kleiner Schlüssel, zu einem Ring verarbeitet, der bis gestern in Kamkams Truhe geruht hatte. In einer Schatulle mit Schmuck aus meinen Kindertagen.

Wie lange mochte er dort gelegen haben? Ich hatte ihn vollkommen vergessen. In unbeschwerten Tagen hatte Nikanor ihn mir zum Aufbewahren gegeben. Er gehört zu einer Kassette, einem Behältnis für Schriften. Als ich damals von Kamkams Truhe berichtet hatte, die ich demnächst im nabatäischen Tempel abholen würde, hatte er interessiert zugehört.

»Könntest du mir den Gefallen tun und in deinem nabatäischen Tempel dieses Kästchen für mich hinterlegen? Nur vorübergehend«, hatte er augenzwinkernd hinzugefügt.

Den Dienst hatte ich ihm gern erwiesen. Als ich in Begleitung meiner Träger Kamkams Truhe abholte, hatte ich dem Dushara Priester beim Abschied Nikanors Kassette ausgehändigt.

»Damit bleiben wir verbunden«, hatte der damals schon alte Priester gesagt und geschmunzelt.

Eben dieser Priester stand nun vor mir und beobachtete mich mit fürsorglichem Blick.

Audu hatte mich begleitet, wartete aber in einem Nebenraum, denn der Priester hatte darauf bestanden, allein mit mir zu sprechen. Die Geheimniskrämerei machte mich unruhig. Seit den Turbulenzen der letzten Tage war ich überreizt, witterte überall Verdachtsmomente. Doch der Alte konnte von all den Ereignissen nichts wissen. Der bekümmerte Blick, mit dem er mich musterte, war wohl seine priesterliche Art.

Ob er mir ansah, dass ich den alten Göttern nicht opferte?

Um den Übergabeprozess zu beschleunigen, kramte ich

mein Siegel hervor, doch der Alte hatte es gar nicht eilig.

»Deine Großmutter war eine weise Frau«, sagte er stattdessen, »handle in ihrem Sinne und überstürze nichts.«

Wiederum betrachtete er mich in einer Art, als wüsste er, in welch heikler Lage ich mich befand.

»Zuerst planen, dann handeln. Und: Prüfe genau, wem du vertrauen kannst. Zuviel Vertrauen ist verhängnisvoll. Jedes Übermaß an Misstrauen ebenso.«

Langsam wurde ich ungeduldig. Was fiel ihm ein, was spielte er sich auf? Ich öffnete den Mund um etwas Schroffes zu sagen, doch kam er mir erneut zuvor:

»Da ist jemand, den ich dir ans Herz legen möchte. Er verdient trotz aller üblen Geschehnisse dein Vertrauen.«

Damit öffnete er die Tür zum Tempelhof. Obschon das grelle Licht mich blendete, erkannte ich die Gestalt sofort.

»Castor!«, rief ich erstaunt.

»Ich lasse euch jetzt allein«, sagte der Alte, der es nun plötzlich eilig hatte zu verschwinden.

»Wie kommst du in den Dushara-Tempel?«, fragte ich, noch immer perplex.

»Es schien mir der einzige sichere Platz in Rom zu sein, ein Ort, an dem mich niemand suchen wird. Der Priester ist rührend. Er hält mich seit den Cerealia versteckt, hat mich beschützt, gepflegt, genährt.«

»Dann erfüllt er zumindest die uralte Pflicht, die einem Tempel zukommt. Sinope wird übrigens ebenfalls beschützt von frommen Menschen. Wir haben sie und Maximus im Haus Marcellinas versteckt. Aus altem Misstrauen habe ich allerdings trotzdem unsere hausinternen Wachen mitgeschickt.«

Castor atmete auf und zeigte den Anflug eines Lächelns.

»Du schuldest uns einige Erklärungen.«

Er nickte mit gesenktem Kopf.

Ich öffnete die Tür zum angrenzenden Raum.

»Ich möchte Audu bei unserer Aussprache dabei haben.«

Castor nickte erneut.

Audu blieb wenig Zeit, sich von seiner Überraschung zu erholen.

Zu dritt begaben wir uns in den friedlichen Hof des Dushara-Tempels und sollten ihn so bald nicht mehr verlassen.

»Was wird hier gespielt, Castor?«, eröffnete Audu das Gespräch. »Wir sind darüber informiert, dass du in Capitos Gewalt gehandelt hast. Sinope hat uns erzählt, was sie darüber weiß. Aber worum geht es wirklich?«

»Der Hintergrund war auch mir lange nicht bekannt. Auf Geheiß Capitos hatte ich die Fluchtafel vergraben und war seit jener Zeit erpressbar. Ein Narr war ich, der ich geglaubt hatte, auf diese Weise meine Freiheit zu erkaufen. Stattdessen verbannte er mich nach Karthago. Erst danach begann ich darüber nachzudenken, dass Capito wohl einiges zu verbergen hat. Vorerst war alles nur Spekulation. Nach langen Monaten schlug er mir einen Handel vor, der mich noch mehr in die Sache verstrickte.«

Betreten schaute er zu Boden.

»Zurück nach Rom zu Sinope und Maximus. Offiziell als Geschenk an mich, inoffiziell als Spion in Capitos Diensten.«

Ich wartete nicht, dass er es bestätigte. Er litt schon genug. Stattdessen fragte ich ihn, warum Capito mir so sehr den Hof gemacht hatte.

»Weil er dich fürchtet. Er versuchte, dich unter seine Kontrolle zu bringen.«

»Aber was fürchtet er denn so sehr?«

»Darüber sprach er nie. Ich spekulierte, dass Nikanor vielleicht ein Testament hinterlassen hat, das Capito verschwinden ließ. Als dessen ehemaliger Herr hat er nach Nikanors Tod ein beträchtliches Vermögen geerbt. Vielleicht hatte Nikanor dir ein bedeutendes Legat zugedacht.«

Er machte eine Pause.

»Erst als ich für ihn als Agent tätig war, erahnte ich, dass es um mehr ging. Er suchte offensichtlich nach Schriften Nikanors, Aufzeichnungen, Tagebüchern, die er in deinem Besitz vermutete. Ich nahm an, dass es sich um Schulden handelte, um Geld, das Nikanor ihm geliehen hatte. Um Anteile der Factio vielleicht. Eine Heirat mit dir hätte alles auf einen Schlag gelöst.«

»Ein berechnender Kerl«, sagte Audu.

»Und gerissen in seinem Vorgehen«, ergänzte ich beim Gedanken daran, dass ich ihm seine Verliebtheit tatsächlich abgenommen hatte. Nicht ich hatte ihn hereingelegt, sondern er mich! Meine Schuldgefühle hätte ich mir sparen können.

»Als die Heiratspläne durch Audu definitiv ins Wasser fielen, versuchte er dann, durch Einbruch an die Schriften zu kommen«, fuhr ich versuchsweise fort.

Castor widersprach.

»Zu jenem Zeitpunkt ging es um wesentlich mehr. Milo war im Stall in meinen Armen gestorben. Aber da war er noch nicht von Pferden zertrampelt, sondern elend vergiftet von Capito. Er konnte mir nur noch sagen, dass er auf Befehl Capitos Compressor immer wieder Gift verabreicht habe. Dass Nikanor Capito auf die Schliche gekommen sei und mit seinem Leben gebüßt habe. Dann starb er. Ich musste ihn liegenlassen und die Flucht ergreifen, denn ich befürchtete, dass man mich beim Betreten des Stalls beobachtet hatte.«

»Daraufhin hast du mich gewarnt, als Victorinus, angeblich zur Behandlung des Verletzten, mich zum Marsfeld abkommandieren wollte.«

»Im Rennstall hatte man vorgegeben, der schwer verletzte Milo habe das Bewusstsein verloren. Victorinus wusste tatsächlich nicht, dass er schon tot war.«

»Von Galenos habe ich später erfahren, dass Milo ermordet wurde.«

»Galenos hat seine Sache ausgezeichnet gemacht. Ich sah, wie er den Toten untersuchte. Er musste die Anzeichen gesehen haben, stellte aber ohne mit der Wimper zu zucken den Totenschein aus. Unfalltod.«

»Was geschah dann?«, fragte Audu.

»Als der Arzt außer Reichweite war, schlugen sie mich nieder und sperrten mich im Stall in die Boxe zu *Percussor,* einem wilden, noch nicht gezähmten Pferd, dem niemand zu nah kommen darf. Percussor schnaubte und wieherte, stampfte einige Male auf den Boden, griff mich aber nicht an, denn er kannte mich. Nach einiger Zeit kamen zwei Schläger, um nachzusehen, ob ich schon erledigt sei. Ich hatte mich in verkrümmter Haltung auf den Boden gelegt und tot gestellt. Als sie mich im Dämmerlicht aus der Ecke der Boxe hervorzogen, ängstlich darauf bedacht, Percussor nicht zu nahe zu kommen, sprang ich auf und ergriff die Flucht.«

»Dann haben sie also gar nicht nach Schriftstücken Nikanors gesucht, sondern nach dir. Sie wollten dich umbringen.«

»Auch dich, Charis«, sagte Audu, »ihr wisst beide zu viel. Dass sie sich der Schriften bemächtigten, war nur ein Nebeneffekt.«

Castor schüttelte heftig den Kopf.

»Nein. Die Schriftrollen habe ich an mich genommen, bevor ich aus dem Haus geflüchtet bin. Zuerst hoffte ich, es handle sich um die brisanten Aufzeichnungen Nikanors. Ich wollte meinen Verdacht bestätigt finden und Beweise in Händen halten. Aber es waren nur Schriftrollen und Briefe deiner nabatäischen Familie. Da kam mir der rettende Gedanke. Wenn ich sie vorwiese, würde man mir vielleicht im nabatäischen Tempel die Tore öffnen. Es war der einzige Zufluchtsort, an dem mich sicher niemand vermuten würde.«

Ich verließ den Garten und suchte den Priester. Es schien, als hätte er auf mich gewartet. Lächelnd übergab er mir Nikanors Kassette, noch bevor ich Zeit gefunden hatte, ihn darum zu bitten.

»Die Ironie des Schicksals«, sagte ich zu Castor, der mich ungläubig ansah, während ich den Staub von dem Behältnis blies, »liegt darin, dass Nikanors Schriftstücke die ganzen Jahre hindurch in diesem Tempel vor sich hin schlummerten.«

Ein seufzendes Geräusch war zu hören, als ich den Schlüssel ins Schloss steckte und ihn sorgsam drehte.

Ich beugte mich über das offene Kästchen und sichtete den Inhalt:

Listen mit Schuldbeträgen, Verträge, amtliche Dokumente, Aufzeichnungen von Nikanors Hand. Seine etwas ungelenke Handschrift.

Wir fragten den Alten um Verlängerung unseres Asyls. An keinem anderen Ort hätten wir uns ungestörter und sicherer gefühlt als in diesem abgeschiedenen Tempelhof.

Es dauerte seine Zeit, bis wir mit Lesen durch waren. Aber dann war endlich klar, worum es ging.

Um Geld, um viel Geld. Um Betrug in so großem Stil, dass sich auch Morden lohnte.

Der Dushara Priester nickte verständnisvoll, als wir ihn baten, die Schriften in dem Kästchen weiterhin sorgsam im Tempel zu bewahren. Vorläufig waren die Dokumente im Tempel am besten aufgehoben. Wir wollten später wiederkommen. Die Anklage vor Gericht war nicht der erste Schritt, den es zu tun galt.

Auch Castor deponierten wir vorerst wieder im Tempel. Er war dort am sichersten. In groben Zügen hatten wir unseren Schlachtplan aufgestellt. Die Feinheiten mussten noch ausgearbeitet werden.

Es galt nun, vorsichtig zu sein, nicht aufzufallen. Wir mussten uns bemühen, ein normales Leben zu führen, ein scheinbar normales Leben. Mit verstärkten Wachen allerdings. Kleitos erstand auf dem Sklavenmarkt vier kräftige Daker, die wir als Träger tarnten. Ich willigte ein, das Haus bis auf Weiteres nur noch in Begleitung zu verlassen.

September. So lange hatten wir auszuharren. Fast zwei Monate noch bis zu den Großen Spielen.

Ludi Romani. Vor sechs Jahren war Nikanor verunfallt. Im Circus Maximus, vor den Augen der zweihundertfünfzigtausend Zuschauer. War es ein Unfall? Nachdem ich seine Aufzeichnungen gelesen hatte, zweifelte ich daran. Beweisen ließ sich freilich nichts.

Diverse Verträge und Schuldscheine belegten, dass sich Capito mit seiner Factio übernommen hatte. Beim Verhandeln mit den Spielveranstaltern gelang es nicht immer, die Summen auszuhandeln, die er für den Betrieb seines riesigen Unternehmens benötigte. Am meisten brachten ihm Nikanor und Compressor ein, denn für den Einsatz dieser beiden konnte er hohe Beträge verlangen. In guten Zeiten hatte er Ländereien mit üppigen Villen gekauft, die er aber aus Prestigegründen nicht wieder verkaufen wollte. Mehrmals kam es vor, dass er mangels Liquidität nicht mehr in der Lage war, die anfallenden Auslagen zu bezahlen. Er löste das Problem, indem er sich von Nikanor wiederholt höhere Summen auslieh. Als sein Freigelassener konnte Nikanor es ihm nicht abschlagen, er war vertraglich ziemlich eng an Capito gebunden. Den entsprechenden Freilassungsvertrag hatten wir ebenfalls aufgefunden. Im Hinblick auf Nikanors Ruhm hatte Capito eingewilligt, für die Freilassung des jungen Wagenlenkers vor dem erforderlichen dreißigsten Lebensjahr eine Sondergenehmigung einzuholen. Nikanor verpflichtete sich im Gegenzug zu hohen Abgeltungsleistungen. Es war ihm untersagt, die Factio der Roten zu verlassen, und er hatte seinen Patron beim Betreiben des Unternehmens zu unterstützen. Auch finanziell, allerdings in Grenzen, die genau beziffert waren. Als die Schulden ins Unermessliche stiegen, hatte Capito offensichtlich eingewilligt, Nikanor Anteile der Factio auszuhändigen. Damit war Nikanor wie andere Teilhaber am Gewinn beteiligt, verpflichtete sich jedoch, diesen Umstand geheim zu halten. Aus Ehrengründen wiederum. Dann war es zu einer Wende gekommen. Capitos Finanzen sanierten sich nach und nach, obwohl die Factio russata im Wettstreit gegen die anderen drei Rennställe zunehmend im Abstieg begriffen war. Es war die Zeit, als Compressor wegen Krankheit vermehrt ausfiel. Auch Nikanor wurde immer öfter in den Zuschauerreihen statt in der Arena gesichtet. Er sei zu teuer, hatte Capito verlauten lassen. Der Praetor könne nicht so hohe Gelder einsetzen. Also reiche es auch nur für die zweite Garnitur der Wagenlenker. Nach einer gewissen Zeit war Nikanor offensichtlich misstrauisch geworden. Er fing an, Buchhaltung zu führen, lange Listen von Daten, Namen und Preisgeldern. Wer ins Rennen ging. Wer siegte. Der Vergleich der vier Rennställe zeigte eine beeindruckende Glückssträhne der Grünen. Es war die Zeit, als das Pferd *Volucer* große Triumphe feierte. Der Liebling von Lucius Verus. In der Stadt erzählte man sich, der Kaiser lasse sich das Pferd ab und zu auf den Palatin bringen, wo er es persönlich mit Nüssen und Rosinen füttere und ihm Purpurdecken umhänge. Verus ließ sich gar eine goldene Statuette des Pferdes anfertigen, die er überall mit sich trug. Ein hippomaner Kaiser – nicht der erste allerdings.

Nikanor hatte begonnen aufzuzeichnen, wer Capito vor den Spielen aufsuchte. Es waren häufig Beamte aus dem Palast. Einmal war es Nikanor sogar gelungen, das Gespräch zu belauschen. Damit hatte er den Beweis, den er gesucht hatte. Die Aufzeichnung darüber war seine letzte. Wahrscheinlich hatte er mir damals die Kassette übergeben. Kurz darauf geschah der Unfall. Ob er Capito gestellt hatte? Vor seinem letzten Rennen? Ich glaube nicht an einen unglücklichen Unfall. Vielleicht war Nikanors Wagen präpariert. Oder die Pferde medikamentös behandelt. Niemand kann es mir mit Bestimmtheit sagen. Ich werde es nie wirklich wissen.

Zu sechst hatten wir die Lage besprochen. Sinope wollten wir nicht einweihen. Zu groß das Risiko. Wir ließen sie zurück im Kreis ihrer christlichen Freunde in Marcellinas Haus. Dort waren sie und Maximus am sichersten aufgehoben.

Was wir brauchten, war ein Köder. Ein stinkreicher Lockvogel, ein Senator vielleicht, besser noch ein Mann aus dem Palast.

Der Einzige, der uns helfen konnte, war Galenos. Er hatte sie, die potenten Verbindungen zum Palast, ging ein und aus in den Häusern der Reichen und Mächtigen.

»Ist es nicht riskant, ihm zu trauen?«, fragte Myrrhine, als wir einmal mehr Lagebesprechung hielten. Unwillkürlich dachte ich an den Dushara Priester.

»Ob Galenos sich für uns verwenden wird, kann ich nicht garantieren. Er ist kein sehr mutiger Mensch und wird sich die Finger nicht verbrennen wollen. Schon gar nicht jetzt, wo er endlich erfolgreich und berühmt ist. Aber verraten wird er uns nicht. Dafür lege ich meine Hand ins Feuer.«

»Was ist, wenn er uns seine Hilfe verweigert?«, fragte Dana.

»Charis kann versuchen, Capito wegen Unterschlagung des Testaments vor Gericht zu ziehen«, erwiderte Audu. Immerhin haben wir eine Kopie von Nikanors Testament, wonach er Charis großzügig bedacht hat. Das Original hat Capito wohl sofort nach Nikanors Tod an sich genommen und verschwinden lassen. Nikanor war Freigelassener Capitos und kinderlos.

Besteht bei seinem Tod kein Testament, erfolgt die Erbverteilung kraft des Gesetzes. Bei Intestaterbfolge geht Nikanors gesamtes Vermögen an Capito, seinen ehemaligen Herrn. Er fährt also in jedem Fall besser als bei einer Testamenterbfolge, bei der er mit der Hälfte des Vermögens abgespeist werden kann. Wir kennen zwar die Namen der Testamentszeugen, doch handelt es sich um Leute aus der Rennszene. Es dürfte schwierig sein, vor Gericht nachzuweisen, dass die Zeugen sich von Capito haben bestechen lassen. Sie werden beschwören, dass es gar nie ein gültiges Testament gab, oder dass Nikanor es widerrufen hat.«

»Den Prozessweg können wir uns sparen«, befand auch Kleitos. »Den Mord an Milo können wir nicht beweisen, den an Nikanor noch viel weniger. Es bleibt uns nichts anderes übrig, als Capito in flagranti zu erwischen, wenn er einmal mehr gegen üppiges Entgelt die Rennen manipuliert. Seit Verus mit den Parthern beschäftigt ist, besteht wenig Gelegenheit für fette Geschäfte.«

»Wenn wir nur Verus für die Großen Spiele nach Rom holen könnten«, sagte ich, »er wird im Osten ohnehin nicht gebraucht. Lukianos schreibt, er halte in Antiochia Hof, verbringe in Daphne den Sommer mit Jagen und einer wundervollen Geliebten aus Smyrna, namens *Panthea*.«

»In der Stadt wird gemunkelt, Kaiser Marcus sei über diesen Verlauf beunruhigt«, sagte Myrrhine.

»In Bezug auf die Parther?«, fragte Kynthia.

»Nein, wegen der bevorstehenden Verheiratung seiner Tochter mit Verus. Er ziehe gar in Erwägung, die Heirat vorzuverlegen. *Lucilla* hat im März dieses Jahres ihren dreizehnten Geburtstag gefeiert, hätte also durchaus das erforderliche Heiratsalter. Man sagt, Lucius' Onkel werde die Braut nach Ephesos geleiten, wo die Hochzeit stattfinden soll.«

»Lucius' Onkel?«, fragte ich. »Marcus Vettulenus Civica Barbarus?«

»So wird er wohl heißen«, sagte Kynthia, »auf der Straße nennt man ihn nur Barbarus.«

»Das ist unsere Chance«, sagte ich. »Galenos steht auf gutem Fuß mit ihm. Und gäbe es ein schöneres Hochzeitsgeschenk für Verus, als die frohe Botschaft eines triumphalen Sieges seines Lieblingspferdes Volucer bei den Ludi Romani? Der Sieg Volucers wird Verus die bittere Pille seiner Heirat mit Lucilla versüßen. Barbarus ist unser Mann!«

»Lass die Finger davon, Charis! Es ist zu riskant.«

»Ist das alles, was du mir zu sagen hast, Galenos von Pergamon?«

»Capito ist eine Nummer zu groß für dich. Skrupellos. Brutal. Falls er dich erwischt, wird er dich zwischen seinen Fingern zerdrücken wie einen Floh.«

»Das wird er in jedem Fall versuchen, auch wenn ich nichts unternehme und passiv abwarte.«

Galenos hatte nichts zu entgegnen. Er wusste, dass es sich so verhielt.

»Gesetzt den Fall, ich würde die Verbindung herstellen zu Barbarus ...«

»Dann hättest du selbstverständlich nichts mit der Angelegenheit zu tun, du wüsstest von nichts. Ich werde dich nicht hineinziehen.«

»Das hast du längst getan. Ohne viel Rücksicht.«

Ich blickte in ein kaltes, abweisendes Gesicht und schwieg.

»Wie soll ich das denn sonst auffassen«, fuhr er in einem etwas verbindlicheren Ton fort, »wenn du mich in meinem Haus aufsuchst und mir die brisantesten Einzelheiten eines gigantischen Betrugs enthüllst? Damit beschuldigst du nicht nur Capito, Geschäfte im großen Stil zu machen, indem er gegen Bestechungsgelder den Grünen den Sieg überlässt, sondern die Prominenz, die von der Absprache profitiert und zum gegebenen Zeitpunkt auf einen sicheren Sieg wettet. Nicht persönlich, selbstverständlich, aber über ihre Freigelassenen, die für solche Unternehmungen zur Verfügung stehen. Aber damit nicht genug! Mit deinen Aussagen belastest du auch den Palast und entblößt die sonderbaren Neigungen des Kaisers Lucius Verus, auf den bei der ganzen Sache kein gutes Licht fällt.«

»Jeder Bewohner Roms kennt Verus' Laster. Er tut selbst nichts dafür, sie zu verbergen. Laut Augenzeugen hält Verus auch in Antiochia Hof, und zwar ziemlich üppig, wie ich höre.

Den Krieg führen seine Generäle.«

»Das ist auch gut so. Verus ist militärisch nicht auf der Höhe. Man sagt aber, dass er die Befehlshaber gut behandelt. Die Truppen sind hoch motiviert und siegreich. Das ist, was zählt. Marcus Aurelius kennt die Schwächen seines Mitregenten genau, und er hat mit Sicherheit keine Sympathie für eine solche Lebensweise. Aber nie wird ein Wort der Kritik über seine Lippen kommen. Dafür ist er zu klug. Überlege dir gut, was du tust, bevor du etwas anzettelst.«

Die vorgebrachten Argumente gingen mir gegen den Strich. Nicht weil sie der Logik entbehrten. Eher, weil ich sie selbst schon mehrfach ins Feld geführt hatte. In den Besprechungen im Iatreion. In Selbstgesprächen. Zweifellos, wenn in einem öffentlichen Prozess bekannt wurde, dass Zehntausende Bürger Roms ihr Geld bei manipulierten Wetten verloren hatten, konnte das zu einem Aufstand auf der Straße führen. Wie bei einer Getreideknappheit. Brot und Spiele. Und dennoch.

»Ich habe keine Wahl«, sagte ich nach langem Schweigen.

Galenos seufzte.

»Nun denn! Ich werde mich bemühen, eine Verbindung herzustellen. Danach werde ich verleugnen, von der Sache gewusst zu haben. Für Barbarus übernehme ich keine Garantie oder Verantwortung. Der Palast ist unberechenbar. Ich warne dich.«

Nach dieser Unterredung hörte ich nichts mehr von Galenos. Zehn lange Tage. Dann aber ließ er mir die Nachricht zukommen, es werde sich ein Patient aus dem Palast bei mir im Iatreion melden. Er leide an *Podagra,* und Galenos habe ihm empfohlen, mich deswegen aufzusuchen.

*Charilampes*, ein älterer Kammerdiener, litt tatsächlich an einem akuten Gichtanfall. Er ging am Stock. Sein Gesicht war vom Schmerz gezeichnet, das Gelenk beim großen Fußzeh geschwollen, gerötet und erhitzt.

Podagra. Ja, sein Vater habe ebenfalls daran gelitten. Ein Volksübel wahrlich, eine lästige Begleiterscheinung der Kultur, klagte er, und fragte halbherzig, ob denn etwas dagegen zu unternehmen sei. Ich riet ihm zu weniger üppigem Essen, warnte ihn augenzwinkernd vor Exzessen *»in vino et venere«* und empfahl ihm Bewegung.

»Was hältst du von körperlichem Training?«

»Oh, ich liebe jegliche Art von Leibesübungen, wenn andere sie ausführen, ganz besonders aber die Pferderennen, die ich mit Eifer verfolge.«

Womit wir endlich beim Thema waren.

»Diese Leidenschaft teilst du mit vielen berühmten Männern«, sagte ich, was er lebhaft bejahte.

»Kaiser Marcus Aurelius lässt es leider etwas an Interesse fehlen, wenngleich er sonst außerordentlich tüchtig ist«, meinte Charilampes. »Es wird gar nicht geschätzt, wenn er auch noch in seiner Zuschauerloge im Circus Maximus Dokumente liest und unterschreibt. Und das tut er leider regelmäßig.«

»Nun dafür haben wir ja zwei Kaiser, die sich die Aufgaben teilen. Marcus Aurelius übernimmt die Dokumente und Lucius Verus die Begeisterung für die Pferderennen.«

Charilampes lachte und schaute mich verschmitzt an. Er machte es mir nicht leicht.

»Ich hörte, dass Verus einen Extrakurierdienst eingerichtet hat, zur schnellstmöglichen Übermittlung der Resultate des Circus Maximus in den Osten.«

»Einen Eilkurier, das ist richtig.«

»Gute Nachrichten wirken sich motivierend aus, zumal wenn man sich an der Kriegsfront befindet.«

Charilampes nickte.

»Ein glücksbringendes Omen auch für die bevorstehende Hochzeit, wenn Barbarus einen triumphalen Sieg der Grünen als Botschaft nach Syrien bringen könnte. Ich hörte, dass er schon bald mit Lucilla gegen Osten aufbricht.«

»Höre gut zu, Charis. Lucius Verus freut sich über jeden Sieg der Grünen, und er vergöttert Volucer. Würde er aber jemals erfahren, dass ein Sieg der Grünen erkauft und nicht erkämpft war, hätte das keine günstigen Folgen. Weder für Capito noch für den Käufer des Sieges. Ganz im Gegenteil. Barbarus wird sich entsprechend absichern und zudem, falls er mitspielt, seinen Bestechungsversuch sorgsam tarnen, damit Capito keinen Verdacht schöpft. Barbarus sprach von einer großzügigen Spende, die er dem Rennstall schon lange zukommen lassen wollte.«

Mein Herz schlug höher. Es war bestimmt bis ins Nebenzimmer zu hören, wo Audu und Kleitos Wache standen. Charilampes schien es auch bemerkt zu haben, denn mit besonderem Nachdruck sagte er:

»Vorsicht und Geschicklichkeit sind die wichtigsten Voraussetzungen für das *Glasball-Spiel.* Barbarus behält sich vor, die Sache abzublasen, falls sie ihm zu riskant erscheint. Er hat sich lediglich dazu bereit erklärt, in der Angelegenheit zu sondieren.«

Ich nickte eifrig.

»Im positiven Fall wirst du von uns hören. Andernfalls werden wir uns nicht wieder sehen. Und bitte halte dich strikt daran, von dir aus keinen Kontakt aufzunehmen.«

Damit stand er auf. Als er beim Gehen schmerzhaft sein Gesicht verzog, besann ich mich im letzten Moment auf meine ärztliche Pflicht und gab ihm ein Schmerzmittel und eine heilwirksame Salbe mit. Gegen die Podagra.

# 56 Rosinenkacker

Die Tage vergingen nachrichtenlos.

Entgegen jeder Logik hatte ich schon in den ersten Stunden nach dem Gespräch mit dem Kammerdiener auf eine Antwort gehofft. Audu rechnete mir vor, dass ich mit Sicherheit mindestens eine Woche Wartefrist veranschlagen müsse. Kleitos verlängerte die Spanne, weil ihm zu Ohren gekommen war, Barbarus halte sich auf seinem Landgut auf.

Dann aber, als Woche um Woche verstrich, und keine Antwort erfolgte, ließ sich im Iatreion die zuversichtliche Erwartung nicht länger aufrechterhalten. Sogar Sinope fiel die gedrückte Stimmung auf, obwohl sie seit Monaten abgekapselt in ihrer eigenen Welt von Sorge und Verzweiflung dahinvegetierte. Ihre Sorge galt Maximus, die Verzweiflung aber Castor, über dessen Verbleib sie keinerlei Anhaltspunkte hatte. Aus Vorsichtsgründen verschwiegen wir ihr unsere Begegnung mit Castor. Sinope war loyal, treu und zuverlässig, was ihre Dienste im Haus betraf, zum Schweigen aber taugte sie nicht. Sie wäre vor Glück überquollen, hätte zumindest in Marcellinas Haus die frohe Botschaft verkündet. Die Gemeinde wiederum hätte sich unbändig über den Erfolg ihrer Gebete gefreut und die Kunde über das Wunder in der ganzen Stadt propagiert. Es blieb uns vorläufig nichts anderes übrig, als sie in ihrer grausamen Qual zu belassen.

Die Ludi Romani standen vor der Tür. Es war längst nicht mehr vernünftig, auf eine Zusammenarbeit mit Barbarus zu hoffen. Eine Anfrage meinerseits war ausgeschlossen; die unmissverständlichen Anweisungen des Kammerdieners hatte ich noch im Ohr.

Und dann geschah das Unfassbare.

Es war am Eröffnungstag der Ludi in aller Früh. Ein Bote überbrachte das unscheinbare Wachstäfelchen mit der langersehnten Nachricht:

*B. grüßt C.*
*Spendenübergabe bei Eröffnung der Spiele nach der Pompa.*
*Praetor aufgeboten.*
*Besprechung des Ablaufs während der Pompa.*
*Treffpunkt: bei den Startboxen.*
*Zeitpunkt: wenn die Götter die Arena betreten.*
*Losungswort: Rosinenkacker.*

Bis zum Einzug der Pompa in den Circus blieb eine gute Stunde. Wenig Zeit für Vorkehrungen. Wir schickten Myrrhine zum nabatäischen Tempel, um Castor zu benachrichtigen. Audu und Kleitos sollten mich zum Circus begleiten. Dana und Kynthia waren dazu abkommandiert, den Betrieb im Iatreion aufrechtzuerhalten.

Doch es sollte anders kommen.

Im Ärztehaus war so viel Aufregung entstanden, dass Dana und Kynthia nach unserem überstürzten Weggang Sinope gegenüber keine Normalität mehr vortäuschen konnten. Sinope veranstaltete im Iatreion einen solchen Spektakel, dass die beiden es vorzogen, die Patienten nach Hause zu schicken. Sie beschlossen, Maximus einmal mehr bei Marcellina in Sicherheit zu bringen und eilten hinter Sinope her, die sich zielstrebig zum Circus aufmachte.

Mit Erleichterung stellte ich fest, dass wir nicht zu spät kamen. Die Spitze des Festzugs hatte das Forum verlassen und erreichte soeben das Velabrum. Noch wenige Minuten und die Prozession würde sich über die Bahn des Circus Maximus wälzen. Es wurde höchste Zeit, uns zu trennen. Ich hatte mich Barbarus allein zu stellen, während Audu und Kleitos die Sache aus einiger Distanz überwachen sollten.

Bei den Startboxen drängte sich eine unübersichtliche Menschenmenge. Die meisten schienen zum Personal zu gehören. Ich hatte Zeit, nach meinem Verbündeten Ausschau zu halten, konnte ihn aber nicht ausfindig machen. Hatte ich ihn übersehen? Unmöglich! Seine äußere Erscheinung war unverwechselbar, ich hatte ihn wiederholt bei medizinischen Vorführungen gesehen. Keine Frage, dass es an mir lag, auf ihn zuzugehen, denn er kannte mich kaum. Ich musste mich mit der Losung zu erkennen geben. Rosinenkacker. Eine sonderbare Parole. Eine Anspielung auf Volucer, der von Verus mit Rosinen gefüttert wurde?

Zum hundertsten Mal schaute ich um mich. Wo war Barbarus?

Der feierliche Zug hatte inzwischen die Rennbahn umrundet, die Prozession löste sich auf. Die Opfer waren begangen, die Götter platziert, die Spielgeber ebenso.

In den Zuschauerreihen baute sich Spannung auf. Ich konnte sie sehen, hören, spüren. Es blieb mir nichts anderes übrig, als meinen Platz bei den Boxen zu räumen, denn schon wurde in hektischer Konzentration alles zum Start für das erste Rennen vorbereitet.

Während um die Startplätze gelost wurde, entfernte ich mich in unauffälligem Tempo vom verabredeten Treffpunkt in Richtung Audu und Kleitos. Ich vermochte die beiden zwar nicht zu sehen, wusste aber, wo sie Wache standen.

Ein schmerzhafter Drehgriff am Oberarm zwang mich stehen zu bleiben. Unvermittelt befand ich mich inmitten einer Schar von Circuspersonal und wurde ins Innere der Stallungen geschoben. Die letzten klaren Bilder, an die ich mich erinnere, sind steinerne Stallwände und eine Quadriga der Roten.

Dann bricht die Erinnerung ab.

Die erste bewusste Wahrnehmung danach war vorherrschend taktiler Natur. Mein Kopf schlug rhythmisch gegen etwas Hartes, und der ganze Untergrund erbebte wie bei einer Erderschütterung. Danach kamen Geräusche, Lärm, zunächst wie von Ferne, dann aus nächster Nähe. Geschrei, rasende Pferdehufe, Peitschenknallen. Sehen konnte ich zunächst nichts, dann aber wurde ich geblendet von grellem Licht. Ich versuchte, mich aus meiner misslichen Lage zu befreien, mich aufzurichten, schlug aber unsanft mit dem Kopf gegen eine Brüstung. Meine Hände ertasteten ein Ledergeflecht, auf dem ich verkrümmt zusammengekauert lag. Lederriemen an meinem Leib, auf dem Kopf ein lederner Helm. Die Brüstung, das Ledergeflecht, die Räder, die Pferde, die Peitschen, das Geschrei. Ein klarer Gedanke schoss durch meinen Kopf: Ich befand mich auf einem Rennwagen, in voller Fahrt. Eine Sekunde später begriff ich, dass sich die Pferde ohne Lenker ihren Weg auf der mörderischen Bahn suchten. Schmerzen spürte ich keine mehr, auch nicht Angst. Nur das scharfe Bewusstsein, dass ich jetzt aufstehen musste, um die Pferde in den Griff zu bekommen. Ich klammerte mich an die Brüstung und versuchte, mich hochzuziehen. Kein guter Zeitpunkt. Die Pferde waren im Begriff, die Linkskurve zu nehmen. Ich prallte nach rechts, klammerte mich mit aller Kraft an die Brüstung, um nicht aus dem Wagen zu kippen. Der zweite Versuch verlief erfolgreicher. Es gelang mir, auf die Füße zu kommen und einigermaßen das Gleichgewicht zu halten. Aus dem Publikum erhob sich erregtes Geschrei. Dazwischen vereinzelte Zurufe. Die abgerichteten Pferde rasten in blinder Routine über die nun gerade verlaufende Strecke. Auf der Rennbahn stürmten zwölf Quadrigen auf die Wendemarken der Startseite zu. Am Stand der Eier konnte ich flüchtig ablesen, dass die zweite Runde gelaufen war. Beim Umrunden der Metae ging ich in die Knie und schloss die Augen. Dann die nächste Gerade. Ganz ohne Lenkung legten meine Pferde wieder an Tempo zu. Mehrere Gespanne liefen nah beieinander, in der nächsten Kurve würde es eng werden. Meine einzige Rettung bestand darin, die Pferde zu verlangsamen und sie dann, wenn alle mich überholt hatten, aus der Rennbahn zu lenken. Aber dafür musste ich an die Zügel gelangen, die, durch das rasante Tempo auf offener Strecke angehoben, nun wieder durch die Luft flogen. Ich lehnte mich nach vorn über die Wagenbrüstung und streckte einen Arm aus, während ich mich mit dem anderen an der Brüstung festhielt. Für einen kurzen Moment verlor ich das Gleichgewicht. Ein vereinzelter, gellender Aufschrei durchdrang die Luft, gefolgt von tausenden. Nur mit äußerster Anstrengung gelang es mir, mich wieder in eine stabile Lage zu bringen. Es war hoffnungslos. Alles was ich tun konnte war, mich auf das Gleichgewicht zu konzentrieren. Ich stand nun auf der Wagenachse, wie es sich für einen Wagenlenker gehört, verlagerte mein Körpergewicht nach Erfordernis der Situation, wie Nikanor es mich einst gelehrt hatte, wenn auch unter ganz anderen Bedingungen. Die Pferde schienen sich zu beruhigen, verlangsamten ihren Lauf. Mein Gespann fiel zurück. Wenn es so blieb, konnte ich bei der nächsten Wendemarke als Letzte die Kurve nehmen, mich aus dem gefährlichen Gedränge heraushalten, den verlangsamten Lauf nutzen, um die fallenden Zügel zu ergreifen und ausscheren, noch bevor die Schnellsten mich wieder einholten. Aufatmend nahm ich wahr, wie der Abstand zu den anderen sich vergrößerte. Doch dann bemerkte ich, dass ganz außen auf der Bahn eine Quadriga der Roten gleichfalls an Geschwindigkeit verlor, bis sie auf meine Höhe zurückfiel. Es dauerte seine Zeit, bis ich den Wagenlenker unter seinem Schutzhelm erkannte. Capito.

Ob ich geschrien habe? Ich glaube nicht. Verlangsamt wie in manchen Träumen nahm ich wahr, dass er seinen Wagen dicht neben meinen lenkte.

»Rosinenkacker«, rief er mir zu. »Hier hast du dein Treffen.«

»Mörder«, brüllte ich.

»Du hast es so gewollt«, schrie er und schwang seine Peitsche nach mir.

Ich duckte mich, verlor das Gleichgewicht, fing mich wieder auf, schwankte und stürzte vom Wagen. Noch im Fall hörte ich überdeutlich das Kreischen aufeinanderprallender, sich reibender Achsen. Dann das Krachen berstenden Holzes.

Nur wenige Sekunden blieben mir, um mich aus der Rennbahn zu retten. Aber ich konnte mich nicht bewegen. Unmöglich. Ich hörte das Trommeln von Pferdehufen. Rasend schnell näherte sich das stampfende Geräusch. Etwas weiter entfernt die anderen Gespanne. Sand in meinem Mund. Die Pferdehufe jetzt ganz nah an meinem Ohr.

Hände, die nach mir greifen, mich mit sicherem Griff auf das Pferd ziehen.

Castor.

Eine Welle von Dunkelheit. Nur wenige Sekunden. Dann das Trampeln der Pferde, das Aufschreien des Publikums.

Arme, die mich in Empfang nehmen. Audus besorgtes Gesicht über meinem. Ein Tuch wird über mich gelegt. Versuche

den Kopf zu bewegen, das Tuch abzustreifen. Mein Blick fällt auf eine blutige Masse. Ein zertrampelter Wagenlenker.
Capito.

Wie sich die ganze Sache abgespielt hatte, erfuhr ich erst mehrere Tage später. Die Knochenbrüche und Verletzungen, die ich erlitten hatte, waren derart, dass man es im Iatreion für nötig befunden hatte, mich für einige Zeit in einen dämmrigen Mohnschlaf zu versetzen. Als mein Kopf allmählich aufklarte, bemerkte ich, dass es außer mir noch andere Verletzte gab. Kleitos und Audu waren ebenfalls zum Liegen verurteilt; sie hatten beide Kopfverletzungen und Rippenbrüche davongetragen.

Wir hatten die denkbar beste Pflege. Myrrhine, Kynthia und Dana betreuten uns Tag und Nacht. Zweimal erschien sogar Galenos zur Krankenvisite, oder war es öfter? Er hielt sich strikte daran, nur über medizinische Aspekte der Behandlung zu diskutieren und enthielt sich jeden Kommentars zum Geschehenen.

Erst als ich wieder vollkommen hergestellt war, sprachen wir über jene denkwürdigen Ereignisse, und auch das nur ein einziges Mal.

Barbarus hatte tatsächlich mit Capito Fühlung genommen. Er hatte Andeutungen gemacht über eine bedeutende Spende, hatte seine Reise zu Verus erwähnt, ganz unverbindlich angetönt, wie sehr der Kaiser an seinem Idol Volucer hing. Doch Capito gab sich betont reserviert. Er hatte offenbar gerochen, dass es sich um eine Falle handelte. Daraufhin hatte Barbarus das Projekt fallengelassen.

Nicht so Capito. Ihm war sofort klar, wer die Sache ausgeheckt hatte. Durch seine Botschaft im Namen des Barbarus täuschte er vor, dass es zu dem arrangierten Handel kommen werde. Absichtlich hatte er den Zeitpunkt so knapp vor den Spielen gewählt, dass Rücksprachen nicht mehr möglich waren. Das Losungswort »Rosinenkacker« hätte mich misstrauisch machen müssen, meinte Galenos, der Alleswisser. Eine solche Parole passe besser zu Capito als zu Barbaros. Wenn ich ihn gefragt hätte …

Es blieb aber gar keine Zeit zu fragen, und Capito hatte mich richtig eingeschätzt. Mein Drang, ihn zu überführen, war so stark, dass ich alle Vorsichtsmaßnahmen außer Acht ließ.

Und er hatte uns alle einkassiert. Wir hatten es ihm leicht gemacht, uns zu beobachten. An die Stelle, wo Audu und Kleitos das weitere Geschehen hätten überwachen sollen, schickte er zwei seiner erprobten Schläger. Mich keilten seine Leute ein, um mich in die Stallungen zu drängen, wo man mich offenbar bewusstlos schlug. Als Beleg dafür hatte ich immerhin meine Kopfwunde aufzuweisen. Dann hatte man mir die Beine bandagiert und die vollständige Montur eines roten Wagenlenkers übergezogen. Peitsche und Messer hatte man allerdings weggelassen. Sinope, die sich zu diesem Zeitpunkt ganz nah bei der Startvorrichtung befand, hatte deutlich gesehen, dass zunächst ein Roter auf der Achse des Wagens gestanden hatte, gut sichtbar für alle Zuschauer. Sobald die Pferde freie Bahn hatten, war der Wagenlenker abgesprungen, sodass es für das Publikum so aussah, als sei unmittelbar beim Start ein Unfall passiert. Zunächst nahm man an, die Pferde seien allein losgeprescht. Als ich mich dann mühsam an der Brüstung hochgezogen hatte, vermeinten die Zuschauer, der Wagenlenker sei beim Start aus dem Gleichgewicht geraten und habe sich dann wieder erhoben. Der einzelne Schrei, den ich gehört hatte, als ich beinahe aus dem Wagen fiel, stammte aus Sinopes Kehle, die mich in jenem Moment erkannt hatte. Sie rannte zu den Bergungsmännern, wo sie Castor fand, der sich unter den Schutz seiner Kollegen gestellt hatte. Castor ist bei ihnen hoch geachtet, denn er hat mit Mut und Geschick schon manchem das Leben gerettet. Allen andern in der Factio misstraute er.

»Castor ist der beste aller Bergungsmänner«, sagte Sinope ehrfürchtig, als sie an meinem Bett saß und mir Fleischbrühe einlöffelte. »Und als er ganz jung war, hat er als Desultor trainiert. Die Geschicklichkeit auf dem Pferd besitzt er heute noch.«

Stolz blickte sie zu Castor, der den Kopf senkte. Es war ihm anzumerken, wie froh er war, mir mit seinem kühnen Rettungsakt das Leben gerettet zu haben. Es machte einiges wieder gut.

»Castor, der berühmte Desultor« sagte Audu aus der benachbarten Kline, »und Charis, die im Sand liegende Amphore.«

Kleitos lachte und hielt sich zur Strafe die Rippen.

»Das hätte ich zu gerne gesehen.«

»Ich nicht«, meinte Audu, der schnell wieder ernst geworden war.

»Und Capito?«, fragte er nach längerem Schweigen. »Hat er noch etwas gesagt?«

»Für ein langes Gespräch reichte die Zeit nicht. Aber das kurze, das wir hatten, eröffnete er mit dem Losungswort: Rosinenkacker!«

Für eine Weile schwiegen alle. Das Bild des geschundenen Körpers, der da auf dem Sand lag, ließ niemanden unbeeindruckt. Wir hatten ihm alle den Tod gewünscht, ohne Zweifel. Aber nicht diesen. Oder doch?

Myrrhine war es, die aussprach, was jeden im Raum beschäftigte.

»Er hat den gleichen Tod erlitten wie Nikanor. Mit dem Unterschied, dass er den seinen selbst verschuldet hat.«

Geschwächt durch meinen Zustand vermochte ich die dunklen Bilder von Nikanors Tod nicht mehr von mir fernzuhalten. Szenen aus dem jüngsten Geschehen mischten sich mit längst vergangenen.

»Die Ironie des Schicksals wollte es«, sagte Dana in einem Versuch, mich aus meiner düsteren Gedankenwelt herauszureißen, »dass Lucius Verus trotz allen Scheiterns unserer Pläne zu seinem Hochzeitsgeschenk kommen wird.«

»Ach, das wisst ihr ja noch gar nicht«, griff Kynthia den Faden auf. »Den Sieg bei jenem spektakulären Rennen, bei dem der Dominus der Factio russata zu Tode stürzte und sich mehrere Teilnehmer schwere Verletzungen zuzogen, errang ...«

»Der Rosinenkacker!«, schmetterte Dana durchs Zimmer, als müsste sie die Rolle des Ansagers und des Tubaspielers gleichzeitig übernehmen.

»Volucer hat den Grünen einen Sieg beschert?«

»Für einmal ganz ohne Bestechungsgelder.«

Durch den Tod Capitos erübrigte sich ein Prozess. Allerdings bezweifle ich, dass es überhaupt je zu einem solchen gekommen wäre, auch wenn er überlebt hätte. Zu sehr war man darum bemüht, jeden Skandal zu vermeiden. Nicht um Capitos willen – er gehörte nur dem Ritterstand an –, doch wäre das Kaiserhaus ins Gerede gekommen. Erstaunlich schnell bekam ich hohen Besuch an meinem Krankenbett. Barbarus, der Verus Onkel! Er gab sich außerordentlich schockiert über das, was mir widerfahren war, bedauerte, dass ihm bei den Machenschaften Capitos die Hände gebunden waren und er mir nicht hatte beistehen können. Mehrfach betonte er, dass es leider keine Möglichkeiten gebe, meine Ansprüche vor Gericht geltend zu machen. Laut Testament hätte mir ein ansehnliches Legat zugestanden, das Nikanor mir zugedacht habe. Nur sei die rechtsgültige Fassung des Testaments nicht aufgefunden worden. Damit ich nicht als Geprellte aus dem Ganzen hervorgehe, habe er beschlossen, mir aus seinem bescheidenen Privatvermögen die entsprechende Summe auszuhändigen. Das Geld nahm ich an, ohne mit der Wimper zu zucken. Barbarus hatte durchblicken lassen, dass Capitos Vermögen wegen anderer Unregelmäßigkeiten, die der Dominus der Factio sich habe zu Schulden kommen lassen, an den kaiserlichen Fiskus falle – nach Abzug der Spesen, die sich durch diesen Fall ergäben. Die Summe, die mir zufloss, schmälerte also keineswegs Barbarus' bescheidenes Vermögen, doch musste meine Entschädigung geschickt kaschiert werden, denn die manipulierten Wetten, in die das Kaiserhaus und weite Kreise der Aristokratie verwickelt waren, durften auf keinen Fall ans Tageslicht kommen. Zu sehr fürchtete man das gewaltige Unruhepotential dieses brisanten Falls. Ein Aufstand der Straße war das Letzte, was Rom in jenen schwierigen Tagen gebrauchen konnte.

Der Krieg gegen die Parther zog sich in die Länge. Statius Priscus war es mit seinen Legionen gelungen, Armenien zurückzuerobern; *Artaxata* fiel, und Verus schmückte sich schon Ende des Jahres mit dem Titel Armeniacus. Trotz der Erfolge sollte es noch Jahre dauern, bis auch Mesopotamien wieder unter römischer Herrschaft stand, und Vologaeses gezwungen war, einen für die Parther unvorteilhaften Frieden zu schließen. Der Sieg war vor allem Statius Priscus und *Avidius Cassius* zu verdanken, den ihnen unterstellten Generälen und den Legionären, die mit ihrem Leben für die römische Vorherrschaft einzustehen hatten. Die Titel wie Armeniacus, Parthicus Maximus, Medicus fielen allerdings den Kaisern zu, die gleich vierfach als Imperatoren ausgerufen wurden, obschon keiner von beiden je ein Schlachtfeld betreten hatte.

Ich gestehe in aller Offenheit, dass ich für Verus keine Sympathien hegte, obwohl man ihm zugutehalten muss, dass er sich zumindest nicht scheute, Aufgaben, denen er nicht gewachsen war, zu delegieren. Eine solche Weitsicht ist für Herrscher nicht selbstverständlich. In der Hauptstadt erzählte man viel von seinem luxuriösen und ausschweifenden Lebensstil, von durchzechten Nächten, von Spielsucht und anderen Lastern. Er liebte es, sein Haar mit Goldstaub zu bepudern, um wie die Sonne golden zu erstrahlen – und das mitten im Krieg. Lukianos, der persönlich in Antiochia »bei Hof« war und Gelegenheit hatte, sich das Ganze anzuschauen, kam zu einem milderen Urteil. Er war der Meinung, ich lasse mich in meiner Einschätzung zu sehr vom Marktgetratsche leiten. Panthea, seine Geliebte, sei kein ordinäres Flittchen, wie gerne berichtet werde, sondern eine beeindruckende, gebildete Frau. Und bildschön obendrein, perfekter noch als eine Statue des Praxiteles. Nun ja, Lukianos mag auch eigene Interessen verfolgt haben, als er so vorteilhaft über des Kaisers Geliebte schrieb.

In deinem Brief, Maximus, fragst du nach Neuigkeiten von Lukianos. Du warst ja erst wenige Monate alt, als er das Haus am Clivus Scauri verließ. Aber an seinen Besuch wirst du dich erinnern, als er von Syrien zurückkehrte. Da warst du schon ein strammer Fünfjähriger. Er brachte dir Süßigkeiten und ein Holzschwert, mit dem du oft gespielt hast. Du warst der siegreiche General Priscus und schlugst die Hühner in die Flucht, die ungefragt die Rolle der Parther übernehmen mussten.

Lukianos ist seit Jahren glücklich verheiratet und hat einen Sohn. Wie übrigens auch Apuleius, der mit seiner Frau Pudentilla in Karthago größte Ehren genießt. Soviel ich weiß, hat man ihn sogar ein Priesteramt angetragen. Dass seine Mutter dem Apuleius einen Sohn – Faustinus heißt er – gebar, dürfte Pudens tüchtig geärgert haben, schmälert dieser Sachverhalt seine Erbschaft doch empfindlich. Wer hätte das gedacht, damals in Sabratha. Lukianos lebt mit seiner Familie in Alexandria, wo er eine einträgliche Verwaltungsstelle beim Procurator von Ägypten versieht. Abgesehen davon hat er sich nicht sehr verändert. Er brennt darauf, seinen Bericht über Alexandros von Abonuteichos zu veröffentlichen. Der Prophet ist vor einigen Jahren in seinem siebzigsten Lebensjahr verstorben. Dies, obwohl ihm sein Orakel eine Lebensspanne von hundertfünfzig Jahren prophezeit hatte. Rutilianus, auf den es damals in erster Linie Rücksicht zu nehmen galt, weilt gleichfalls nicht mehr unter den Lebenden. Wie ich höre, ist inzwischen auch Avitus, der damalige Procurator von Pontos und Bithynien tot. Einer Veröffentlichung sollte jetzt nichts mehr im Wege stehen. Das Verrückteste aber ist, dass die Kultstätte in Abonuteichos weiterhin blüht und Tausende von Pilgern anzieht. Die Stelle als Prophet und Heiler wurde neu vergeben, an einen Arzt, wie man mir sagte.

Du fragst, welche Werke des Lukianos ich dir zur Lektüre empfehle. Alle. Ich weiß, ich strapaziere deine Zeit, die du für dein Studium brauchst. Und für Alexandria! Aber du bist ja jung und wirst in deinem Leben noch viel lesen. Besonders »lukianisch« finde ich sein Werk über die Versteigerung von Philosophen. Es muss einer frech sein, wie nur Lukianos es ist, um auf den Einfall zu kommen, die berühmtesten Philosophen auf dem Sklavenmarkt feilzubieten. Bissig, aber sehr scharfsinnig seine Kritik am Philosophenbetrieb, der im Endeffekt ein Markt ist wie jeder andere. Witzig zu lesen, aber nicht minder scharfsinnig sind seine Dialoge, ob sie nun im Hades zwischen berühmten Toten stattfinden oder im Olymp, wo die Götter ihren Alltagsgeschäften nachgehen, Opferrauch entgegennehmen,

Eidschwüre abhören, Orakelfragen beantworten und dabei um die Notwendigkeit ihrer eigenen Existenz bangen. Köstlich auch seine Schriften über Anacharsis, den weisen Skythen, der sich im athenischen Gymnasium über die Athleten wundert, die sich grundlos blutig schlagen, freiwillig verprügeln lassen und sich nackt im Schlamm wälzen. In Skythien würde solches Verhalten nicht straflos bleiben, in Athen aber werde man dazu geradezu ermuntert, und mancher erhalte sogar einen Preis dafür, wenn auch nur ein armseliges Laubzweiglein. Interessant auch der Bericht über den Tod des *Peregrinus Proteus*, der sich im Anschluss an die Spiele der zweihundertsechsunddreißigsten Olympiade auf dem Scheiterhaufen verbrennen ließ. Ein inszenierter Feuertod vor großem Publikum, das ihn auch noch verehrt für seine, wie die Leute sagen, mutige Bezeugung philosophischer Lebensverachtung. Sie vergleichen ihn mit *Herakles, Sokrates* und *Kalanos* dem Brahmanen. Lukianos hatte ihn schon zuvor erlebt, als Peregrinus das Ereignis mit viel Pomp ankündigte. Er beschreibt ihn als ruhmsüchtigen, in die Jahre gekommenen Kyniker, der, um sich ein Denkmal zu setzen, keinen anderen Weg sieht als diesen spektakulären Tod. Zunächst machte er durch absurde Kritik an Herodes Atticus' Wasserbauprojekt auf sich aufmerksam. Wo doch Olympias Wasserproblem bei den riesigen Massenveranstaltungen seit Jahrhunderten ein enormes gesundheitliches Risiko barg! Danach trieb er es mit seiner Kritik am Kaiser – es war damals noch Antoninus Pius – so weit, dass der Stadtpräfekt ihn aus Rom verbannte. Wahrscheinlich wären ihm aufsehenerregendere Maßnahmen mehr entgegengekommen. Denn danach suchte er mit Hetzreden gegen die römische Herrschaft Berühmtheit in Griechenland. Sein letzter Anlauf zum Ruhm endete schließlich mit dem elenden Schauspiel auf dem selbsterwählten Scheiterhaufen.

Man muss allerdings wissen, dass der Philosoph zu einer christlichen Gemeinschaft gehörte, als er in *Syria Palaestina* lebte. Lebensverachtung gilt in gewissen christlichen Kreisen als Tugend, die geradezu gepflegt wird. In jenen Jahren kam es zu einer traurigen Häufung von Martyrertoden. In Smyrna wurde Polykarpos zum Tode verurteilt, der Hetzer gegen »Irrlehren«, von dem Marcellina mir berichtet hatte. Einige Jahre später folgten Martyrien in Rom, Pergamon, Lugdunum und anderen Gegenden. Es war die Zeit, als die *Seuche* Heerscharen von Toten rekrutierte. Kaiser Marcus Aurelius rief die Priester aller Kulte auf, Sühneopfer durchzuführen. Nur die Christen weigerten sich. Ob das zu dieser Häufung von Prozessen geführt hat? Ich weiß es nicht, habe auch die Namen dieser Unglücklichen vergessen, aber manchmal erscheint mir dieses Phänomen wie eine neue Wettkampfarena. Zumindest in den Geschichten, die darüber erzählt werden. Namentlich in Erinnerung geblieben ist mir nur Iustinus, weil Lukianos ihn vor zwanzig Jahren in einem Disput erlebt hatte, in dem Iustinus für die christliche Lehre den Status als Urphilosophie in Anspruch nahm. Es hat sich eine eigentliche Martyrerdoktrin entwickelt. Der Tod des Martyrers entspricht dem Leiden des gekreuzigten Iesous Christos, den sie verehren. Wer als Martyrer stirbt, wird Jünger des Iesous und erwirbt damit Vollendung und Auferstehung. Je grausamer der Tod, umso größer die Ehre. Es kursieren immer mehr Berichte über den Martyrertod von Christen. Sie werden als Rundschreiben von Gemeinde zu Gemeinde gereicht. Es würde mich nicht wundern, wenn in ein paar Jahren auch Menschen ein Martyrium verliehen wird, die eines ganz natürlichen Todes gestorben sind. Als Ehrentitel sozusagen!

Mit Bestürzung haben wir erfahren, dass Marcellina von vielen Seiten angefeindet wird. Damit meine ich nicht Konflikte mit dem römischen Staat, sondern Streitigkeiten innerhalb der eigenen Reihen. Wobei es, zumindest für mich, gar nicht einfach ist, zu verstehen, was man gegen sie vorzubringen hat. Stein des Anstoßes ist gewiss auch, dass sie als Frau Vorsteherin einer Gemeinde ist und eigene Ansichten vertritt. Der jetzige Zuständige für äußere Angelegenheiten, *Eleutheros*, habe ihr mit Exkommunikation gedroht. Marcellina meinte, Eleutheros nehme unter den Presbytern Roms bald schon eine Machtposition ein wie damals Polykarpos in Smyrna.

Auch die Anhänger der Neuen Prophetie in Phrygien sind bedroht. *Irenaeus* von Smyrna, *Episcopus* von Lugdunum, hat vor kurzem eine Schrift verfasst, in der er zum Kampf gegen sogenannte Irrlehren aufruft. Ist es nicht sonderbar? Zuerst bekämpfen sie alle Götter; es darf nur einen geben. Doch sind sie auch damit nicht zufrieden. Nun müssen alle dieselben Schriften lesen, andere Schriften wiederum nicht lesen. Dieselben Gebete, dieselben Vorstellungen, dieselben Philosophien. Und wehe, wenn einer abweicht. Wenn es so weitergeht, werden sie bald selbst ihre eigenen Leute martern, wenn sie sich einer Abweichung schuldig machen.

Lukianos hat mir eine Schrift des Kelsos geschickt, in der das ganze theoretische Gebäude der christlichen Lehre und Philosophie analysiert und widerlegt wird. Meines Wissens ist das die erste Entgegnung dieser Art. Kelsos greift die christliche Lehre wegen ihrer blinden Gläubigkeit an bei gleichzeitiger innerer Parteispaltung. Er problematisiert Phänomene ausgeprägter Schwärmerei, kritisiert den weltverachtenden Hochmut und verwirft den philosophisch nicht haltbaren Erlösungsbegriff, den die Christen in ihren Schriften vertreten.

Doch was soll ich dazu sagen. In diesen Dingen kennst du dich besser aus als wir.

Marcellina war in jenen schwierigen Jahren, als wir von Capito bedroht waren, sehr hilfsbereit zu uns. Deshalb werde auch ich ihr helfen, so ich kann. Auch wenn mir ihre Lebensweise fremd ist.

Du hast als Kind viel Zeit im Hause Marcellinas verbracht, als deine arme Mutter noch lebte. Ich kann es noch immer nicht fassen, dass Castor und Sinope der Seuche zum Opfer gefallen sind. In den ersten Jahren, als die Legionäre bei der Rückkehr aus dem Partherfeldzug die furchtbare Krankheit von Nisibis über Smyrna, Ephesos, Athen bis nach Rom brachten, war jeder von uns darauf gefasst, getroffen zu werden. Aber dann, als die Seuche endlich auf dem Rückzug war, und wir schon aufatmeten ... Und ausgerechnet in Phrygien, das wir für sicherer hielten als Rom. Vor dieser tödlichen Krankheit ist niemand sicher. Du schreibst, dass es in Alexandria viele Seuchentote gibt. So verhält es sich auch in Rom. Im Spätherbst, nach dem *Triumphzug für den siegreichen Partherkrieg,* tobte die Seuche in Rom derart, dass man hätte meinen können, der Triumph falle ihr zu. In jenen Tagen, sagt man, seien in Rom täglich mehr als zweitausend Menschen gestorben. Danach flaute die Seuche etwas ab, aber nur, um in neuen Wellen über die Stadt hereinzubrechen.

In Ärztekreisen wird noch immer viel über die Krankheit diskutiert. Einigkeit herrscht lediglich in der Beschreibung der Symptome, strittig war und ist noch immer die Frage der Ursache. Galenos führt die Krankheit auf ein Ungleichgewicht der Körpersäfte zurück, andere sehen darin eine Bestrafung der Götter für einen entweihten Apollon-Tempel. Mit Galenos konnte allerdings nicht lange gestritten werden, denn er verließ Rom noch im Sommer vor dem Triumphzug. In aller Heimlichkeit. Ob es wegen der Seuche war? Oder weil er fürchtete, man könnte ihn im Palast verpflichten? Ich weiß es nicht. Er war noch nie besonders mutig – klug vielleicht. Wie sich herausstellte, hatte er seine Flucht sorgfältig vorbereitet. Er ließ Haus und Habe zurück und floh in Begleitung seiner Sklaven über *Brundisium*, wo er ein Schiff bestieg. Einen Sklaven ließ er in Rom zurück, der alle nach ihm Suchenden mit der Antwort beschwichtigte, Galenos verbringe den Sommer in Kampanien. Der Sklave folgte Galenos erst später nach Pergamon, nach erfolgreichem Hausverkauf. Eine Zeit lang hatte Galenos seine Ruhe. Dann aber, als erneut ein Krieg aufflammte, diesmal gegen die *Marcomannen*, und beide Kaiser mit dem Heer gegen Norden zogen, wurde Galenos durch eine Depesche nach *Aquileia* zitiert, der er sich nicht entziehen konnte. Erneut waren zahlreiche Legionäre an der Seuche erkrankt, sodass der Vorstoß gegen die Germanen verschoben werden musste. Auf dem Weg nach Rom erkrankte Verus und verstarb. War es ein Schlaganfall? Oder starb auch er den Tod, den sie aus dem Osten mitgebracht haben? Marcus Aurelius brauchte dringend fähige Ärzte, folglich beorderte er Galenos als Heeresarzt an die Front. Ein unabwendbares Schicksal für jeden, der durch den Kaiser dazu berufen wird. Nicht für Galenos. Asklepios persönlich habe ihm ein Kriegsveto auferlegt. Es gelang ihm tatsächlich, den Kaiser davon zu überzeugen, ihn statt an die Front nach Rom zu schicken.

So kam es, dass er drei Jahre nach seiner Flucht wieder in Rom einzog. Bescheidener diesmal, denn er hatte schon alles erreicht, was es in der Hauptstadt zu erreichen galt. Nun übernahm er die medizinische Betreuung des jungen *Commodus*, begleitete ihn zu diversen Zufluchtsorten und hatte Zeit, eine Unmenge Abhandlungen zu schreiben, denn Commodus brauchte seine Dienste selten. Nur bei Frontbesuchen schloss er sich dem jungen Thronfolger nicht an, und als Commodus im Alter von vierzehn Jahren seinem Vater an die Donau folgte, blieb Galenos in Rom, wo er auch jetzt noch lebt. Er genießt eine angesehene Position als Archiater. Zudem obliegt ihm seit dem Tod des Archiaters Demetrios, dessen Nachfolger er wurde, die Zubereitung des Theriaks, den der Kaiser täglich einnimmt. Galenos ließ verlauten, sein Theriak schütze Marcus Aurelius nicht nur vor einem eventuellen Giftanschlag, sondern helfe ihm auch, den Alltag an der Front zu ertragen, sowie seine chronischen Schmerzen, unter denen er leide.

Wir sehen Galenos nicht oft; er hat sich kaum verändert. Noch immer schmäht er die Kollegen, vor allem die anderen Palastärzte; noch immer schürt sein ungeschicktes Verhalten den Unmut seiner Gegner. Sie versammeln sich täglich im Tempel des Friedens, diskutieren seine Thesen, versuchen, ihn zu widerlegen, hoffen auf sein Scheitern. Galenos, der sich eigentlich aus dem öffentlichen Betrieb heraushalten will – berühmt und reich ist er ja inzwischen –, hält es dann doch nicht durch und bestreitet prompt wieder mehrtägige Veranstaltungen. Er kann nicht anders. Seine Arroganz ärgert mich nicht mehr. Im entscheidenden Augenblick hat er mir geholfen, was ich ihm nie vergessen werde. Zum Dank bringe ich ihm ab und zu Aloe aus Sokotra oder Balsam aus Iudaea. Aber nicht das Vipernfleisch, das er zur Herstellung des Theriaks benötigt. Das muss er sich schon selbst beschaffen. Ich habe erfahren, dass er zu einem ganz bestimmten Zeitpunkt zwischen Frühjahr und Sommer – denn nur dann weist das Vipernfleisch die richtige Beschaffenheit auf – höchstpersönlich auf Schlangenjagd zu gehen pflegte. Seit aber einer der Sklaven gebissen wurde, und er ihn mit Theriak behandeln musste, wendet er sich an die *Marser*, die dieses Geschäft besser beherrschen.

Galenos! Ein sonderbarer Kauz, aber bemerkenswert. Wenn du nach Rom kommst, musst du ihn kennenlernen. Als angehender Arzt muss man Galenos von Pergamon kennen, mein Sohn.

Audu und ich freuen uns zutiefst, dass du der von uns vorgeschlagenen Adoption so freudig zustimmst. Du warst immer schon auch ein bisschen unser Sohn. Und da wir keine Nachkommen haben, macht es uns glücklich, dich auch rechtlich als unseren Sohn einzusetzen.

Audu hat alles in die Wege geleitet, sodass wir bei deinem nächsten Besuch problemlos die Formalitäten durchführen können. Und ein großes Fest werden wir veranstalten im Iatreion. Kleitos, Myrrhine und ihre beiden Söhne freuen sich auf dich und natürlich auch Dana und Kynthia. Vor kurzem erinnerte uns Dana an jenen denkwürdigen Tag vor zwanzig Jahren, als du zur Welt gekommen bist. Im Iatreion herrschte eine Aufregung, als ob noch niemand von uns Ärzten je eine Geburt miterlebt hätte.

Ich weiß, dass ich mit diesem Brief nur einige deiner Fragen beantworten kann. Doch haben wir Zeit. Einen ganzen Sommer lang, den du in Rom verbringen wirst.

Vale. In Vorfreude auf das Wiedersehen grüßt dich

Charis
Im neunzehnten Regierungsjahr des Marcus Aurelius

Post scriptum: Eine letzte Frage will ich dir noch beantworten: Volucer. Er hatte das Glück, vor Lucius Verus zu sterben und wurde vom Kaiser durch ein prächtiges Grab geehrt. Auf den Vaticanischen Hügeln.

# Glossar

**Abonuteichos:** kleine Küstenstadt in der kleinasiatischen Landschaft *Paphlagonien.*

**aedicula:** säulengerahmter Baukörper zur Aufnahme von Statuen oder Gemälden. Hier als architektonisches Motiv der Wandmalerei.

**Aelius Aristides** (107-181): Schüler des *Herodes Atticus*, berühmter Redner, Vertreter der Zweiten Sophistik. Er hielt sich wiederholt für längere Zeit im *Asklepieion* von Pergamon auf, um Heilung für seine chronische Krankheiten zu suchen. Priester des *Asklepios*. Asklepios betrachtete er als seinen persönlichen Schutzgott, zu dem er eine innige, schwärmerische Beziehung unterhielt. Nachzulesen in seinen sechs »Heiligen Reden«, die er um 170/171 niederschrieb. Erhalten sind auch zahlreiche Festreden.

**Africa proconsularis:** eine der reichsten Provinzen des Römischen Reiches mit Statthaltersitz in Karthago. Kornkammer Roms.

**agon:** Wettkampf.

**agonothet:** Kampfrichter, insbesondere Preisverteiler bei Wettkämpfen.

**Alexandros von Abonuteichos:** selbsternannter Prophet des selbsterfundenen Gottes Asklepios *Glykon*. Baute einen sehr erfolgreichen Kult (Heilstätte, Orakel, Mysterienkult) in *Abonuteichos* auf, der in großen Teilen des Reiches und bis nach Rom Anklang fand. Der Kult etablierte sich auch bei der Reichsaristokratie Roms, sodass Alexandros trotz der Religionsgesetze, die *Marcus Aurelius* gegen Superstition erließ, seine Orakelfabrik unbehelligt weiter betreiben konnte. Er starb um 175 im Alter von 70 Jahren.

**Alexandros von Damaskus:** Philosoph. Oberster Gelehrter im Kreis des *Boethus*. Rivale des *Galenos*. Die beiden stritten sich zeitlebens um philosophische Fragen. Alexandros bezeichnete Galen als »Mauleselkopf«. Als der Philosoph die anatomische Vorführung Galens sabotierte, indem er die Zuverlässigkeit der Wahrnehmungssinne negierte, erntete er unter den Bildungsfreudigen Roms Tadel. In späteren Jahren hielt Alexandros den Lehrstuhl für *peripatetische* Philosophie in Athen inne.

**al-'Uzza:** altarabische Gottheit. Schutzgöttin der nabatäischen Stadt Petra. In römischer Zeit mit Venus und der ägyptischen Isis in Verbindung gebracht.

**amantes amentes:** Liebende (amantes) sind von Sinnen (a-mentes). Lateinisches Wortspiel (bei Plautus und Terenz).

**Amastris:** kleine Hafenstadt an der Küste *Paphlagoniens* am Schwarzen Meer (Provinz *Pontus* und Bithynien). Ein Zentrum für die Philosophie *Epikurs*.

**Anacharsis:** weiser Skythe, der im sechsten Jahrhundert nach Athen kam und durch seinen unvoreingenommenen, kritischen Blick auf das Leben in der griechischen Polis bleibenden Eindruck hinterließ. *Lukian*, der Anacharsis zwei Schriften widmet, bedient sich des Blickes des Fremden, der sich über griechische Sitten (Sportbesessenheit) wundert.

**anatomische Demonstration:** zur Zeit *Galens* wurden anatomische Demonstrationen öffentlich vorgeführt für gebildete Laien. Medizin war zum Bildungsthema avanciert.

**Anicetus** (von Emesa, Syrien): Bischof von Rom von 154-166. Bis Mitte zweites Jahrhundert oblag die Führung der Kirche von Rom einem losen Kollegium von Presbytern. Erst seit Anicetus und unter seinen Nachfolgern begann sich in Rom ein monarchischer *Episkopat* auszubilden, wie er im Osten des Reiches bereits bestand. Anicetus war der erste »Bischof von Rom«, aber auch er hatte weniger Autorität als *Polykarpos von Smyrna*, der Rom unter Anicetus aufsuchte, um gegen die zahlreichen Häresien vorzugehen. Anicetus und Polykarpos stritten sich um die Frage des Ostertermins, einigten sich aber darin, den *Montanismus* zu verdammen. Anicetus stellte sich öffentlich gegen die *Gnostiker* und den *Markionismus*, war aber selbst stark von *Iustinus* beeinflusst, dessen Lehre auch nicht unumstritten war. Dass Anicetus als Märtyrer starb, gilt als unhistorisch.

**Antigenes:** bevorzugter Arzt der reichen Patrizier Roms vor *Galens* Aufstieg. Konkurrent Galens am Krankenbett des *Eudemos*. Schüler des Quintos und des Marinos.

**Antinoos** (lat. Antinous): geboren um 110 in Bithynien, ertrunken im Nil am oder kurz vor dem 30. Oktober 130 bei *Besa*. Günstling und Geliebter des Kaisers *Hadrian*. Nach Antinoos' Tod ließ Hadrian ihn zum Gott erklären und etablierte den Antinooskult im ganzen Römischen Reich. Viele Bildnisse sind bis heute erhalten. Eine Stadt wurde beim Unglücksort (Besa) zu Antinoos' Ehren erbaut. Bereits in der Antike rankten sich Gerüchte um den Tod des jungen Geliebten. Es wurde vermutet, Antinoos habe, der Weissagung eines Astrologen folgend, sein Leben geopfert, um das Leben des Kaisers zu verlängern. Andere vermuteten eine politische Intrige.

**Antoninus Pius** (86-161): Regierungszeit 138-161. *Hadrian* setzte Antoninus Pius als Nachfolger ein und regelte die weitere Thronfolge, indem er Pius verpflichtete, *Marcus Aurelius* und *Lucius Verus* zu adoptieren. Die unerwartet lange Regierungszeit des Antoninus Pius war eine Zeit des Friedens und der Prosperität. Im Gegensatz zu seinem Vorgänger regierte Pius von Rom aus. Effizienter Verwaltungsapparat.

**Aphrodite:** griechische Göttin der Liebe. Bei den Römern der Venus gleichgesetzt.

**Apollodoros von Damaskus:** einer der berühmtesten Ingenieure und Architekten der römischen Kaiserzeit. Ruhm erlangte er nicht nur für seine Ingenieursleistungen während der Dakerkriege unter Kaiser *Traian*, sondern vor allem auch für die Errichtung des Traiansforums und der Traiansmärkte

(107-112). Todesumstände ungewiss.

**Apollon:** griechischer Gott. Sohn des *Zeus* und der Leto. Vater des *Asklepios.*

**Apologie:** Verteidigungsschrift. Apologet: Verteidiger einer Sache oder Lehre.

**Apotheke** (gr.): Aufbewahrungsort. Apotheken im heutigen Sinn gab es nicht. Die Ärzte verwahrten die Medikamente in ihrer taberna und stellten diese meist auch selbst her. Zutaten kaufte man bei Händlern für Gewürze, Kräuter und Aromen.

**Apuleius:** zwischen 125 und 129 in *Madauros* geboren. Studium in Karthago, Athen und Rom. Ausgedehnte Reisen. Vielseitige Publikationen (Gedichte, naturwissenschaftliche Schriften, Reden). Prozess im Winter 158/159. Danach Tätigkeit in Karthago als Vortragsredner. Sein Freund Strabo stiftete ihm ein Ehrenstandbild, das mit Billigung des Stadtrates an einem öffentlichen Platz aufgestellt wurde. Religiöses Amt, wohl Oberpriester des Kaiserkults. Hatte mit Pudentilla einen Sohn namens Faustinus. Werke: de magia (Prozessrede), Metamorphosen (Amor und Psyche), Florida, philosophische Abhandlungen, Reden u.a. Apuleius gilt als Vertreter der Zweiten Sophistik; er schrieb vorwiegend in lateinischer Sprache. Gestorben nach 170. Die Romanpassagen, die sich auf den Prozess beziehen, halten sich eng an Apuleius' Verteidigungsschrift.

**Aquileia:** bedeutende römische Stadt in Oberitalien. Zu Beginn des Krieges gegen die *Marcomannen* hielt *Marcus Aurelius* seine Truppen in Aquileia im Winterlager.

**Archiater** (gr. archiatros): Leibarzt bei Hof. Seit Mitte des zweiten Jahrhunderts auch Begriff für eine begrenzte Anzahl öffentlicher Stadtärzte, die staatlich besoldet waren.

**archimagirus:** Chefkoch.

**Aristophanes:** beliebter griechischer Dichter der Alten Komödie (um 445-385 v. Chr.).

**Arsinoë:** jüngere Schwester und Rivalin Kleopatras. Wurde auf Veranlassung Kleopatras in Ephesos ermordet. Der oktogonale Bau am *Embolos* in Ephesos ist mit großer Wahrscheinlichkeit als Grabmal der Arsinoë zu identifizieren.

**Artaxata:** armenische Hauptstadt. Von Statius *Priscus* im Jahr 163 zurückerobert.

**Artemis:** jungfräuliche Göttin der Jagd, des Waldes. Schutzgöttin der Frauen und Kinder, Schwester *Apollons.* Ihr war in ihrer Funktion als Ernährerin aller Lebewesen in Ephesos ein berühmtes Heiligtum geweiht, das Artemision von Ephesos (Weltwunder). Artemis galt als wilde, unzähmbare Göttin, die Leben gibt aber auch nimmt.

**as:** römische Münze. 4 asses = 1 sestertius. Für 1 As bekam man 0,5l billigen Landwein oder 1 Pfund Brot. Minimaler Tagesbedarf pro Person: 8 Asse. Tageslohn: 16 Asse.

**Asklepieia:** Festspiele zu Ehren des Gottes *Asklepios*. In Ephesos wurden im Rahmen der Asklepieia medizinische Wettspiele in vier Disziplinen durchgeführt.

**Asklepieion:** Heiligtum und Heilstätte des *Asklepios*. Die seit dem fünften vorchristlichen Jahrhundert aufkommenden Asklepieien waren sehr beliebt. Das berühmteste und früheste war Epidauros. In speziellen Liegehallen (enkoimeteria) erhofften die Kranken im Heilschlaf Genesung durch den Gott. Auch die späteren auf »wissenschaftlicher« Basis arbeitenden Ärzte sahen sich als Nachfolger des Asklepios und nannten sich Asklepiaden. Unter ihnen auch die Angehörigen der Schule des *Hippokrates*.

**Asklepios:** griechischer Gott der Heilkunst. Attribut: Stab mit Natter. Sohn des *Apollon* und der Koronis. Bei Homer noch nicht als Gott verehrt. In Rom hielt er um 300 v. Chr. Einzug unter dem Namen Aesculapius. Seine Bedeutung als Gott stieg und erreichte im zweiten nachchristlichen Jahrhundert einen Höhepunkt. Auch *Galen* betrachtete sich als Diener des Gottes. Tempelmedizin lehnte er nur dann ab, wenn sie die wissenschaftliche Medizin vernachlässigte oder sich zu ihr in Gegensatz stellte.

**Asklepios Soter** (gr. Retter): *Asklepios* in seiner Funktion als Heiler und Retter weist einige Parallelen zum frühchristlichen Iesous auf, der auch mit dem Beinamen Soter bedacht wurde. Entsprechend stark waren die Abgrenzungsversuche der Christen, die den Asklepioskult erbittert bekämpften. In der Offenbarung des Johannes wird Pergamon als Ort bezeichnet, wo »Satans Thron« steht.

**Atropos** (gr. unabwendbar): eine der drei Moiren (griechische Schicksalsgöttinnen).

**Attalos** (Statilius Attalos): Arzt aus berühmter Ärztefamilie in Herakleia Salbakos (Karien). Schüler des *Soranos*, *Methodiker*, *Archiater*, Konkurrent *Galens*, der ihn beschuldigte, durch falsche Behandlung einer Leberentzündung den Tod des *Kynikers* Theagenes verursacht zu haben. Attalos habe Galens Behandlungsvorschlag nicht berücksichtigt.

**Attische Nächte** (noctes atticae): Notizen über allerlei Wissenswertes von Aulus *Gellius*. Begonnen in Attika, fertiggestellt um 170 in Rom. Als belehrende und unterhaltende Lektüre gedacht.

**autophon** (gr. auto-phonos): selbst sprechend.

**Avitus** (Lucius Hedius Rufus Lollianus Avitus): Senator, Proconsul der Provinz Asia. Ehemann von *Terentia*.

**Avitus** (Lucius Hedius Rufus Lollianus Avitus): Sohn des obengenannten gleichnamigen *Avitus*. Consul im Jahr 144. Proconsul von Africa proconsularis 157/158. Fürsprecher des *Apuleius* bei dessen Prozess. Kaiserlicher Legat von *Pontus* und Bithynien (vermutlich von 162 bis 166). Gebildeter Mann, der selbst als Autor tätig war.

**Balbilla:** Enkelin von Neros Astrologen Balbillus. Vertraute der Vibia Sabina. Dichterin.

**Barbarus:** (Marcus Vettulenus Civica Barbarus): Senator und Politiker. Onkel des Lucius Verus. Begleitete Annia *Lucilla*, die Tochter des *Marcus Aurelius*, nach Osten zur Vermählung mit Lucius Verus. Hochzeit in Ephesos, noch während des Partherfeldzuges (163?).

**Basileus:** (gr.) König. Die Anrede der Statuette als Basileus unterstellt *Apuleius*, er habe damit seinen dienenden Geist (Parhedros) angerufen, zum Gelingen der Magie.

**Bauch des Imperiums:** Metapher für Rom. »Im Bauch des Imperiums« lautet der Titel des Romans von Susanne Cho, der die Abenteuer von Charis' Großmutter Kamkam zum Thema hat.

**Besa:** Stadt am Ostufer des Nils, nahe der Stelle, an der *Antinoos* in den Fluten des Nils ertrank. Um ihn zu ehren, ließ Kaiser *Hadrian* unmittelbar nach dem Geschehen eine prächtige Stadt im griechisch-römischen Stil erbauen, die er Antinoopolis nannte.

**Bibergeil** (castoreum): Sekret aus den Drüsensäcken des Bibers. Wurde in der Antike zur Behandlung von Krämpfen, hysterischen Anfällen und Nervosität verwendet.

**biga:** Wagen mit zwei Pferden. Zweispänner.

**Boethus** (Flavius Boethus aus Ptolemais, Syrien): Angehöriger der hohen Reichsaristokratie. Statthalter von *Syria Palaestina* (165?). Der Philosophie des Aristoteles zugeneigt. Förderer *Galens*, an dessen anatomischen Vorführungen er besonders interessiert war. Für die erfolgreiche Behandlung seiner Frau gab Boethus dem Arzt Galen ein Honorar von 400 Aurei (100'000 Sesterze).

**Bosporanisches Reich:** Königreich am kimmerischen Bosporus (beidseitig der Straße von Kertsch/Krim). Römischer Klientelstaat mit eigenem, von Rom genehmigten König. Blüte unter römischer Oberherrschaft im zweiten und dritten Jahrhundert. Wirtschaftlicher Aufschwung durch verstärkte Handelsbeziehungen mit Kleinasien und den skythischen Stämmen.

**Brundisium:** heute Brindisi. Hafenstadt in Apulien.

**Caelius:** einer der sieben Hügel Roms, östlich des Palatins und südlich des Esquilins. Der Caelius war eine vornehme Wohngegend.

**Calpurnianus:** Empfänger eines Zahnputzmittels, das *Apuleius* für ihn hergestellt hatte. Calpurnianus beteiligte sich zweimal an einer Intrige gegen Apuleius.

**cardo maximus:** Hauptverkehrsstraße auf der Nord-Süd Achse, die im Stadtzentrum rechtwinklig den *decumanus maximus* kreuzt.

**Cassius** (Avidius Cassius): im Partherkrieg einer der wichtigsten Generäle, der unter der Befehlsgewalt des *Lucius Verus* für Rom den Sieg errang. Statthalter von Syrien (166), später Präfekt von Ägypten. Als 175 »irrtümlicherweise« der Tod des Kaisers *Marcus Aurelius* ausgerufen wurde, ließ er sich zum neuen Kaiser proklamieren. Cassius beharrte auch nach Aufklärung des Irrtums auf der Proklamation, sodass Marcus Aurelius gegen seinen besten General einen Krieg rüsten musste. Cassius fand für seine Rebellion im Osten keine breite Unterstützung. Er wurde 175 von einem Centurio ermordet.

**caupona:** Kneipe.

**causa:** lat. für Sache, Ursache, Rechtsstreit, Prozess.

**cave Galenum:** Hüte dich vor Galenos. Frei nach »cave canem« (hüte dich vor dem Hund), was mit Abbild eines Wachhundes auf vielen Eingangsmosaiken zu sehen war.

**Ceres:** römische Göttin des Korns, des Ackerbaus und der Fruchtbarkeit, der griechischen Demeter entsprechend. Ihr zu Ehren wurden im April siebentägige Feiern abgehalten mit Spielen im *Circus Maximus*. Um Demeter und ihre Tochter Kore ging es auch in den Mysterien von Eleusis, die bei der römischen Oberschicht des zweiten Jahrhunderts großen Anklang fanden (*Hadrian*, *Marcus Aurelius*, *Lucius Verus*, *Commodus*).

**Charilampes:** Kammerdiener (cubicularius) des *Marcus Aurelius*. Einflussreiche Position am Hof.

**Charon:** Totenfährmann in der griechischen Mythologie. *Lukian* widmete ihm einen eigenen Dialog: »Charon oder die Weltbeschauer«.

**Chosroes:** parthischer General unter *Vologaeses IV.*, der 161 in der Schlacht bei Elegeia die römischen Truppen besiegte.

**chronos:** griechisch für Zeit, Zeitabschnitt.

**Circus Maximus:** erster und größter Circus des gesamten Reiches in der Senke zwischen Palatin und Aventin. Aus einer bescheidenen Anlage für Wagenrennen, bei der die Zuschauer sich zunächst auf den grasbewachsenen Abhängen niederließen, entstanden erst Tribünen aus Holz, danach aus Stein, bis sich der Circus zu einer luxuriösen, mit Kunstwerken geschmückten Prestigeanlage entwickelte. Nach dem großen Brand im Jahr 64, der seinen Ursprung im Circus hatte, wurde der Bau neu errichtet. Seine endgültige

Form erhielt er unter *Traian*, der den über 600 m langen und 180-200 m breiten Circus, der bisher 250'000 Zuschauern Platz geboten hatte, noch einmal vergrößerte. Mit schätzungsweise 300'000 Plätzen ist der Circus Maximus die größte, jemals gebaute Sportarena. Die Sicherheitsvorrichtungen hielten dem Massenandrang nicht stand. Besonders gefährdet waren die oberen, aus Holz gebauten Zuschauerreihen. Unter *Antoninus Pius* kam es zu einem verheerenden Einsturz der Holzränge, bei dem über tausend Menschen starben. Die Ausstattung war jedoch prachtvoll: Die Startboxen (carceres) waren aus Marmor, und auf der *Spina*, die die Rennbahn teilte, waren Tempel, Wasserspiele und Kunstwerke zu bestaunen, allen voran der Obelisk aus dem dreizehnten Jahrhundert v. Chr., den Augustus in die Mitte der Spina hatte setzen lassen. Eine Ladenstraße unter den gewölbten Arkaden, sorgte für die praktischen Bedürfnisse der Zuschauer. Alles gab es zu kaufen: von Lebensmitteln, Obst, Getränken, über Souvenirs und »Fanartikel« bis zu Dienstleistungen von Prostituierten, Wahrsagern, Astrologen und Magiern. (siehe Karte)

**Clarus:** siehe Sicinius Clarus.

**Claudius Maximus:** Proconsul der Provinz Africa proconsularis zum Zeitpunkt des Prozesses gegen *Apuleius* (158/159). Stoiker. Philosophielehrer des jungen *Marcus Aurelius*.

**Clivus Scauri:** Straße, die von der Palatinsenke den Hügel des *Caelius* hinaufführte. Entspricht in etwa der heutigen Via di SS. Giovanni et Paolo.

**Commodus** (161-192): Sohn und Nachfolger des *Marcus Aurelius*. Regierungszeit 180-192.

**Crescens:** *Kyniker*, der in Rom mehrmals heftige Streitgespräche mit *Iustinus* führte.

**cubiculum:** kleiner, verschließbarer Raum, oft als Schlafgemach genutzt.

**cui bono?:** wem (gereicht es) zum Vorteil? Von Cicero häufig gebrauchte Redewendung in Gerichtsreden, wenn es um die Suche nach Verdächtigen ging.

**decoctum:** Sud. Hier: abgekochter Kräutertrank.

**decumanus maximus:** Hauptverkehrsstraße auf der Ost-West-Achse.

**Delphi:** Ort in Mittelgriechenland, bekannt für sein Heiligtum und Orakel des *Apollon*.

**Delphin / Ei:** sieben herunterklappbare Delphine, angebracht auf der *Spina* nahe bei den Wendemarken, dienten den Zuschauern der Wagenrennen im *Circus Maximus* als Rundenzähler. Die Delphine sind Attribut des Neptun, des Schutzgottes der Pferde. Auf der gegenüberliegenden westlichen Schmalseite (bei den Startboxen) dienten sieben Eier demselben Zweck. Das Ei ist Symbol für die Dioskuren (Castor und Pollux).

**Demetrios von Alexandria:** Sophist. Mitglied des *Museions* von Alexandria. In Rom gab er täglich Vorführungen im Debattieren über vorgegebene Themen. Demetrios interessierte sich (wie schon sein berühmter Lehrer Favorinus von Arelate) stark für Medizin.

**desultores:** Kunstreiter, die auf dem Pferderücken akrobatische Kunststücke aufführten. Kunstreiter und Akrobaten traten in den Pausen zwischen einzelnen Rennen auf.

**dictamnon:** Diptam (Rautengewächs). Heilpflanze vom kretischen Dikte-Gebirge.

**Didyma:** Orakelstätte des *Apollon* in der Nähe von Milet, an der Westküste Kleinasiens.

**dies Solis:** Tag des Sonnengottes Sol. Sonntag.

**Diokles:** berühmter Wagenlenker zur Zeit *Hadrians*. Aus einer Gedenktafel ist zu entnehmen, dass er an 4257 Rennen startete und 1463 davon gewann. Mit 42 Jahren zog er sich ins Privatleben zurück. Total seiner Preisgelder: 35'863'120 Sesterze.

**dixi** (lat.): ich habe gesprochen. Abschlussformel einer Gerichtsrede.

**domus:** repräsentatives Stadthaus. Gegenstück zum Gutshaus auf dem Land (villa).

**Drachme:** griechische Münze. 1 Drachme = 6 Oboloi. Mitte des zweiten Jahrhunderts verdiente ein Tagelöhner 4 Oboloi. Lukian gibt den Preis für ein Paar Sandalen mit 7 Oboloi an.

**Dreikindrecht** lat. ius (trium) liberorum: Zur Förderung der Ehe und Nachkommenschaft bei römischen Bürgern hatte Augustus Gesetze erlassen (lex Iulia, lex Papia). Mit drei Kindern (Dreikindrecht) genoss man große Privilegien. Männer erfuhren Erleichterungen in der politischen Karriere (Ämteraufstieg). Frauen wurden zu eigenen juristischen Personen, brauchten also keinen Vormund mehr. Freigelassene in Italien erhielten das ius liberorum mit vier, in den Provinzen mit fünf Kindern. Das Dreikindrecht konnte für besondere Verdienste vom Kaiser auch an Kinderlose verliehen werden.

**Dushara:** altarabische Gottheit. Hauptgott der Nabatäer. Nabatäische Tempel wurden auch in Handelsniederlassungen entlang der Handelsrouten errichtet (Alexandria, Rhodos, Puteoli, Rom). Sie dienten auch als Aufbewahrungsort für rechtliche Dokumente.

**Dystokie** (griechisch): gestörter Geburtsverlauf.

**Eleutheros:** Presbyter. Bischof von Rom von 175-189. Scharfer Bekämpfer des Montanismus.

**Embolos** (Kuretenstraße): Prachtstraße im antiken Ephesos. Weil der Embolos dem Verlauf der alten Prozessionsstraße zum Artemision folgt, verläuft er als einziger diagonal zu den sonst nach hellenistischem Stadtplan rechtwinklig angelegten Straßen.

**Embryotomie:** Zerstückelung des Embryos im Uterus bei anschließender Extraktion der abgetrennten Körperteile. Dieses Verfahren wurde zur Rettung der Mutter angewendet, wobei der Embryo meistens bereits tot war. *Soranos* fordert ausdrücklich, dass bei der Niederkunft das Leben der Mutter vor dem des Kindes zu retten sei.

**embryotomon:** medizinisches Schnittinstrument für die Exartikulation des Embryos.

**embryulkos:** Haken, der bei einer *Embryotomie* zur Extraktion der abgetrennten Glieder des Embryos benutzt wurde. Der Embryulkos konnte auch eingesetzt werden, um den Fötus zu perforieren und als Ganzes herauszuziehen.

**Endymion:** in der griechischen Mythologie ein Geliebter der Mondgöttin Selene. Diese entführte den schönen Jüngling ins Latmosgebirge und versenkte ihn in ewigen Schlaf.

**epideixis** (gr.): das zur Schau Stellen. Schau-, Probe-, Prunkstück. Besonders Prunkreden der Rhetoren und Sophisten. Im zweiten Jahrhundert auch Demonstrationen ärztlichen Könnens in Form von anatomischen Vorführungen oder medizinischen Wettkämpfen.

**Epigenes:** wohlhabender, medizinisch gebildeter Freund *Galens*, dem einige galenische Schriften gewidmet sind. Epigenes stammte aus Pergamon und war Freund und Klient des Philosophen *Eudemos* (ebenfalls aus Pergamon).

**Epikureer:** Anhänger der Philosophie *Epikurs*. Ein begeisterter Anhänger der epikureischen Philosophie war Lukrez, der Epikurs Naturlehre in lateinische Form brachte. Maecenas und Caesar standen der Lehre Epikurs nahe, auch Dichter wie Vergil und Horaz. Die Epikureer wurden von anderen Philosophenschulen hart bekämpft, v.a. von den Platonikern und Stoikern. Die Ablehnung der Unsterblichkeit und der göttlichen Vorsehung erregte in christlichen Kreisen großen Anstoß.

**Epikur(os):** griechischer Philosoph (342/41-271/70 v. Chr.), der aufbauend auf der materialistischen Lehre Demokrits seine hedonistische Lehre entwickelte, die er ab 306 in Athen in einem Garten lehrte, nach dem später seine Schule ihren Namen erhielt (Kepos). Für Epikur liegt das Ziel menschlichen Lebens in der Lust, d.h. in Freiheit von körperlichem Schmerz, von seelischer Unruhe, von Todesangst. Den traditionellen Götterglauben und die Vorstellung einer göttlichen Vorsehung lehnt er ab. Für ihn existieren Götter nur als glückliche Wesen, die sich nicht um die Welt kümmern. Die Philosophie Epikurs, die keinerlei politischen Einfluss erstrebte, fand bei den Reichen und Mächtigen Roms wenig Eingang. Trotzdem hielt sich der Kepos, zuletzt noch von *Marcus Aurelius* gefördert, bis nach dem zweiten nachchristlichen Jahrhundert.

**episcopus:** Bischof. In Kleinasien hatte der Bischof früh schon eine Vorrangstellung. In der Großstadt Rom entwickelte sich der monarchische Episkopat erst spät und zaghaft (zweite Hälfte des zweiten Jahrhunderts). Von einem »Bischof von Rom« kann man frühestens seit *Anicetus* sprechen (154-166), und auch da erst in Ansätzen.

**erste Stunde:** der Tagesbeginn wurde mit dem Sonnenaufgang gleichgesetzt.

**Eudemos** von Pergamon: Philosoph des *Peripatos*. Ständiger Begleiter von *Boethus* und anderen bedeutenden Persönlichkeiten. Förderer *Galens*. Eudemos war lange vor Galen in Rom. Er hielt ihn zunächst für einen Philosophen, da Galen in frühen Jahren Schüler des Eudemos war. Über Vermittlung des *Epigenes* bekam Galen Gelegenheit, den erkrankten Philosophen zu behandeln. Dies verschaffte ihm den Eintritt in die herrschenden Häuser Roms und markierte den Durchbruch seiner Karriere.

**Eupator** (Tiberius Iulius Eupator): Klientelkönig des *Bosporanischen Reiches*. Auf Münzen nachgewiesene Regierungszeit für 154/155 bis 170/171.

**factio:** Partei, Zusammenschluss, Unternehmen. Hier das Rennstallunternehmen für die *Pferderennen*. Es gab deren vier: die Grünen (factio prasina), die Roten (factio russata), die Blauen (factio veneta) und die Weißen (factio albata), alle auf dem Marsfeld gelegen. Pferde und Rennfahrer trugen die Farbe ihres Rennstalls. Die verschiedenen Parteien waren ausgesprochene Identifikationsobjekte mit Fankultur, vergleichbar heutigen Fußballmannschaften. Es kam auch zu Schlägereien zwischen den Anhängern der verschiedenen Farben. Die factiones waren wirtschaftliche Unternehmen, die von einem dominus factionis geleitet wurden (meistens einem Angehörigen der Ritterklasse). Investoren hielten Anteile des Unternehmens und kassierten anteilmäßige Gewinne. Eine factio war ein Großunternehmen mit etwa 250 Beschäftigten, von denen ein großer Teil aus dem Sklavenstand stammte.

**Fadilla** (geb.158): Tochter des *Marcus Aurelius* und der *Faustina minor*.

**Faustina** (Annia Galeria Faustina minor): Gattin des Kaisers *Marcus Aurelius*. Als Tochter des *Antoninus Pius* und der Galeria Faustina (maior) um das Jahr 130 geboren. Auf Anweisung des Kaisers *Hadrian* wurde sie zunächst mit *Lucius Verus* verlobt. Nach Hadrians Tod wurde diese Verbindung gelöst und Faustina mit ihrem Cousin Marcus Aurelius verlobt. Eheschließung spätestens im Jahr 145. Das Paar hatte zahlreiche Kinder, von denen die meisten früh verstarben.

**Floralia:** zügelloses Volksfest zu Ehren von Flora, einer altrömischen Gottheit des Frühlings, das am 27. April begann und sechs Tage dauerte.

**Fluchtafel:** mit Inschriften versehene Bleilamellen, die einen Schadenzauber über die genannte Person beschwören. Meist werden Götter der Unterwelt angerufen, die den Fluch vollziehen sollen. Die gefalteten oder gerollten Bleilamellen wurden häufig mit Nägeln durchbohrt (Analogiezauber). Obwohl Schadenzauber als Kapitalverbrechen galt, waren Fluchtafeln überaus verbreitet. Es wurden bisher über 1600 Funde publiziert. Fluchtafeln wurden häufig bei Rechtsstreitigkeiten eingesetzt, bei Eigentumsdelikten, aber auch gegen Konkurrenten in der Liebe, im Wagenrennen und in geschäftlichen Dingen.

**Fors Fortuna:** Macht des Schicksals. Unter diesem Aspekt wurde die Göttin *Fortuna* am 24. Juni durch ein Fest am Tiberufer geehrt, an dem auch die Sklaven teilnahmen.

**Fortuna:** römische Göttin des Glücks und des Schicksals, der gr. *Tyche* entsprechend.

**Freiheitsmütze** (lat. pilleus): Filzkappe, die von soeben Freigelassenen getragen wurde. Während der *Saturnalien* liefen viele mit dem pilleus herum, als Symbol für die ursprüngliche soziale Gleichheit, an die das ausgelassene Fest erinnern sollte.

**Galenos** (Galen) von Pergamon (129-?): aus wohlhabender, gebildeter Familie der Munizipalaristokratie Kleinasiens. Lange Jahre des Studiums der Philosophie und Medizin in Pergamon, Smyrna und Alexandria. Gladiatorenarzt in Pergamon (157-161). Danach Karriere in Rom, wo er zum begehrten Arzt der Aristokratie avancierte (*Eudemos* und *Boethus*-Kreis). 166 Flucht aus Rom. 168/69 Berufung durch *Marcus Aurelius* und *Lucius Verus* an die Front, wo er sich erfolgreich nach Rom absetzte. Medizinische Aufsicht über *Commodus*. Verantwortlicher für die Zubereitung des kaiserlichen *Theriaks* in der Stellung als *Archiater*. Lebte bis zu seinem Tod (216?) mehrheitlich in Rom, wo er zahlreiche Schriften verfasste, von denen ca. 170 erhalten sind.

**Gellius** (Aulus Gellius): Rhetor und Schriftsteller des zweiten Jahrhunderts. Verfasser von »noctes atticae«. Schüler des Philosophen *Tauros*.

**Glasballspiel:** scherzhafte Metapher für Politik.

**Globuli** (Kügelchen): beliebtes krapfenähnliches Gebäck. Rezept nach Marcus Portius Cato: »Man mische geronnene Milch mit Speltmehl und mache daraus so viele Kügelchen wie es angeht. Dann tue Fett in einen heißen Kessel, koche darin die globuli und wende sie mit zwei Kochlöffeln fleißig um; wenn sie fertig sind, nimm sie heraus und bestreiche sie mit Honig und streue Mohn darauf.«

**Glykon:** von *Alexandros von Abonuteichos* neu erschaffener Gott in Gestalt einer Schlange. *Asklepios* in einer neuen Existenz. Kult und Orakel des Glykon erreichten schnell große Verbreitung und Beliebtheit bis nach Rom. Eine Marmorfigur der Glykonschlange wurde in *Tomis* gefunden. (siehe Stammbaum des Alexandros)

**Gnosis:** (gr. Erkenntnis). Religiöse Bewegung des spätantiken Synkretismus, die auch eine christlich geprägte Richtung hervorbrachte. Die meisten gnostischen Schulen vertraten eine Seelenwanderungslehre. Sie unterschieden (nach den Kriterien Leib, Seele, Geist) drei Arten von Menschen: Hyliker, die nicht zur Erkenntnis gelangen können und unerlöst bleiben, Psychiker, die nur glauben und nicht zur vollen Erkenntnis gelangen, aber mittels Anstrengung durch gute Taten erlöst werden können und Pneumatiker, die ungeachtet ihrer Taten durch vollkommene Erkenntnis erlöst werden. Vollendete Erkenntnis ist die Vereinigung des Menschen mit Gott. Die gnostische Strömung beinhaltet Elemente babylonischer Astrallehre, griechischer Philosophie und biblischer Erzählungen, die aber nicht wörtlich aufgefasst wurden, sondern allegorisch zur Erkenntnis tiefer liegender verborgener Erkenntnis. Gnostiker unterschieden zwischen einem niederen Schöpfergott (dem alttestamentarischen) und dem Urgott, dem ungeschaffenen, absolut guten Gott. Es gab viele unterschiedliche gnostische Strömungen, die bis gegen 180 unbehelligt mit den nicht gnostischen christlichen Gemeinden in Kontakt standen. Eine Ausnahme bildet *Markion* mit seiner Gemeinde, der bereits 144 von der »Großkirche« ausgeschlossen wurde.

**Göttergespräche:** von *Lukian* verfasste Dialoge zwischen den Göttern, die sich in spritzigen Dialogen selbst demontieren.

**Hadrian(us)** (Publius Aelius Hadrianus), (76-138): römischer Kaiser von 117-138. Philhellene. Platoniker. Mit *Traian* verschwägert, unter dem er hohe Ämter bekleidete. Seine Adoption durch Traian wurde angezweifelt. Im Gegensatz zu den vorherigen Kaisern führte Hadrian keine Offensivkriege, schlug aber einen jüdischen Aufstand nieder. Befestigte die Reichsgrenzen (u.a. Hadrianswall). Verminderte den Einfluss des Senats durch Ausbau der Hofämter, die sich allmählich zu Staatsämtern entwickelten. Gesetzesreformen. Enorme Bautätigkeit (Hadriansvilla). »Reisekaiser«: Förderer der hellenistischen Städte des Ostens. Kinderlose Ehe mit *Vibia Sabina*. (siehe auch Antinoos)

**Hadrianos von Tyros** (103-193): Rhetor, Sophist. Inhaber des kaiserlichen Lehrstuhls für Rhetorik zunächst in Athen, danach in Rom. Schüler und Nachfolger des *Herodes Atticus*. Rivale des *Aelius Aristides*. Zum Zeitpunkt der anatomischen Vorführung *Galens* für *Boethus* (163) war der Fünfzigjährige noch am Anfang seiner Karriere und reihte sich in der Hoffnung auf Förderung in den Kreis um Boethus ein.

**Hannibal ad portas:** Hannibal vor den Toren (Roms). Ausruf des Schreckens.

**Hekate:** Göttin der Unterwelt, dreiköpfig. Als dunkle Gottheit wurde sie bevorzugt angerufen bei Verfluchungen, Schadenzauber und magischen Praktiken.

**Herakles:** in der griechischen Sage verbrennt sich Herakles, weil er dem qualvollen, durch das Blut des Kentauren Nessos verursachten Schmerz anders nicht entkommen kann.

**Herennius Rufinus:** Schwiegervater des *Pontianus*. Nach dem Tod des Pontianus versuchte er, so *Apuleius*, seine Tochter an *Pudentillas* jüngeren Sohn *Pudens* zu verheiraten. (siehe Stammbaum Sicinii)

**Hermes:** Götterbote. Gott des Handels, des unerwarteten Gewinns, des Diebstahls, der Magie. Begleiter der Toten zum Hades. In okkulten Ritualen wird Hermes als Bote der Zaubersprüche angerufen (Hermes trismegistos). Bei den Römern *Mercurius*.

**Herodes Atticus** (ca.95-177): berühmter Rhetor, Politiker und Mäzen. Bekleidete zahlreiche Ämter (so auch das Consulat 143) unter *Antoninus Pius*, mit dem er verschwägert war. Lehrer der zukünftigen Kaiser *Marcus Aurelius* und *Lucius Verus*. In Athen wirkte er als Rhetoriklehrer. Aulus *Gellius*, *Aelius Aristides* und *Hadrianos von Tyros* waren seine Schüler. Herodes Atticus ist ein typischer Vertreter der Zweiten Sophistik.

**Hetärengespräche:** von *Lukian* verfasste Dialoge zwischen Hetären.

**Hierophant:** die heiligen Geräte zeigend. Oberpriester bei Mysterienkulten.

**Hippokrates** (ca. 460-370 v. Chr.): aus einem alten Ärztegeschlecht aus Kos. Eng befreundet mit dem Philosophen Demokritos. Sein Konzept war, die natürliche Konstitution zu erforschen, um sie im Krankheitsfall wieder herzustellen. Überwindung der magischen Krankheitsvorstellungen der Volksmedizin (Dämonenlehre). Nach Hippokrates haben alle Erkrankungen ihre Ursache in einer wider die Natur gerichteten Lebensweise. Aufgabe des Arztes ist es, den Kranken zu einem naturgemäßen Leben zurückzuführen, den normalen Heilungsvorgang durch seine medizinischen Mittel (vorwiegend Bäder, Luftveränderung, Abführmittel, Massagen, gymnastische Übungen) zu unterstützen. Durch Hippokrates hat die Heilkunde eine »wissenschaftliche« Grundlage erhalten und an Bedeutung gewonnen. Als 430 in Athen eine Pest wütete, zog man ihn bei. Zahlreiche seiner Schriften sind erhalten (corpus hippocraticum). Sie wurden bereits von antiken Ärzten exzerpiert und kommentiert. Für *Galen,* der sich selbst als Nachfolger und Vollender des Hippokrates begriff, war er unfehlbare Autorität.

**hippotigris:** Zebra. Wörtlich: Tigerpferd.

**Hygieia:** Tochter des *Asklepios*. Göttin der Gesundheit. Wird oft mit Füllhorn dargestellt.

**Ianiculum:** Hügel am rechten Tiberufer.

**iatreion:** Arztpraxis (lat. taberna medicae). Wohlhabende Patienten ließen sich Ärzte ins Haus kommen, andere suchten den Arzt in seiner Praxis auf. Eine taberna medicae unterschied sich architektonisch nicht von anderen Tabernen. Sie war spärlich möbliert: Truhen, Kästen für Instrumente, Medikamente, Tücher und Bandagen, Gefäße für Wasser, Öl und Wein, Stühle, Schemel, Liegen. Manche Ärzte verfügten neben dem Behandlungsraum über einen Lazarettraum, in dem z.B. frisch Operierte für ein paar Tage zur Beobachtung und Pflege blieben. Krankenhäuser gab es nicht im zivilen Bereich (nur im Heerlager). Die Ärzte wurden von »Assistenten« unterstützt (Lernenden). Es kam öfter vor, dass eine Praxis von einem Ärzteehepaar betrieben wurde.

**Iatrosophist:** rhetorisch geschulter Arzt und Schriftsteller, der sich mit gelehrten Debatten in Szene setzt. Obwohl sich *Galen* gegen diese Bezeichnung wehrte, war auch er ein Iatrosophist, der sich aber auch als praktischer und wissenschaftlicher Arzt hervortat.

**Incubation:** Tempelschlaf, bei dem es zu einer »heilwirksamen Begegnung« zwischen dem Kranken und dem Gott kommt, wobei auch Traumweisungen erfolgen.

**Incubationsmantik:** Weissagung durch Tempelschlaf.

**in vino et venere:** in Sachen Wein und Liebe.

**in vivo:** am lebendigen Objekt.

**Irenaeus von Lyon:** Schüler des *Polykarpos aus Smyrna*. Seit 177 Bischof von Lyon. Verfasser der fünf Bücher gegen die Häresien, in denen er den Inhalt zahlreicher »Irrlehren« seiner Zeit darstellt und zugleich eine Darlegung und Verteidigung des »orthodoxen Glaubens« vornimmt. Missionarische und schriftstellerische Tätigkeit in Gallien. Vorkämpfer der Orthodoxie. Vermittler zwischen westlichen und östlichen Gemeinden zur Wahrung der Einheit. Legte Wert auf äußerlich sichtbare Gemeinde, bischöfliche Sukzession und Sakramente. Seine stark gesetzlich geprägte Vorstellung über das Christentum widerspiegelt die zunehmende Institutionalisierung, die sich im zweiten Jahrhundert vollzog.

**Iustinus** (100-165): aus wohlhabender paganer Familie in Flavia Neapolis (Nablus). Philosoph platonischer Prägung, der sich aber mit allen philosophischen Schulen befasst hatte. Seit er Christ war (vor 135), widmete er sich der Aufgabe der Adaptation griechischer Philosophie für die christliche

Lehre. Auch als Christ wollte er als Philosoph wahrgenommen werden und trug stets den Philosophenmantel. In Rom gründete er eine eigene philosophische Schule. Während der Regierungszeit des *Marcus Aurelius* wurde er in einem Prozess vom Stadtpräfekten Iunius Rusticus wegen Verweigerung der römischen Opfer (mangelnde Staatsloyalität) verurteilt und hingerichtet. Von seinen Werken sind die beiden *Apologien* und der Dialog mit dem Juden Tryphon erhalten. Er verfasste eine Häretikerliste, die erste zusammenhängende Schrift gegen *gnostische* Lehren (Irrlehren). Dieses Werk (syntagma) ist nicht erhalten, diente aber als Hauptquelle für Irenaeus. In die Kirchengeschichte ging er als *Apologet* ein.

**kairos:** griechischer philosophischer Begriff für den rechten Zeitpunkt, die günstige Stunde, den entscheidenden Augenblick, den man nicht ungenutzt verstreichen lassen soll. In der griechischen Mythologie wird Kairos als Gottheit personifiziert. Eine berühmte Bronzestatue des Lysippos (4. Jh. v. Chr.) zeigte den Gott als dahineilenden jungen Mann mit Flügelschuhen, Stirnlocke, aber kahlem Hinterkopf. Die günstige Gelegenheit muss man beim Schopf ergreifen. Wer zögert, bekommt nichts mehr zu fassen. In einem Epigramm verfasste Poseidippos von Pella (3. Jh. v. Chr.) folgenden Dialog:

Woher kommt dein Schöpfer?
Aus Sikyon.
Wie heißt er?
Lysippos.
Wer bist du?
Ich bin Kairos, der alles bezwingt.
Warum läufst du auf Zehenspitzen?
Ich laufe beständig.
Warum hast du Flügel an den Füßen?
Ich komme plötzlich wie der Wind.
Warum hast du in der rechten Hand eine Schneide?
Um den Menschen zu zeigen,
dass ich schärfer zertrenne als alle anderen.
Warum fällt dir eine Haarlocke in die Stirn?
Damit mich ergreifen kann, wer mir begegnet.
Warum bist du am Hinterkopf kahl?
Wenn ich einmal vorbeigeflogen bin,
wird mich keiner von hinten ergreifen, sosehr er sich auch bemüht.
Warum hat dich der Künstler geschaffen?
Euch Wanderern als Denkanstoß.

**Kalanos:** Brahmane, der sich in Indien zur Zeit Alexanders des Großen auf dem Scheiterhaufen verbrennen ließ.

**kalliblepharon** (gr.: schönes Augenlid): schwarze Augenschminke. Antimonpräparat.

**Kelsos:** Adressat der *Lukianschrift* über *Alexandros von Abonuteichos*. Ob es sich um den Kelsos (Celsus) handelt, der um 178 die kritische Schrift (wahre Lehre) zu den theologischen Positionen der christlichen Lehre geschrieben hat, lässt sich nicht feststellen. In den Augen von Celsus unterschied sich die christliche Lehre nicht grundsätzlich von anderen Mysterienkulten. Der Kyrios Iesous Christos als Mysteriengottheit, der vom Tod durch Auferstehung zum Leben gelangt. Teilhabe und Erlösung der Gläubigen durch Initiation (Taufe) und Rituale der Kultfeier (Herrenmahl). Geheimhaltungspflicht gegen außen. Ein entscheidender Unterschied lag allerdings in der Distanz und Intoleranz gegenüber anderen Kulten, was in der Antike große Ablehnung hervorrief.

**Kerdon** (lat. Cerdo): früher syrischer *Gnostiker*. Lehrer(?) des *Markion*. In Rom um 140.

**Klaros:** Kult- und Orakelstätte des *Apollon* in Ionien.

**klepsydra** (auch klepshydra, wörtlich Wasserdieb): Wasseruhr, die bei Gerichtsverhandlungen zur Zeitmessung eingesetzt wurde.

**Korporationen** (corpora, collegia) in Ostia: Vereinigung von Reedern, Handelsleuten und Schiffshandwerkern, wobei es die Vorgesetzten waren, die sich zusammenschlossen und ihre Interessen in diesen Organisationen vertraten. Sie hatten Versammlungshäuser und hinterließen zahlreiche Inschriften und Monumente.

**Korybanten:** Begleiter und Diener der phrygischen Göttin Kybele (*Magna Mater*). Die Korybanten führten orgiastische Tänze auf, stießen wilde Schreie aus, verrenkten die Glieder und fügten sich Verletzungen zu. Priester der Kybele entmannten sich selbst, was dann seit Domitian im Römischen Reich verboten wurde.

**Kothon:** künstlich angelegtes Hafenbecken, durch einen Kanal mit dem Meer verbunden. Der Kothon von Karthago (Doppelhafen) bestand aus einem rechteckigen Handelshafen und einem inneren runden Kriegshafen, in dem 220 Schiffe Platz fanden. Auf einer Insel in der Mitte befanden sich Werften und Gebäude des Flottenkommandos.

**Kyniker:** philosophische Schule, gegründet von Antisthenes, einem Schüler des *Sokrates*. Die Kyniker hatten ihren Namen ursprünglich vom athenischen Gymnasium Kynosarges, später wurde er zunehmend auf ihre Lebensweise bezogen (*kynisch*). Für Kyniker war eines der Hauptziele des Lebens die Unabhängigkeit, die sie mittels Bedürfnislosigkeit und einer kritischen Haltung gegenüber Familie und Staat zu erreichen suchten. Sie provozierten mitunter die Mitbürger, was ihnen einen schlechten Ruf eintrug. Zwischen Antisthenes und Platon bestand ein gespanntes Konkurrenzverhältnis.

**kynisch:** das griechische »kynikos« bedeutet wörtlich hündisch. Nach Art des Hundes.

**kyriai doxai:** Werk *Epikurs*; eine Sammlung von vierzig Lehrsätzen.

**lararium:** Hausaltar, an dem die Schutzgötter des Hauses und der Familie verehrt wurden.

**Lemuren:** böse Geister. Geister von Verstorbenen, die zurückkommen um die Lebenden zu plagen.

**Lepidus von Amastris** (Tiberius Claudius Lepidus): Priester des Kaiserkults. *Epikureer*.

**Leptis Magna** (Lepcis Magna): prächtige Stadt in der *Tripolitania*. Phönizische Gründung. In römischer Zeit erlangte Leptis Bedeutung und Wohlstand als Handelszentrum für exotische Tiere (Löwen und Elefanten), die von den Garamanten über den Transsaharahandel geliefert wurden. Seit *Traian*: colonia mit römischem Bürgerrecht.

**lex Cornelia** (de sicariis et veneficiis): Gesetz über Tötung und Giftmischerei, das auch bei Schadenzauber zur Anwendung kam.

**liberta/libertus:** Freigelassene(r). Durch *manumissio* aus dem Sklavenstand Entlassene(r).

**Libo** (Marcus Annius Libo): Cousin (väterlicherseits) des *Marcus Aurelius*. Ab 162: Legat von Syrien. Starb 163 in Syrien unter ungeklärten Umständen.

**Logiater:** aus gr. logos (Wort) und iatros (Arzt). Arzt, der seine Zeit mit Vorträgen und Reden verbringt statt am Krankenbett. Galenos wehrte sich gegen das Image eines Logiaters und *Iatrosophisten*, obwohl er sehr wohl von den Mitteln der Sophistik Gebrauch machte, um in gebildeten Kreisen auf sein Können aufmerksam zu machen.

**Lucilla** (Annia Aurelia Galeria Lucilla): Tochter des *Marcus Aurelius* und der *Faustina minor*. Geboren am 7.3.150 (oder 149). Heirat mit *Lucius Verus* 163 oder 164 in Ephesos. Aus dieser Verbindung entstand eine Tochter. Nach dem Tod des Lucius Verus wurde sie gegen ihren Willen in zweiter Ehe mit Claudius Pompeianus verheiratet, einem alten General des Marcus Aurelius. Sie selbst hätte den jüngeren Avidius *Cassius* vorgezogen.

**Lucius Verus** (130-169): Sohn des von Hadrian adoptierten Lucius Ceionius Commodus. Mitregent des Kaisers *Marcus Aurelius*. Regierungszeit 161-169. Führer des parthischen Feldzuges. Lebensfroher Mensch und passionierter Liebhaber von *Pferderennen*. Starb 169 entweder an einem Schlaganfall oder an der Seuche.

**ludi Romani** (Römische Spiele), auch ludi magni (Große Spiele): gehörten zu den ältesten römischen Kultfeiern (zu Ehren Iuppiters). Sie wurden jährlich vom 4.-19. September gefeiert und beinhalteten immer auch Wagenrennen im *Circus Maximus.*

**ludus:** Gladiatorenschule. Trainingsplatz der Gladiatoren.

**Lugdunum:** Lyon.

**Lukianos von Samosata** (Lukian): geb. um 120 am Euphrat (Syrien). Gemäß Eigenzeugnis war er aus einfacher Familie. Rhetor, Gerichtsredner, freier Schriftsteller. Lebte viele Jahre in Athen. Zahlreiche Reisen (Olympia, Rom, Gallien). Im Alter nahm er eine Stelle beim Statthalter von Alexandria an. Sein Todesjahr ist ungewiss (180 / 200). Er schrieb auf Griechisch, im attischen Stil der Klassik. Es sind etwa 70 Werke erhalten. In seinen Dialogen behandelt er gesellschaftliche, philosophische und theologische Fragen mit bissiger Kritik. Seine Kritik an *Alexandros von Abonuteichos* fließt in den vorliegenden Roman ein. Der Roman hält sich eng an Lukians Werk. Orakelsprüche sind wörtlich von ihm übernommen.

**lykion:** arzneilich verwendeter Sud aus Zweigen und Wurzeln eines dornigen Strauches, der bis zur Honigkonsistenz eingekocht wird. Lykion wurde in spezifischen Tiegeln aufbewahrt und diente der Behandlung von Geschwüren, Hautkrankheiten und Bissen von tollen Hunden. Es gab verschiedene Sorten von Lykion. Indisches Lykion (in Indien heute noch in Gebrauch) galt als besonders gut.

**Madauros:** Stadt (römische colonia) im numidischen Hinterland an den Südausläufern des Atlasgebirges. Zur Provinz Africa proconsularis gehörig. Im heutigen Algerien.

**madidi dies:** feuchte Tage (*Saturnalien*) wegen der konsumierten Weinmenge.

**Magna Mater:** römische Bezeichnung für die phrygische Göttin Kybele. Der Kult der Kybele wurde 204 v. Chr. nach Rom geholt und entwickelte sich zu einem bedeutenden Mysterienkult mit vielen Anhängern und eigenen Festspielen (*Megalesia*).

**Mallos:** Stadt in Kilikien. Bekannt für ihr Orakel, bei dem, wie in *Abonuteichos*, auch offene Fragen gestellt werden konnten. Alle anderen Orakel erlaubten nur standardisierte Fragen. Das Orakel von Mallos war dem Seher Amphilochos geweiht.

**Mandragora** (Alraune): ihrer Wurzeln wegen, die einer menschlichen Gestalt ähneln, galt die Mandragora schon bei den Ägyptern als Ritual- und Zauberpflanze. Wurzeln und Blätter enthalten giftige Substanzen. Mandragora wurde zur Herstellung von Schmerz- und Schlafmitteln verwendet. Halluzinogene Effekte bei hoher Konzentration.

**Manen:** Geister der Toten, die sich, wenn man sie nicht besänftigt, zu *Lemuren* verwandeln, die die Lebenden plagen und ihnen böse Träume schicken.

**Männertoga:** Der Übergang vom Knabendasein ins Mannesalter (frühester Zeitpunkt mit 14 Jahren) wurde bei freien Römern mit einem feierlichen Fest begangen. Bei dieser Gelegenheit legte der junge Mann die Knabentoga ab und bekleidete sich mit der toga virilis. Diese Feier wurde im Familienkreis durchgeführt und in der Regel auf den 17. März, den Festtag des Bacchus (Liberalia) verlegt.

**manumissio:** Freilassung (wörtlich Entlassung aus der Hand). Im Kontext des Romans: Freilassung aus dem Sklavenstand. Durch die Freilassung wurde aus dem rechtlosen Sklaven ein *»libertus«*, der den Bürgerrechtsstatus und den Namen des Freilassers erhielt. Der Sklave musste im Regelfall dreißig Jahre alt sein. Ein Freilassungsvertrag regelte die Verpflichtungen, die er nach der Freilassung seinem ehemaligen Herrn gegenüber einzuhalten hatte. Ein Freigelassener der ersten Generation hatte noch nicht volle politische Rechte, wohl aber weitgehend freie Berufswahl. Als Einstieg in den neuen Stand diente das Sondervermögen *(peculium)*, das er als Sklave aufgebaut hatte, oder auch Geldbeträge, die ihm bei der Freilassung übergeben wurden. Begabte Sklaven führten für ihre ehemaligen Herren Geschäfte. In der kaiserlichen Verwaltung konnten Freigelassene zu hohen Positionen aufsteigen. In städtischen Verhältnissen erreichten Sklaven mehrheitlich den Freiheitsstand. Ihr sozialer Status blieb allerdings gering.

**Marcellina:** Vorsteherin einer christlich-gnostischen Hausgemeinde. Laut Origenes brachte Marcellina die Lehre der Karpokratianer in der Zeit von Bischof *Anicetus* nach Rom (154-166). Dort galt sie als Führerin der Karpokratianer (nach ihr auch Marcellianer genannt). Die Gruppe selbst bezeichnete sich als *Gnostiker*. Die Lehre basierte auf einer ausgeprägten Vorstellung von Gemeinsamkeit und Gleichheit. Es wurden Bilder verehrt von Jesus, Pythagoras, Platon, Aristoteles u.a. Wie in vielen gnostischen Schulen beinhaltete die Lehre auch die Vorstellung der Seelenwanderung. In seinen Schriften gegen die Häresien (ca. 180) wandte sich *Irenaeus* auch gegen die Karpokratianer.

**Marcus Antonius:** Geliebter der Kleopatra. Politischer Gegner des Octavian (Augustus) im Kampf um die Herrschaft über das Römische Reich.

**Marcus Aurelius** (121-180): Sohn des früh verstorbenen Annius Verus und der Domitia Lucilla (einer Verwandten Hadrians). Doppelkaisertum mit seinem Adoptivbruder *Lucius Verus*. Verheiratet mit *Faustina*. 13(?) Kinder, von denen die meisten früh starben. Seine Regierungszeit (161-180) war von Kriegen, Seuchen und Meutereien geprägt. Der parthische Krieg wurde unter Verus geführt, während Marcus Aurelius die Verwaltung des Reiches übernahm. Ab 168 war er zumeist an der Donaufront

(*Marcomannenkrieg*). Trotzdem ging Marcus Aurelius (von *Hadrian* liebevoll »Verissimus« genannt), als Philosophenkaiser in die Geschichte ein (Selbstbetrachtungen). In der Nachfolgeregelung wich er von der bewährten Tradition des Adoptivkaisertums ab, indem er lange im Voraus seinen Sohn *Commodus* als Nachfolger aufbaute. Seine Frau *Faustina*, die bei der Rebellion des *Cassius* in die Sache verwickelt war, behandelte er mit Milde. (siehe Zeittafel)

**mare nostrum:** lateinische Bezeichnung für das Mittelmeer. Wörtlich: »unser Meer«.

**margarita:** lat. für Perle. Perlenschmuck war teuer und hoch begehrt bei römischen Frauen. Man kaufte ihn bei speziellen Händlern, die margaritarii hießen.

**Markion** (ca. 85-160): reicher Kaufmann und Reeder aus *Sinope*. Schenkte der christlichen Gemeinde in Rom 200'000 Sesterze. Als er unter Einfluss des Gnostikers *Kerdon* seine eigene Theologie entwickelte und unter Weglassung des Alten Testamentes einen Kanon gültiger Schriften zusammenstellte, der auch bei den neutestamentlichen Schriften sämtliche judenchristlichen Elemente eliminierte, kam es zum Bruch mit den Presbytern Roms. Markion, der (wie Kerdon) den Schöpfergott als geschaffenen Gott begriff, nicht identisch mit dem Vatergott, wurde gegen 144 aus der christlichen Gemeinde ausgeschlossen und gründete eine eigene Kirche. Seine Lehre fand starke Verbreitung bis nach Ägypten und Persien. Gegen ihn wurden zahlreiche *Apologien* geschrieben. Er ging als Erzketzer in die Kirchengeschichte ein. Trotz Verfolgung im dritten und vierten Jahrhundert bestand die markionistische Kirche bis ins sechste Jahrhundert.

**Marcomannen:** germanischer Stamm, der zur Zeit des *Marcus Aurelius* immer wieder in römisches Territorium eindrang. Die Marcomannenkriege (166-180, mit Unterbrechungen) beschäftigten Marcus Aurelius den größten Teil seiner Regierungszeit. Er hielt sich meist im Legionslager Carnuntum auf, in der Nähe von Vindobona (Wien).

**Marser:** Volksstamm im Bergland östlich von Rom. Berühmte Schlangenbezwinger, die die Ärzte und den Markt Roms mit Schlangen für Medizinalzwecke versorgten.

**Martianus:** angesehener Anatom und Philosoph. Älter als *Galen* und lange vor ihm in Rom etabliert, sah er einen unliebsamen Konkurrenten in Galen, der es liebte, sich in spektakulären anatomischen Vorführungen hervorzutun. Er bezichtigte Galen mehrfach der Anwendung von Mantik bei seinen Prognosen, was einem gefährlichen Angriff gleichkam.

**Massilia:** das heutige Marseille. Von Griechen besiedelte Hafenstadt. Auch in römischer Zeit eine blühende Stadt und wichtiger Handelsplatz.

**Maximilla:** Prophetin. Eine der drei Gründergestalten der *Neuen Prophetie*. Nach dem Tod ihrer Mitpropheten *Priscilla* und *Montanus* leitete sie die Bewegung allein. Mit ihrem Tod um 179 verlor die Bewegung an Mitgliedern, da das prophezeite Weltenende, das zu Lebzeiten Maximillas hätte eintreten sollen, ausblieb.

**Megalesia:** alljährlich im April stattfindende siebentägige Feiern zu Ehren der *Magna Mater* (Kybele) mit Spielen im *Circus Maximus*.

**Menippos** (von Gadara): geboren um 330 v. Chr., gestorben um 260. Griechischer Philosoph aus der Schule der *Kyniker*. In seinen satirischen Schriften kombinierte Menippos als Erster Prosa und Verse.

**Mercuriolus:** Verkleinerungsform zu Mercurius, der auch als Gott der Weissagung und Magie galt. Entspricht dem griechischen *Hermes*. Eines seiner Attribute ist der Zauberstab.

**metae:** Wendemarken (je drei kegelförmige Säulen aus Bronze auf einem hohen Sockel) an beiden Enden der *Spina* auf dem Parcours des Hippodroms. Um keine Zeit zu verlieren, versuchten die Rennfahrer die Kurven um die metae möglichst eng zu nehmen, was häufig zu Unfällen führte, z.B. wenn die Wagenachsen die metae berührten.

**Methodiker:** Anhänger der medizinischen Schule der Methode. Es gab in der Antike verschiedene medizinische Traditionen, die sich vor allem in der Frage nach dem Erkenntnisgewinn unterschieden. Ziel der inhaltlich heterogenen Schule der Dogmatiker war im Gegensatz zur Dämonenlehre, die Krankheit als gottgesandt begriff, eine rational begründbare Medizin, die theoretisch spekulativ nach Ursache, Wirkung und Zusammenhängen forscht. Die Empiriker erweiterten ihr Wissen durch Experiment (Autopsie) und Erfahrung (Berichte von Krankheitssymptomen; Therapieübertragung auf Basis des Ähnlichen). Die später aufkommenden Methodiker gingen in einer frühen Phase von drei Basiskrankheiten aus, die mit einigen wenigen Arzneien zu behandeln wären. Man musste nur den Zustand erkennen und das jeweils Gegensätzliche verordnen; dazu benötigte der Arzt keine anatomischen Kenntnisse. Dieser einfache Ansatz wurde aber bald schon differenziert. Im kaiserzeitlichen Rom bezog sich die Konkurrenz der Schulen, die sich alle weiter entwickelt hatten, weniger auf die Verschiedenheit der Inhalte als vielmehr auf den Erfolg und den Ruhm einzelner Persönlichkeiten. Jede Schule brachte ausgezeichnete Ärzte hervor.

**milliarius:** Wagenlenker, der tausend oder mehr Siege errungen hat.

**missus:** einzelnes Rennen, Lauf. Pro Lauf mussten sieben Umrundungen der *Spina* gefahren werden. Die Gesamtstrecke eines missus im *Circus Maximus* betrug etwa 5,5 km.

**modius:** römisches Getreidemaß (etwas weniger als 9 Liter).

**Montanus:** einer der drei Gründerfiguren der *Neuen Prophetie*. Frisch bekehrter Christ. Verstand sich als der eschatologische *Paraklet* aus dem Johannesevangelium 14,16.

**mulsum:** gewürzter Honigwein. Mulsum war bei Griechen und Römern ein sehr beliebtes Getränk. Es galt als appetitanregend, verdauungsfördernd und lebensverlängernd. Laut Plinius antwortete der über hundertjährige Romilius Pollio auf die Frage, wie er sein hohes Alter erreicht habe: »Innen mit Mulsum, außen mit Öl.« Mulsum wurde meistens vor dem Essen oder zur Vorspeise gereicht. Das Anreichen der Vorspeisen wurde deshalb auch als »promulsis« bezeichnet.

**museion:** es gab in Ephesos ein Museion, dessen Organisation dem Museion von Alexandria nachgebildet war und wissenschaftlichen Zwecken diente. Die Ärzte des Museions veranstalteten im Rahmen der *Asklepieia* medizinische Wettkämpfe in vier Disziplinen. Inschriften, in denen Kampfrichter und Sieger benannt werden, sind erhalten.

**Narbonensis** (Gallia Narbonensis): römische Provinz im heutigen Südfrankreich, bereits 123 v. Chr. erobert und früh romanisiert.

**Neue Prophetie** (später auch Montanismus genannt): von *Priscilla*, *Maximilla* und *Montanus* in Phrygien gegründete christlich-charismatische Bewegung mit Naherwartung eines neuen Zeitalters des Geistes, das nach Christi Kommen aussteht. Die Bewegung entstand Mitte des zweiten Jahrhunderts und war um 170 weit verbreitet, denn sie griff den Enthusiasmus der frühchristlichen Gemeinden des ersten Jahrhunderts auf, in denen begnadeten Geistesträgern und Propheten, aber auch Prophetinnen eine besondere Rolle zukam. Die Schriften der Neuen Prophetie sind, da die Bewegung später von der Großkirche verfolgt wurde, nur fragmentarisch als Zitate der Gegner erhalten, sowie für eine späte Phase in den Schriften des Tertullian, der dem Montanismus nahestand. Nach dem Tod der Gründer und dem Ausbleiben der Wiederkunft Christi verkleinerte sich die Bewegung, blieb aber attraktiv, wohl gerade wegen ihrer Kritik an der Verweltlichung des Christenlebens. Sie knüpfte erfolgreich an die in Kleinasien noch im zweiten Jahrhundert lebendige Tradition des urchristlichen Prophetentums an. Das Wiedererstarken des in der Großkirche »bezähmten« Geistes (in Ekstase hervorgebrachte Weissagungen und Orakel) und die Leitungsfunktion von Frauen stießen auf Widerstand. Noch zu Lebzeiten Maximillas versuchte man, die Prophetin auszugrenzen. Später wurden Anhänger der »phrygischen Sekte« exkommuniziert. Der Montanismus existierte als eigene Kirche (mit Patriarchen in Pepuza und Frauen im Priester- und Bischofsamt) trotz Verfolgung bis zur Mitte des sechsten Jahrhunderts, bis er endgültig ausgerottet wurde.

**Nikomedia**: Hauptstadt der Doppelprovinz *Pontus* et Bithynia.

**nomenclator** (Namensnenner): Diener, der seinem Herrn sozusagen sein Gedächtnis lieh, indem er in der Öffentlichkeit neben ihm her ging und ihm alle Namen der Personen einflüsterte, die ihnen entgegenkamen.

**obolos** (pl. oboloi): griechische Münze. 6 Oboloi ergeben eine *Drachme.*

**Oea** (heute Tripolis): Kleinstadt, die mit *Sabratha* und *Leptis Magna* die Tripolis bildete.

**Omphalotomie:** Durchschneiden der Nabelschnur. Abnabelung.

**onyx** (gr.: Kralle): kleines Messer mit spitzer Klinge, das der Chirurg mit einem Ring an seinem Daumen befestigte. Laut *Soranos* wurde das Messer sowohl für die Perforierung wie auch für die Zerstückelung des toten Embryos (*Embryotomie*) verwendet.

**ornatrix:** Dienerin, die für die Frisur der Herrin zuständig war.

**Ovid(ius):** Schriftsteller aus der Zeit des Augustus. Empfahl in seiner »ars amatoria« den Circus als Ort zum Anbändeln. Reitkunst und Pferderennen galten überdies in der Antike als beliebte Metapher für das Liebesspiel.

**Pacorus:** parthischer Klientelkönig Armeniens. Seine Einsetzung markierte den Beginn der parthischen Offensive gegen das Römische Reich (Partherkriege 161- 166).

**palla/pallium:** lat. Bezeichnung für einen Umhang den die Griechen Himation nannten. Unkomplizierter zu tragen, löste er im Alltag des zweiten Jahrhunderts Toga und *Stola* immer mehr ab, obwohl bei hochoffiziellen Anlässen nur Toga und Stola als genügend römisch galten. Pallium ist auch die Bezeichnung für den Philosophenmantel.

**panta rhei:** alles fließt. Verkürzte Formel für einen Ausspruch des Heraklit: »wir steigen in denselben Fluss und doch nicht in denselben, wir sind es und wir sind es nicht.«

**Panthea** (aus Smyrna): Geliebte des Kaisers *Lucius Verus,* die auch nach dessen Heirat mit Annia *Lucilla* an seiner Seite blieb.

**Paphlagonia:** Landschaft am Schwarzen Meer, an der mittleren Nordküste Kleinasiens. Seit 63 v. Chr. zur Provinz *Pontus* und Bithynia gehörig. Wichtigste Stadt: *Sinope.*

**Paraklet:** beistehender Geist der Wahrheit. (Vgl. Joh. 14,16)

**Paullus** (Sergius Paullus): Consular. Stadtpräfektur kurz nach *Galens* Behandlung des Philosophen *Eudemos* (162/163), bei der Sergius Paullus anwesend war. Anhänger der philosophischen Schule des Aristoteles.

**peculium:** Sondervermögen. Hier das Privatvermögen eines Sklaven. Rechtlich gehörte sämtliches Geld, das ein Sklave mit seiner Arbeit verdiente, dessen Herrn. Früh schon gab es die Gewohnheit, dem Sklaven zu erlauben,

Nebenverdienste als privates Vermögen aufzuhäufen. Mit diesem Geld konnte er sich zu gegebener Zeit loskaufen, oder es wurde ihm bei Freilassung als Startkapital (z. B. für die Eröffnung eines Geschäfts) belassen. Es bestand kein rechtlicher Anspruch auf das peculium, vielmehr war es eine freiwillige, wenn auch übliche Zuwendung des Hausherrn an den Sklaven.

**percussor:** Schläger, Mörder (von lat. percutere: schlagen, treffen, erschüttern).

**Peregrinus Proteus:** *Kyniker*, der sich nach den olympischen Spielen von 165 vor großem Publikum auf dem Scheiterhaufen verbrennen ließ. Peregrinus wurde nach seinem Tod kultische Verehrung zuteil. In Palästina: leitendes Mitglied einer Christengemeinde, wo er großes Ansehen genoss. In der Schrift »de morte Peregrini« erwähnt *Lukian* mehrere Versuche des Peregrinus, sich Aufmerksamkeit zu verschaffen: Prophetenreden in Palästina, Selbstgeißelungen in Ägypten, Schmähreden in Rom gegen Kaiser *Antoninus Pius*. In Griechenland hetzte er gegen die römische Herrschaft, in Olympia gegen den Bau der Wasserleitung durch *Herodes Atticus*. Während Peregrinus bei Lukian nur als jämmerliches Beispiel für Ruhmsucht erscheint, finden Zeitgenossen wie Philostratos (Sophistenbiographien) und Aulus *Gellius* (Attische Nächte) lobende Worte für seine Todesverachtung. Besonders gut weg kommt er beim christlichen *Apologeten* Athenagoras (legatio pro Christianis) und späteren christlichen Autoren.

**Peripatetiker:** Anhänger des Peripatos, der philosophischen Schule des Aristoteles, benannt nach den Wandelhallen (peripatoi), in denen der Unterricht erfolgte. Die Peripatetiker hatten ausgeprägte naturwissenschaftliche Interessen.

**Persephone:** von Hades geraubte Tochter der Demeter. Göttin der Unterwelt.

**Perseus**: griechischer Held, Sohn von Zeus und Danaë. In pontischen Städten besonders verehrt. Sein Attribut ist die Sichel, mit der er das Haupt der Gorgo Medusa abschlug.

**Pferderennen:** beliebteste Unterhaltungssparte der Römer. Wagenrennen hatten ursprünglich kultischen Hintergrund. Bis zu Beginn der Kaiserzeit fuhren auch Senatoren Rennen, mit zunehmender Anforderung nur noch Profifahrer. Pro Lauf (*missus*) musste die Rennbahn siebenmal umrundet werden. Es starteten bis zu zwölf Gespanne gleichzeitig. Am häufigsten waren es Vierspänner (*quadrigae*), doch gab es Rennen zwischen Gespannen bis zu zehn Pferden. Die Wagen waren extrem leicht. Die Rennfahrer schlangen die Zügel um die Taille. Fiel einer aus dem Wagen, war seine einzige Rettung der Dolch, der im Gürtel steckte. Die *Preisgelder* waren enorm, ebenso das Risiko. Unfälle (naufragia) waren häufig. Erfolgreiche Rennfahrer wurden zu Multimillionären und Idolen wie heutige Fußballstars. Auf die Rennen wurde gewettet.

**philiatros** (griechisch phil-iatros): Liebhaber der Arzneikunst. Im zweiten Jahrhundert gehörten medizinische und anatomische Kenntnisse zur Allgemeinbildung. Philosophen, Schriftsteller, Politiker besuchten anatomische Vorführungen und medizinische Debatten. Sie bevölkerten die Krankenzimmer, um angesehene Ärzte bei der Behandlung zu erleben.

**Philologen:** *Galen* und andere seiner Zeit benutzen den griechischen Begriff »philologoi« zur Bezeichnung der geistigen Elite. Wir würden heute von »Intellektuellen« sprechen.

**Piraeus:** Haupthafen Athens.

**Plinius** (minor): Anwalt und Senator unter Domitian, Nerva und *Traian*. Als einer von wenigen fand Plinius an den Wagenrennen im *Circus Maximus* gar keinen Gefallen. In einem Brief an einen Freund schrieb er: »Wenn jedenfalls die Schnelligkeit der Pferde oder die Kunstfertigkeit der Lenker sie interessierte, wollte ich noch nichts sagen; jetzt aber begünstigen sie nur ein Stück Tuch, lieben nur ein Stück Tuch, und ließe man während des Laufs, mitten im Kampf, die Farben ihre Plätze tauschen, dann würde auch ihr Eifer und ihre Gunst den Platz wechseln und sich unversehens abwenden von jenen Lenkern, jenen Pferden, die sie schon von weitem kennen, die sie beim Namen rufen. Solchen Reiz, solche Wirkung hat eine einzige billige Tunika – ich übergehe sie beim Pöbel, der noch billiger ist als die Tunika, aber auch bei manchen ernstzunehmenden Männern. Wenn ich bedenke, dass sie bei einer so seichten, albernen, eintönigen Sache herumsitzen und nicht genug bekommen können, dann macht es mir doch einiges Vergnügen, dass mir das kein Vergnügen macht.« (Plinius minor ep. 9,6)

**Plotina:** Frau des Kaisers *Traian*. *Epikureerin*. Aus Nemausis (Nîmes). Sie war es, die am Hof unermüdlich daran arbeitete, *Hadrian* als Nachfolger für Traian aufzubauen. Arrangierte die Ehe mit *Vibia Sabina*. In Hinblick auf eine Adoption des Hadrian gab es massiven Widerstand, gegen den sich Plotina erfolgreich durchsetzte. Gemäß Cassius Dio (Historiker) hielt sie den Tod ihres Gatten mehrere Tage geheim, bis ein Eilbote die von ihr geschriebene Adoptionsurkunde an den Senat von Rom übermittelt hatte.

**podagra:** Fußgicht. Volkskrankheit im alten Rom. *Lukian* schrieb eine Satire darüber.

**Podaleirios:** heilkundiger Sohn des *Asklepios*. Arzt der Griechen vor Troia.

**Polykarpos von Smyrna:** Bischof von Smyrna. Besuchte Rom (155), um gegen die Häresien aufzutreten. Seine Autorität war stärker als die des *Anicetus*, da sich, im Unterschied zum Osten, in Rom das Amt des monarchischen Bischofs erst herauszubilden begann. Polykarpos kämpfte gegen zahlreiche Häresien, bevor er im hohen Alter starb. Der Martyrertod ist umstritten, da der Bericht über das Martyrium stark stilisiert ist, um eine Parallelität zum Leiden Christi herzustellen. Die meisten »Martyrerakten« sind nicht echt. Sie sind zum Teil frei erfunden (zur Ehrung des Verstorbenen), oder sie beruhen auf alten Berichten, die später stark ausgeschmückt wurden.

**pompa circensis:** feierlicher Festzug zu Beginn der *Pferderennen*, der an den kultischen Hintergrund der Spiele erinnert. Der Festzug wurde vom Veranstalter der Spiele angeführt und folgte stets derselben Route vom Capitol über das Forum Romanum zum *Circus Maximus*, wo der Zug die Rennbahn einmal umrundete.

**Pontianus** (Sicinius Pontianus): ältester Sohn *Pudentillas* und des *Sicinius Amicus*. Studienfreund des *Apuleius*. Verheiratet mit der Tochter des *Herennius Rufinus*. (siehe Stammbaum Sicinii)

**Pontos:** von Griechen besiedelte Landschaft an der Küste des Schwarzen Meeres. Seit 63 v. Chr. (Mithridatischer Krieg) zur Doppelprovinz Pontus et Bithynia zusammengefasst.

**Pontos Euxeinos/Axeinos:** das Schwarze Meer. Die griechische Bezeichnung »gastliches Meer« ist ein Euphemismus, denn es handelte sich eher um ein »ungastliches Meer« (axeinos), seiner heftigen Stürme wegen, die die Seefahrt stark erschwerten.

**Portus:** Hafen bei Ostia, 25 km südwestlich von Rom. Ausgehend von Hafengebäuden, Speichern und Verwaltungseinheiten hat sich Portus zu einer eigenen Stadt entwickelt. Ostia und Portus waren für Rom von höchster Bedeutung, da der Hafen in Rom (Emporium) nur für leichte Boote zugänglich war.

**praetor:** hohes politisches Amt. Der Praetor hatte für das Volk auch Spiele auszurichten.

**Praxiteles:** berühmter griechischer Bildhauer der Spätklassik in Athen (ca. 390-320 v. Chr.). Schöpfer der jugendlichen Götterideale.

**Preisgelder:** die Gagen und Preisgelder der Wagenlenker waren exzessiv (bis zu 60'000 Sesterzen pro Rennen). Stars des *Circus Maximus* waren mehrfache Millionäre. Das Risiko, das sie eingingen, war allerdings entsprechend.

**Priscilla:** Prophetin. Eine der drei Gründergestalten der *Neuen Prophetie*.

**Priscus** (Marcus Statius Priscus): römischer Politiker, Senator und Militärführer. Er wurde 162 von seiner Legatur in Britannien abkommandiert, um als Nachfolger des Marcus Sedatius *Severianus* die Legatur der Provinz Cappadocia zu übernehmen. Als dux (General) des Kaisers *Lucius Verus* kam ihm im Parthischen Krieg eine bedeutende Rolle zu. Er eroberte die alte armenische Hauptstadt Artaxata und legte eine neue an. Priscus starb hochbetagt, noch während des Krieges.

**prolapsus uteri:** Gebärmuttervorfall.

**prorrhesis:** Ankündigung des Ritualbeginns.

**Pudens:** jüngerer Sohn *Pudentillas* und des verstorbenen *Sicinius Amicus*. Formeller Ankläger im Prozess gegen *Apuleius*. Zum Zeitpunkt des Prozesses noch im Jugendalter.

**Pudentilla:** reiche (4 Millionen Sesterze) Witwe des *Sicinius Amicus*, die nach 14 Jahren Witwenschaft in zweiter Ehe den wesentlich jüngeren *Apuleius* heiratete. Sie lebte in *Oea*, hatte aber auch Landbesitz außerhalb der Stadt.

**pulvinar:** Götterpolster (von lat. pulvinus: Kissen). Pulvinar nennt man auch die tempelartige Loge an der Längsfront des *Circus Maximus* (auf der Seite zum Palatin), in die die Götterbilder gebracht wurden. Gemeinsam mit den Göttern schauten sich die Mitglieder der kaiserlichen Familie die Wagenrennen an. Es war nicht nur der beste Platz, um zu sehen, sondern auch, um gesehen zu werden.

**purgieren:** lat. reinigen. In der Medizin des *Hyppokrates* ging man davon aus, dass Krankheiten durch ein Ungleichgewicht der Säfte entstehen (Blut, Schleim, schwarze Milz-, gelbe Lebergalle). Purgieren war ein entsprechend beliebtes Verfahren, sei es durch den Darm (Abführmittel) oder durch Erbrechen.

**quadriga:** Gespann mit vier Pferden. In einem Wagenrennen konnten vier bis zwölf Quadrigen gegeneinander antreten.

**Quartanfieber:** Wechselfieber, das jeweils am vierten Tag (bei Mitzählen des ersten Fiebertages) wieder eintritt. Das Quartanfieber des *Eudemos* war offensichtlich eine Malariaerkrankung. Viele Römer litten unter Malaria. Da man gehäuft Malariafälle in Sumpfgebieten beobachtete, begann man, Sümpfe und Flussdelten trockenzulegen. Damit gelang es, die Malaria in Italien entscheidend zurückzudrängen.

**Rumas Schriftrollen:** beschreiben Ereignisse in Rom und Nabataea zwischen 67 und 75. Eine sektiererische Gruppe von Zeloten will die römische Herrschaft stürzen, um einen Gottesstaat zu errichten. Es ist die Zeit des Judäischen Aufstands. Ruma (Charis' Urgroßvater), der damit beauftragt ist, den Anschlag zu vereiteln, beschreibt die Geschehnisse aus seiner Sicht. Zu lesen in: *Im Bauch des Imperiums von Susanne Cho (Skepsis Verlag, 2009).*

**Rutilianus** (P. Mummius Sisenna Rutilianus): römischer Consular. Angehöriger der Reichsaristokratie. Heiratete zwischen 162 und 165 als Sechzigjähriger die Tochter des Propheten *Alexandros von Abonuteichos*. Gestorben zwischen 172 und 175.

**Sabardalachu malachaattealos en**: fremdländisch klingende Worte ohne Bedeutung.

**Sabratha:** Stadt in der *Tripolitania*, in der der Proconsul regelmäßig Gericht hielt. Ein Kapitalverbrechen wie Magie konnte nicht von lokalen Gerichten behandelt werden.

**Sacerdos:** die Figur des Sacerdos ist aus *Lukians* »Alexandros oder der Lügenprophet« entnommen. Das eingefügte dialogische Orakel ist ein Zitat aus Lukians Werk.

**Samosata:** syrische Stadt am Oberlauf des Euphrat (in der heutigen Türkei) auf der Route von Damaskus, Palmyra nach Armenien und ans Schwarze Meer. (siehe Karte)

**Saturnalia**: ursprünglich ein Fest zur Feier des Abschlusses der Ackerarbeit zu Ehren des Landbau-Gottes Saturn am 17. Dezember. Das Fest begann mit einem Opfer und anschließendem Gelage, das sich bis in die Nacht hinzog. Aus diesem Brauch entwickelte sich das tollste und beliebteste Fest, das zusammen mit den anschließenden *sigillaria* sieben Tage währte (17. bis 23. Dezember) und im ganzen Imperium gefeiert wurde. Merkmale der Saturnalien waren der egalitäre Grundzug und die fröhliche Ausgelassenheit, die ein Ausbrechen aus dem Alltag ermöglichten. Grundzüge der »tollen Tage« leben im Karneval fort, während der Brauch der Beschenkung während der sigillaria im Weihnachtsfest aufgegriffen worden ist.

**Satyros:** Arzt in Pergamon. Lehrer des *Galenos* von Pergamon.

**Sesterz** (sestertius): römische Münze, Hauptrecheneinheit. 1 sestertius entspricht 4 *asses*.

**Seuche/Antoninische Pest:** Krankheit, die die römischen Legionen nach dem Partherkrieg aus dem Osten (Nisibis) ins ganze Reich bis nach Rom trugen. Unklar ist, um welche Art von Seuche es sich handelte. Man nimmt an, dass es eine virulente Art von Pocken war. In Rom wütete die Pandemie ab 166 in mehreren Wellen. Sie forderte zeitweise 2000 Tote täglich. Letztes Aufflackern der Seuche unter *Commodus* in den späten 180er Jahren.

**Severianus** (Marcus Sedatius Severianus): Legat von Cappadocia. Führte 161 den Gegenstoß gegen die Parther, nachdem sie das römische Klientelkönigtum Armenien besetzt hatten. Nach der vernichtenden Niederlage in der Schlacht bei Elegeia beging Severianus Selbstmord. (Vgl. Zeittafel)

**Severus** (Gnaeus Claudius Severus): erstes Consulat spätestens 162, zweites Consulat 173. Heiratete um 167 in zweiter Ehe Annia Aurelia Galeria Faustina, die Tochter des *Marcus Aurelius*. Mittelpunkt intellektueller Kreise in Rom. Peripatetiker. Hatte großen Einfluss auf Marcus Aurelius. Über seine Fürsprache wurde *Galen* Hofarzt. Sein Großvater, Gaius Claudius Severus, war von 106-116 erster römischer Statthalter der neuen Provinz Arabia Petraea (ehemals Nabataea).

**Sicinii:** bekannte, inschriftlich bezeugte Familie. (siehe Stammbaum Sicinii)

**Sicinius Aemilianus:** Schwager *Pudentillas*. Drahtzieher im Prozess gegen *Apuleius*. Aemilianus hatte wohl den jungen *Pudens* als Ankläger vorgeschoben, um selber den möglichen Folgen einer Verleumdungsklage zu entgehen. (siehe Stammbaum Sicinii)

**Sicinius Amicus:** verstorbener Ehemann *Pudentillas*. (siehe Stammbaum Sicinii)

**Sicinius Clarus:** Schwager *Pudentillas*, der sich nach dem Tod seines Bruders vergeblich um Pudentillas Hand bewarb. (siehe Stammbaum Sicinii)

**sigillaria:** Festtage, die sich an die *Saturnalien* anschlossen. Zu dieser Gelegenheit beschenkte man sich mit kleinen Gaben, ursprünglich ausschließlich Wachskerzen und Tonfigürchen (sigillaria). Später erweiterte sich die Vielfalt der Geschenke und reichte von Gewürzen, Gemüse und Obst zu Fleischwaren (Schinken, Spanferkel, Ente) und Fisch (Muräne, Barsch, Austern) bis zu Haushaltgegenständen, Kleidung, Kosmetika und Büchern. Am Vicus Sigillarius gab es einen speziellen Markt für die Glücksgaben, die man seinen Freunden und Bekannten mitbrachte oder überbringen ließ.

**Sinope:** wichtigste Hafenstadt der Provinz *Pontus* und Bithynien. Kultur- und Handelszentrum am Schwarzen Meer seit der Bronzezeit. Griechische Besiedelung seit dem siebten Jahrhundert v. Chr. (Koloniegründung der ionischen Stadt Milet). In römischer Zeit (seit 64 v. Chr.) verlor die Stadt an Einfluss.

**Sokrates:** griechischer Philosoph, der 399 v. Chr. in Athen wegen angeblich verderblichem Einfluss auf die Jugend und Missachtung der Götter zum Tod durch den Schierlingsbecher verurteilt wurde.

**Soranos von Ephesos:** berühmter Arzt in Rom während der Regierungszeit *Traians*, *Hadrians* und evt. des *Antoninus Pius*. Studium in Smyrna und Alexandria. *Methodiker* und *Epikureer*. Erhalten sind seine gynäkologischen Schriften; er schrieb aber auch über chronische Krankheiten, Hygiene und Chirurgie. Obwohl er der Schule der Methodiker angehörte, legte er großen Wert auf Anatomie.

**sparsor** (wörtlich: Besprenger): Sparsoren hatten während der Wagenrennen die Aufgabe, Wagenachsen und Pferdehufe mitten im rasenden Lauf mit Wasser zu benetzen.

**Sperling:** Käfigvögel waren bei den Römern beliebte Liebesgeschenke.

**Speudusa** (schnell laufend): inschriftlich bezeugter Name einer Rennstute.

**spina** (wörtlich Rückgrat): Trennmauer im Längsverlauf der Arena. Ein Rennen (*missus*) bestand aus sieben vollen Umrundungen der Spina im Gegenuhrzeigersinn. Auf der Spina waren jeweils außer diversen Statuen und

Altären auch die Rundenzähler angebracht. Wahrzeichen des *Circus Maximus*: der Obelisk, den Augustus als Erinnerung an die Eroberung Ägyptens auf die Spina stellen ließ. (siehe Karte)

**stola:** reich gefälteltes Kleid mit V-Ausschnitt und Saumbesatz, das vom Hals bis über den Knöchel alles zu bedecken hatte. Ehrengewand, das den Status einer Frau betonte, entsprechend der Toga beim Mann. Über der Stola wurde die *Palla* getragen.

**suburbanum:** Landgut in unmittelbarer Nähe Roms. Vorstadtvilla.

**Syria Palaestina:** nach dem Bar Kochba Aufstand wurde die Provinz Iudaea im Jahr 135 Syrien angegliedert und in Syria Palaestina umbenannt. Jerusalem wurde unter *Hadrian* neu aufgebaut unter dem Namen Aelia Capitolina.

**Tachygraphist:** gr. Schnellschreiber. Eine Art Stenograph, der Vorlesungen, Debatten und Kommentare zu anatomischen Vorführungen schriftlich festhielt. *Galenos* unterhielt eine gewisse Anzahl Tachygraphisten, denen er seine Vorlesungsnotizen diktierte. Die Bildungselite verfügte aber auch selbst über Tachygraphisten, die sie an Veranstaltungen schickten, die sie nicht selber besuchen konnten.

**Tannonius** (Tannonius Pudens): Rechtsbeistand des jungen *Pudens* im Prozess gegen *Apuleius*.

**Tänzer:** Seit Pylades (22 v. Chr.) begann sich in Rom eine neue Aufführungsform der Tragödie durchzusetzen, indem der Vortrag von der Bewegung getrennt wurde. Ein einziger, jeweils unterschiedlich maskierter und kostümierter Schauspieler hatte den gesamten Stoff in einer Abfolge von solistischen Szenen mit Tanzeinlagen darzustellen. Der Pantomimus sprach dabei kein Wort. Er wurde von einem Orchester und dem Chor, der relevante Texte rezitierte, begleitet. Durch diese Form, einem Gesamtkunstwerk mit aufwendigem Bühnenbild, das unserer Oper oder dem Musical recht nahe kommt, erlebte die Tragödie, die in ihrer erstarrten Form dem Untergang geweiht war, in der Kaiserzeit einen neuen Aufschwung. *Lukian* schrieb darüber einen Traktat.

**Tauros** (Lukios Kalbenos Tauros): Philosoph aus Berytos (Beirut). Lehrte im zweiten Jahrhundert Platonische Philosophie in Athen (Mittelplatonismus).

**Telesphoros** (gr.: der das Ziel trägt): Der Vollender, der das Leiden beendet. Gottheit der Genesung, die hilft, ein gutes Ende für jedes Vorhaben zu finden. Genius der geheimen Lebenskraft. Er wurde angerufen, um vor Rückfällen einer Krankheit zu schützen. Erscheint oft neben *Asklepios* und *Hygieia*, dargestellt als kleiner barfüßiger Knabe, in einen Kapuzenmantel gehüllt. Ursprünglich wohl ein keltischer Gott. Als römischer Kult erst im ersten Jahrhundert n. Chr. eingeführt. Galt in späten Zeiten als Spross des Asklepios.

**Terentia:** Gattin des *Avitus*. Schwester des Decimus Terentius Gentianus, der wegen zu großen militärischen Erfolges unter *Traian* bei *Hadrian* in Ungnade fiel.

**Theriak:** ursprünglich als Gegengift entwickelt. Viele Herrscher nahmen ihn täglich ein, um sich gegen Giftanschläge zu immunisieren. Die Zusammensetzung wurde im Lauf der Zeit immer komplizierter. *Galen*, Theriakhersteller des *Marcus Aurelius*, nennt eine Rezeptur mit über sechzig Ingredienzien (unter anderem Opium, Vipernfleisch, Entenblut, Galle von Stieren und Bären). Galen berichtet, der Kaiser habe Theriak täglich eingenommen, nicht nur als Gegengift, sondern auch gegen Schmerzen, und um den Kriegsalltag an der Front durchzustehen. Beim Versuch, die Substanz abzusetzen, erlitt der Kaiser gravierende Entzugserscheinungen, sodass er den Versuch schnell abbrach. Zur Zeit des Marcus Aurelius wurde Theriakkonsum in der Oberschicht Mode.

**Tieion** (auch Tios): kleines Städtchen an der Küste des Schwarzen Meeres, in der Nähe von *Amastris*.

**Timokrates von Herakleia:** Philosoph und Rhetor. Schüler des Musonius Rufus (Stoiker).

**Tolosa:** das heutige Toulouse im Süden Frankreichs.

**Tomis** (heute Constanta, Rumänien): römische Stadt an der Westküste des Schwarzen Meeres. Verbannungsort des Dichters *Ovid*. Ursprünglich eine ionische Kolonie, gegründet von Milet. In Constanta wurde eine große Skulptur des Neuen Asklepios *Glykon* (Schlange mit Menschenkopf und Haaren) ausgegraben.

**Totengespräche:** von *Lukian* verfasste Dialoge zwischen berühmten Toten (Homerische Helden, Feldherren, Philosophen).

**Traian(us):** Regierungszeit 98-117. Unter ihm erreichte das Römische Reich seine größte Ausdehnung. Auch Nabataea wurde unter Traian im Jahr 106 ins Römische Reich integriert. Nach seinem Sieg über die Daker ließ er in Rom das Traiansforum und die Traianssäule errichten.

**Tribunal:** Tribüne. Hochsitz für das Richtergremium.

**Tripolitania:** Landschaft im heutigen Libyen. Teilgebiet der Provinz Africa proconsularis. Namensgebend waren die drei phönizischen Städte *Leptis Magna*, *Sabratha* und *Oea*.

**Triumphzug für den siegreichen Partherkrieg:** 12. Oktober 166. Geehrt wurden *Lucius Verus* und *Marcus Aurelius* gemeinsam.

**Troiaspiel:** Reiterparade ausgeführt von den Söhnen der Aristokratie.

**Tyche:** griechische Göttin des Glücks, der glücklichen Fügung. Ihr entspricht in etwa die römische Göttin *Fortuna*.

**urinator:** Taucher.

**Valentinus:** christlich-*gnostischer* Lehrer. Vorsteher einer Schule an der Via Lata vor den Toren Roms. Vermutlich ägyptischer Herkunft, ausgebildet in Alexandria. Lehrte in Rom mindestens 15 Jahre lang unangefochten als theologischer Lehrer in ähnlicher Stellung wie sein Zeitgenosse *Iustinus*. Von *Polykarpos von Smyrna* und *Irenaeus von Lyon* als Erzketzer bekämpft. Verließ Rom vermutlich unter *Anicetus* (155-166), um seine Lehrtätigkeit in Zypern fortzusetzen. Anders als *Markion* scheint Valentinus nicht abrupt mit der Großkirche gebrochen zu haben. Vielmehr blieben Verbindungen bestehen, trotz mehrfachen Ausschlusses. Seine Schüler (Ptolemäus, Herakleon, Florinus, Theodot) entwickelten eigene Formen des Valentinianismus.

**Veneralia:** am 1. April gefeiertes Fest zu Ehren der Venus.

**Vestalin:** Priesterin der Vesta (Göttin des Herdes). Vestalinnen hatten bis zum Ende ihres dreißigjährigen Tempeldienstes Jungfrauen zu sein. Brachen sie das Gebot, drohte ihnen die Todesstrafe.

**Vibia Sabina** (86-136): Ehefrau des Kaisers *Hadrian*. Die Ehe, die von *Traians* Gattin *Plotina* arrangiert worden war, galt als unglücklich und blieb kinderlos.

**vicus Sandaliarius:** Straße in der Regio IV, die ihren Namen den Sandalenmachern verdankte. Zu *Galens* Zeit befanden sich am Vicus Sandaliarius zahlreiche Buchhandlungen (tabernae librariae).

**Vologaeses** (IV.): parthischer König von 147 bis 191. Nach den Gebietsverlusten unter *Traian*, die allerdings unter *Hadrian* größtenteils wieder rückgängig gemacht wurden, war er es, der das Reich wiederherstellte. Er vereinte das parthische Reich, das zwischen seinem Vater Mithridates IV. und Vologaeses III. aufgeteilt war, eroberte kleinere Gebiete und griff 161 schließlich römisches Territorium an, was zum parthischen Krieg führte. (Vgl. Zeittafel)

**Volucer:** der Fliegende, der Geflügelte. Name eines berühmten Pferdes der Grünen. Lieblingspferd des *Lucius Verus*.

**Vormund** (tutor): Als Witwe und Mutter von nur zwei Kindern unterstand *Pudentilla* einer formalen Vormundschaft. Die Bedeutung der tutela mulieris schwächte sich im Verlauf der Kaiserzeit immer mehr ab. Für gerichtliche Fragen wie auch für gewisse Geschäftsabschlüsse brauchte es die Einwilligung des Vormunds. Seit Claudius konnte der Vormund selbst gewählt werden und brauchte kein Familienmitglied mehr zu sein.

**Weidenrinde** (salicis cortex): Zur Herstellung schmerzstillender Mittel verwendet. Wirkstoff Salizylsäure (Aspirin).

**Wölfin** (lat. lupa): gebräuchliche Bezeichnung für Prostituierte.

**Zeus Asklepios Soter:** das von *Hadrians* Religionspolitik geprägte Pantheon in Rom war nicht nur der Kultort »aller Götter«, sondern diente auch dem Kaiserkult. Entsprechend förderte Hadrian den Kult des Zeus Olympios (Panhellenios), einer Göttergestalt, die sich zur Identifikation mit seiner eigenen Autorität anbot und die den griechischen Osten des Reiches einigen sollte. Konsequenterweise war der neue Asklepios-Tempel, den Hadrian in Pergamon errichten ließ, nicht mehr nur dem *Asklepios Soter* gewidmet, sondern dem Zeus Asklepios Soter. Diese Religionspolitik wurde von *Antoninus Pius* und *Marcus Aurelius* fortgesetzt und von den Eliten Roms mitgetragen. Man spricht von einer Tendenz zu einer universellen Vorstellung der Gottheit, die aber nicht mit dem christlichen Monotheismus gleichgesetzt werden kann.

# Zeittafeln

## Adoptivkaiser

**Traian** (Marcus Ulpius Traianus) aus der Munizipalaristokratie Südspaniens
Regierungszeit 28. Januar 98 bis 8. August 117
Unter Traian erreicht das Römische Reich seine größte Ausdehnung. Gut organisierte Verwaltung. Prosperität. Zeit des inneren Friedens.

| | |
|---|---|
| 28. Januar 98: | die Machtübernahme erfolgt organisch, da Traian bereits als gleichrangiger Regent mit Nerva im Amt war. |
| 101-102: | Erster dakischer Feldzug. Friedensschluss mit Decebalus. |
| 105-106: | Zweiter dakischer Feldzug, nachdem Decebalus sich nicht an die Friedensbedingungen hält und sich mit den Parthern verbündet. Einrichtung der Provinz Dacia. Pannonien wird aufgeteilt in Pannonia superior und inferior. |
| 106: | Triumphzug des Traian. Festspiele (123 Tage). |
| 106: | Nabataea wird nach dem Tod des Königs Rabbel II. als Provinz Arabia Petraea friedlich ins Römische Reich eingegliedert, wohl im Zusammenhang mit dem sich abzeichnenden Konflikt mit den Parthern. Erster Statthalter ist Gaius Claudius Severus. |
| 111-113: | Plinius Secundus ist Statthalter von Bithynia und Pontus. |
| 112: | Partherkönig Chosroes greift in römische Rechte ein, indem er den armenischen König durch einen eigenen ersetzt. |
| 114-117: | Partherkrieg. Armenien, Assyrien und Mesopotamien werden zu römischen Provinzen. Traian erobert parthische Städte, verzichtet aber auf vollständige Unterwerfung des Partherreichs. Stattdessen setzt er einen Klientelkönig ein. Koordinierte Aufstände der Juden in Südmesopotamien, der Cyrenaica, Zypern, Ägypten und Iudaea, die sich gegen die römische Besatzung und die griechische Bevölkerung wenden. Niederschlagung der Aufstände durch Marcius Turbo. |
| 115: | Erdbeben heftigen Ausmaßes in Antiochia. |
| 117: | Aus gesundheitlichen Gründen übergibt Traian das Kommando an Hadrian, den er zuvor schon zum Legaten von Syrien gemacht hat. |
| 8.(?) Aug. 117: | Traian stirbt im kilikischen Selinus. Die Adoption Hadrians erfolgt erst auf dem Totenbett, wenn nicht gar erst »nach seinem Tod«. Nach Cassius Dio hätte Plotina, die Witwe des Kaisers, das Schriftstück eigenhändig aufgesetzt und den Tod Traians einige Tage geheim gehalten. |

## Kirchengeschichte

96: Apokalypse des Johannes mit Aufruf zum Widerstand gegen Rom.

Im 2. Jahrhundert entwickeln christliche Gruppierungen in den Städten des Römischen Reichs zunehmend ein eigenes Selbstverständnis. Sie grenzen sich ab gegen das Judentum und gegen die heidnische Mehrheitsbevölkerung, sehen sich als etwas Drittes (tertium genus), als das »Wahre Israel« (Verus Israel). Sie nennen sich Christen (Christianoi/Christiani) und sind im Unterschied zur Gemeinde in Iudaea ihrer Herkunft nach mehrheitlich Nicht-Juden. Umgekehrt nehmen römische Autoren wie Tacitus, Sueton und Plinius zu Beginn des 2. Jahrhunderts die Christen als Mitglieder einer Kultgemeinschaft wahr, die die traditionellen religiös-sittlichen Normen und Werte der Mehrheit verletzt.

112-113: Christenprozesse in Bithynien. Korrespondenz zwischen Plinius und Traian. Der Kaiser gibt Weisung, Christen nicht zu behelligen, sofern sie keine Unruhe stiften. Sie können aber bestraft werden, wenn sie die Staatsopfer verweigern. Rechtsunsicherheit für Christen.

Die Christen in Rom sind in diverse Gemeinschaften fragmentiert, in einzelne Hausgemeinden (ecclesiae) mit Vorsteher, oder auch in Kreise nach Art philosophischer Schulen (Iustinus, Valentinianus). Der Begriff ecclesia (Versammlung) meint die gerade aktuell stattfindende Versammlung, aber auch eine bestehende Hausgemeinde, eine Gruppe von Hausgemeinden oder gar alle existierenden Gemeinden des

## Allgemeine Kulturgeschichte

Servius Iulius **Frontinus**:
- de aquaeductibus urbis Romae, 97

Publius (?) Cornelius **Tacitus**:
- Agricola (98)
- Germania (98)
- Historiae (100-107)
- Annales (115-117)

Gaius **Plinius Secundus** (gest. 113):
- Panegyricus auf Traian (100)
- 9 Bände Briefe (101-110)
- 1 Band erscheint erst postum

100: Gründung der Colonia Marcia Traiana Thamugadi (Timgad) in Nordafrika (afrikanisches Pompeji).

100-125: Bau der Thermae Suranae auf dem Aventin.

102: Triumphbogen für Traian.

102-105: Ausbau des Hafens von Ostia.

**Apollodoros von Damaskus** baut 100-105 für die Dakerkriege eine Straße (im Fels verankerte balkonartige Konstruktion) in der unteren Donauschlucht (Eisernes Tor) und eine Brücke auf 20 Betonpfeilern.
108-113: Bau der Via Traiana von Benevent nach Brundisium.
109: Traiansthermen auf dem Esquilin eröffnet.
111: Bau der Aqua Traiana in Rom. Instandsetzung des Straßennetzes in Italien. Trockenlegen von Sümpfen.
100-112: Bau der Traiansmärkte, des Traiansforums (Einweihung 112) und der Traianssäule (113) durch Apollodoros von Damaskus.
117: Traians Asche wird von Plotina nach Rom gebracht und in der Basis der Traianssäule beigesetzt.

**Hadrian** (Titus Aelius Hadrianus) aus spanischer Familie, in Rom geboren
Regierungszeit 11. August 117 bis 10. Juli 138
Verzicht auf Expansion. Politik des Wahrens des Bestehenden. Förderer der Provinzen, die er auf ausgedehnten Reisen inspiziert (Reisekaiser). Versöhnliche Haltung zum Senat, den er aber schwächt durch Ausbau des Hofrats (consilium) aus Senatoren und Rittern. Verwaltungsreformen. Verbesserung der Sklavenrechte. Ausbau des Sozialprogramms der Hilfeleistungen (alimenta).

117: Hadrian verdankt den Thron Traians Gattin Plotina, die ihn als Nachfolger stets gefördert hat (Arrangement der Ehe mit Vibia Sabina, der Großnichte Traians im Jahr 100). Auch die Adoption Hadrians ist auf Betreiben Plotinas zurückzuführen. Die Urkunde erreicht den Senat erst nach Traians Tod. Hadrian wird von den Truppen ausgerufen; die Bestätigung durch den Senat erfolgt erst danach.

117: Krise in den von Traian neu eroberten Gebieten, in Mauretanien, Britannien, Ägypten, Cyrenaica, Palaestina und jenseits der Donau. Hadrian gibt die neuen Provinzen östlich des Euphrats auf (Assyrien, Mesopotamien, Armenien) zu Gunsten eines sicheren Friedens. Armenien bleibt römischer Klientelstaat, doch unter parthischer Herrschaft.

118: Konflikt mit Sarmaten beigelegt durch Gebietsabtretungen, was Hadrian Vorwürfe und Gegnerschaft einträgt. »Verschwörung« gegen Hadrian. Vier Consulare, Rivalen Hadrians und Gegner seiner Politik, werden hingerichtet. Hadrian kehrt nach Rom zurück und muss sich rechtfertigen (Geldgeschenke, Getreidezuteilungen, Steueramnestie).

119: Tod der Schwiegermutter Matidia, mit der sich Hadrian besser verstand als mit seiner Frau Sabina. Große Ehrungen.

121-125: Inspektionsreise durch die Westprovinzen (Verwaltungs- und Armeereformen, Verbesserung der Straßen, Bauprogramm) von Gallien, Germanien, Raetien, Noricum, Niedergermanien bis zur Nordseeküste. Bau einer durchgehenden Palisade (Limes in Germanien) als Markierung der Reichsgrenze (Ende der Expansionspolitik), nicht als Schutzwall. In Britannien wird die Reichsgrenze nach Süden verlegt und durch eine Steinmauer (Hadrianswall) markiert. Noch in Britannien (122) enthebt Hadrian den Kanzleivorsteher Sueton und den Gardepräfekten Septicius ihrer Ämter. Überfahrt nach Gallien. Gallia Narbonensis. Spanien. Überfahrt von Südspanien nach Mauretanien zur Beruhigung eines lokalen Aufstands.

## Kirchengeschichte

Reiches. Er entstammt dem profanen Bereich, wo er für die Versammlung des Demos, die Bürgerversammlung, gebraucht wird. Die Zusammenkünfte der Christen finden in Privathäusern statt oder in eingemieteten Räumen (Schule des Iustinus). Sakrale Funktionsgebäude oder Funktionsräume gibt es erst ab dem 3. Jahrhundert. Die Versammlungen haben privaten Charakter im Rahmen eines Hauswesens. Formen von Mahlversammlungen: Eucharistie, Agape, Witwenspeisung. Bei Agapen kann es feuchtfröhlich zugehen wie bei nichtchristlichen Mahleinladungen. Gepflegt wird auch der profane Brauch, Gastgeschenke (apophoreta) mitzugeben (auch an Abwesende). Für Außenstehende gleichen die christlichen Versammlungen:
- Privateinladungen zum Gastmahl
- Kultgemeinschaften von Sklaven, (vor allem, wenn Sklaven einen eigenen Hauskreis führen)
- Mysterienkulten (z.B. bei den Karpokratianern oder den Valentinianern)
- Philosophischen Schulen (Iustinus)

Atemberaubende theologische Vielfalt im Rom des 2. Jahrhunderts: Neben der »großkirchlichen« Strömung gibt es Kerdon mit seiner Gnosis, Markioniten mit eigenen Ablegern, Valentinianer, Karpokratianer (unter der Leitung von Marcellina), modalistische Monarchianer (Praxeas), dynamistische Monarchianer (Theodotianer) zwei verschiedene Gruppen von Montanisten, Quartodezimaner u. v. m.

## Allgemeine Kulturgeschichte

Gaius **Suetonius** Tranquillus (Schriftsteller und Politiker):
- de viris illustribus (um 110)
- de vita Caesarum (120): Biographien von Caesar bis Domitian

Um 115: Tod des **Dion von Prusa** (Dion Chrysostomos). Redner, Schriftsteller, Philosoph. Berühmter Vertreter der Zweiten Sophistik.

119: Tod des stoischen Philosophen **Euphrates von Tyros**, Schüler des Gaius Musonius Rufus (Rom).

Neugestaltung des Marsfeldes durch umfangreiche Renovationen:
- der Saepta Iulia
- des Pantheons (de facto Neubau)
- der Bäder des Agrippa
- Neubau eines Tempels für die vergöttlichte Matidia
- Baubeginn des Tempels der Venus et Roma (beim Forum Romanum, über der Eingangshalle von Neros Domus Aurea)
- Wiederaufbau Alexandrias (116 zerstört im jüdischen Aufstand)

Um 120: Geburt des **Lukianos von Samosata**.

Annaeus **Florus**:
- Gedichte
- Epitome aus Livius

**Epiktet** (Stoiker) unterhält bis zu seinem Tod (125?) in Nikopolis (Epiros) eine eigene philosophische Schule. Hadrian ist ihm freundschaftlich verbunden.

**Heliodoros** (Philosoph) gilt ebenso als Freund des Kaisers.

| | |
|---|---|
| 123: | Ein neu aufflackernder Konflikt erfordert Hadrians Präsenz im Osten. Diplomatische Treffen am Euphrat wenden einen drohenden Krieg gegen die Parther ab. Besichtigung des östlichen Limes (Legionslager), der Schwarzmeerküste. Pontus et Bithynia. Wohl auf dieser Reise Bekanntschaft mit dem schönen bithynischen Jüngling Antinoos, der bis zu seinem tragischen Tod Hadrian überallhin begleitet. |
| 124/125: | Reise durch Thrakien, die Provinz Asia (Kyzikos, Parion, Troia), die Ionischen Städte (Pergamon, Smyrna, Ephesos), Lydien, Phrygien. Übers Meer nach Rhodos und nach Athen, wo sich Hadrian in die Eleusinischen Mysterien einweihen lässt. Besuch berühmter Orte der Peloponnes. Delphi. Seereise nach Rom mit Zwischenhalt in Sizilien. |
| 126: | 3. Consulat des Annius Verus. Hadrian steht der Familie der Annii Veri nahe und fördert auch den Enkel Marcus (den späteren Marcus Aurelius), dessen Erziehung er an Stelle des verstorbenen Vaters beaufsichtigt. |
| 127: | Inspektionsreise durch Italia. Verwaltungsreform: Italia wird in vier Regionen aufgeteilt, jede unter einem kaiserlichen Legaten consularischen Ranges. Widerstand gegen diese Neuerung, durch die Italia wie eine Provinz behandelt wird (unter Antoninus Pius wieder aufgehoben). |
| 128: | Hadrian nimmt den Ehrentitel »pater patriae« an. Der siebenjährige Marcus wird in die Priesterschaft der Salier aufgenommen (Gunstbezeugung des Kaisers). |
| 128: | Inspektionsreise: Africa proconsularis (Karthago). Zahlreiche Städte erhalten den Status einer Colonia mit römischem Bürgerrecht. Neue Verordnungen für Landbesitz (Förderung des Anbaus). Numidien: Besichtigung des neuen Legionslagers in Lambaesis und der Grenzbefestigungen. Mauretania Caesariensis. Rückkehr nach Rom. |
| 128: | Teilnahme an den Eleusinischen Mysterien. Planung eines Panhellenions (nach Vorbild des Perikles) mit Athen als Mittelpunkt. Riesiges Bauprogramm (Fertigstellung des Olympieions in Athen). Hadrian erhält im Osten den Titel Hadrianos Sebastos Olympios. |
| 129: | Inspektion des Südteils der Provinz Asia, Phrygien (mit Abstecher nach Lykien), Galatia, Cappadocia. Verhandlungen mit Klientelkönigen zur Erhaltung des Friedens. Der parthische König Vologaeses bleibt fern. |

## Kirchengeschichte

Die meisten Lehren sind nicht in Rom entstanden, sondern importiert. Die starke Fraktionierung der Gemeinden in Rom begünstigt die Verschiedenheit der Lehren und deren langes Bestehen. Einige Christenkreise in Rom sind nach der Herkunftsregion organisiert, so z.B. die aus Kleinasien stammenden Montanisten und die Quartodezimaner, die ihre eigene Oster- und Fastenpraxis einhalten und die kleinasiatischen Bischöfe mehr achten als den Bischof von Rom. Auch das begünstigt theologischen Partikularismus. Für die gleichfalls fraktionierten jüdischen Gemeinden lässt sich Ähnliches feststellen. Bildungsunterschiede führen ebenso zu unterschiedlichen christlichen Lehrinhalten. Plato ist in Iustins Logostheorie wie auch bei den Valentinianern deutlich erkennbar. Einflüsse von Aristoteles, Theophrast und Galen finden sich bei den Theodotianern. Im ungebildeten Volk dominieren modalistische Auffassungen, im Sinne eines strengen Monotheismus: ein Gott in verschiednenen Erscheinungsformen.

Auch die Regelung der Ämter wird höchst unterschiedlich gehandhabt.

Wegen Transparenzmangel wird über christliche Zusammenkünfte viel spekuliert. Rechtsunsicherheit und Angst hemmen Erklärungen von christlicher Seite. Apologeten, die sich am Kommunikationsdefizit stören, tasten nach Begriffen des römischen Vereinswesens, um aus der Obskurität herauszutreten.

## Allgemeine Kulturgeschichte

125 (?): Tod des griechischen Schriftstellers und Gelehrten **Plutarchos** (biographische und philosophische Schriften).

127: Tod des Satirikers **Iuvenal**.

**Arrianus von Nikomedia**: Politiker, Philosoph, Schriftsteller. Freund Hadrians. Schüler des Epiktet.
- nach dem Tod Epiktets: Schriften über dessen Philosophie
- Periplus Ponti Euxini (Dienstfahrt entlang der Schwarzmeerküsten als Statthalter von Cappadocia, 130/131)
- ab 138 in Athen: Geschichtswerke (Partherkrieg des Traian, den er aus eigener Anschauung kennt, Alexanderbiographie, Diadochengeschichte, Monographie über Indien)

**Favorinus von Arelate**: Rhetor und Philosoph (Skeptiker). Schüler des Dion. Vertreter der Zweiten Sophistik. Lehrer des Herodes Atticus, des Fronto und des Gellius. Freund Plutarchs. Gegner des Polemon.

**Polemon aus Laodikeia**: Vorsteher einer berühmten Rednerschule in Smyrna (Zweite Sophistik). Begleiter Hadrians auf Reisen (124).

120-136: Ausbau der Hadriansvilla in Tibur in den Sabinerbergen.

Wiederaufbau der durch Erdbeben zerstörten Städte in Asia und Bithynien. Monumentales Bauprogramm für alle von Hadrian besuchten Städte. Viele davon nennen sich Hadrianopolis oder Hadriane (vor allem im Osten des Reiches).

| | |
|---|---|
| 129: | Inspektion der Schlüsseloase Palmyra in Syrien, der Provinz Arabia Petraea (ehemals Nabataea) mit Bostra als Statthaltersitz, Gerasa, Petra. Auf der neuen Via Traiana nach Iudaea. Neugründung Jerusalems (zerstört 116) als Aelia Capitolina mit Iuppiter-Tempel anstelle des jüdischen Tempels. |
| 130: | Ägypten: Pelusium, Alexandria. Nilreise zur Erkundigung einer geeigneten Stelle für eine griechische Stadtgründung. Besichtigung von Memphis. |
| Oktober 130: | Antinoos ertrinkt in den Fluten des Nils. Anwesend sind die Kaiserin Sabina, ihre Vertraute Balbilla, Avitus, der Proconsul von Asia, mit seiner Frau Terentia, Senatoren und viel Hofgefolge. Spekulationen um den Tod des Jünglings. Stadtgründung zu Ehren des Aninoos. Fortsetzung der Reise nach Ptolemais und Theben (Memnonkoloss). Im Frühjahr Weiterreise nach Syrien, Cilicia, Pamphylia. Städtegründungen in Mysien. Ephesos. Athen: Hadrian erlangt die höchste Stufe der Eleusinischen Mysterien. |
| 132-136: | Bar Kochba Aufstand. Roms Truppen in Iudaea angegriffen. Die Rebellen, vereint unter Shimon bar Kos'ba, »Fürst von Israel«, befreien Teile von Iudaea und behalten die Kontrolle über 4 Jahre. Hadrian ist für kurze Zeit in Iudaea am Krieg beteiligt. Aushebungen in ganz Italia. Große Verluste auf beiden Seiten. Endgültige Niederwerfung (136) durch Hadrians Generäle (unter ihnen Iulius Severus, Statthalter von Britannien). Die Provinz Iudaea wird umbenannt in Syria Palaestina. Die Juden sind fortan in der Minderheit, und es ist ihnen verboten, Jerusalem zu betreten. |
| Ab 133: | Hadrian in Rom. Der Kaiser entzweit sich mit ehemaligen Freunden, so auch mit Apollodoros von Damaskus. |
| 136/137: | Gesundheitsprobleme drängen Hadrian zur Nachfolgeregelung. Er adoptiert Ceionius Commodus, dessen Tochter mit Hadrians Schützling Marcus verlobt ist. Opposition gegen die Adoption, besonders von Hadrians Schwager Servianus und dessen Enkel Fuscus. Putschversuch misslingt. Tod der Vibia Sabina, die vergöttlicht wird. |
| 1.1.138: | Commodus stirbt unerwartet, sodass Hadrian Aurelius Antoninus als Übergangskaiser adoptiert, der seinerseits Hadrians Favoriten Marcus adoptieren muss und den späteren Lucius Verus (Antoninus als Platzhalter für Marcus Aurelius). |
| 10.7.138: | Hadrian stirbt in Baiae nach längerer Krankheit. |

## Kirchengeschichte

Hinter der »Orthodoxie« steht das ungebildete christliche Volk. Die »Großkirche« empfiehlt sich neben der einfachen Lehre auch durch Armenpflege und andere soziale Hilfeleistungen.

Pluralismus fördert Toleranzverhalten. Dulden und Gewährenlassen hat in Rom lange Bestand. Vor dem Episcopat Victors (189-199) wird den anderen christlichen Gruppen kaum die Bruderschaft abgesprochen. Ausnahmen sind Kerdon, Markion und eventuell die Karpokratianer.

130er Jahre: Kerdon, ein früher Gnostiker, kommt aus Syrien nach Rom und wird ausgeschlossen.

144: Ausschluss des Gnostikers Markion, der mit seinen Anhängern eine eigene Kirche gründet.

Ob der Ausschluss der Karpokratianer bereits um 160 (zur Zeit Marcellinas) erfolgt, ist ungewiss. Irenaeus bekämpft sie heftig.

Gemeinschaft unter den Gemeinden wird ausgedrückt durch das Überbringen der Eucharistie (apophoreta-Tradition). Briefe von auswärtigen Gemeinden werden von Hauskreis zu Hauskreis weitergereicht.
Ausschluss bedeutet neben Schmähungen auch Ausschluss aus den Presbyterversammlungen und Verbot der öffentlichen Lektüre der von den Ausgeschlossenen verfassten Schriften. Persönliche Kontakte sind in jener frühen Zeit aber durchaus noch möglich.

## Allgemeine Kulturgeschichte

129: Bau des Hadrianeums in Caesarea (Statthaltersitz in Iudaea).

Wiederaufbau Jerusalems als hellenisierte Stadt mit dem Namen Aelia Capitolina.

129: Geburt des **Galenos von Pergamon.**

130: Bau einer Stadt am Nil zu Ehren des vergöttlichten Antinoos. Zahlreiche Statuen und Bilder; Obelisk; Spiele; Sternbild.

**Iulia Balbilla** verewigt den Besuch der kaiserlichen Reisegesellschaft in vier Gedichten, die sie in die Beine der Memnonstatue einritzt.

132: Einweihung des Olympieions in Athen, Hadrian lässt sein Standbild neben das des Zeus stellen. Gründung des Panhellenions (Bund hellenischer Städte des Reichs) mit Herodes Atticus als erstem Archon. Athen avanciert zur neuen Hauptstadt des griechischen Teils des Imperiums. Hadrian (restitutor) gibt Athen die alte Größe wieder.
Bauwerke in Rom und Tibur.

134: Pons Aelius, neue Brücke, die zu Hadrians Mausoleum führt, das nun gebaut wird.

135: Athenaeum, Vortragsräume für Sophisten und Rhetoren (Stiftung Hadrians für Rom).

**Soranos von Ephesos**: bedeutender Arzt (Methodiker, Epikureer) unter Traian, Hadrian und evt. Antoninus. Seine gynäkologischen Schriften sind erhalten. Er behandelte aber auch allgemeinmedizinische Themen.

**Antoninus Pius** (Titus Aelius Hadrianus Antoninus Augustus Pius)
Regierungszeit 10. Juli 138 bis 7. März 161
geboren am 19. 9. 86 als Titus Aurelius Fulvus Boionius Arrius Antoninus, aufgewachsen in Lorium bei Rom, Familie aus der Gallia Narbonensis (Nemausis). Senatorische Karriere. Mitglied des Hofrats (consilium). Seit 110 verheiratet mit Annia Galeria Faustina. Antoninus, von Hadrian als Platzhalter für den jungen Marcus (Aurelius) für die Thronfolge erwählt, ist bei Regierungsantritt schon 51 Jahre alt. Seine lange Regierungszeit (23 Jahre) ist für Rom und das Reich eine Periode des Friedens und der Prosperität. Im Gegensatz zu Hadrian regiert Antoninus das Reich von Rom aus mittels einer effizienten Verwaltung. Erlass von Gesetzen zum Schutz der Sklaven.

| | |
|---|---|
| 138: | Regierungsantritt. Antoninus setzt sich gegen Widerstand des Senats für die Vergöttlichung Hadrians ein, was ihm den Beinamen »Pius« (der Pflichtgetreue) einträgt. Die Verlobung des Marcus wird gelöst zu Gunsten einer neuen Verlobung zwischen Marcus und Faustina (minor), der einzigen Tochter des Antoninus Pius und der Faustina (maior). |
| 139: | Marcus (18-jährig) wird als Marcus Aelius Aurelius Verus zum Caesar (designierter Kaiser) erhoben. Auseinandersetzungen mit den Parthern auf dem Verhandlungsweg gelöst. |
| 140: | Tod Faustinas. Antoninus ehrt sie durch Vergöttlichung. |
| 142/143: | Quintus Lollius Urbicus besiegt in Britannien die aufständischen Briganten und errichtet einen neuen Wall 120 km nördlich des Hadrianswalls. Die neue Grenzlinie (vallum Antonini) kann jedoch nur bis 167 gehalten werden. |
| 143: | Consulat des Herodes Atticus. |
| 144-152: | Aufstand der Mauren. Ausbau des germanischen Limes. |
| 145: | Marcus Aurelius heiratet Annia Galeria Faustina. |
| 1.12.147: | Marcus Aurelius wird Mitregent. |
| 21.4.148: | 900-Jahr Feier Roms. Erlass aller rückständigen Schulden. |
| 147/48-191: | Vologaeses IV. wird Partherkönig. |
| 151-155: | Kleinere Aufstände in Ägypten und Iudaea. |
| 154: | Drohender Partherkrieg durch Verhandlungen vermieden. Antoninus Pius setzt bei den Armeniern, Quaden und Lazi (Kolchis) Könige ein. Erstes Consulat des Lucius (Verus). |
| 156: | Aufteilung der Provinz Dacia in drei Teilprovinzen. |
| 159: | Erweiterung des germanischen Limes. |
| 7. März 161: | Antoninus Pius stirbt und empfiehlt Marcus als Nachfolger. |

## Kirchengeschichte

140 schreibt Hermas die Schrift: der Hirte. Es geht um Buße und die Notwendigkeit einer zweiten Chance, die jedem fehlbaren Christen für seine Vergehen gewährt werden soll. Die einfache Schrift wird populär und in Hausgemeinden viel gelesen. Ein paar Jahrzehnte später lehnt man es ab, sie in den Kanon der gottesdienstlichen Lesungen aufzunehmen.

2. Hälfte des 2. Jahrhunderts: Entstehung gnostischer Schriften und gnostischer Evangelien.
Polemik gegen gnostische Lehren entstehen schon in der 1. Hälfte des 2. Jahrhunderts (Hermas), doch außer mit Kerdon und Markion kommt es noch nicht zum Bruch (Chance der zweiten Buße).

Heftige Polemik gegen Gnosis auch bei Iustinus (Dialog).
150-160: Schriften des Iustinus:
- Apologien an Antoninus Pius
- Dialog mit dem Juden Tryphon
- Syntagma (erste Häretikerliste)

155: Polykarpos von Smyrna besucht Rom. Kurz darauf Tod des Polykarpos in Smyrna. Stark stilisierter Martyriumbericht.

Um 156?: Beginn der enthusiastischen Bewegung der Neuen Prophetie (Montanismus) mit Priscilla und Maximilla als Prophetinnen und Montanus als Paraklet. Starke Ausbreitung zunächst in Kleinasien, dann bis nach Afrika (170). Der Montanismus löst zunehmend religiöse Unruhen aus, vor allem intern in christlichen Kreisen. Antimontanistische Schriften.

## Allgemeine Kulturgeschichte

139: Einweihung des Mausoleums des Hadrian (spätere Engelsburg).

Fertigstellung der Bauten Hadrians in Athen.

145/146: Einweihung des Hadrianeums auf dem Marsfeld.

Marcus Cornelius **Fronto**: römischer Grammatiker, Anwalt und angesehener Redner aus Cirta (Numidien); von Antoninus Pius erwählt, Marcus (Aurelius) und Lucius (Verus) zu unterrichten. Teile seiner Korrespondenz sind erhalten.

**Herodes Atticus**: Vertreter der Zweiten Sophistik, Redner, Politiker, reicher Mäzen. Von Antoninus Pius ausgewählt als Lehrer für seine Adoptivsöhne. Von seinen Werken sind nur wenige Gedichte erhalten.

**Aulus Gellius**: Grammatiker, Sophist, Schriftsteller. Schüler des Fronto, Atticus, Favorinus.
Attische Nächte 170 veröffentlicht.

**Aelius Aristides**: gefeierter Sophist und Redner (Zweite Sophistik). Ausbildung in Smyrna und Athen, u.a. bei Herodes Atticus.
- 143: Preisrede auf Rom
- 143-179: Epideiktische Reden
- Schuldeklamationen; Gedichte
- 170/171: Heilige Reden

158: **Apuleius von Madauros** wird der Magie angeklagt.
- de magia (Verteidigungsschrift)
- Metamorphosen (Roman: Amor und Psyche als Binnenerzählung)
- Philosophische Schriften
- Rhetorische Schriften; Gedichte

**Marcus Aurelius** (Marcus Aurelius Antoninus Augustus)
**Doppelprincipat** mit Adoptivbruder Lucius Aurelius Verus
Regierungszeit des Marcus 7. März 161 bis 17. März 180
geboren 121 als Sohn des Annius Verus und der Domitia Lucilla. Nach dem Tod des Vaters in Obhut des Großvaters unter Aufsicht des befreundeten Hadrian. Lehrer: Claudius Maximus, Fronto, Herodes Atticus u.a.
Ausgeprägtes Interesse an Philosophie (Stoa) seit dem Alter von 12 Jahren. Geht als Philosophenkaiser in die Geschichte ein, obwohl seine Regierungszeit hauptsächlich von Kriegen geprägt ist. Hochachtung des Senats. Sorgfältige Rechtspflege. Geordnete Finanzen (Sparsamkeit). Seine Frau Faustina gebärt ihm mindestens 13 Kinder, von denen nur wenige überleben.
**Lucius Verus**, Sohn des Ceionius Commodus, den Hadrian zunächst als Adoptivsohn eingesetzt hatte
Regierungszeit 7. März 161 bis Januar 169

7. März 161: Marcus Aurelius übernimmt das Kaiseramt und ernennt seinen Adoptivbruder (Lucius Aurelius Verus) zum Mitregenten. Beide werden vom Senat und den Praetorianern anerkannt. Marcus' Tochter Annia Lucilla mit Verus verlobt.

31.8.161: Geburt des Lucius Aurelius Commodus (späterer Kaiser).

161-166: Parthischer Krieg unter Lucius Verus. Der parthische König Vologaeses IV. greift das römische Klientelkönigreich Armenien an und setzt mit Pacorus einen eigenen König ein. Die römischen Truppen unter Severianus, dem Statthalter von Cappadocia, werden bei Elegeia am Euphrat besiegt. Der syrische Statthalter kann die Parther nicht aufhalten. Sie überrennen die syrischen und kappadokischen Grenzen.

162: Katastrophale Tiberüberschwemmung. Hungersnot und Seuchen in Rom. Hilfeleistungen für die Betroffenen.

Nach langem Zögern (Unruhen auch in Britannien, Raetia, Obergermanien) wird Lucius Verus nach Osten geschickt. Er bezieht mit seinen Legionen Lager bei Antiochia. Weder Marcus Aurelius noch Lucius Verus haben militärische Erfahrung. Kriegsführende Legate sind: Marcus Statius Priscus und Gaius Avidius Cassius.

163-165: Priscus siegt in Armenien, Cassius in Syrien. Einsetzung eines Rom freundlichen Klientelkönigs in Armenien. 165 gewinnt Cassius Mesopotamien und drängt die Parther über den Tigris zurück. Verus heiratet Lucilla in Ephesos (164?).

166: Friedensschluss mit Vologaeses. Triumphzug für Verus und Marcus Aurelius in Rom. Commodus zum Caesar erhoben.

## Kirchengeschichte

165: Martyrertod des Iustinus. In einem Prozess unter dem Stadtpräfekten Iunius Rusticus wird Iustinus zum Tod verurteilt.

Roms fragmentierte Gemeinden organisieren sich in einer Presbyterialverfassung. Ein monarchischer Episkopat entwickelt sich im Gegensatz zu Kleinasien erst spät, wohl aus dem Amt des »Außenministers«, der sich um Korrespondenz, Empfang von auswärtigen Gästen, Hilfssendungen und Kasse kümmert.
Erste Ansätze unter:
Anicet (155-166)
Soter (166-175)
Eleutheros (175-189)
Victor (189-199), Bischof von Rom

Unter Victor kommt es zu zahlreichen Ausschlüssen:
- Bruch mit Quartodezimanern.
- Trennung von Montanus unter Einfluss des Praxeas (erster Trennungsversuch unter Eleutheros, abgewendet durch Irenaeus)
- Ausschluss der Theodotianer.
- Valentinianer leben gleichzeitig ein Leben unter sich (den Pneumatikern, die durch Erkenntnis Erlösung erlangen) und ein Leben mit den Psychikern aus anderen Hausgemeinden, die sie in die Gnosis einführen wollen. Noch Bischof Victor akzeptiert in seiner Frühphase den Valentinianer Florinus als Presbyter. Die Trennung vollzieht er erst durch Einflussnahme des Irenaeus.

165: Selbstverbrennung des Peregrinus Proteus in Olympia.

## Allgemeine Kulturgeschichte

**Ptolemaios**: Bibliothekar in Alexandria. Philosoph, Mathematiker, Geograph, Astronom. Vertritt, wie die Mehrheit, ein geozentrisches Weltbild, im Gegensatz zum heliozentrischen Weltbild des Aristarchos von Samos und des Seleukos von Seleukia. Ptolemaios' Abhandlung wird später im Mittelalter zum Standardwerk.

**Gaius**: römischer Jurist.
130-180: Zusammenstellung der Elemente des römischen Rechts (institutiones)

**Herodes Atticus**:
160: Grabmal für seine Frau Annia Regilla, die durch Fußtritte eines Freigelassenen gestorben ist. Atticus muss sich vor Gericht verantworten. Ihr zum Gedenken weiht er zahlreiche Tempel und Monumente, so auch das Odeon in Athen.
Bau eines Aquäduktes und eines Nymphäums für Olympia.

161: Säule des Antoninus Pius; Reiterstatue des Marcus Aurelius.

162-166: **Galens** erster Aufenthalt in Rom. Eintritt in die stadtrömische Aristokratie. Zahlreiche Schriften.

162/163: Behandlung des Eudemos und anatomische Vorführung für Boethus. Schafft sich Gegner in der intellektuellen Elite: Alexandros von Damaskus, die Ärzte Antigenes und Marinos.
166 verlässt Galen Rom fluchtartig (Pest?). Rückkehr nach Pergamon.

| | |
|---|---|
| 166: | »Antoninische Pest«: Die Legionen bringen die Seuche aus Nisibis (Mesopotamien) und tragen sie durch das gesamte Reich bis nach Gallien und Spanien. Die Seuche wütet in mehreren Wellen über 20 Jahre. |
| 167: | Außenpolitischer Notstand (Invasionen an der Nordgrenze), Hungersnot. Massensterben durch die Pest: Sakrale Maßnahmen nach alter Tradition. Aufruf an alle Kulte, öffentliche Sühneriten zu begehen. |
| 169: | Gesetze gegen Zukunftsdeuter und Verbreiter von schädlichen Kulten (superstitio). |
| 166-180: | Krieg gegen die Marcomannen und die Quaden an der Donau wird ausgelöst durch Anstürme germanischer Stämme auf die Nordgrenze (seit 166). |
| 168: | Marcus Aurelius übernimmt das Kommando und begibt sich mit Lucius Verus nach Aquileia (Militärverwaltungszone). Truppenaushebung. Offensive wird verschoben aufgrund massiver Truppenverluste durch die Seuche. |
| 169: | Lucius Verus stirbt auf der Rückreise nach Rom. |
| 169/170: | Erneuter Aufbruch an die Front. Erste römische Offensive scheitert. Germanische Stämme belagern Aquileia, zerstören Opitergium. Kostoboken dringen bis nach Eleusis vor. |
| 171: | Römische Zwischensiege. Verhandlungen mit germanischen Stämmen, um sie als Verbündete gegen die Marcomannen zu gewinnen. Die Quaden verpflichten sich zur Neutralität. |
| 172: | In Ägypten schlägt Avidius Cassius einen Aufstand nieder. Maureneinfälle in Spanien. |
| 172-174: | Großoffensive gegen die Marcomannen. Danach gegen die vertragsbrüchigen Quaden, die Narisker und Jazygen. |
| 175: | Aufstand des Avidius Cassius. Aufgrund einer Falschmeldung über den Tod des Kaisers lässt sich Cassius als Kaiser ausrufen. Er bleibt dabei, als der Irrtum aufgeklärt ist. Der Aufstand wird von Publius Helvius Pertinax niedergeschlagen, Cassius getötet. Gemäß antiken Quellen hätte Faustina Cassius im Fall des Todes von Marcus Aurelius die Heirat und damit die Kaisernachfolge angeboten. |
| 7. Juli 175: | Commodus wird mündig. Princeps iuventutis. |
| 175/176: | Aufenthalt in Syrien, Alexandria, Smyrna und nach Faustinas Tod (Ende 175) in Athen. Marcus Aurelius und Commodus lassen sich in die Eleusinischen Mysterien einführen. |

## Kirchengeschichte

167: Sühneriten zur Abwendung der großen Pestwelle. Auch fremde Kulte sind dazu aufgerufen. Kulte mit Heilgöttern erlangen spezielles Interesse. Der Serapis-Kult erfährt eine Aufwertung: Serapis als Allgott im Sinne einer kosmopolitischen Gottesvorstellung. Auch der Asklepioskult profitiert von dieser Strömung.

169-176: Die von Marcus Aurelius erlassenen Religionsgesetze sind eine Reaktion auf das gehäufte Auftreten von selbsternannten Propheten, die in jener Notzeit Missbrauch mit der verängstigten Bevölkerung betreiben. Als Beispiele gelten:
- Peregrinus Proteus
- der sog. Storchenschwindler (167)
- Alexandros von Abonuteichos
- Montanus, Priscilla, Maximilla

Alle Handlungen, die religiöse Unruhe erzeugen, können mit dem neuen Gesetz gegen superstitio bestraft werden. Mit einem weiteren Gesetz (mandata de sacrilegiis) können Statthalter in den Provinzen erstmals auch nach Unruhestiftern fahnden zur Vorbeugung religiöser Unruhen. Die Gesetze richten sich nicht spezifisch gegen Christen.

Um 175: Tod des Alexandros von Abonuteichos. Der Glykonkult in Abonuteichos überlebt seinen Gründer um 150 Jahre, wenn auch ohne Orakel. Alexandros wird als Heros verehrt.

## Allgemeine Kulturgeschichte

166: eine römische Handelsgesandtschaft gelangt bis nach China an den Hof des Kaisers Huan-ti.

**Lukianos von Samosata**: Bis um 157 ist er als Rhetorikredner und »Konzertredner« auf Tournee (gut bezahlte Redeauftritte). Danach lebt er vorwiegend in Athen, wendet sich vermehrt der Philosophie zu und schreibt sein umfangreiches Werk, vor allem satirische Dialoge, in denen er sich gegen religiösen Schwindel, Aberglauben, philosophische Eitelkeiten und andere Schwächen seiner Zeit wendet. Wie viele Schriftsteller des 2. Jahrhunderts schreibt er seine Werke im klassischen Attisch des 5. und 4. vorchristlichen Jahrhunderts.

169: **Galen** wird an die Front nach Aquileia berufen. Es gelingt ihm, den Frontdienst abzuwenden. Er übernimmt stattdessen die ärztliche Betreuung des Commodus in Rom und die Herstellung des kaiserlichen Theriaks in der Stellung als Archiater.

Um 170 tritt **Lukianos** in Alexandria beim Statthalter von Ägypten ein hohes Verwaltungsamt an.

170: **Artemidoros von Ephesos**: Buch über Traumdeutung.

Bronzenes Reiterstandbild des Marcus Aurelius.

171-174: **Marcus Aurelius** schreibt im Feldlager seine Selbstbetrachtungen (tōn eis heauton biblia).

175: **Pausanias**: Reisebeschreibungen (Griechenland).

| | |
|---|---|
| 23.12.176: | Triumphzug über Germanen und Sarmaten. |
| 177: | Commodus Imperator und Mitregent. |
| 177: | Erneute Unruhen führen zum zweiten Marcomannenkrieg. Aus Mangel an Soldaten (Verluste im Krieg, aber auch noch immer viele Todesopfer der Seuche) muss auf Sklaven, Gladiatoren und Provinziale zurückgegriffen werden. |
| 178 : | Heirat des Commodus mit Bruttia Crispina. Commodus nimmt den Titel Augustus und pater patriae an. |
| 178: | Marcus Aurelius und Commodus ziehen erneut an die Front. |
| 17.3.180: | Marcus Aurelius stirbt noch vor Ende des Krieges an der Seuche. Commodus schließt Frieden mit den Marcomannen, ungeachtet des Rates der Generäle. |

**Lucius Aurelius Commodus**
Regierungszeit 17. März 180 bis 31. Dezember 192
Thronfolge erstmals wieder dynastisch

| | |
|---|---|
| 180: | Triumphzug des Commodus in Rom. Terrorherrschaft. |
| 182: | Verschwörung des Pompeianus, des Quadratus und der Lucilla. Die Attentäter scheitern und werden getötet. Der Gardepräfekt wird von seinem Mitpräfekten Perennis der Verschwörung bezichtigt und getötet. Die Kaiserin Crispina wird des Ehebruchs beschuldigt und getötet. Der Kaiser zieht sich von den Staatsgeschäften zurück und übergibt sie Perennis. |
| 184/185: | Krieg in Britannien. Kaledonier besiegt durch Ulpius Marcellus. Die unzufriedenen Soldaten in Britannien erreichen durch Petition den Sturz des Gardepräfekten Perennis. |
| 187/188: | Die Seuche wütet erneut in Rom.<br>Gescheitertes Attentat gegen den Kaiser. |
| 189: | Wirren in Rom. Ämterverkauf zum Auffüllen der Staatskasse. Über 25 consules in einem Jahr. |
| 190: | Pertinax schlägt einen Aufstand in Africa nieder. |
| 191: | Brand Roms. Auf Veranlassung des Commodus wird Rom in Colonia Commodiana umbenannt. |
| 31.12.192: | Commodus wird erwürgt. Befehlsgeber des Mordes sind: der Praetorianerpräfekt, der Kämmerer und Marcia, die Konkubine des Kaisers. |

**Pubius Helvius Pertinax** (1.1.193-28.3.193) wird Nachfolger. Bürgerkrieg.

**Septimius Severus** (9.4.193-4.2.211) stabilisiert das Reich nach blutigen Auseinandersetzungen.

## Kirchengeschichte

177: Athenagoras von Athen (frühchristlicher Apologet) schreibt eine Verteidigungsschrift für die Christen, die er an Marcus Aurelius richtet (legatio pro Christianis).

177: Christenverfolgung in Lugdunum. Bischof Pothinus wird gefoltert und mit 30 (?) weiteren Christen getötet.

Irenaeus kehrt aus Rom zurück nach Lugdunum und wird dort Bischof.

178: Celsus schreibt die erste Schrift gegen die christliche Lehre (Wahre Lehre). Der Text ist nicht erhalten, wohl aber die Entgegnung des Origenes (248), der die Punkte des Celsus aufgreift.

180: Martyrerakten der Scilitanischen Martyrer. Eine Gruppe von 11-13 Christen (Laien) werden in Karthago zum Tod verurteilt. Lateinischer Text nach dem Typus Gerichtsakte. Es handelt sich jedoch nicht um eine Akte, sondern um eine christliche Textbearbeitung.

182: Tatianus von Syrien: Evangelienharmonie (Diatesseron). Zusammenarbeitung der vier unumstrittenen Evangelientexte. Erste Versuche einer Zusammenstellung kanonischer Texte.

188: Irenaeus schreibt eine umfangreiche und folgenschwere Schrift gegen Häresien. Sie basiert auf der Häretikerliste des Iustinus (syntagma), ergänzt diese aber um viele gnostische Lehren.

Bischof Victor (189-198) erhebt Anspruch auf Vormachtstellung. Exkommuniziert kleinasiatische Bischöfe anlässlich des Osterstreits.

## Allgemeine Kulturgeschichte

176: Einstellung und staatliche Besoldung von vier Lehrpersonen für die wichtigsten vier Philosophenschulen in Athen.

176: Errichtung des Triumphbogens und der Marcus Säule in Rom.

177: Tod des **Herodes Atticus**.

Herodes Atticus gehört neben Dio Chrysostomos, Aelius Aristides, Polemon von Laodikeia und vielen anderen zu den Vertretern der **Zweiten Sophistik.** Diese Bewegung (schon in der Antike von Philostratos »Zweite Sophistik« genannt) knüpft an die griechische Kultur der klassischen Zeit an. Ihre Anfänge sind bereits in der zweiten Hälfte des 1. Jahrhunderts zu finden. Voraussetzung für ihre Ausbreitung im 2. Jahrhundert sind eine gesteigerte Wertschätzung der griechischen Kultur und ein erstarktes Traditionsbewusstsein der griechisch geprägten Literaten und Rhetoren. Leitkonzept ist der Begriff der »Paideia«, der Bildung und Kultiviertheit, die sich ausdrückt in Prunkreden, Schaustücken, Wettkämpfen, und Demonstrationen für die intellektuelle Elite Roms und der griechischen Städte. Die Literaten bedienen sich vorwiegend des klassischen Attischen. Auch die Selbstbetrachtungen des Marcus Aurelius sind griechisch geschrieben.

Um 180 erscheint Lukians Spätwerk: Alexandros oder der Lügenprophet.

Das Todesjahr **Lukians** ist nicht bekannt. Frühestens kurz nach 180, nach anderen Quellen um 200.

# Karten

Das Römische Reich Mitte des 2.Jahrhunderts

ra
Sarmatia
zyges
DACIA POROLISSENSIS
ACIA
SUPERIOR
DACIA INFERIOR
ERIOR
MOESIA INFERIOR
THRACIA
pontus euxinus
Abonuteichos
Sinope
BITHYNIA ET PONTUS
Nicomedia
EDONIA
Pella
GALATIA
CAPPADOCIA
Elegeia
ARMENIA
Artaxata
Parthia
Pergamon
ASIA
HAIA
Smyrna
Delphi
Ephesos
Athenae
LYCIA ET PAMPHYLIA
CILICIA
Samosata
Nisibis
MESOPOTAMIA
ASSYRIA
Antiochia
SYRIA
Palmyra
CYPRUS
KRETA
Damascus
SYRIA PALAESTINA
re nostrum
Bostra
Jerusalem
ARABIA PETRAEA
Alexandria
Petra
NAICA
Arabia
MARMARICA
AEGYPTUS
Besa

Asklepieion von Pergamon

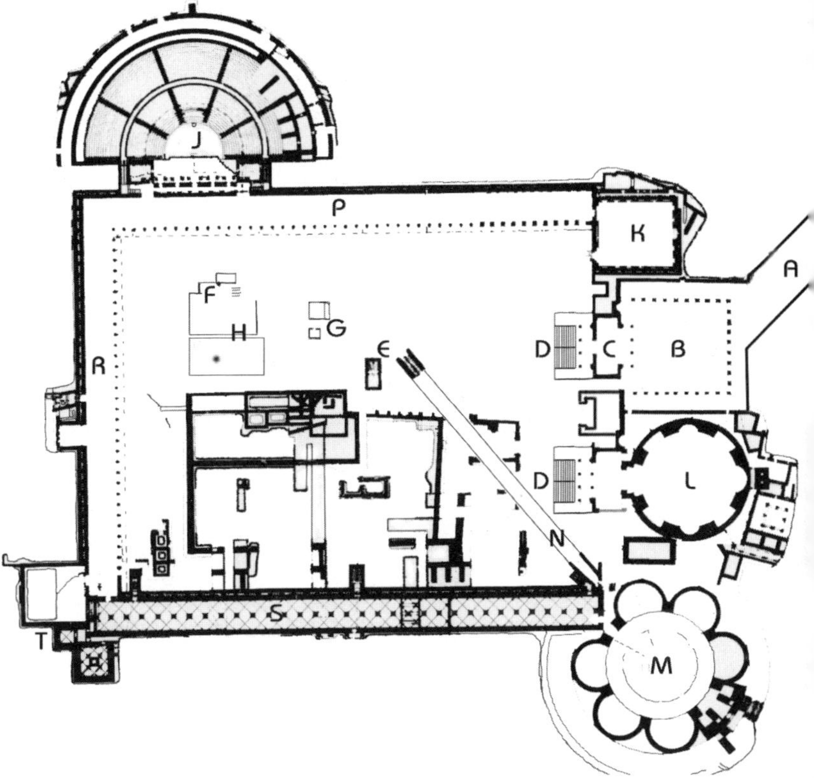


A Via Tecta
B Säulenhof
C Propylon
D Freitreppen
E Brunnenhäuser
F Heilige Quelle
G Altäre
H die beiden Tempel bei der heiligen Quelle

J Theater
K Bibliothek
L Tempel des Zeus Asklepios
M Rundbau
N Kryptoportikus
P Nordgalerie
R Westgalerie
S Südgalerie
T Latrinen

# Pontus und Umgebung

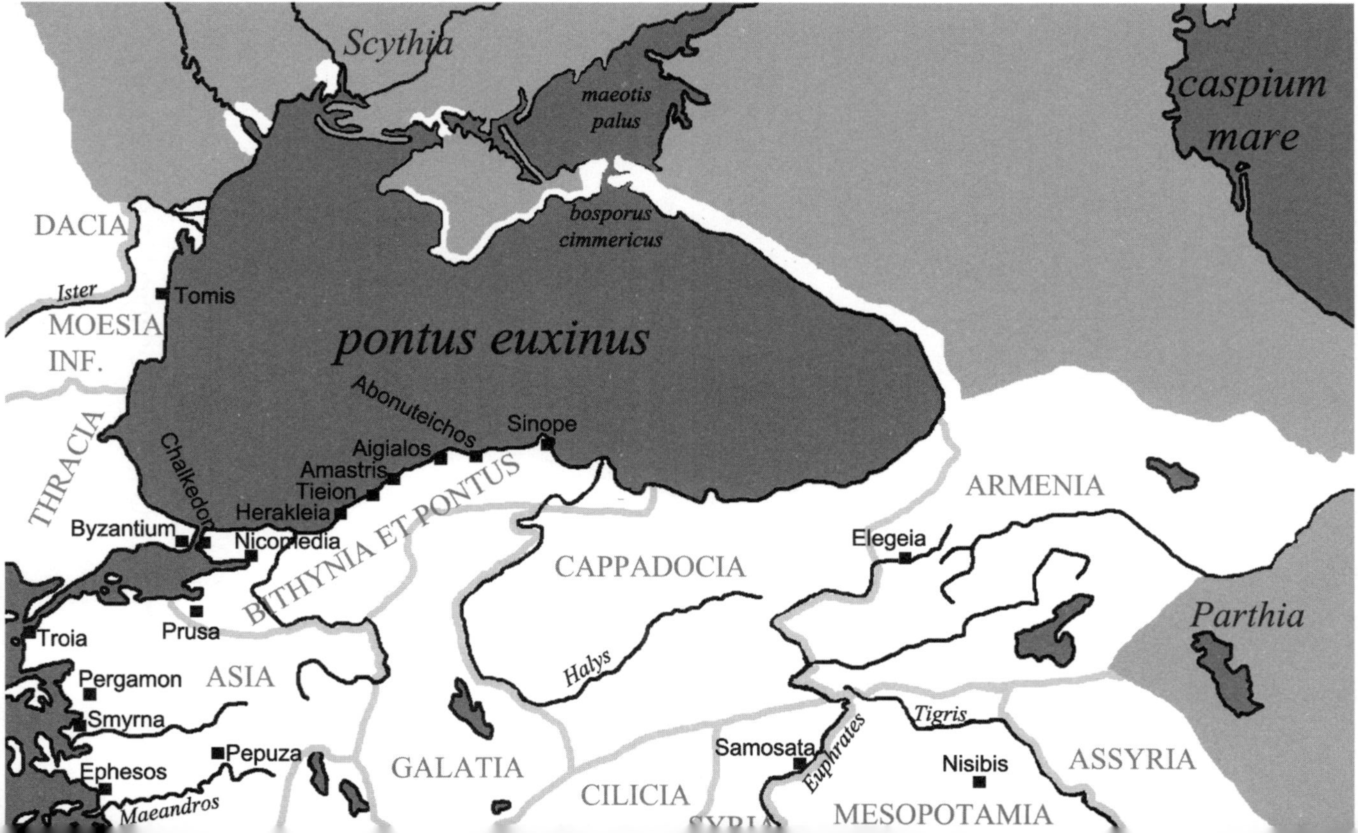
Scythia
caspium mare
maeotis palus
bosporus cimmericus
DACIA
Ister
Tomis
MOESIA INF.
pontus euxinus
THRACIA
Abonuteichos
Sinope
Aigialos
Amastris
Tieion
Herakleia
Chalkedon
Byzantium
Nicomedia
BITHYNIA ET PONTUS
ARMENIA
Elegeia
CAPPADOCIA
Parthia
Troia
Prusa
Pergamon
ASIA
Halys
Smyrna
Pepuza
Ephesos
Maeandros
GALATIA
CILICIA
Samosata
Euphrates
Tigris
Nisibis
ASSYRIA
MESOPOTAMIA

# Rom im zweiten Jahrhundert

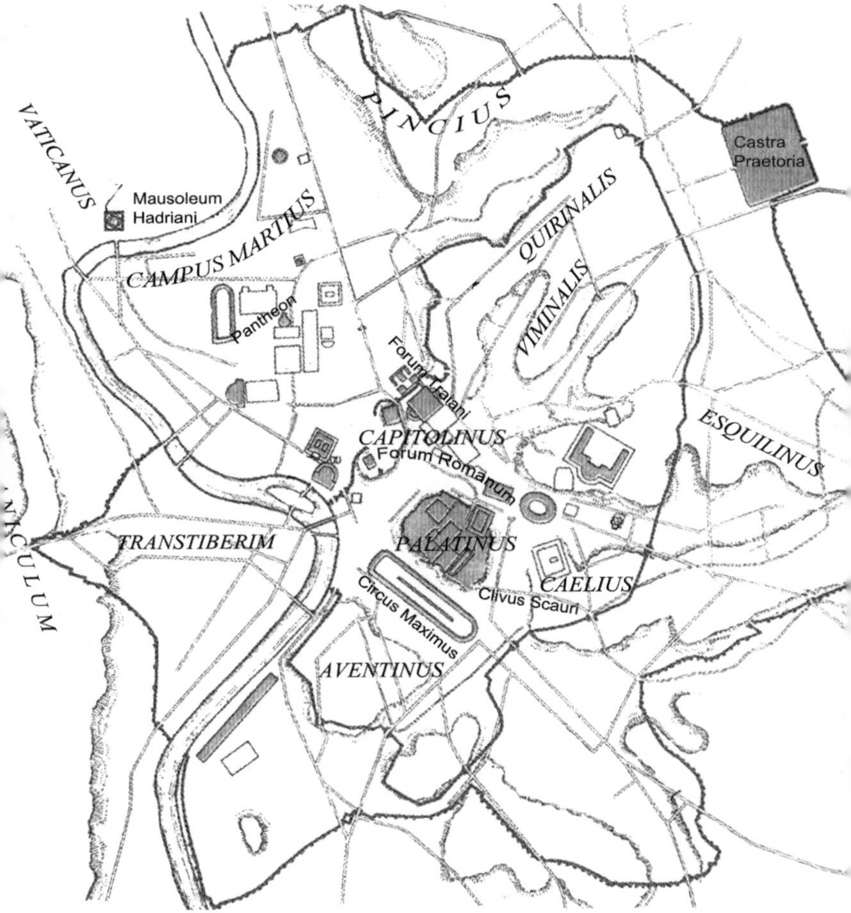

VATICANUS
Mausoleum
Hadriani
PINCIUS
Castra
Praetoria
CAMPUS MARTIUS
QUIRINALIS
VIMINALIS
Pantheon
Forum Traiani
ESQUILINUS
CAPITOLINUS
Forum Romanum
TRANSTIBERIM
PALATINUS
CAELIUS
Clivus Scauri
Circus Maximus
AVENTINUS

# Circus Maximus

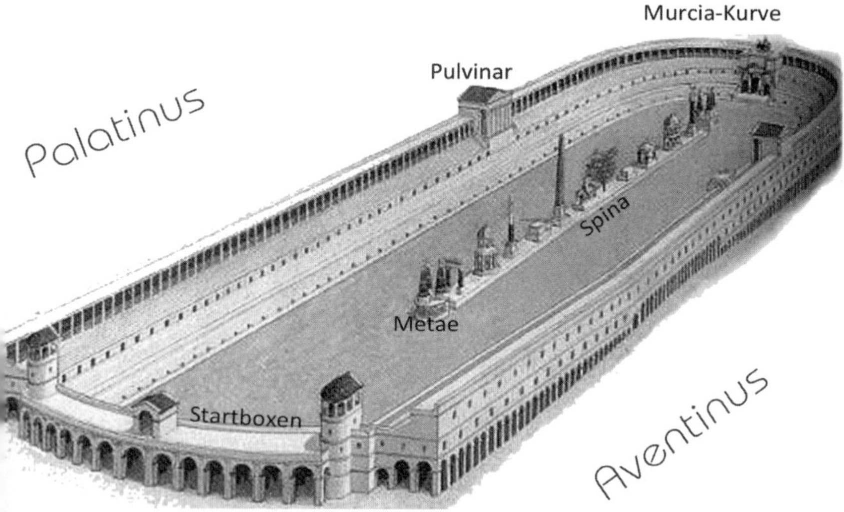

In der Talsenke zwischen dem Palatin und dem Aventin gab es schon in der römischen Königszeit Wagenrennen mit sakralem Hintergrund.

Unter Caesar und Augustus wird der Circus Maximus zu einem 3-stöckigen Prachtbau ausgebaut.

Außenmaße gemäß Plinius (Plinius NH, Buch 36,102):
Länge: 3 Stadien (rund 600 m); Breite: 1 Stadium (rund 200 m).

250'000 Zuschauerplätze, überdacht mit Sonnensegeln (vela), unter Traian auf ca. 300'000 Plätze erweitert.
Die Gesamtfläche war ca. 12 mal so groß wie die des Flavischen Amphitheaters (Colosseum) – damit ist der Circus Maximus bis heute das größte je gebaute Sportstadion.

Arena: 568 m lang, 75 m breit (Startboxen), 87 m breit (Murcia-Kurve).

Die Spina war 344 m lang, 8 m breit, geschmückt mit einem Obelisken, Tempeln, Altären, Statuen, Wasserspielen und Rundenzählern an den Enden; drei hohe bronzene Kegel dienten als Wendemarken (metae).

Ein Rennen umfasste 7 volle Umrundungen der Spina (plus Start- und Zielstrecke), sodass die totale Rennstrecke bei optimaler Linienführung ca. 5½ km lang war. Die Pferde waren klein und stammten aus Nordafrika, Spanien, Kappadokien, Griechenland und Sizilien.
Hauptsächlich liefen 4-Spänner (quadrigae); es gab auch 2-Spänner, 3-Spänner, selten 6-, 8-,10-Spänner. Pro Rennen traten mindestens 4 (aus jeder factio 1), maximal 12 Gespanne gegeneinander an.
Ein Rennwagen (currus circensis) war niedrig und speziell leicht gebaut (35 kg) mit kleinen Rädern.

Mitte des 2. Jh.s wurden an 50 - 60 Tagen pro Jahr Wagenrennen abgehalten, pro Tag ca. 24 Rennen.
Die Preisgelder für einen Sieg betrugen 15'000 - 60'000 Sesterze, je nach Schwierigkeitsgrad des Rennens.

Obwohl die Spiele eine teure Angelegenheit waren, wurden Eintrittsmarken für den Circus gratis abgegeben. Für die ludi Romani des Jahres 51 stellte der Staat dem Praetor 700'000 Sesterze zur Verfügung, eine Summe, die den Aufwand bei weitem nicht deckte. Für den Rest hatte der Praetor selbst aufzukommen. Kaiser Traian spendete Hadrian 2 Mio. Sesterze, damit er »würdige Spiele« ausrichten könne.

Die Anwesenheit des Kaisers im Circus war unerlässlich, denn seit Augustus war es Brauch, dem Kaiser während der Spiele Petitionen einzureichen, auf die der Kaiser einzutreten hatte. Auch war der Circus der geeignete Ort, die Volksstimmung zu erkunden.

# Stammbaum

# Linie Ruma - Haramu

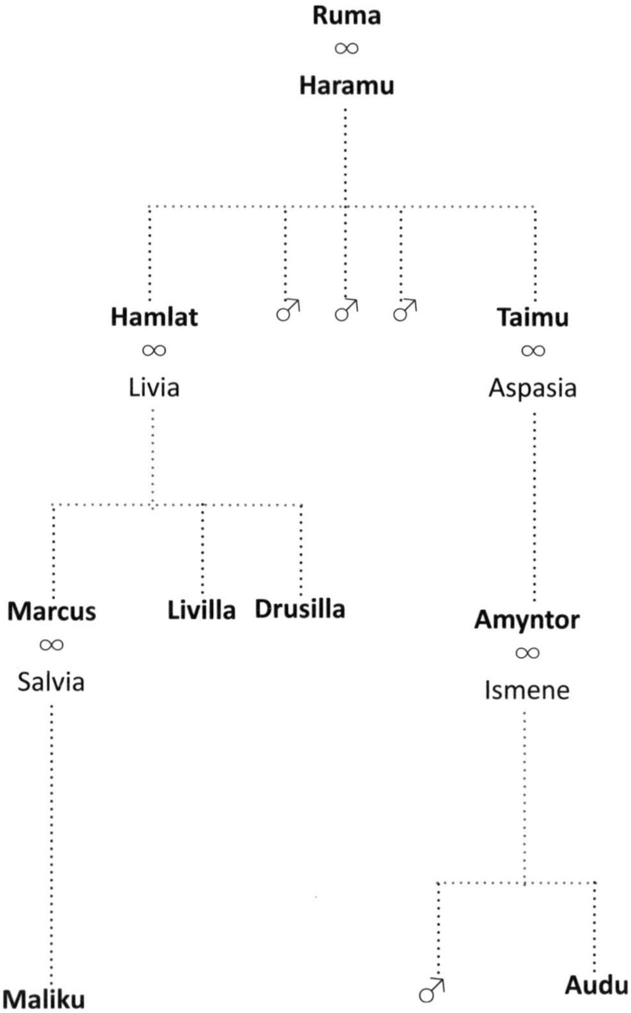

# Linie Ruma - Amah

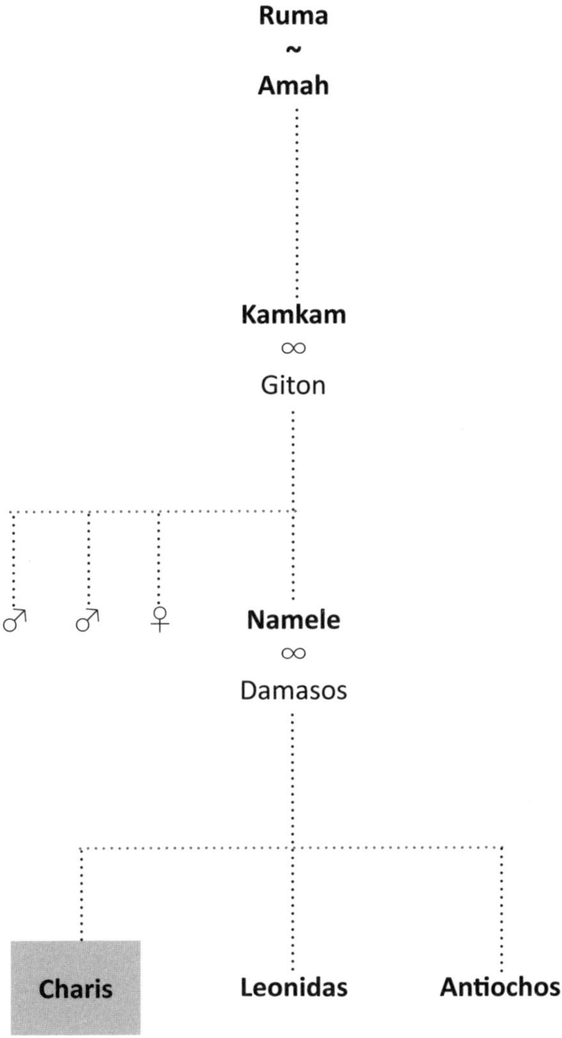

# Familie der Sicinii

**Vater der Sicinii Brüder**

**Sicinius Aemilianus**

**Sicinius Clarus**

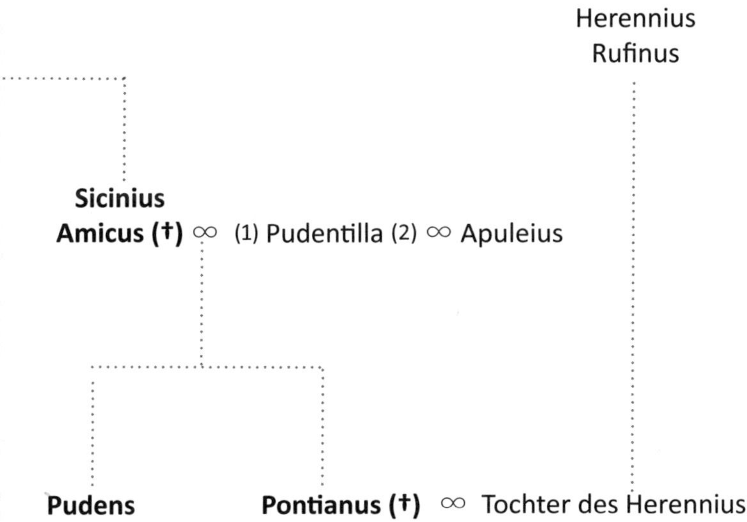
Herennius Rufinus
Sicinius Amicus (†) ∞ (1) Pudentilla (2) ∞ Apuleius
Pudens
Pontianus (†) ∞ Tochter des Herennius

# Die göttliche Abstammung des

**Zeus ~ Leto**

**Apollon**

**Neos Asklepios Glykon**

# Alexandros von Abonuteichos

**Perseus**

**Podaleirios ~ Alexandros' Mutter**

**Alexandros ~ Selene**

**Tochter ∞ Rutilianus**

Der Roman »Arena der Ärzte« ist eine Fortsetzung von

# Susanne Cho
# Im Bauch des Imperiums
## Roman

Reihe: skepsis & leidenschaft / Band 4
skepsis verlag, Zürich 2009
ISBN 978-3-9521140-3-2

Rom im Jahr 67 nach Christus. Im Auftrag des Königs von Nabatäa soll Ruma, ein reicher Gewürzhändler aus Petra, den geplanten Terroranschlag einer religiösen Sekte auf Kaiser Nero und die Führungsspitze des Römischen Imperiums verhindern. Ein heikles Unterfangen, denn die politische Lage im Reich ist prekär. In Judäa tobt ein hartnäckiger Aufstand, und auch in anderen Provinzen brodelt es. Jedes Gerücht über einen Anschlag könnte einen Flächenbrand verursachen. Ruma muss diskret vorgehen und setzt auf die Mitarbeit seiner Kinder, die er allerdings noch überzeugen muss, an der geheimen Mission mitzumachen. Erschwerend dabei sind Rivalitäten und alte, ungelöste Familienverstrickungen. Gegenspieler Rumas ist der Judäer Eleazar. Er verfügt über ein Netzwerk von organisierten Anhängern, die bereits Militär, Administration und selbst den kaiserlichen Hof unterwandert haben. Ziel ist der Sturz der bestehenden Regierung und die Errichtung eines Gottesstaates. Das Attentat soll anlässlich eines von Nero lancierten kulinarischen Wettbewerbes stattfinden. Zu diesem festlichen Ereignis ist die gesamte Regierungselite in Neros prunkvollen neuen Palast geladen.